U0090305

民國文化與文學研究文叢

十六編

李 怡 主編

第10冊

徐志摩陸小曼合說

陳建軍 著

國家圖書館出版品預行編目資料

徐志摩陸小曼合說／陳建軍 著 -- 初版 -- 新北市：花木蘭文化事業有限公司，2023〔民 112〕

序 10+ 目 2+266 面；19×26 公分

（民國文化與文學研究文叢　十六編；第 10 冊）

ISBN 978-626-344-532-1（精裝）

1.CST：徐志摩 2.CST：陸小曼 3.CST：文集

820.9　　112010650

ISBN-978-626-344-532-1

9 786263 445321

民國文化與文學研究文叢

十六編　第 十 冊　　ISBN：978-626-344-532-1

徐志摩陸小曼合說

作　　者　陳建軍
主　　編　李　怡
企　　劃　四川大學中國詩歌研究院
總 編 輯　杜潔祥
副總編輯　楊嘉樂
編輯主任　許郁翎
編　　輯　張雅淋、潘玟靜　美術編輯　陳逸婷
出　　版　花木蘭文化事業有限公司
發 行 人　高小娟
聯絡地址　235 新北市中和區中安街七二號十三樓
　　　　　電話：02-2923-1455／傳真：02-2923-1452
網　　址　http://www.huamulan.tw 信箱 service@huamulans.com
印　　刷　普羅文化出版廣告事業
初　　版　2023 年 9 月
定　　價　十六編 18 冊（精裝）台幣 45,000 元

徐志摩陸小曼合說

陳建軍　著

作者簡介

陳建軍，湖北浠水人，文學博士，武漢大學文學院教授，博士研究生導師，中國聞一多研究會會長，《寫作》雜誌副主編，主要從事中國現代文學、寫作學研究，著有《廢名年譜》《袁昌英年譜》《說不盡的廢名》《揮塵錄：現代文壇史料考釋》《故紙新知：現代文壇史料考釋》等，編訂、主編《廢名講詩》《我認得人類的寂寞：廢名詩集》《廢名作品精選》《遠山：徐志摩佚作集》《豐子愷全集》（文學卷）等。

提　　要

本書為徐志摩、陸小曼研究專集，所收文章計 18 篇，其中關於徐志摩者 11 篇，關於陸小曼者 5 篇。這些文章主要涉及徐志摩、陸小曼佚文、佚簡的發掘、整理與考釋，可為已版《徐志摩全集》《陸小曼文存》補遺，在一定程度上或可刷新學界對其夫婦的認識，修正某些流行的說法。附錄兩篇，一為《〈上海畫報〉中的徐志摩、陸小曼史料》，是從 1926 年至 1932 年的《上海畫報》中輯錄而成。這些第一手史料（包括照片、畫作、攝影作品、書法作品等），對於瞭解徐陸二人的生平行事，對於撰寫他們的年表、年譜、傳記等均具有重要的參考價值。另一篇《商務印書館 2009 年版〈徐志摩全集〉題注補正》，對於修訂再版更加完善的《徐志摩全集》也有一定的參考價值。

鬱結、盤桓與頓挫：中國現代文學中的國家—民族敘述——《民國文化與文學研究文叢・十六編》引言

李　怡

1921 年 10 月，「新文學運動以來的第一部小說集」由上海泰東圖書局推出〔註 1〕，這就是郁達夫的《沉淪》。從 1921 年至 1923 年，這部小說集被連續印刷十餘次，銷量累計至 20000 餘冊，在新文學初創期堪稱奇觀。「對於他的熱烈的同情與感佩，真像《少年維特之煩惱》出版後德國青年之『維特熱』一樣」〔註 2〕，因為，「人人皆可從他作品中，發現自己的模樣。……多數的讀者，由郁達夫作品，認識了自己的臉色與環境」〔註 3〕。當然，小說中能夠引起讀者共鳴的應該有好幾處，包括性愛的暴露、求索的屈辱等等，但足以令讀者產生一種普遍的情緒激昂的還是其中那種個人屈辱與家國命運的相互激蕩和糾纏，這樣的段落已經成為了中國現代文學史引證的經典：

> 他向西面一看，那燈檯的光，一霎變了紅一霎變了綠的，在那裡盡它的本職。那綠的光射到海面上的時候，海面就現出一條淡青的路來。再向西天一看，他只見西方青蒼蒼的天底下，有一顆明星，在那裡搖動。
>
> 「那一顆搖搖不定的明星的底下，就是我的故國，也就是我的

〔註 1〕成仿吾：《〈沉淪〉的評論》，《創造》季刊 1923 年 2 月第 1 卷第 4 期。

〔註 2〕匡亞明：《郁達夫印象記》，載《郁達夫研究資料》，北京：知識產權出版社，2010 年，第 52 頁。

〔註 3〕賀玉波編：《郁達夫論》，上海：光華書局，1932 年，第 84 頁。

生地。我在那一顆星的底下，也曾送過十八個秋冬。我的鄉土嚇，我如今再不能見你的面了。」

他一邊走著，一邊盡在那裡自傷自悼的想這些傷心的哀話。走了一會，再向那西方的明星看了一眼，他的眼淚便同驟雨似的落下來。他覺得四邊的景物，都模糊起來。把眼淚揩了一下，立住了腳，長歎了一聲，他便斷斷續續的說：

「祖國呀祖國！我的死是你害我的！」

「你快富起來，強起來吧！」

「你還有許多兒女在那裡受苦呢！」〔註4〕

在這裡，一位在異質文明中深陷焦慮泥淖的中國青年將個人的悲劇置放在了國家與民族的普遍命運之中，並且在自己生命的絕境中發出了如此石破天驚般的吶喊，一瞬間，個人的生存苦難轉化為對國家與民族的整體控訴，鬱積已久的酸楚在這一心理方式中被最大劑量地釋放。這也就是作者自述的，「眼看到的故國的陸沉，身受到的異鄉的屈辱」〔註5〕，「我的消沉也是對國家，對社會的。現在世上的國家是什麼？社會是什麼？尤其是我們中國？」〔註6〕所以，在文學史家看來，這部作品的顯著特點就在於「性、種族主義、愛國主義在他心底裏全部纏結在一起」〔註7〕。

《沉淪》主人公于質夫投海之前的這一段激情道白擊中的是近代以來中國人的普遍心理與情緒，1921 年的「《沉淪》熱」、百年來現代中國文學與現實人生的不解之緣從根本上都與這樣的體驗和情緒緊密相關：在中國現代文學的普遍主題中，國家觀念和民族意識的凸顯格外引人注目，或者說，個人命運感受與國家、民族宏大問題的深刻聯繫就是我們文學的最基本構型。

在很大的程度上，我們的中國現代文學研究自始至終都沒有否認過這一基本事實。1922 年，胡適寫下新文學的第一部小史《五十年來中國之文學》，就是以「國」定文學，是為「國語的文學」。1923 年，瞿秋白署名陶畏巨發表新文學概觀，也是以「西歐和俄國都曾有民族文學的先聲」為參照，將新文學

〔註 4〕郁達夫：《沉淪》，《郁達夫文集》第一卷，廣州：花城出版社，1982 年，第 52～53 頁。

〔註 5〕郁達夫：《懺餘獨白》，《郁達夫文集》第七卷，廣州：花城出版社，1982 年，第 250 頁。

〔註 6〕郁達夫：《北國的微音》，《郁達夫文集》第三卷，廣州：花城出版社，1982 年，第 91 頁。

〔註 7〕李歐梵：《李歐梵自選集》，上海：上海教育出版社，2002 年，第 38 頁。

視作「民族國家運動」的一部分，宣布「他是民族統一的精神所寄」〔註8〕。王瑤的《中國新文學史稿》奠定了新中國現代文學的學科基礎，在以「新民主主義革命」為核心話語的歷史陳述中，「外爭國權，內除國賊」、「民族解放」的政治背景十分清晰。唐弢主編《中國現代文學史》繼續依託「新民主主義革命時期」的階級狀況展開，反對帝國主義對中華民族的侵略、挽救民族危機也是這一歷史過程的重要組成部分。新時期以降，被稱作代表「新啟蒙」思潮的二十世紀中國文學觀更是將國家民族的現代化進程作為文學探索的基本背景，明確指出：「爭取民族的獨立解放，民族政治、經濟、文化，民族意識的全面現代化，實現民族的崛起與騰飛，是本世紀全民族的中心任務，構成了時代的基本內容，社會歷史的中心，民族意識的中心，對於這一時期包括文學在內的整個意識形態起著一種制約作用，決定著這一時期文學的性質、任務、歷史內容，以及歷史特徵，等等。」〔註9〕新時期影響中國現代文學研究的思想，在內有李澤厚《中國現代思想史論》的「啟蒙／救亡雙重變奏」說，在外則有夏志清《中國現代小說史》的「感時憂國」說，它們的思想基礎並不相同，但卻在現代文學的國家民族意識上有著高度的共識。直到新世紀以後，儘管意識形態和藝術旨趣的分歧日益加大，但是平心而論，卻尚未發現有誰試圖根本否認這一基本特徵的存在。

在我看來，《沉淪》主人公于質夫將個人的悲劇追溯到國家民族的宏大命運之中，於生存背景的揭示而言似乎勢所必然，不過，其中的心理邏輯卻依然存在許多的耐人尋味之處：于質夫，一個多愁善感而身心孱弱的青年在遭遇了一系列純粹個人的生活挫折之後，如何情緒爆發，在蹈海自盡之際將這一切的不幸通通歸咎於國家的弱小？這是羸弱者在百般無奈之下的洗垢求瘢、故入人罪，還是被人生的苦澀長久浸泡之後的思想的覺悟？一方面，我不能認同徐志摩當年的苛刻之論：「故意在自己身上造些血膿糜爛的創傷來吸引過路的人的同情」〔註10〕，那是生活優渥的人的高論，顯然不夠厚道，但是，另一方面，從1920年代的爭論開始，至今也有讀者無不疑惑：「『零餘人』不僅逃避承擔時代的重任，而且自身生活能力低下，在個人情慾的小圈子裏執迷不悟，一旦

〔註8〕陶畏巨：《荒漠裏》，《新青年》季刊1923年12月20日第2期。

〔註9〕陳平原、黃子平、錢理群：《二十世紀中國文學三人談——民族意識》，《讀書》1985年第12期。

〔註10〕見郭沫若：《論郁達夫》，載《回憶郁達夫》，長沙：湖南文藝出版社，1986年，第3頁。

得不到滿足，連生命也毫不猶豫地捨棄。這樣的人物是時代的主旋律上不和諧的音符，他的死是一種歷史的必然。郁達夫在作品主人公自殺前加上這麼一條勉強的『尾巴』，並不能讓主人公的思想高尚起來。」〔註 11〕郁達夫恐怕不會如此的膚淺，但是《沉淪》所呈現的心理邏輯確有微妙隱晦之處，至少還不曾被小說清晰地展開，這就如同現代文學史上的二重組合——個人悲劇／國家民族命運的複雜的鏈接過程一樣，其理昭昭，其情深深，在這些現象已經被我們視作理所當然的歷史事實之後，我們是不是進一步仔細觀察過其中的細節？究竟這些「國家觀念」和「民族意識」有著怎樣具體的內涵，有沒有發生過值得注意的重要變化，它們彼此的結構和存在是怎樣的，是不是總是被奉為時代精神的「共主」而享有所向披靡的能量，在它們之間，內在關聯究竟如何，是不容置辯的相互支撐，一如我們習以為常的「國家民族」的關聯陳述，還是暗含齟齬和衝突？

這就是我們不得不加以辨析和再勘的理由。

一

中國現代文學在表達個人體驗與命運的時候，總是和國家與民族的重大關切緊密相連，然而，「國家」與「民族」這兩個基本語彙及其現代意涵卻又是近代「西學東漸」的一部分，作為西方思想文化的複雜構成，其本身也有一個曲折繁蕪的流變演化歷史。所以，同一個「國家觀念」與「民族情懷」的能指，卻很可能存在著千差萬別的所指。

大約是從晚清以降，中國知識界開始出現了越來越多的「國家」與「民族」的表述，以致到後來形成了大家耳熟能詳的名詞、概念、主義和系統的思想。自 1960 年代開始，當作為學科知識的「民族學」等需要進一步理性建設的時候，人們再一次回過頭來，試圖深入追溯「民族」理念的來源，以便繪製出清晰的知識譜系，這樣的追溯在極左年代一度中斷，但在新時期以後持續推進；新時期至今，隨著政治學、社會學、文化學領域對中外文明史、國家制度史的理論思考的展開，「國家」的概念史、意義史也得到了比較充分的總結。

百餘年來中國知識分子對「民族」的理解來源複雜，過程曲折，我們試著將目前學界的考證以圖表示之：

〔註 11〕吳文權：《感性縱情與理性斂情——從〈沉淪〉和〈遲桂花〉看郁達夫前後期的創作風格》，《重慶工學院學報》2005 年第 7 期。

考證人	時間結論	來源結論	最早證據	學界反應
林耀華《關於「民族」一詞的使用和譯名問題》（《歷史研究》1963年第2期）	不晚於1900年	可能從日文轉借過來	章太炎《序種姓上》	1980年代以後不斷更新中國學者的引進、使用時間
金天明、王慶仁《「民族」一詞在我國的出現及其使用問題》（《社會科學輯刊》1981年第4期）	1899年	從日文轉借過來	梁啟超的《東籍月旦》	韓錦春、李毅夫等考證《東籍月旦》作於1902年；此前梁啟超已經使用該詞
彭英明《中國近代誰先用「民族」一詞？》（《社會科學輯刊》1984年第2期）	1898年6月	近代中國開始使用	康有為的《請君民合治滿漢不分摺》	經過多人考證，最終確認康有為此摺乃是其1910年前後所偽造
韓錦春、李毅夫《漢文「民族」一詞的出現及其初期使用情況》（《民族研究》1984年第2期）	1895年	從日文引入	《論回部諸國何以削弱》（《強學報》第2號）	新世紀以後開始被人質疑
韓錦春、李毅夫編《漢文「民族」一詞考源資料》，（中國社會科學院民族研究所民族理論研究室1985年印）	近代中國人開始使用	在中國古代典籍中未曾出現，近代以前「民」、「族」是分開使用的		新世紀以後開始被人質疑
彭英明《關於我國民族概念歷史的初步考察》（《民族研究》1985年第2期）	1874年前後使用	可能來自英語	王韜《洋務在用其所長》	
臺灣學者沈松僑《我以我血薦軒轅——皇帝神話與晚清的國族建構》（《臺灣社會研究季刊》第二十八期，1997年12月）	20世紀中國知識分子	從日文引入		新世紀以後開始被人質疑

【英】馮客《近代中國之種族觀念》（楊立華譯），江蘇人民出版社 1999 年	1903 年，晚清維新派，梁啟超首次使用			
茹瑩《漢語「民族」一詞在我國的最早出現》（《世界民族》2001 年第 6 期）	唐代	與「宗社」相對應，但與現代意義有差別	李筌所著兵書《太白陰經》之序言：「傾宗社滅民族」	
黃興濤《「民族」一詞究竟何時在中文裏出現？》（《浙江學刊》2002 年第 1 期）類似觀點還有方維規《論近代思想史上的「民族」、「Nation」與中國》（香港《二十一世紀》2002 年 4 月號）	1837 年或之前出現；1872 年已有華人在現代意義上加以使用	很可能是西方來華傳教士的偶然發明	《論約書亞降迦南國》（1837 年 10 月德國籍傳教士郭士臘等編撰《東西洋考每月統記傳》）	
邸永君《「民族」一詞見於〈南齊書〉》（《民族研究》2004 年第 3 期）	南齊	中國自身的語彙，意義與當今相同	道士顧歡稱「諸華士女，民族弗革」（《南齊書》卷 54《高逸傳·顧歡傳》）	
郝時遠《中文「民族」一詞源流考辨》（《民族研究》2004 年第 6 期）	就詞語而言至少魏晉以降即有；古漢語「民族」一詞在 19 世紀 70 年代或之前傳入日本	古漢語「民族」一詞在中國有早於日本的且接近現代的含義；國人對「民族」對應的西文 nation、volk 及其含義的理解，無疑主要來自日本翻譯的西學著作；中國現代民族（nation）觀念受到日譯西書的影響	從魏晉以降至清，作為詞語使用不絕，總體傾向於各種具體的族群分類，現代抽象的意義概念屬於近代產物；日文「民族」為中文輸入的結果，與近代中國的西書漢譯有關	

此表列出了新中國成立至今學界所考證的概念史，以考證出現的時間為序。從中，我們大體上可以知道這樣一些基本事實：

1. 在近現代中國的思想之中，雙音節詞彙「民族」指的是經由長期歷史發展而形成的穩定共同體，它在歷史、文化、語言等方面與其他人群有所區別，「血緣、語言、信仰，皆為民族成立之有力條件」〔註 12〕。相對而言，在古代中國，「民」與「族」往往作為單音節詞彙分開使用，「族」更多的指涉某一些具體的人群類別，近似於今天所謂的「氏族」、「邦族」、「宗族」、「部族」等等，所以在一個比較長的時間裏，我們從「民族」這個詞語的近現代含義出發，傾向於認定它的基本意義源自國外，是隨著近代域外思潮的引進而加進入中國的外來詞語，大多數學者認為它來自日本，原本是日本明治維新之後對西方術語的漢譯，也有學者認為它可能就是對英文的中譯。

2. 漢語詞彙本身也存在含義豐富、歷史演變複雜的事實，所以中國學者對「民族」的本土溯源從來也沒有停止過。雖然古代文獻浩若煙海，搜索「民族」一詞猶如大海撈針，史籍森森，收穫艱難，然而幾經努力，人們還是終有所得，正如郝時遠所總結的那樣，到新世紀初年，新的考證結論是：在普遍性的「民」、「族」分置的背景上，確實存在少數的「民族」合用的事實，而且古漢語的「民族」一詞，已經出現了近似現代的類別標識含義，在時間上早於日本漢文詞彙。在日本大規模地翻譯西方思想學術之前，其實還出現過借鑒中國語彙譯述西方書籍的選擇，日本漢文中的「民族」一詞很可能就是在這個時候從中國引入的。「『民族』一詞是古漢語固有的名詞。在近代中文文獻中，現代意義的『民族』一詞出現在 19 世紀 30 年代。日文中的『民族』一詞見諸 19 世紀 70 年代翻譯的西方著述之中，係受漢學影響的結果。但是，『民族』一詞在日譯西方著作中明確對應了 volk、ethnos 和 nation 等詞語，這些著作對 nation 等詞語的定義及其相關理論，對清末民初的中國民族主義思潮產生了直接影響。『民族』一詞不屬於『現代漢語的中—日—歐外來詞。』」〔註 13〕

3.「民族」一詞更接近西方近代意義的廣泛使用是在日本，又隨著其他漢文的西方思想一起再次返回到了中國本土，最終形成了近現代中國「民族」概念的基本的含義。

總而言之，「民族」一語，從詞彙到思想，都存在一個複雜的形成過程，這裡有歷史流變中的意義的改變，也有中國／西方／日本思想和語言的多方

〔註 12〕梁啟超：《中國歷史上民族之研究》，《飲冰室合集》第 8 冊，北京：中華書局，1989 年，第 860 頁。

〔註 13〕郝時遠：《中文「民族」一詞源流考辨》，《民族研究》2004 年第 6 期。

對話與互滲。從總體上看，現代中國的「民族」含義與西方近代思想、日本明治維新後的思想基本相同，與古代中國的類似語彙明顯有別。1902 年，梁啟超在《論中國學術思想變遷之大勢》一文中，第一次提出了「中華民族」的概念，五年後的 1907 年，楊度《金鐵主義說》、章太炎《中華民國解》又再次申述了「中華民族」的觀念，雖然他們各自的含義有所差異，但是從一個大的族群類別的角度提出民族的存在問題卻有著共同的思維。民族、中華民族、民族意識、民族主義、民族復興，串聯起了近代、現代、當代中國思想發展的重要脈絡，儘管其間的認知和選擇上的分歧依然存在。

與「民族」類似，中國人對「國家」意義的理解也有一個複雜的演變過程，所不同的在於，如果說在民族生存，特別是中華民族共同命運等問題上現代知識分子常常聲應氣求的話，那麼在「國家」含義的認知和現實評價等方面，卻明顯出現了更多的分歧和衝突。

「國家」一詞在英語裏分別有 country、nation 和 state 三個詞彙，它們各有意指。Country 著眼於地理的邊界和範圍，側重領土和疆域；nation 強調的是人口和民族，偏向民族與國民的內涵；state 代表政治和權力，指的是在確定的領土邊界內強制性、暴力性的機構。現代意義上的國家概念就是政治學意義的 state。作為政治學的核心術語，state 的出現是近代的事，在這個意義上說，古代社會並沒有正式的國家概念。這一點，中西皆然。

就如同「民」與「族」一樣，古漢語的「國」與「家」也常常分置而用。早在先秦時期，也出現了「國」與「家」的合用，只是各有含義，諸侯的封地謂之「國」，卿大夫的封地謂之「家」，這是不同等級的治理區域；然而不同等級的治理區域能夠合用為「國家」，則顯示了傳統中國治理秩序的血緣基礎。先秦時代，周天子治轄所在曰「天下」，周天子的京師曰「中國」，「禮崩樂壞」之後，各諸侯國的王畿也稱「中國」，再後，「中國」範圍進一步擴大，成了漢族生存的中原地區具有「德性」和「禮義」的文明區域的總稱，最早的政治等級的標識轉化為文化優越的稱謂，象徵著「華夏」（「以德榮為國華」〔註 14〕）之於「夷狄」的文明優勢，是謂「中國有文章光華禮義之大」〔註 15〕。「天下」與「中國」相互說明，構成了一種超越於固定疆域、也不止於政治權力的優越

〔註 14〕上海師範大學古籍整理組校點：《國語》，上海：上海古籍出版社，1978 年，第 183 頁。

〔註 15〕（漢）孔安國傳，（唐）孔穎達等正義：《尚書正義》，上海：上海古籍出版社，1990 年，第 43 頁。

的文明自詡。隨著非漢族統治的蒙元、滿清時代的出現，「中國」的概念也不斷受到衝擊和改變，一方面，蒙古帝國從未被漢人同化，「中國」一度失落，另一方面，在清朝，原來的「四夷」（滿、蒙、回、藏、苗）卻被重新識別而納入「中國」，而夷狄則成了西洋諸國。儘管如此，那種文明的優越感始終存在。到了晚清，在「四夷」越來越強大的威懾下，「中國」優越感和「天下」無限性都深受重創，「近代中國思想史的大部分時期，是一個使『天下』成為『國家』的過程」〔註16〕，這裡的「國家」觀念就不再是以家立國的古代「國家」了，而是邊界疆域明確、彼此獨立平等的國際間的政治實體，也就是近現代主權時代的民族國家。1648 年《威斯特伐利亞和約》的簽訂，標誌著歐洲國家正式進入主權時代。到 19 世紀，一個邊界清晰、民族自覺的民族國家成為了國際外交的主角。國家外交的碰撞，特別是國際軍事衝突的失敗讓被迫捲入這一時代的中國不得不以新的「國家」觀念來自我塑形，並與「天下」瓦解之後的「世界」對話，一個前所未有的民族—國家的時代真正到來了。現代中國的民族學者早就認識到：「民族者，裏也，國家者，表也。民族精神，實賴國家組織以保存而發揚之。民族跨越文化，不復為民族；國家脫離政治，不成其為國家。」〔註17〕

然而，正如韋伯所說「國家」（state）是「到目前為止最複雜、最有趣」的概念〔註18〕，一方面，「非人格化」的現代國家觀念延續了古羅馬的「共和」理想，國家政治被看作超越具體的個人和社會的「中立」的統治主體，一系列嚴謹、公平的社會治理原則成為應有之義，另外一方面，從西方歷史來看，現代意義的國家的出現與十七、十八世紀絕對王權代替封建割據，與路易十四「朕即國家」（L'État, c'est moi）的事實緊密相關，這些原本與中國歷史傳統神離而貌合的取向在有形無形之中進入了現代中國的國家理念，成為我們混沌駁雜的思想構成，那些巨大的、統一的、排他性的權力方式始終潛伏在現代國家的發展過程之中，釋放魅惑，也造成破壞。此外，置身普遍性的現代民族國家的歷史進程，中國的民族—國家的聯結和組合卻分外的複雜，與西方世界主

〔註16〕【美】約瑟夫·列文森著、鄭大華、任菁譯：《儒教中國及其現代命運》，桂林：廣西師範大學出版社，2009 年，第 84 頁。

〔註17〕吳文藻：《民族與國家》，《人類學社會學研究文集》，北京：民族出版社，1990 年，第 35～36 頁。

〔註18〕Max Weber, "'Objectivity' in Social Science and Social Policy," in The Methodology of Social Sciences, trans. & ed., Edward A. Shils & Henry A. Finch, Glencoe: The Free Press, 1949, p. 99.

流的單一民族的國家構成，多民族的聯合已經是中國現代國家的生存基礎，在我們內在結構之中，不同民族的相互關係以及各自與國家政權的依存方式都各有特點，當然從「排滿革命」到「五族共和」，也有過齟齬與和解，民族主義作為國家政治的基礎，既行之有效，又並非總能堅如磐石。

二

西方馬克思主義的重要代表弗雷德里克・詹姆森有一個論斷被廣泛引用：「所有第三世界的本文均帶有寓言性和特殊性：我們應該把這些本文當作民族寓言來閱讀，特別當它們的形式是從占主導地位的西方表達形式的機制——例如小說——上發展起來的。」「第三世界的本文，甚至那些看起來好像是關於個人和利比多趨力的本文，總是以民族寓言的形式來投射一種政治：關於個人命運的故事包含著第三世界的大眾文化和社會受到衝擊的寓言。」〔註 19〕魯迅的小說就是這一論斷的主要論據。拋開詹姆森作為西方學者對魯迅小說細節的某些誤讀，他關於中國現代文學與國家民族深度關聯的判斷還是基本準確的。中國現代文學史上的幾乎每一場運動都與民族救亡的目標有關，而幾乎每一個有影響的作家都有過魯迅「我以我血薦軒轅」式的人生經歷和創作衝動，包括抗戰時期的淪陷區文學也曾經以隱晦婉曲的方式傳達著精神深處的興亡之歎。即便文學的書寫工具——語言文字也早就被視作國家民族利益的捍衛方式，一如近代小學大家章太炎所說：「小學」「這愛國保種的力量，不由你不偉大。」〔註 20〕晚清語言改革的倡導者、切音新字的發明人盧戇章表示：「倘吾國欲得威振環球，必須語言文字合一。務使男女老幼皆能讀書愛國。除認真頒行一種中國切音簡便字母不為功。」〔註 21〕

只是，詹姆森的「民族寓言」判斷對於千差萬別的「第三世界」來說，顯然還是過於籠統了。對於這一位相對單純的現代民族國家的學者而言，他恐怕很難想像現代的中國，既然有過各自不同的「國家」概念和紛然雜陳的「民族」意識，在真正深入文學的世界加以辨析之時，我們就不得不追問，這些興亡之

〔註 19〕【美】弗雷德里克・詹姆森：《處於跨國資本主義時代中的第三世界文學》，見張京媛主編《新歷史主義與文學批評》，北京：北京大學出版社，1993 年，第 234、235 頁。

〔註 20〕章太炎：《我的生平與辦事方法》，《章太炎的白話文》，瀋陽：遼寧教育出版社，2003 年，第 74 頁。

〔註 21〕盧戇章：《中國第一快切音新字》原序，《清末文字改革文集》，北京：文字改革出版社，1958 年，第 2 頁。

慨究竟意指哪一個國家認同，這民族情懷又懷抱著怎樣的內容？現代中國知識分子所經歷的複雜的國家—民族的知識轉型，因為情感性的文學的介入而愈發顯得盤根錯節、撲朔迷離了。

在中國新文學史的敘述邏輯中，近現代中國的歷史進程就是一個義無反顧的棄舊圖新的過程。

王瑤《中國新文學史稿》一開篇就認定了五四新文學的「徹底性」與「不妥協性」：「反帝反封建是由『五四』開始的中國現代文學的基本特徵，這裡『徹底地』、『不妥協地』兩個形容詞非常重要，這是關係到對敵鬥爭的重大課題。」〔註22〕

唐弢主編《中國現代文學史》這樣立論：「清嘉慶以後，中國封建社會已由衰微而處於崩潰前夕。國內各種矛盾空前尖銳，社會危機四伏。清朝政府極端昏庸腐朽。」「為了挽救民族危亡的命運，從太平天國到辛亥革命，中國人民進行了一次又一次的革命鬥爭。」「在這一歷史時期內，雖然封建文學仍然大量存在，但也產生了以反抗列強侵略和要求掙脫封建束縛為主要內容的進步文學，並且在較長的一段時間裏，不止一次地作了種種改革封建舊文學的努力。」「『五四』文學革命運動的興起，乃是近代中國社會與文學諸方面條件長期孕育的必然結果。」〔註23〕

嚴家炎主編《二十世紀中國文學史》的最新表述：「歷史悠久的中國文學，到清王朝晚期，發生了前所未有的重大轉折：開始與西方文學、西方文化迎面相遇，經過碰撞、交匯而在自身基礎上逐漸形成具有現代性的文學新質，至五四文學革命興起達到高潮。從此，中國文學史進入一個明顯區別於古代文學的嶄新階段。」〔註24〕

這都是中國現代文學研究的經典性論述，它們都以不同的方式告訴我們，自晚清以後，中國的社會文化始終持續進步，五四新文學展開了現代國家—民族的嶄新的表述。從歷史演變的根本方向來說，這樣的定位清晰而準確，這就如同新文化運動領袖陳獨秀在當時的感受：「我生長二十多歲，才知道有個國

〔註22〕王瑤：《中國新文學史稿》上冊，《王瑤文集》第3卷，太原：北嶽文藝出版社，1995年，第7頁。

〔註23〕唐弢主編：《中國現代文學史》，北京：人民文學出版社，1979年，第1～2頁、6頁。

〔註24〕嚴家炎主編：《二十世紀中國文學史》，北京：高等教育出版社，2010年，第1頁。

家，才知道國家乃是全國人的大家，才知道人人有應當盡力於這大家的大義。」〔註 25〕換句話說，是在歷史的進步中我們生成了全新的國家—民族意識，而新的國家—民族憂患（「盡力於這大家的大義」）則產生了新的現代的文學。

但是，這樣的棄舊圖新就真的那麼斬釘截鐵、一往無前嗎？今天，在掀開新文學主流敘述的遮蔽之後，我們已經發現了歷史場域的更多豐富的存在，在中國現代文學（而不僅僅是現代的「新文學」）的廣袤的土地上，歷史並非由不斷進化的潮流所書寫，期間多有盤旋、折返、對流、纏繞……現代的民族國家——中華民國雖然結束了君主專制，代表了歷史前進的方向，但卻遠遠沒有達到「全民認同」的程度，在各種形式的理想主義的知識分子那裡，更是不斷遭遇了質疑、批評甚至反叛，而「民族」所激發的感情在普遍性的真誠之中也隱含著一些各自族群的遭遇和體驗，何況在中國，民族意識與國家觀念的組合還有著多種多樣的形式，彼此之間並非理所當然的融合無隙。這也為現代文學中民族情感的轉化和發展留下了豐富的空間。

1933 年 8 月，上海世界書局出版了錢基博的《現代中國文學史》。這部早期的中國現代文學史著也是最早標舉「現代」之名的文學論著。然而，有意思的是，與當下學者在「現代性」框架中大談「民族國家」不同，錢基博的用意恰恰是借「現代」之名表達對彼時國家的拒絕和疏離：「吾書之所為題現代，詳於民國以來而略推跡往古者，此物此志也。然不題民國而曰現代，何也？曰『維我民國，肇造日淺，而一時所推文學家者，皆早嶄然露頭角於讓清之末年；甚者遺老自居，不願奉民國之正朔；寧可以民國概之！』」〔註 26〕「不願奉民國之正朔」就必須以「現代」命名？錢基博的這個邏輯未必說得通，不過他倒是別有意味地揭示了一個重要的事實：「一時所推文學家者」成長於前朝，甚至以前朝遺民自居，缺乏對這個新興的民族國家——中華民國的認同。近年來，隨著現代文學研究空間的日益擴大，一些為「新文化新文學」價值標準所不能完全概括的文學現象越來越多地進入了文學史家的視野，所謂奉「民國乃敵國」的文學群體也成了「出土文物」，他們的獨特的感受和情感得以逐漸揭示，中國現代作家的精神世界的多樣性更充分地昭示於世。正如史學家王汎森所說：「受過舊文化薰陶的讀書人在面對時代變局時，有種種異於新派人物的

〔註 25〕陳獨秀：《說國家》，《陳獨秀著作選》第一卷，上海：上海人民出版社，1993 年，第 44 頁。

〔註 26〕錢基博：《現代中國文學史》，上海：上海世界書局，1933 年，第 8～9 頁。

回應方式，包括與現代截然迥異的價值觀和看法。以往我們把焦點集中在新派人物身上，模糊或忽略了舊派人物。」「儘管我們無須同意其政治認同，可是的確值得重新檢視他們的行為與動機，以豐富我們對近代中國思想文化脈絡的瞭解。」〔註27〕這樣一些拒絕認同現實國家的知識分子還不能簡單等同於傳統意義上的「遺民」，因為他們的焦慮不僅僅是對政權歸屬的迷茫，更包含了對現代社會變遷的不適，和對中西文化衝突的錯愕，這都可以說是現代文化進程中的精神危機，是不應該被繼續忽視的現代文學主流精神的反面，它包含了歷史文化複雜性的幽深的奧秘。「清遺民議題呈現豐富的意涵，除了歷史上種族與政治問題外，也跟文化層面有著密切的關聯。他們反對的不單來自政治變革，更感歎社會良風善俗因而消逝，訴諸近代中國遭受西力衝擊和影響。」「充分顯現了忠清遺民的遭遇及面對的問題，固然和過去有所不同，非但超乎宋元、明清易代之際士人，而且在心理與處境上勢將愈形複雜。」〔註28〕在「現代文學」的格局中，他們或以詩結社，相互唱酬追思故國，「劇憐臣甫飄零甚，日日低頭拜杜鵑」〔註29〕；或埋首著述，書寫「主辱臣死」之志，吟詠「辛亥濺淚」之痛〔註30〕，試圖「託文字以立教」；或與其他文學群體論爭駁詰，一如林紓以「清室舉人」自居，對陣「民國宣力」蔡元培，反對新文化運動，增添了現代文壇的斑斕。在這一歷史過程中，一些重要代表如王國維的文學評論，陳三立、沈曾植、趙熙、鄭孝胥等人的舊體詩，辜鴻銘的文化論述，都是別有一番「意味」的存在。

中華民國是推翻君主專制而建立起來的「民族國家」，然而，眾所周知的史實是，這個國家長期未能達成各方國民的一致認同，先是為創立民國而流血犧牲的國民黨人無法接受各路軍閥對國家的把持，最後是抗戰時代的分裂勢力（偽滿、汪偽）對國民政府國家的肢解，貫穿始終的則是左翼知識分子對一切軍閥勢力及國民黨獨裁的抨擊和反抗，雖然來自左翼文學的批判否定還

〔註27〕王汎森：《序》，林誌宏著《民國乃敵國也：政治文化轉型下的清遺民》，北京：中華書局，2013年，第2頁。

〔註28〕王汎森：《序》，林誌宏著《民國乃敵國也：政治文化轉型下的清遺民》，北京：中華書局，2013年，第3、4頁。

〔註29〕丁仁長：《為杜鵑庵主題春心圖》，《丁潛客先生遺詩》，第32頁，廣州九曜坊翰元樓刊行1929年刻本（轉引自110頁）。

〔註30〕「主辱臣死」語出清末湖北存古學堂經學總教習曹元弼，晚清經學家蘇輿著有《辛亥濺淚集》（長沙龍雲印刷局石印本），作於辛亥年間，凡四卷，收錄七言絕句33首。

不能說他們就是「民國的敵人」，因為在推翻專制、走向共和、反抗侵略等國家大勢上，他們也多次攜手合作，並肩作戰，但是，關於現代國家的理想形態，左翼知識分子顯然與國家的執政者長期衝突，形成了現代史上最為深刻的無法彌合的信仰分裂。另外，數量龐大的自由主義知識分子群體，其思想基礎融合了近代以來的西方啟蒙思想和中國傳統士人精神，作為現代社會的公民，民主、自由、科學的理念是他們基本的立世原則，雖然其中不乏溫和的政治主張者，甚至也有對社會政治的相對疏離者，但都莫不以「天下大任」為己任，他們不可能成為現實國家秩序的順從者，常常表達出對國家制度和現狀的不滿和批評，並以此為自我精神的常態。在民國時代，真正不斷抒發對現實國家「忠誠無二」的只有三民主義、民族主義文學運動的參與者以及國家主義的信奉者。但是，問題在於，與國民黨關聯深厚的三民主義、民族主義文學運動卻始終未能成為文學的主導力量，至於各種國家主義，本身卻又與國民黨意識形態矛盾重重，在文學上影響有限，更不用說其中的覺悟者如聞一多等反戈一擊，在抗戰結束以後以「人民」為旗，質疑「國家」的威權。

總而言之，在現代中國的主流作家那裡，國家觀念不是籠統的一個存在，而是包含著內部的分層，對家國世界的無條件的憂患主要是在族群感情的層面上，一旦進入現實的政治領域，就可能引出諸多的歧見和質疑，而且這些自我思想的層次之間，本身也不無糾纏和矛盾，于質夫蹈海之際，激情吶喊：「祖國呀祖國！我的死是你害我的！」在這裡，生死關頭的情感依託是「祖國」，說明「國家」依舊是我們精神的襁褓，寄寓著我們真誠的愛，然而個人的現實發展又分明受制於國家社會的束縛，這種清醒的現實體驗和篤定的權利意識也激發了另外一種不甘，於是，對「國家」的深愛和怨憤同時存在，彼此糾結，令人無以適從。

關於民國，魯迅也道出過類似的矛盾性體驗：

> 我覺得彷彿久沒有所謂中華民國。
>
> 我覺得革命以前，我是做奴隸；革命以後不多久，就受了奴隸的騙，變成他們的奴隸了。
>
> 我覺得有許多民國國民而是民國的敵人。
>
> 我覺得有許多民國國民很像住在德法等國裏的猶太人，他們的意中別有一個國度。
>
> 我覺得許多烈士的血都被人們踏滅了，然而又不是故意的。

我覺得什麼都要從新做過。〔註31〕

在這裡，魯迅對「民國」的失望是顯而易見的：它玷污了「革命」的理想，令真誠的追隨者上當受騙。然而，當魯迅幾乎是一字一頓地寫下「中華民國」這四個漢字的時候，卻也刻繪了對這一現代國家形態的多少的顧惜和愛護，猶如他在《中山先生逝世後一週年》中滿懷感情地說：「中山先生逝世後無論幾週年，本用不著什麼紀念的文章。只要這先前未曾有的中華民國存在，就是他的豐碑，就是他的紀念。」〔註32〕從君主專制的「家天下」邁入現代國家，民國本身就是這樣一個「先前未曾有」的時代進步的符號，也凝聚著像魯迅這樣「血薦中華」的知識人的思想和情感認同，所以在強烈的現實失望之餘，他依然將批判的刀鋒指向了那些踏滅烈士鮮血的奴役他人的當權者，那些污損了民國創立者的理想的人們，就是在「從新做過」的無奈中，也沒有遺棄這珍貴的國家認同本身。在這裡，一位現代作家於家國理想深深的挫折和不屈不撓的擔當都躍然紙上。

民族認同通常情況下都是與國家觀念緊緊聯繫的。但是，近現代中國，卻又經歷了「民族」意識的一系列複雜的重建過程，而這一過程又並不都是與國家觀念的塑造相同步的，這也決定了現代中國文學民族意識表達的複雜性。在晚清近代，結束帝制、創立民國的「革命」首先舉起的是「排滿」的旌旗，雖然後來終於為「五族共和」的大民族意識所取代，實現了道義上的多民族和解。但是，民族意識的整合、中華民族整體意識的形成並沒有取消每一個具體族群具體的歷史境遇，尤其是在一些特殊的歷史時期，這些細微的民族心理就會滲透在一些或自然或扭曲的文學形態中傳達出來。例如從穆儒丐到老舍，我們可以讀到那種時代變遷所導致的滿人的衰落，以及他們對自己民族所受屈辱的不同形式的同情。老舍是極力縫合民族的裂隙，在民族團結的嚮往中重塑自身的尊嚴，「老舍民族觀之核心理念，便是主張和宣揚不同民族的平等和友好。他的全部涉及國內、國際民族問題的著述，都在訴說這一理念。他一生中所有關乎民族問題的社會活動，也都體現著這一理念。」〔註33〕穆儒丐則先是書寫著族人命運的感傷，在對滿族歷史命運的深切同情中批判軍閥與國民黨

〔註31〕魯迅：《忽然想到》，《魯迅全集》3卷，北京：人民文學出版社，2005年，第16～17頁。

〔註32〕魯迅：《中山先生逝世後一週年》，《魯迅全集》7卷，北京：人民文學出版社，2005年，第305頁。

〔註33〕關紀新：《老舍民族觀探賾》，《中國現代文學研究叢刊》2015年第4期。

政治，曲曲折折地修正「愛國」的含義：「我常說愛國是人人所應當做的事，愛國心也是人人所同有的，但是愛國要使國家有益處，萬不能因為愛國反使國家受了無窮的損害。國民黨是由哄鬧成的功，所以雖然是愛國行為，也以哄鬧式出之。他們不能很沉著的埋頭用內功，只不過在表面上瞎哄嚷，結局是自己殺了自己。」〔註34〕到東北淪陷時期，他卻落入了日本殖民者的政治羅網，在意識形態的扭曲中傳遞著被利用的民族意識。同為旗人作家，老舍與穆儒丐雖然境界有別，政治立場更是差異甚巨，但都提示了現代民族情感發展中的一些不可忽略的複雜的存在。

除此之外，我們會發現，作為一種總體性的民族意識和本族群在具體歷史文化語境中形成的人生態度與生命態度還不能劃上等號。例如作為「中華民族」一員的少數民族例如苗族、回族、蒙古族等等，也有自己在特定生存環境和特定歷史傳統中形成的精神氣質，在普遍的中華民族認同之外，他們也試圖提煉和表達自己獨特的民族感受，作為現代中國精神取向的重要資源，其中，影響最大的可能就是沈從文對苗文化的挖掘、凸顯。在湘西這個「被歷史所遺忘」的苗鄉，沈從文體驗了種種「行為背後所隱伏的生命意識」，後來，「這一分經驗在我心上有了一個分量，使我活下來永遠不能同城市中人愛憎感覺一致了」〔註35〕。沈從文的創作就是對苗鄉「鄉下人」生命態度與人生形式的萃取和昇華，為他所抱憾的恰恰是這一民族傳統的淪喪：「地方的好習慣是消滅了，民族的熱情是下降了，女人也慢慢的像中國女人，把愛情移到牛羊金銀虛名虛事上來了，愛情的地位顯然是已經墮落，美的歌聲與美的身體同樣被其他物質戰勝成為無用的東西了」〔註36〕。

三

國家觀念與民族意識的多層次結合與纏繞為中國現代文學相關主題的表達帶來了層巒疊嶂的景象，當然也大大拓展了這一思想情感的表現空間。從總體上看，最有價值也最具藝術魅力的國家—民族表現，最終也造成了中國現代作家最獨特的個人風格。

〔註34〕穆儒丐：《運命質疑》(6)，《盛京時報·神皋雜俎》1935年11月21、22日。

〔註35〕沈從文：《從文自傳》，《沈從文全集》第十三卷，太原：北嶽文藝出版社，2002年，第306頁。

〔註36〕沈從文：《媚金、豹子與那羊》，《沈從文全集》第五卷，太原：北嶽文藝出版社，2002年，第356頁。

在中國現代文學中，雖然對國家、民族的激情剖白也曾經出現在種種時代危機的爆發時刻，但是真正富有深度的國家—民族情懷都不止於意氣風發、高歌猛進，而是纏繞著個人、家庭、地域、族群、時代的種種經歷、體驗與鬱結，在亢奮中糾結，在熱忱裏沉吟，在焦灼中思索，歷史的頓挫、自我的反詰，都盡在其中。從總體上看，作為思想—情感的國家民族書寫伴隨著整個中國現代文學跌宕起伏的歷史過程，在不同的歷史關節處激蕩起意緒多樣的聲浪，或昂揚或悲切，或鏗鏘或溫軟，或是合唱般的壯闊，或是獨行人的自遣，或是千軍萬馬呼嘯而過的酣暢，或是千廻百轉淺吟低唱的婉曲，或者是理想的激情，或者是理性的思考，可以這樣說，現代中國的國家—民族書寫，絕不是同一個簡單主題的不斷重複，而是因應不同的語境而多次生成的各種各樣的新問題、新形式，本身就值得撰寫為一部曲折的文學主題流變史。在這條奔流不息的主題表現史的長河沿岸，更有一座座令人目不暇給的精神的雕像，傲岸的、溫厚的、孤獨的、內省的……

從晚清到新中國建立的「現代」時期，中國文學的國家—民族意識的演化至少可以分作五大階段。

晚清民初是第一階段。在國際壓迫與國內革命的激流中，國家—民族意識以激越的宣言式抒懷普遍存在，改良派、革命派及更廣大的知識分子莫不如此。正如梁啟超所概括的，這就是當時歷史的「中心點」：「近四百年來，民族主義，日漸發生，日漸發達，遂至磅礡鬱積，為近世史之中心點。」〔註 37〕從革命人于右任的「地球戰場耳，物競微乎微。嗟嗟老祖國，孤軍入重圍。」(《雜感》)「中華之魂死不死？中華之危竟至此！」(《從軍樂》) 到排滿興漢的汗血、愁予之「振吾族之疲風，拔社會之積弱」〔註 38〕，從魯迅的《斯巴達之魂》、《自題小像》到晚清民初的翻譯文學乃至通俗文學都不斷傳響著保衛民族國家的豪情壯志。亦如《黑奴傳演義》篇首語所說：「恐怕民智難開，不知感發愛國的思想，輕舉妄動，糊塗一世，可又從哪裏強起呢？作報的因發了一個志願，要想個法子，把大清國的傻百姓，人人喚醒。」〔註 39〕近現代中國關於民族復興的表述就是始於此時，只是，雖然有近代西方的民族—國家概念的傳入，作為

〔註 37〕梁啟超：《論民族競爭之大勢》，《飲冰室文集》之十第 10 頁，中華書局 1989 年版。

〔註 38〕《崖山哀》，《民報》1906 年第二號。

〔註 39〕彭翼仲：《黑奴傳演義》篇首語，1903 年（光緒二十九年）3 月 18 日北京《啟蒙畫報》第八冊。

文學情緒的宣言式表達有時難免混雜有中國士人傳統的家國憂患語調。

五四是第二階段。思想啟蒙在這時進入到人的自我認識的層面，因而此前激情式宣言式的抒懷轉為堅實的國家—民族文化的建設。這裡既有作為民族文化認同根基的白話文—國語統一運動，又有貌似國家民族意識「反題」的個人權力與自由的倡導。白話文運動、白話新文學本身就是為了國家的新文化建設，傅斯年說得很清楚：「我以為未來的真正中華民國，還須借著文學革命的力量造成。」〔註 40〕胡適說：「我的『建設新文學論』的唯一宗旨只有十個大字：『國語的文學，文學的國語』。我們所提倡的文學革命，只是要替中國創造一種國語的文學。」〔註 41〕這裡所包含的是這樣一種深刻的語言—民族認識：「事實上，因為一個民族必須講一種原有的語言，因此，其語言必須清除外來的增加物和借用語，因為語言越純潔，它就越自然，這個民族認識它自身和提高其自由度就越容易。……因此，一個民族能否被承認存在的檢驗標準是語言的標準。一個操有同一種語言的群體可以被視為一個民族，一個民族應該組成一個國家。一個操有某種語言的人的群體不僅可以要求保護其語言的權利；確切而言，這種作為一個民族的群體如果不構成一個國家的話，便不稱其為民族。」〔註 42〕後來國語運動吸引了各種思想流派的參與，國家主義者也趕緊表態：「近來有兩種大的運動，遍於全國，一種是國家主義，一種是國語。從事這兩種運動的人不完全相同，因此有人疑心主張國家主義者對於國語運動漠不關心，甚至反對，這就未免神經過敏，或不明了國家主義的目的了。國家主義的目的是什麼，不外『內求統一外求獨立』八個大字，現在我要借著這次國語運動的機會，依著國家主義的目的，說明他與國語運動的密切關係，並表示我們國家主義者對於國語運動的態度。」〔註 43〕而在近代中國，對「國家主義」的理解有時也具有某些模糊性，有時候也成為對普泛的國家民族意識的表述，例如梁啟超胞弟、詞學家梁啟勳就認為：「國家主義與個人主義，似對待而實相乘，蓋國家者實世界之個人而已。」〔註 44〕陳獨秀則說：「吾人非崇拜國家主義，而作絕對之主張。」「吾國國情，國民猶在散沙時代，因時制宜，

〔註 40〕傅斯年：《白話文學與心理的改革》，《新潮》1919 年 5 月第 1 卷第 5 期。

〔註 41〕胡適：《建設的文學革命論》，胡適選編《中國新文學大系・建設理論集》，上海：上海良友圖書印刷公司，1935 年，第 128 頁。

〔註 42〕【英】埃里・凱杜里著、張明明譯：《民族主義》，北京：中央編譯出版社，2002 年，第 61～62 頁。

〔註 43〕陳啟天：《國家主義與國語運動》，《申報》1926 年 1 月 3 日。

〔註 44〕梁啟勳：《個人主義與國家主義》，《大中華雜誌》1915 年 1 月第 1 卷第 1 期。

國家主義，實為吾人目前自救之良方。」「近世國家主義，乃民主的國家，非民奴的國家。」〔註 45〕五四的思想啟蒙雖然一度對個人／國家的關係提出檢討和重構，誕生了如胡適《你莫忘記》一類號稱「只指望快快亡國」的激憤表達，表面上看去更像是對國家—民族價值的一種「反題」，但是在更為寬闊的視野下，重建個人的權力與自由本身就是現代民族國家制度構建的有機組成，我們也可以這樣認為，在五四時期更為宏大而深刻的文化建設中，個人意識的成長其實是開闢了一種寬闊而新異的國家—民族意識。劉納指出：「陳獨秀既將文學變革與民族命運相聯繫，又十分重視文學的『自身獨立存在之價值』，他的文學胸懷比前輩啟蒙者寬廣得多。」〔註 46〕

1920 中後期至 1930 後期是第三階段。伴隨著現代國家民族的現代發展，中國文學所傳達的國家—民族意識也在多個方向上延伸，不同的文學思潮在相互的辯駁中自我展示，三民主義、民族主義、國家主義、自由主義、左翼無產階級、無政府主義對國家、民族的文學表達各不相同，矛盾衝突，論爭不斷。其中，值得我們深究的現象十分豐富。三民主義、民族主義對國家、民族的重要性作出了最強勢的表達，看似不容置疑：「我們在革命以後，種種創造工作之中，要創造一種新文藝，要創造出中華民族的文藝，三民主義的文藝。因為文藝創造，是一切創造根本之根本，而為立國的基礎所在。」〔註 47〕然而，國家—民族情懷一旦被納入到政治獨裁的道路上卻也是自我窄化的危險之舉，三民主義、民族主義文學的強勢在本質上是以國民黨的專制獨裁為依靠，以對其他文學追求特別是左翼文藝的打壓甚至清剿為指向的，在他們眼中，「民族文藝最大的敵人，是普羅毒物，與頹廢的殘骸，負有民族文化運動的人，當然向他們掃射。」〔註 48〕這恣意「掃射」的底氣來自國家的政治權威，例如委員長的宣判：「要確定，總理三民主義為中國唯一的思想，再不好有第二個思想，來擾亂中國」〔註 49〕。這種唯我獨尊的文學在本質上正如胡秋原當年所批評的那樣，是「法西斯蒂的文學（？），是特權者文化上的『前鋒』，是最醜陋的警犬，他巡邏思想上的異端，摧殘思想的自由，阻礙文藝之

〔註 45〕陳獨秀：《今日之教育方針》，《青年雜誌》1915 年 1 月 15 日第 1 卷第 2 號。
〔註 46〕劉納：《嬗變》修訂版，北京：中國人民大學出版社，2010 年，第 19～20 頁。
〔註 47〕葉楚傖：《三民主義的文藝底創造》，《中央週報》1930 年 1 月 1 日。
〔註 48〕劉百川：《開張詞》，《民族文藝月刊》創刊號，1937 年 1 月 15 日。
〔註 49〕蔣介石：《中國建設之途徑》，《先總統蔣公全集》第 1 冊，臺北：中國文化大學出版社，1984 年，第 557 頁。

自由創造」〔註50〕。國家主義在思維方式上與三民主義、民族主義如出一轍，只不過他們對國民黨的文藝政策尚有不滿，一度試圖獨樹旗幟，因而也曾受到政府的打壓；在文學史的長河中，國家主義最終缺少自己獨立的特色，不得不匯入官方主導的思潮之中。在這一時期，內涵豐富、最有挖掘價值的文學恰恰是深受官方壓迫的左翼無產階級文學、自由主義文學，甚至某些包含了無政府主義思想的文學。左翼文學因為其國際共產主義背景而被官方置於國家—民族的對立面，受到的壓迫最多；自由主義、無政府主義因為對個人權力與自由的鼓吹也被官方意識形態視作危險的異端。但是，平心而論，在現代中國，共產主義、自由主義和無政府主義本身就是思想啟蒙的有機組成，而思想啟蒙的根源和指向卻又都是國家和民族的發展，因此，在這些個人與自由的號召的背後，依然是深切的國家—民族情懷，正如自由主義的領袖胡適所指出的那樣：「民國十四五年的遠東局勢又逼我們中國人不得不走上民族主義的路」，「十四年到十六年的國民革命的大勝利，不能不說是民族主義的旗幟的大成功」〔註51〕。換句話說，在自由主義等文學思潮的藝術表現中，存在著國際／民族、國家／個人的多重思想結構，它們構織了現代國家—民族意識的更豐富的景觀。

抗戰時期是第四階段。因為抗戰，現代中國的民族復興意識被大大地激發，文學在救亡的主題下完成了百年來最盪氣迴腸的國家—民族表述，不過，我們也應該看到，由於區域的分割，在國統區、解放區和淪陷區，國家—民族意識的表達出現了較大的差異。在國統區，較之於階級矛盾尖銳的1920～1930年代，國家危亡、同仇敵愾的大勢強化了國家認同，民族意識更多地融合到國家觀念之中，「抗戰建國」成為文學的自然表達，不過，對國家的認同也還沒有消弭知識分子對專制權力的深層的警惕，即便是「戰國策派」這樣自覺的民族主題的表達者，也依然自覺不自覺地顯露著民族情懷與國家觀念的某些齟齬〔註52〕。在解放區，因為跳出了國民黨專制的意識形態束縛，則展開了對「民族形式」問題的全新的探索和建構，其精神遺產一直延續到當代中國，

〔註50〕胡秋原：《阿狗文藝論》，《文化評論》1931年12月25日創刊號，參見上海文藝出版社編輯《中國新文學大系1927～1937第2集文藝理論集2》，上海：上海文藝出版社，1987年，第503頁。

〔註51〕胡適：《個人自由與社會進步》，《獨立評論》1935年5月12日第150號。

〔註52〕參見李怡：《國家觀念與民族情懷的齟齬——陳銓的文學追求及其歷史命運》，《文學評論》2018年第6期。

成為了二十世紀下半葉中國國家—民族文學表達的重要內容。在淪陷區，文學的國家表達和民族表達曖昧而曲折，除了那些明顯「親日媚日」的漢奸文學外，淪陷區作家的思想複雜性也清晰可見，對中華民族的深層情懷依然留存，只不過已經與當前的「國家」認同分割開來，因為滿漢矛盾的歷史淵源，對自我族群的記憶追溯獲得鼓勵，卻也不能斷言這些族群的認同就真的演化成了中華民族的「敵人」。總之，戰爭以極端的方式拷問著每一個中國作家的靈魂，逼迫出他們精神深處的情感和思想，最後留給歷史一段段耐人尋味的表達。

抗戰勝利至新中國成立是第五階段。抗戰勝利，為國家民族的發展贏來了新的歷史機遇，如何重拾近代以後的國家—民族發展主題，每一個知識分子都在面對和思考。然而，歷經歷史的滄桑，所有的主題思考也都有了新的內容：例如，近代以來的民族復興追求同時還伴隨著一個同樣深厚的文藝復興或曰文化復興的思潮，兩者分分合合，協同發展，一般來說，在強調國家社會的整體發展之時，人們傾向以「民族復興」自命，在力圖突出某些思想文化的動態之時，則轉稱「文藝復興」，相對來說，文藝復興更屬於知識界關於國家民族思想文化發展的學術性思考。抗戰勝利以後，國家—民族話題開始從官方意識形態中掙脫出來，民族復興不再是民族主義的獨享的主張，它成為了各界參與的普遍話題，因為普遍的參與，所以意義和內涵也大大地拓展，不復是國民黨政治合法性的論證方式，左翼思想對國家—民族的表述產生了更大的影響，這個時候，作為知識界文化建設理想的「文藝復興」更加凸顯了自己的意義。這是歷史新階段的「復興」，包含了對大半個世紀以來的國家—民族問題的再思考、再認識，當然也包含著對知識分子文化的自我反省和自我認識。早在抗戰進行之時，李長之就開始了對五四新文化運動的反思，試圖從發揚本民族文化精神的角度再論文藝復興，掀起「新文化運動的第二期」，1944 年 8 月和 1946 年 9 月，《迎中國的文藝復興》一書先後由重慶與上海的商務印書館推出「初版」，出版的日期彷彿就是對抗戰勝利的一種紀歷。新的民族文化的發展被描述為一種中西對話、文明互鑒的全新樣式：「近於中體西用，而又超過中體西用的一種運動」，「其超過之點即在我們是真發現中國文化之體了，在作徹底全盤地吸收西洋文化之中，終不忘掉自己！」〔註 53〕這樣的中外融通既不是陳腐守舊，又不是情緒性的激進，既不是政治民族主義的偏狹，又不等同於一般「西化」論者的膚淺，是對民族文化發展問題的新的歷史層面的剖解。

〔註 53〕李長之：《迎中國的文藝復興》，上海：上海商務印書館，1946 年，第 58 頁。

無獨有偶，也是在抗戰勝利前後，顧毓琇發表了多篇關於「中國的文藝復興」的文章，1948 年 6 月由中華書局結集為《中國的文藝復興》，被視作「戰後『復員』聲中討論中華民族復興問題的比較系統、全面的論著」〔註 54〕。在顧毓琇看來，文藝復興才是民族復興的前提，而「創造精神」則是文藝復興的根本：「中國的文藝復興乃是根據於時代的使命，因此不能不有創造的精神。中國的文藝復興，乃是根據於世界的需要，因此不能違背文化的潮流。以文化的交流培養民族的根源，我們必定會發揮創造的活力，貫徹時代的使命。」〔註 55〕1946 年初，誕生了以《文藝復興》命名的重要文學期刊，「勝利了，人醒了，事業有前途了。」〔註 56〕《文藝復興》的創刊詞用了一連串的「新」，以示自己創造歷史的強烈願望：「中國今日也面臨著一個『文藝復興』的時代。文藝當然也和別的東西一樣，必須有一個新的面貌，新的理想，新的立場，然後方才能夠有新的成就。」「抗戰勝利，我們的『文藝復興』開始了；洗蕩了過去的邪毒，創立著一個新的局勢。我們不僅要承繼了五四運動以來未完的工作，我們還應該更積極的努力於今後的文藝復興的使命；我們不僅為了寫作而寫作，我們還覺得應該配合著整個新的中國的動向，為民主，絕大多數的民眾而寫作。」〔註 57〕創造和新並不僅僅停留於理想，《文藝復興》在 1940 年代後期發表了一系列對個人／國家／民族歷史命運的探索之作：小說《寒夜》、《圍城》、《引力》、《虹橋》、《復仇》，戲劇《青春》、《山河怨》、《拋錨》、《風絮》，以及臧克家、穆旦、辛笛、陳敬容、唐湜、唐祈、袁可嘉等人的詩歌；求新也不僅僅屬於《文藝復興》期刊一家，放眼看去，展開全新的藝術實踐的不只有解放區的「大眾化」，1940 年代後期的中國文學都努力在許多方面煥然一新，中國現代作家的自我超越也大都在這個時期發生，巴金、茅盾、沈從文、李廣田……

此時此刻，思想深化進入到了一個新的歷史階段，一些基於國家、民族現狀的新的命題出現了，成為走向未來的歷史風向標，例如「民主」與「人民」，解放區的政治建設和文化建設是對這兩個概念的最好的詮釋。不過，值得注意

〔註 54〕《顧毓琇全集》編輯委員會：《顧毓琇全集·前言》，《顧毓琇全集》第 1 卷，瀋陽：遼寧教育出版社，2000 年，第 3 頁。

〔註 55〕顧一樵：《中國的文藝復興》，原載《文藝（武昌）》1948 年 3 月 15 日第 6 卷第 2 期。

〔註 56〕李健吾：《關於〈文藝復興〉》，《新文學史料》1982 年第 3 期。

〔註 57〕鄭振鐸：《發刊詞》，《文藝復興》1946 年 1 月 10 日創刊號。

的是，這兩大主題也不僅僅出現在解放區的語境中，它們同樣也成為了戰後中國的普遍關切和文學引領。前者被周揚、馮雪峰、胡風多番論述，後者被郭沫若、茅盾、艾青、田漢、阿壟、聞一多熱烈討論，也為穆旦、袁可嘉、朱光潛、沈從文、蕭乾深入辨析，現實思想訴求與藝術的結合從來還沒有在藝術哲學的深處作如此緊密的結合〔註 58〕。「人民」則從我們對國家—民族的籠統關懷中凸顯出來，成為一個關乎族群命運卻又拒絕國民黨專制權力壓榨的強有力的概念，身在國統區的郭沫若與聞一多等都對此有過深刻的闡發。左翼戰士郭沫若是一如既往地表達了他對專制強權的不滿，是以「人民」激活他心中的「新中國」：「文藝從它濫觴的一天起本來就是人民的。」「社會有了治者與被治者的分化，文藝才被逐漸為上層所壟斷，廟堂文藝成為文藝的主流，人民的文藝便被萎縮了。」「一部文藝史也就是人民文藝與廟堂文藝的鬥爭史。」「今天是人民的世紀，人民是主人，處理政治事務的人只是人民的公僕。一切價值都要顛倒過來，凡是以前說上的都要說下，以前說大的都要說小，以前說高的都要說低。所以為少數人享受的歌功頌德的所謂文藝，應該封進土瓶裏把它埋進土窖裏去。」〔註 59〕曾經身為「文化的國家主義者」的聞一多則可謂是經歷了痛苦的自我反省和蛻變。激於祖國陸沉的現實，聞一多早年大張「中華文化的國家主義」〔註 60〕，但是在數十年的風雨如晦之後，他卻幡然警悟，在《大路週刊》創刊號上發表了《人民的世紀》，副標題就是：「今天只有『人民至上』才是正確的口號」。無疑，這是他針對早年「國家至上」口號的自我反駁。這樣的判斷無疑是擲地有聲的：「假如國家不能替人民謀一點利益，便失去了它的意義，老實說，國家有時候是特權階級用以鞏固並擴大他們的特權的機構。」「國家並不等於人民。」〔註 61〕倡導「人民至上」，回歸「人民本位」，這是聞一多留在中國文壇的最後的、也是最強勁的聲音，是現代中國國家—民族意識走向思想深度的一次雄壯的傳響。

〔註 58〕參見王東東：《1940 年代的詩歌與民主》，臺北：政治大學出版社，2016 年。

〔註 59〕郭沫若：《人民的文藝》，1945 年 12 月 5 日天津《大公報》。

〔註 60〕聞一多：《致梁實秋》（1925 年 3 月），《聞一多全集》第 12 卷，武漢：湖北人民出版社，1993 年，第 214 頁。

〔註 61〕聞一多：《人民的世紀》，原載於 1945 年 5 月昆明《大路週刊》創刊號，《聞一多全集》第 2 卷，武漢：湖北人民出版社，1993 年，第 407 頁。

揭秘徐志摩的另一面（代序）

韓石山

他的降臨，或許是一個警誡

世人知道的徐志摩，跟真正的徐志摩，是有很大差別的。

在中國現代文化史上，徐志摩絕對是個異數，有時實在無法解釋了，筆者只能說，這是上蒼哀憐中國文化人苦苦追求而難得正果，特意降臨這麼一個優異的人物，給我們以昭示，更給我們以警誡。

不說別的，且說警誡的意義。

近百年的新詩運動，基本上是失敗的，能留下兩行詩或幾句詩的，已堪稱優秀。而徐志摩，一首一首的詩，讓人看了還想背誦，背誦了還想不時地吟詠。這是不是在警誡——非真正有天分的，輕易別打新詩的主意？

多少文化人，未必是品質惡劣，或許是一時的不慎，造成婚戀的錯亂，便被人斥為下流，誤了前程，甚至誤了終生。而徐志摩一生都在紅粉陣裏打滾，有前妻，有後妻，有他心儀的戀人，有暗戀他的女友，臨到故去，竟沒有一個對他有怨懟之言。其前妻張幼儀，晚年對同姓晚輩說：「在他一生當中遇到的幾個女人裏，說不定我最愛他。」這是不是在警誡人們：浪漫、多角，都不是罪過，而是看你的品質值不值得那麼多的女人喜愛並為之獻身。

多少文化人，在某一門藝術上有所建樹，便沾沾自喜，以為自己是個不世出的天才。而徐志摩，似乎有個金指頭，在他沾染過的文學乃至文化的領域，都有驕人的成就。已然是詩人了，而人們對他散文的評價，也越來越高；已然是文學家了，轉過身又發現，他還是最早將相對論介紹到中國的學者之一，也是最早將社會主義理論介紹到中國的學者之一。這是不是在警誡人們：專注於文學的某一門類者，絕不會有大的成績？

此中原委，究竟是什麼？這就要說到徐志摩的另一面。

學者中也少有他這樣全面的學術訓練

說到徐志摩的另一面，不可不說他的父親徐申如先生。

現在的人，錢多了，怎麼花，一說就是投資。投資的目的，一是讓資金取得最大的利潤，二是讓資金取得資金以外不可用資金衡量的回報。

以前者而論，徐老先生是失敗者，以後者而論，徐老先生是近代以來中國最成功的投資者。他把他的兒子打造成了中國最有名的詩人，最值得敬重的文化人。徐家的門楣，將永世閃動著耀眼的靈光。

徐志摩上的小學中學不用說了，都是當地最好的學校。

除此之外，凡有益於兒子將來發展的修習，徐老先生都不惜重資，延聘名師施教。

雖說科舉廢除了，寫字仍是面子上的事。徐志摩上中學時，徐老先生就帶著兒子到上海，投師於著名書法家鄭孝胥門下。至今講書法史的，說到鄭孝胥的門徒，有的還將徐志摩算上。徐志摩的書法以行書見長，寫字時那長長的捺，頗得鄭氏之筆意。1914 年秋天，徐志摩考上北京大學預科，第二年過年時，徐老先生趕到北京，通過張君勱（徐志摩已訂婚的未婚妻張幼儀的哥哥），以一千大洋的贄禮，讓兒子拜在梁啟超門下，成為聲名顯赫的梁任公的入室弟子。

這是在國內。

徐志摩出國留學，徐老先生不能跟隨張羅了，但資金之充裕，實非今人所能想像。徐志摩與張幼儀在英國離婚後，徐老先生答應每月給張三百銀圓的生活費，這麼做一半是徐老先生心疼兒媳，不想讓她有受欺凌的感覺，一半是安排好兒媳的生活，讓她不要打擾徐志摩的學業。這樣的苦心，後人不知，以為徐老先生厚待兒媳而苛待兒子。這怎麼可能呢！

徐志摩出國留學不光資金充裕，甚至還帶了家藏的書畫，以便結交西方賢達。且看他在英國送給狄更斯先生的禮物是什麼——竟是一套雕版印製的《唐詩別裁集》，扉頁上這樣寫著：「書雖凋蠹，實我家藏，客居無以為贐，幸先生莞爾納此，榮寵深矣。」

徐志摩在國外的學業，確也不負徐老先生的厚望。只是父親的厚望與兒子的心志不太相同罷了。在《猛虎集》的序裏，徐志摩說「我父親送我出洋留學是要我將來進金融界的，我自己最大的野心是想做一個中國的 Hamlton。」Hamilton，通常漢譯為漢彌爾頓。

漢彌爾頓何許人也？乃美國開國時期的政治家，華盛頓時代的財政部部長，後來又指揮過軍隊。漢彌爾頓退出公職後，還辦過報，被譽為「美國開國時期的實幹家、行政天才，一位偉大的愛國者」。

以學業而論，徐志摩初到美國入克拉克大學，學的是歷史，一年後畢業，入哈佛大學，學政治學，翌年取得碩士文憑。1920 年秋，徐志摩又到英國，先人倫敦大學經濟學院，後入劍橋大學國王學院。做一名特別研究生。課餘時間，他還參加英國工黨的選舉活動。

在徐志摩那個時代，出國留學的人中，有他這樣全面的社會學科訓練的也沒有幾個（徐志摩在北大學是法律）。

幾十年後，一位名叫趙毅衡的中國學者赴英講學期間，深入研究過徐志摩在英國的行蹤，頗為感慨地說：「徐志摩可說是一個最適應西方的中國人。」

最恰當的說法，或許是——他是一個有大才，也有大志的人，知道該怎樣充實自己，完善自己。

早年曾是社會主義的研究者

徐志摩在美國留學時，有個外號叫「鮑雪微克」，說白了就是布爾什維克。

奇怪嗎？

一點都不奇怪。

1917 年俄國「十月革命」的勝利，讓社會主義一下子成了世界上最熱門也最新銳的學說。徐志摩，剛擺脫帝制的中國的一個留學生，他志在救國救民，怎能不對社會主義學說表現出極大的熱情和興趣？

徐志摩對社會主義學說表現出的熱情，絕非虛泛的激情，他是真正做了深入研究的。他的研究，一是購買相關書籍，二是寫文章介紹到中國。

1920 年，徐志摩在紐約寫信給克拉克大學的同學李濟，信中說：「我近來做了些中文，關於社會主義，想登《政學叢報》的，抄寫得真苦，肩膀也酸了，指頭也腫了。」

《政學叢報》當為《政治學報》。經武漢大學教授陳建軍尋找，查得《政治學報》第二期上，有徐志摩三篇文章（兩篇書評和一篇論文），均與社會政治學說有關。兩篇書評，一篇是評羅塞爾的《樂土康莊》。羅塞爾即羅素（BertrandRussell），《樂土康莊》即 *Proposed Roads to Freedom*，現通譯為《通往自由之路》。

最為奇妙的是，徐志摩用過的這本《樂土康莊》，七十多年後，竟被中國本土的一位詩人在舊書攤上買到了。據陳建軍說，20 世紀 90 年代，安徽詩人祝風鳴曾在合肥市一個路邊書攤購得英文版 *Proposed Roads to Freedom*，扉頁上方簽署「C.H.Hsu，April 7 1920.C.U」，下方鈐「志摩遺書」橢圓形藍色印章。據祝鳳鳴考證，「C.H.Hsu」是徐志摩的英文名。這本書是徐志摩 1920 年 4 月 7 日在哥倫比亞大學購買（「C.H.Hsu」或許是徐志摩本名徐章垿的英文字母拼音）。

另一篇書評，是評馬羅的《自由國家之社會》和段耕輯的《國家聯盟之要義及其實施》。

一篇論文，名為《社會主義之沿革及其影響》，全文分五節，萬餘字，堪稱長文。

這是近年來徐志摩研究的重要貢獻，筆者不避冗繁，在此做個介紹。

《社會主義之沿革及其影響》前有《概說》，略謂：

> 社會主義之名詞，沿用不及百年。千八百三十五年，英倫始見此字。然猶泛淼無定義。千八百四十年，法人雷鮑（Rey Band）初綰此字入書。當時社會學說頻出，及馬克思集大成，為一家言。社會主義不期而大昌其後支衍流別，尤有五花八門之觀。向之浮以暗者，今繁雜不可復概論，故必敘列爬梳其源委，期其流系有所附麗，而無淆樊之戚。本篇為行文醒豁計，直以馬克思為幹，先此者為根柢，後此者為枝葉。其間異乎馬氏者，姑以為藤為蘿，緣樹並茂者也。今分左列時期論之。

不是有實物為證，絕對難以想到，年輕時的徐志摩，下過這樣的工夫。

他的見識，甚至在胡適之上

現在一個作家或者詩人，要樹立自己的聲名，實在是太難了。

容筆者說句刻薄話，一個縣裏的作家，聲名多半侷限在自己出生的那個村裏；一個地級城市的作家，聲名多半侷限在自己出來的那個縣裏；一個省裏的作家，聲名多半侷限在自己所在的那個作協或文聯繫統裏。

若溢出這固定的範疇，便可說是薄有聲名，不負此生了。

然而，讀者諸君知道徐志摩留洋歸來，是怎樣成就他那絕大的名聲的嗎？

1922 年 10 月中旬，徐志摩乘日本客貨輪船「三島丸」回國。輪船靠上黃浦江的碼頭，徐志摩那雙穿著皮鞋的腳一踏上江岸，就等於踏進了中國文化的中心。接下來要做的事，不是他要怎樣，而是一位叫「時勢」的老人，引領著他，也催促著他，看他做哪樣事情最合他的心性。用徐志摩自己的話來說，就是做哪樣事情最合他的脾胃。

時勢的引領，徐志摩選擇了新詩。

新文化運動初期，新詩的艱難，絕非現在的人們所能想像。

比如，1923 年徐志摩在北京和上海兩地奔波，時不時地會把自己的詩作選出一兩首，給兩地的刊物。有次路過上海，上海一家較為有名的報紙《時事新報》的副刊《學燈》的編輯有幸要到徐志摩的一首詩，名為《康橋再會罷》。3 月 12 日，《康橋再會罷》刊登出來，是當作散文刊出的，根本沒有分行。徐志摩對編輯說這是詩，要分行。編輯知錯就改，很快便分行刊出，但是又錯了。

徐志摩的這首詩，有意在中國提倡一種新的詩風，每十一字為一行，而這家報紙的欄目排列，是每八字為一行，而每行之間有空字，這樣一來，用徐志摩的話說就是：「尾巴甩上了脖子，鼻子長到下巴底下去了。」

徐志摩的《康橋再會罷》一詩，起初就是這樣紅起來的。

千萬別以為初創時期，只要揮舞大刀，砍樹劈草，就能成為一個大詩人、一個大文化人。

不是這麼簡單。

且看當年徐志摩對蘇聯的態度。

1923 年，徐志摩曾寫過一篇文章，讚賞蘇聯公使館前的升旗儀式，對蘇聯公使加拉罕先生的形象讚美有加。說那面徐徐升起的紅旗，是一個偉大的象徵，代表人類史上最偉大的一個時期。

那時徐志摩還沒有去過蘇聯，只能從表象上做出自己的判斷。

1925 年春，徐志摩因為與陸小曼的婚戀影響面太大，決計去歐洲避避風頭，便取道西伯利亞去了法國。徐那時經濟上不甚寬裕，朋友也有意資助，於是徐志摩便應《晨報》總編輯之請，為該報撰寫一系列的通訊文章。這樣，他就有了從容觀察蘇聯的機會。

徐志摩畢竟有著良好的社會學訓練，又是本著如實報導的態度認真觀察，如此一來，就看到了公使館門前真實的蘇聯社會。

徐志摩訪歐歸來那年秋天，接辦了著名的《晨報副鐫》，並將之改名為《晨報副刊》。正好這時胡適要去倫敦開會，也是取道西伯利亞，路過莫斯科，沒有停留，只不過是利用轉車的一兩天時間，參觀了學校等教育機構。胡適是個愛寫文章的人，這次沒有顧上寫文章，而是寫了幾封信，將在蘇聯的一些見聞寫給一位張姓朋友。這位張姓朋友也是徐志摩的朋友，他對徐志摩說，把胡大哥的這三封信在《晨報副刊刊登了吧。徐志摩卻不過情面，就刊登了，但刊登的同時，作為主編，他寫了篇批評文章作為按語放在胡適文章的前面。

胡適在給張姓朋友的信中說，蘇聯雖然實行的是專制主義政策，卻真是在用力辦教育，努力想造成一個社會主義新時代，依此趨勢認真做去，將來可以由「狄克推多」(「狄克推多」是英語「專制」的音譯）過渡到「社會主義的民治制度」。

徐志摩在按語中說，這是可驚的美國式的樂觀態度。由愚民政策，能過渡到「社會主義的民治制度」！分析過種種原因之後，徐志摩說，我們很期望適之先生下次有機會，撇開統計表，去做一次實地的考察，我們急急地要知道那時候，他是否一定要肯定蘇聯教育有「從狄克推多過渡到社會主義的民治制度」的可能。

崇尚民主、反對專制的胡適，為什麼會犯這樣低級的錯誤呢？徐志摩的說法是，胡大哥這些年從來沒出去過，「自從留學歸來已做了十年的中國人」。

據此可知，作為一個大變革時期的知識分子，見識是第一位的。沒有見識，只憑著那點兒所謂的才華，再蹦躂也不會有多大出息。

徐志摩這樣批評胡適，胡適會沒有反應嗎？事實是，胡適後來承認，徐志摩對他的批評是對的。胡適公開認錯的文字出現在臺灣版的《徐永昌日記》裏，在第十一冊、民國四十三年 3 月 6 日條下。原文為：「胡適之五日在自由中國雜誌社歡迎會演說，曾言懺悔過去對社會主義的信賴。」

他用雙手，托起了那一輪新月

20 世紀 20 年代，注定是中國歷史上一個風雲驟變的時期。一件一件的史實不必贅述，新文化運動如火如荼的發展，怕是誰也不能否認的事實。

社團與流派，歷來是推動文化運動的急先鋒，古今中外，概莫能外。

徐志摩回國前，已出現了兩個頗具聲勢的文學社團，一個是 1921 年年初在北京成立的文學研究會，一個是同年 7 月在東京成立、很快就移師上海的創造社。這兩個文學社團，可以說都是由五四運動精神催生的。社團成立之初，都起過相當大的作用，文學研究會廣結人緣，創造社驍勇善戰，都有不可抹殺的功績。

然而，這兩個文學社團都有著自身難以克服的缺陷——文學研究會以國產作家學者為主，敦厚有餘而魄力不足，難當領導新文化運動的大任；創造社清一色的留日學生，人人英雄，個個好漢，只是氣量狹窄，格局太小，難孚眾望。真正賡續五四精神、影響廣披、建樹卓著的，還要數 1923 年徐志摩首倡成立的新月社。

而新月社的成立，起初簡直如同兒戲。

1924 年 4 月泰戈爾來華訪問，先到上海，再到北京。知道泰戈爾到了北京，定然要來松坡圖書館訪談，其時居住在圖書館內的徐志摩為了討老詩人歡喜，便在他住所的門外掛了一個小小的木牌，用毛筆寫了三個不太大的黑字：新月社。

那是個正午，人們都在午休，一個二十七歲的年輕男子，悄悄地掛上這個小木牌後，還羞怯地四下裏看了看。

還好，沒什麼人看到。

這種事情，最難為情的，是在掛起的那一刻。

然而，就是這一掛，一個以留學英美為知識背景的自由知識分子的文化團體，就在古老的中華大地上誕生了。

這時候，這個文化團體還只敢叫「新月社俱樂部」，給人的感覺，是一群有錢有閒的年輕人鬧著玩的地方。

「新月社俱樂部」真正顯示它的威力，是在兩三年之後，俱樂部的多數成員分頭南下，嘯聚上海，成立新月書店，創辦《新月》月刊之時。

1927 年春天，隨著南京國民政府的成立，中國的新文化運動進入了一個新的時期。

這一時期的新月派與前些年徐志摩在北京成立的新月社的關係，梁實秋有不同的看法。梁先生認為，上海時期的新月派，與北京時期的新月社沒有任何關係。想來這是因為梁實秋回國遲，基本上沒有參與北京時期的活動，而在上海時期，他卻是新月派的中堅分子，曾一度出任《新月》的主編。不承認前後「新月」的關聯，並不等於否認徐志摩的功績。

梁實秋這個批評家，晚年回憶起年輕時的朋友，不無深情地說：「新月書店的成立，當然是志摩奔走最力。」又說，「胡（適）先生當然是新月的領袖，事實上志摩是新月的靈魂」。

領袖要的是德高望重，應者雲從，而靈魂即是生命，有他在，不管人多人少，這一輪新月升起落下、落下升起，運轉自如；沒了他，這輪新月只會落下，不復升起。事實上也確是如此，1931 年 11 月，徐志摩遇難後，標誌著新月派活力的《新月》月刊，雖經葉公超等人艱難支撐，終是氣數已盡，不久便壽終正寢。

僅此一點，足以說明徐志摩與新月社、新月派是怎樣一種關係。

可以說，有了徐志摩，才有了新月社，沒了徐志摩，便沒了新月派。

一個年輕人，回國不到十年的時間，接連幾起婚戀風波，已經鬧得沸沸揚揚，卻還能鬧中取靜，靜中發力，躍馬揮槍，幾個回合下來，把自己打造成一個頂級的詩人；又是幾個回合下來，組建起一個功績卓著的文學社團，開書店、辦刊物，形成一個影響深遠的文學流派。這樣的人，任何既有的解釋，都不免蒼白無力，只能說，上蒼垂憐這片古老的土地、垂憐這古老的文化，特意降生了徐志摩這樣一個天才，給這古老的土地帶來一株新綠，給這古老的文化帶來一道靈光。

一直到死，他都是一個赤誠的愛國者

1931 年 11 月 19 日，徐志摩死於空難。

關於徐志摩的死，多少年來，人們總是說，他之所以急著搭送郵件的飛機趕回北京，最後送了命，是為了聽林徽因給外國使節作中國建築藝術方面的演講。

某天晚上，筆者無意間看到南方某市的一家電視臺正播放一部關於徐志摩的片子，不是紀錄片，像是個講述片，說徐志摩之所以坐送郵件的飛機，是因當時火車票貴，而郵政飛機機票便宜，徐志摩為了省錢，便坐了郵政飛機。

真是想當然。事實是，當時中國已有了航班，只是坐飛機的人太少，徐志摩是大名人，航空公司為了拓展業務，送給徐志摩一張免費機票，這張票可隨時乘坐任何一班航班。那天徐志摩到了南京，因第二天要北上，便打電話問機場，機場說沒有航班了，只有送郵件的飛機，無奈之下，徐志摩只好乘坐了那架郵政飛機。

說你志摩趕回北京是為了聽林徽因的講座，確有動人之處——他最初熱戀的，是林徽因這個女人，如今為了捧這個女人的場，輕易送了自己的命。真是生也徽因，死也徽因。

過去，筆者是這樣看的，現在不這樣看了。

筆者認為，徐志摩之所以匆匆離開上海，是因為他與陸小曼吵翻了，急著趕回北京，是因為局勢變化太快，他想有所作為。須知，從北京到南京，他乘坐的是張學良的專機，專機去南京，是送張學良的外交顧問顧維鈞向南京方面請示處理東北危急的方略的。也就是說，瀋陽方面最近有大的變故，徐志摩是知道的。

1931 年 11 月 18 日下午，徐志摩到南京。晚上去看望楊杏佛，楊不在家，徐留了個紙條，這個紙條，便成了徐志摩的絕筆。紙條是這樣寫的：「才到奉謁，未晤為悵。頃到湘眉（指女作家韓湘眉）處，明早飛北平，慮不獲見。北平聞頗恐慌，急於去看看。杏佛兄安好。志摩。」

「北平聞頗恐慌，急於去看看」——這才是徐志摩急於趕回北平的真正原因。

也就是說，直到臨死之前，他仍在為時局擔心，為這個國家擔心。

目次

徐志摩書信尚需重新整理〔註 1〕

前段時間，我因編《廢名往來書信輯錄》，四處查閱民國時期報刊，竟無意中翻得徐志摩的一束信札。這束信札共有十一封，是徐志摩 1925 年至 1931 年間寫給畫家劉海粟的，原載上海《文友》半月刊（鄭吾山編輯兼印刷發行人）1943 年 7 月 15 日第 1 卷第 5 期，題名為《志摩手札——給劉海粟》。同時還刊登了一張徐志摩半身照。這束信札是《文友》半月刊記者何煜根據劉海粟提供的原件抄錄的。在刊發這組信札時，何氏特地寫了一段「前記」：

> 劉海粟——這東方藝壇的巨人。
>
> 約在兩個月前，劉氏從巴達維亞返抵闊別四年的上海後，記者便不時去拜訪。在一個細雨迷漫的上午，忽蒙劉氏把他珍藏了已達二十年的已故詩人徐志摩的書信，交給了記者。他說：
>
> 「你可以在這些信件裏，找出我和志摩的友情，是怎樣的懇切和明朗……」
>
> 記者為了這些頗有意義的珍品，不敢自秘，所以把它一一抄錄，以饗愛好徐氏詩文的讀者。

這束信札中有兩封，即第五封（1926 年 1 月 30 日）、第六封（1927 年 7 月），均未收入坊間流行的幾種徐志摩書信集，當為佚簡。茲過錄於下：

> 海粟：頃來知賢伉儷俱感小不豫，為念。美展會今得杏佛電，蔡蔣亦出席，須延期至星期一下午二時，即盼轉知。伯鴻先生已談過否？明日中午或再來。志摩候。

〔註 1〕原載《魯迅研究月刊》2008 年第 9 期。

海兄：忽然而行，慌忙無極，兄處竟不及走辭，思訓文亦無暇閱看，幸兄善宥之矣。明日早九時新關碼頭啟程，然勿敢勞相送也。胡公均候。志摩拜別。

第一封（1925年9月24日），各種徐志摩書信集漏收了前半截：

海粟：二信都到，常言說天才天忌，人才人忌，這回看來，是有點道理。要不然，為什麼人人這樣的怕你，他們也說不出所以然來，只是有些怕，因此不敢……。現在的情形大概嚴彭是不成事實了，雖則所說嚴早有非異人任的架子，行嚴簡直不管，但最近索性叫老牛幹，省得麻煩。方才我們商議，與其來一個不相干的人弄得我們幾個朋友進退二難，還不如上面放一個一無成見的牛爺。全內行既不可得，爽性來一個全外行，並且現在辦學最難是經費！牛爺是部里人，籌款當然比旁人便利，所以我們意思暫時請他上去，也算是沒辦法中的辦法。

其餘八封，在句讀、文字、標點上，也與已版《徐志摩全集》書信卷和《徐志摩書信》〔註2〕、《徐志摩日記書信精選》〔註3〕、《志摩的信》〔註4〕、《徐志摩書信集》〔註5〕、《輕輕的我走了：徐志摩書信集》〔註6〕等有較大出入。我粗略統計了一下，僅異文就有上百處之多。

以前看徐志摩致劉海粟的書信，有些地方總令人感到一頭霧水，莫名其妙，不知所云。如：「你可以去電萬升醫院找他」（1925年9月24日）；「適之有此接洽，令我咽唾不置」「我海外交遊類皆如此，亦十有八九老人忘年交，有時最真切也」（1925年10月29日）；「連得兩函敬荷。小鵜大婚」（1926年12月11日）；「魚在水，佛在山」「小曼得帕，乃如小兒湯餅，極快樂」（1930年12月10日）。對讀新發現的信札，乃有撥雲見日之感，原來「萬升醫院」應為「萬昇醬園」；「接洽」應為「機會」，「我海外交遊類皆如此，亦十有八九老人忘年交，有時最真切也」應為「我海外交遊類皆六十乃至八十之老人，忘年交有時最真切也」；「連得兩函敬荷。小鵜大婚」應為「連得兩函，敬悉小鵜大婚」；「佛在山」應為「虎在山」，「如小兒湯餅」應為「如小兒得餅」。香港

〔註 2〕晨光輯注，湖南文藝出版社 1986 年 1 月版。
〔註 3〕顧永棣編選，四川文藝出版社 1991 年 7 月版。
〔註 4〕虞坤林編，學林出版社 2004 年 7 月版。
〔註 5〕韓石山編，天津人民出版社 2006 年 6 月版。
〔註 6〕傅光明編，中國三峽出版社 2006 年 10 月版。

商務版《徐志摩全集》的底本是 1936 年前後陸小曼和趙家璧合編的《志摩全集》（未刊），《志摩全集》所據該是原信件，而其差錯竟有如此之多，實在讓人不可思議。當然，《文友》半月刊中的十一封信，也有不少錯誤之處，如第七封將「常玉」誤作「常至」，第九封中的「太言」實係「太玄」之誤等。另據信中史實推斷，第七、第八兩封信的寫作時間似應為「民國十八年」，而非「民國十九年」。

據說，劉海粟一直很好地珍藏著徐志摩的信件，即使在十年浩劫中也未毀失。在《憶徐志摩》一文中，劉海粟曾談到徐志摩信的去向：「志摩給過我十幾封信，被學生周宗琦借去學習，他出國之前，我再三索要，他說給一位青年人借去未還。」〔註 7〕徐志摩 50 週年忌日前後，劉海粟對來訪的谷葦講過：原信件被周宗琦轉借他人後，另外一個朋友抄了十七封半信給了他。這些抄件，最早的一封寫於「民國十四年七月末日」，最後的一封寫於「民國二十年八月」〔註 8〕。谷葦想必是知道詳情的，遺憾的是他僅披露了 1925 年 10 月 29 日的一封信，而這封信又與《志摩全集》中的完全一樣。至於另外十六封半信具體寫的是什麼內容，則不得而知。《志摩全集》共收徐志摩致劉海粟信十九封，最末一封是 1931 年 10 月 4 日寫的，其餘十八封始於 1925 年 7 月 31 日而迄於 1931 年 8 月 22 日。因此，我懷疑劉海粟所得十七封半信，並非據原信件轉抄，而是錄自《志摩全集》。

徐志摩致劉海粟十幾封信的原件，如果還在人間，相信會有公之於世的那一天。不過，在原信件尚未「出土」之前，新發現的這組信札，無疑是批珍貴的資料，至少可以作為校勘徐志摩相關書信的重要依據。

徐志摩詩文網（http://www.xzmsw.com）上傳了一批徐志摩書信原件影照，其中《致伯父（徐光濟）》（1917 年 10 月 7 日）、《致林徽因》（1924 年 5 月 22 日）、《致李祁》（1926 年 5 月 16 日）、《致張幼儀》（1926 年 12 月 14 日）、《致趙家璧》（1931 年 6 月 30 日）等數封信與已版幾種徐志摩書信集也存在著不少異文現象。另有《致江紹原》（1928 年 11 月 4 日）和《致丁文江》（1926 年 6 月 24 日）二信未見收入各種徐志摩書信集。徐志摩致丁文江信，全文如下：

在君大哥：

〔註 7〕見沈虎編：《劉海粟散文》，花城出版社 1999 年 4 月版，第 214 頁。

〔註 8〕谷葦：《新發現的一批徐志摩信件》，《文壇漫步》，湖南人民出版社 1985 年 9 月版，第 155～157 頁。

小弟小頑皮，果然急了老阿哥，告罪告罪！但如去函「先生」「敬候」為大不敬，則來函「弟江頓首」云者豈是以言敬耶？

振飛哥來暢談幾次，末次在福來飯店與適之三人專談老哥，至三時之久不懈，是豈□〔註9〕所謂敬也歟哉？

振飛已歸，此函到時想已見過談過，京友概況，當可憭然。通伯淑華已定本星六訂婚，七月十四結婚，老哥送禮須從速，如不及寄即加入我等公份何如？

歆海家在北京路四二五號萬昇醬園，得暇希約談，我下周或南歸，冀一面晤。

嫂氏在滬佳勝為念。

志摩候好　六月二十四日

迄今為止，收羅徐志摩書信較全者當屬虞坤林編的《志摩的信》和韓石山編的《徐志摩書信集》，但是仍然存在失收、失校現象。看來，徐志摩書信確有重新整理的必要。

附：志摩手札（給劉海粟）

一、民國十四年九月二十四日

海粟：二信都到，常言說天才天忌，人才人忌，這回看來，是有點道理。要不然，為什麼人人這樣的怕你，他們也說不出所以然來，只是有些怕，因此不敢……。現在的情形大概嚴彭是不成事實了，雖則所說嚴早有非異人任的架子，行嚴簡直不管，但最近索性叫老牛幹，省得麻煩。方才我們商議，與其來一個不相干的人弄得我們幾個朋友進退二難，還不如上面放一個一無成見的牛爺。全內行既不可得，爽性來一個全外行，並且現在辦學最難是經費！牛爺是部里人，籌款當然比旁人便利，所以我們意思暫時請他上去，也算是沒辦法中的辦法。歆海今早去滬，見時可知詳情，你可去電萬昇醬園找他。展覽會的事，承你好意，我們很感激。我過半天就去找仁山，再給你通信。文章別忘了做，滕固兄處代致意。我這半年立志不受「物誘」。辦我的報，教我的書，多少做一些「人的事業」；要不然，真沒有臉見朋友了！棣華兄見了沒有？我有點急，但願那電報沒有闖禍，否則歆海怎對得起人。你再來信。志摩。亞塵諸友均此。

〔註 9〕原件此字不清，疑為「在」字。

二、民國十四年十月一日

海粟：來書言之慨然，世固俗極，陋極，不可以為。但唯有鬥之斥之，以警其俗，而破其陋，海粟豪爽曷興乎來共作戰矣。講我〔義〕〔註10〕收到，當晚閱過，不禁筆癢，一起遂不可止，得三千言，且較原文逾倍矣。我言甚樸，因不願聽公教之。歆海猶未歸，失意事多可歎，然得意亦爾爾，或不如失意為饒詩意焉。則亦無可為比量矣。志摩。

三、民國十四年十月二十九日

海粟我友：連奉三函，銘感深矣。戰事起百凡停頓，展覽會事亦受影響，甚悶損人。承問近來心緒，誠如君言，較前安適多矣。小曼身世可憐，此後重新做人，似亦不無希望，天無絕人之路，於此驗矣。承囑將護，敢不加勉。見時當為道及，曼必樂聞。兄歐遊極壯，行嚴如留，所說事當易辦到，容見時先為道及。康吳朱諸老固所忻慕；適之有此機會，令我咽唾不置，此後再有機會，定須為我設法，我海外交遊類皆六十乃至八十之老人，忘年交有時最真切也。適之兄戀上海，此間無日不盼，豈有此理！告他我的頭顱已經絲瓜長了！滕固兄小說胡尚遲遲？《晨報》不到，想為交通阻絕故。新學制容問後再聞。即候藝安。志摩。

四、民國十四年十一月五日

海粟吾兄：連得二函，敬悉小鶼大婚，想有一番熱鬧，不及親賀為歉。曼日來又不爽健，早晚常病，亦此生愁。天時又陰寒迷塞，令人不歡。足下所謂熱度固矣，可以救寒，未能阻病，奈何！奈何！足下何日來此，希早日示知。時局頗迫，或年內尚不免逃難，令侄譯成鉅著，可賀。譯筆亦似見過，頗明淨，囑寫序，實有所懼。摩嘗憎胡蔡專作序，或不為序，不為人序，亦不序自作書，此固非牢不可破，然能躲即躲，在京時已辭卻不知幾許人矣。令侄書已看過，或為草一短評如何？能豁我為盼，並希轉告思訓兄多多原諒，談起此書，老蔡定樂為之序，胡不一問。《上海畫報》十一月二十四日一期，有張秋帆為曼母紀事一則，請為買一份寄來，謝謝。摩曼均候。

五、民國十五年一月卅日

海粟：頃來知賢伉儷俱感小不豫，為念。美展會今得杏佛電，蔡蔣亦出席，須延期至星期一下午二時，即盼轉知。伯鴻先生已談過否？明日中午或再來。

〔註10〕引文中的訛字，酌予訂正，並將所改正者以小一號置於〔 〕內。下同。

志摩候。

六、民國十六年七月

海兄：忽然而行，慌忙無極，兄處竟不及走辭，思訓文亦無暇閱看，幸兄善宥之矣。明日早九時新關碼頭啟程，然勿敢勞相送也。胡公均候。志摩拜別。

七、民國十九年四月廿五日，時劉氏已旅居法國巴黎

海粟：多謝多謝，你們在海外歡暢中，不忘向隅的故人，看你們署名的淩亂，想兄醉態與歡腸，怎叫我在萬里外不深深的豔羨？巴黎定有意味，不是人情的美，最令想思無已，常至家，尤其是有德有美馬姑做的麵條，真好吃，我恨不得伸長一張嘴，到巴黎去和你們共同享福。老謝想已在途，到時期一度暢敘，可惜洵美太愛了，否則一定他的興致也不淺。海粟：你到了歐洲，到了巴黎，才覺得到了家是不？我想你一定悔不早行，巴黎的風光更有那處可比，我也早晚只想再長翅膀，得往外飛騰，上海生活折得死人，怎麼也忍耐不下去。昨看友人自長江上游來信云：在峽流湍息間，遇到一位劍客，簡直是俠傳中的人物，當面小試法術，用三昧真火燒盡案上一盒火柴，而留某數不盡，真令人擠舌不解，如此說來，世界上大可做人，但未始有意外的趣味，我因此又動沒遊蹤，想逆江而上，直探峨眉，但不知能否如願。美展已快圓滿功德，古代書畫所薈精，亦真一大觀，洵是空前盛舉。美展之日刊已出六期，我囑每期寄十份，想早見，文字甚雜，皆清磐在張羅，我實無暇兼顧。我與悲鴻打架一文，或可引起留法藝術諸君辯論興味。如有文字，盼多多寄來，《新月》隨時可以登刊。悲鴻經此，恐有哭笑不得之慨，他其實太過，老氣橫秋，遂謂天下無人也。來函署名厥俟者，有相識者，有不相識者，有夙慕而未見者，願皆我道中人，司徒喬頗有才，兄定與相契。你們巴黎團體中能為我虛設一位否？秋風起時，志摩或者又翩然飛到，與諸公痛飲暢敘，人生樂境，寧有逾是者乎？伯鴻常見，曾言以得識我二人，為生平快事，此公可謂爽快人矣哉。志摩敬拜。巴黎諸友均候。王的馬特候。

八、民國十九年七月八日

海粟：好久不見你的信，想在念中，今日見濟遠，得悉你的移址後一切佳況，想來是夠忙的。濟遠說你來信問美展的三月刊，何以不寫給你，這卻為自己關照，開好地名，我按期寄十份給你，由使館轉，難道你一期都不到手嗎？也許使館中人以為是普通印品，一到即送紙簏，美展幾於完全是清磐主持，我

絕少顧問，內容當然是雜湊，我只寫了一封辯護塞尚的信，我要你看的，也無非此文，與悲鴻先生的妙論而已。我是懶，近來懶散得疑心成了病，整天昏了的頭也支不起，更不要說用心，文章的債欠得像喜馬拉亞山一般高，一無法想，環境當然大有關係。前天，想到海邊或山中去息一個半月，準備暑假後再認真做事，但急切又走不脫，真是苦惱。二月前本有到美國哈佛大學擔任特別講座希望，不幸又為丁文江中途劫去，所以一時還得在國內過朦朧生活，想起兄等在海外豪放興致，何嘗不神往。寫至此，謝次彭來，與同去兆豐公園，坐咖啡座中，正值傾盆大雨，雜談文藝，涼風習習，稍覺快爽。下半年為謀生計，不得不教書，上海有光華大夏來請，老謝等堅欲拉我去京，躊躇未有定計，即去寧亦不能完全離滬，寧之好處在朋友多，並藉以一換周遭，冀新耳目，待決定時當再報知。梁宗岱兄常來函，稱與兄甚莫逆，時相過從；此君學行皆超，並且用功，前途甚大，其所譯梵樂利詩，印書事頗成問題，兄曾有信來，言及交中華印刷，二月前我交去，中華伯鴻亦允承印，但左舜生忽作梗，言文字太晦，無人能懂，堅不肯受，以致原稿仍存我處，無法出脫，如此頗愧對梁君，今尚想再與伯鴻商量，請為代印若干部，如有損失，歸我個人負擔，不知成否？見梁君時，希婉轉為述此意，遲早總可印成也。前託梁君代買廉價小手帕，但不知如何梁君忽寄來紅絲絨一塊，且尺寸太小，不能成用。小曼仍要絲綢帕 Ben Mar Chs 的，上次即與梁君同去買，可否請兄再為與墊款百元，多買些小帕子寄來，小曼當感念不置也。夫人知極佳勝，甚慰。公子尤出風頭。今日在濟遠處見相片，儼然巴黎人矣。兄如有暇，何不寫些文章來，最好能按期寫通信，隨意談巴黎之所聞所見。《新月》正缺好稿，有來極表歡迎，新作亦可拍照寄來。國內風光依然叔〔寂〕寞，非海外生力軍來殊難振作也。專此敬頌百福。志摩。

九、民國十九年十月二十六日

海粟我兄：承常賜音，得知老友徜徉瓊天瑞地，逸興遄飛，氣概非凡，豔羨之餘，只能冥目遐想追從兄等蹤跡，醉心湖光山色間。邇來生活之匆忙乏味，已臻絕境，奔走寧滬間，×××生涯，睡眠缺少，口舌枯瘦，性靈一端，早經諸事××，但俟有遠颺機會，更期吐納，在此決不能有何發展。兄今意興正豪，千萬弗遽萌歸念。特語故人：「故國風依然黯淡也。」劉夫人已然孟晉從學，拜佩無限。承囑事已向彭談過，他說此事須問陳和銑，同時囑兄即日送一呈文致江蘇教育廳，或由謝次彭轉亦好，想不難成功也。伯鴻夏間患痢，乃積勞所致，近來稍好，此公真熱心人，我敬之彌篤。中華新文藝叢書我為收羅稿本已有二十餘部，但皆未印得，轉瞬滿年，成績一無可見為愧，然非我過也。明年此職，至盼仍賡續。兄如函伯鴻，乞便道及。上半年幸兄與鴻公惠助，得坐享閒福許久，感念未可言宣。但為中華總當為盡力選書，決不要做虧賠生意也。宗岱太言諸兄均念，此頌儷福無量。志摩。

十、民國十九年十二月十日

海粟吾兄：連接故人海外歸鴻及畫片手帕，欣悉不可勝言。居者懶，行者奮，亦未嘗不自覺感愧，而此間生活，如陷大澤，無可攀援，弗容支撐，且為奈何？公來柬感慨甚暢，弟胸中亦何嘗不累累作向，但轉念即宣諸指墨，又濟何事，因之又復廢然，此亦不常作書之一因也。公近作畫幅，雖來者僅撮景，已使我異常驚訝，章法筆力，並見工夫，最近來二幅，直已躋名彥之堂。海粟此行，已不虛羅浮之跡，瑞山之狀，行將絡絡，自公手筆間傳出，此不可喜孰可喜，海粟勉矣。國內畫子亦夥頤，然求筆下有力，胸中有氣魄如海粟者，蓋無第二人，早年海粟之病，病不見高大，今海粟得其所矣。魚在水，虎在山，海粟綰巴黎羅馬之粹，復何可說。海粟固尤自虛，仰方以中秋賽為喜，然秋賽何足以限，海粟今既窺得門徑，宜如何搏全生之力以赴之。真美在群星輝耀間，人世間毀譽，豈足當一息之念哉。但昨見伯鴻，則又聽到不怡消息，鴻公曰：海粟或一旦不得已而歸國，此大不幸，我切切祈禱海粟能脫此厄運。諺云「一鼓作氣」，海粟十餘年來譬如下暗室中冥盲扶植，今乃將豁然見光明，此正一鼓作氣完成一生使命之機緣，奈何又復令中蹶，我謂鴻公：天佑藝術，其再使海粟分心，果不知如何也。我意則直勸海粟，寧棄一學校而全藝術，況海粟不問學校固不致遂竭蹶也。不知海粟意下如何耳。夫人補助費事已詳前函，次彭向陳和銑說項，但須正式來請求，盼即進行。夫人歐衣歐冠，丰姿翩然，美哉。小曼得帕，乃如小兒得餅，極快樂，囑道謝，想是夫人之惠也。國內政治火並，乃不如強盜，一宿三驚，必至人人生生厭而後已，海粟幸勿眷念此阿鼻地獄。宗岱兄均念。志摩敬候。

十一、民國二十年十月四日，時劉氏業已由法歸國，此為徐氏最後一次致劉氏信件，書後不久，即墮機而亡

海粟：我滿想北上前會得到你，最初報上傳你月初可到，我知道不到，我計程你遲至十五日總可到，我延到十七日動身，你還沒有消息，我想你一定是

在南方耽擱了，結果我走你到，幾年別緒，不曾敘得，悵惘之至。到此後，曾函洵美問起你到否？亦未得復。昨晚函來，至使欣慰。海粟此行所得，當可比玄奘之於西土，帶回寶物，定然累累。久居國內，竟成聾瞶，但盼海粟歸來，抵掌暢談，不意又復相左。嫂子想一定同來，少爺呢？藝院的事孑老既贊成，兄又如此熱忱，定然成功，遲早間耳。杏佛處我都去信，但慮此時大家忙於對付內外，聽到文藝似乎遠在雲空，不能如何注意，我知道天下事只要鍥之不捨，不會不成功的。同時，我覺得有一些你也應得注意，就是我們貴國人妒忌心太重，你在過去也曾經受不少，固然你不怕也不愁，但在事實未有著落之前，似乎不宜過於張揚，你以為是否？北方尚鎮靜，你能來否，我們可暢談。雙安。志摩敬啟。於北平。

補記

1926 年，劉海粟隨信寄給徐志摩《西溪》《秦淮渡舟》《南高峰絕頂》等 6 幅原畫縮印品，希望徐志摩為每幅畫題句。同年 9 月 3 日，徐志摩覆信劉海粟。信中說，「你要我在每張上題句，但那辦法有些跡近復古，我覺得不敢嘗試；我決意寫這信去當替代，說話也來得方便，懇切」。此信後與蔡元培 1926 年 8 月 27 日所作短文，總題《對於劉海粟近作的兩個批評》，發表在上海《新藝術》半月刊（倪貽德主編，上海藝術學會出版，光華書局發行）1926 年 9 月 16 日第 1 卷第 10 期。蔡、徐二人之文前，有一段編者按語：「劉君海粟，集其近作十餘幅，在國外精印，刻將裝訂出版，名曰海粟近作；其友人蔡元培，徐志摩，梁啟超，張君勱皆見其印張而有批評，茲先將蔡徐二君之文刊之於後。」1928 年 9 月 20 日，《海粟近作》由上海美術用品社出版，徐志摩信作為「題序」之「四、徐志摩（志摩的一封信）」收入其中。徐志摩信第三自然段云：

> 我不很懂得你的中國畫；就我見到的，彷彿是摹仿前人的居多，並且不定是認真與用心的作品。我尤其不贊同你那些太近玄學一類的題記，放在畫張怪礙眼的。在西洋畫中，你的人像畫我也不怎樣恭維。你似乎得意你那「唐瑛」，但可惜我沒福見過。最末一張人像畫我在上海見到的，如你知道，是你的「張君勱」。那可是不含糊的失敗；筆力雖則要得，見到處雖則盡有，但我總覺得你那一次的下手太匆促，因此在畫上容易看出概念的不瑩徹，結構的不勻整：那張畫是不完全的。

以《志摩全集》為底本的香港商務版《徐志摩全集》收錄了徐志摩的這一封信，但沒有以上這一段文字。這段文字也未見收入後出的各種徐志摩全集或書信集。輯入《志摩全集》中的書信，都是陸小曼抄錄的。這一段酷評劉海粟早年畫作的文字，大概是陸小曼「為尊者諱」而故意不收的。

再記

上海《時事新報》副刊《青光》曾於 1936 年 12 月 28 日、29 日，1937 年 1 月 8 日、10 日、11 日、12 日、15 日、16 日、17 日、19 日、20 日、22 日、24 日、25 日，2 月 20 日，以《志摩手札》為總題，先後刊載過徐志摩致劉海粟的十九封信，也是據原件抄錄的。其中，包括上海《文友》半月刊 1943 年 7 月 15 日第 1 卷第 5 期所披露的十一封信，但文字上有些出入。

徐志摩與《天籟》〔註1〕

1902 年，美國南北浸會差會議決在上海創建一所浸會大學和道學書院。1906 年，道學書院開辦，北浸會傳教士萬應遠為院長。1909 年，浸會大學堂開設，校長是南浸會傳教士柏高德。1911 年，大學部與道學院合併為上海浸會大學，北浸會傳教士魏馥蘭任校長。1914 年，中文校名更換為滬江大學，英文名仍沿用 Shanghai Baptist College（簡稱 Shanghai College）。1929 年，英文校名改為 University of Shanghai，報教育部立案，兩年後正式啟用。1951 年，由上海市人民政府接辦。1952 年，全國高等學校院系調整，滬江大學整體解散，其各專業併入復旦大學、華東師範大學、上海交通大學等相關院校，原楊樹浦校園轉歸新成立的上海工業學校（上海理工大學前身）。

《天籟》是由滬江大學學生創辦的一種綜合性刊物，其出版情況大致如次：

1912 年 6 月創刊，初名《天籟報》，中英文合刊，每季出版一冊。出版經費自籌，上海浸會大學天籟報社印行，首任社長是鄭章成。1914 年第 2 卷第 3 號起，改署「滬江大學校天籟報社印行」。自 1917 年 3 月起，由滬江大學、杭州蕙蘭中學、蘇州晏成中學、寧波浸會中學、紹興越材中學、梅縣廣益中學和上海明強中學等 7 校聯辦，仿報紙形式，月出兩大張。1919 年後，改歸滬江大學一校承辦，恢複雜誌形式。1920 年，校方提議合辦，始為週刊，繼為月刊，三年後因經費問題停辦。數月後，重新發刊，經費由學生每人每學期出五角，於交學費時繳納。1920 年 4 月第 9 卷第 4 期起，改名為《滬江大學月刊》。

〔註 1〕原載《博覽群書》2012 年第 7 期，題為《徐志摩在〈天籟〉上的三篇佚文》。

1921年第10卷第1期起，由月刊改為週刊。1921年12月第11卷第1期起，又改為月刊，一年後改為半月刊，復名《天籟》，不久停刊。1924年3月15日出版第13卷第1期「復活號」，由滬江大學學生自治會出版部印行，不再另設報社。1926年10月，改名《滬大天籟》。1928年5月，改名《天籟季刊》。1932年兼出《滬大週刊》。1933年4月，改出《滬大月刊》。1934年，學生自治會解散，因經費奇絀，遂於6月15日出版第23卷第3、4期合刊後宣告停刊。一年後，學校當局應學生之要求，重行組織學生理事會和出版委員會，議定出版經費由學生承擔，每人每學期一元，開學時由學校當局代收。1935年秋，續出第24卷第1號，名為《天籟》，由出版委員會負責編輯、印行。1937年6月，出至第26卷第1期後因中日戰事而自行停刊。1949年8月復刊，僅見第1卷第1期。

1915年5月，徐志摩畢業於杭州省立第一中學。9月，考入北京大學預科。12月5日，回硤石與張幼儀結婚。1916年1月，「自請退學」。1917年初春，與吳經熊一同應考北洋大學法科特別班。2月，正式進入北洋大學。從1915年底到1917年初，徐志摩主要是在滬江大學度過的。在滬江大學肄業期間，他加入了「天籟社」，開始僅列名「漢文主筆」，後來還擔任「漢文書記」。他在《天籟》上共發表十一篇文章，均未收入坊間流行的各種徐志摩「全集」或「文集」。2012年4月28日，《海寧日報》所刊《初讀徐志摩佚文八篇》（姚靜夫），稱徐志摩發表在《天籟》上的文章有八篇：《漁樵問答》《賣菜者言》《論臧穀亡羊事》〔註2〕；《說發篇一》《送魏校長歸國序》《滬江春秋》〔註3〕；《貪夫殉財烈士殉名論》《征人語》〔註4〕。這八篇文章的署名，用的都是徐志摩的原名徐章垿。2011年7月28日，《新民晚報》所刊《徐志摩在滬江》（章華明），也說是八篇。2010年，華東師範大學有一篇碩士學位論文，題為《民國時期教會大學的文學教育與新文學之間的關係——對滬江大學校刊〈天籟〉（1912～1936）的一種考察》（李江），其附錄「《天籟》目錄」（不全）中同樣只著錄了這八篇文章的發表信息。其實，除這八篇之外，徐志摩在《天籟》上發表的文章，還有三篇。這三篇文章分別題為《祀孔紀盛》《記駱何堃全誼事》和《春遊紀事》，均載《天籟》1916年3月第4卷第1號「雜俎」欄。第4卷

〔註2〕載《天籟》1916年6月第4卷第2號。
〔註3〕載《天籟》1916年11月第4卷第3號。
〔註4〕載《天籟》1916年12月第4卷第4號。

第 1 號至第 4 號，刊名「天籟」由鄭孝胥題寫，其內頁頁眉署「天籟報」，期號承續第 3 卷，依次為「第五號」「第六號」「第七號」和「第八號」。《祀孔紀盛》一篇，在目錄和正文標題下，都署名徐志摩。其他兩篇緊接著《祀孔紀盛》，所署都是「前人」，這個「前人」循例當然是指徐志摩。

1914 年，袁世凱通令各省，以春秋兩丁為祀孔日，各地文廟由地方長官主祭。1915 年 3 月 17 日是農曆二月初二，俗稱「龍抬頭節」，恰逢丁未日。是日「昧爽」(黎明)，追隨袁世凱的浙江巡按使屈映光率眾舉行祀孔典禮。時為杭州一中學生的徐志摩大概參加了當天的祭祀活動，目睹了整個過程，因此才有這篇《祀孔紀盛》的文章。有意思的是，同一天，在教育部社會教育司任僉事兼科長的魯迅，也參加了北京孔廟崇聖祠的祭祀活動，而且還是正位執事者之一。

《記駱何堃全誼事》敘寫了一個真實而帶有傳奇色彩的故事：1912 年 5 月，駱何堃等百餘人乘專輪前往湖北軍官預備學校。途中，與其相處得很好的鴛湖人王君突染暑疾，無藥救治。臨終前，王君一再請求駱子把其屍體運回故鄉。王君死後，船長要拋屍江中，駱子「執不可，必全其屍」。同行諸生正在賭博，駱子怒不可遏，「奪具投之江」。聽了駱子一番肺腑之言，「眾皆感愧」，紛紛集資，湊足棺殮費。薄暮時分，輪船停泊鷂鄉，駱子攜甌人登岸，肩扛屍體，終於在一老者的幫助下，將王君埋在山上。第二年，駱子把王君靈柩運回到了鴛湖。全文通過這一件事，將駱何堃「亢節厚誼」「意氣如雲」、信義薄天的品格寫出來了，字裏行間流露出讚賞和敬佩之情。關於這一「莫夜負屍」之事，很有可能是「吾友駱子」親口講給徐志摩聽的。

駱何堃即何競武（1894～1961），祖籍浙江諸暨。早年就讀海寧市硤石鎮米業兩等學堂第一期，1911 年畢業即參加學生軍，半年後入湖北軍官預備學校。1916 年，入河北保定陸軍軍官學校第四期步兵科。1917 年畢業，在北洋軍閥部隊中歷任馬步兵巡防、統領、騎兵旅長、騎兵司令、軍參謀長。1926 年，任國民革命軍東路總指揮部少校參謀，後任國民革命軍第一路總指揮部交通處長、津浦路軍事管理處處長、國民革命軍總司令部野戰鐵道交通指揮官。1928 年，任騎兵第二師少將副師長。1929 年，任國民革命軍編遣委員會鄂西編遣委員，同年改任湖北各部隊編遣特派員辦事處委員，後升任國民革命軍第三編遣區中將主任委員、第八軍中將參謀長。1930 年，任鐵道部平漢鐵路管理局局長，後兼任平漢路運輸司令、平漢護路中將司令、國民革命軍總司令部副官處中將處長、平漢鐵路管理委員會委員長。1934 年，兼任軍事委員會北平分會中將委員、蒙古地方自治指導長官公署參贊。1936 年，任陸軍中將，後調任軍事參議院中將參議、隴海鐵路局局長、軍事委員會運輸統制局西北公路運輸處中將處長。1942 年，任西北公路運輸局（後改稱西北公路管理局）局長。1945 年，調任全國鐵道運輸副司令。1948 年去臺灣。1961 年，在臺北病逝，後葬於美國馬薩諸塞州列剋星敦市。

駱何堃是和徐志摩一起在海寧硤石長大的好友〔註 5〕，徐志摩是他的女兒何靈琰的乾爹。1931 年 11 月 18 日，徐志摩從上海坐火車至南京，晚上住在駱何堃家。次日，微雨，早餐後，駱何堃因急事離開。等他趕回時，徐志摩所乘坐的「濟南號」郵政班機已於 8 點起飛，不久撞毀在濟南附近黨家莊的開山上。據何靈琰回憶：「棺木運回南京，父親撫棺頓足大慟，父親雖祖籍諸暨，卻是在海寧硤石鎮生長，和徐乾爹不但是好友而又同學，二人友誼深厚，遠勝手足。」〔註 6〕徐志摩罹難後，駱何堃曾在致胡適信中說：「我為摩惟一武朋友，不想竟為其最後分手之一友。一月來，追想其臨別神情，往往發呆。」還說：「惜我因事未及趕上，否則決勸其改期也。」〔註 7〕其喪友之痛，溢於言表。

《春遊紀事》主要記敘徐志摩自己春日暢遊虎跑之所見所聞、所感所想，他「尤不能忘情於虎跑之泉味，與夫寺僧之禪語，以故記之特詳也」。

徐志摩 1918 年 8 月赴美留學前公開發表的作品，以前僅知有杭州一中校刊《友聲》上的《論小說與社會之歷史》、《鐳錠與地球之歷史》等兩篇。《天籟》上的十一篇文章，大大豐富了徐志摩的研究史料，同時至少可以澄清這麼幾個事實：一、因格於資料，目前不能確切地知道徐志摩進入和離開滬江大學的具體時間，但他有在滬江大學求學的經歷，則是無可置疑的。上海《申報》1918 年 8 月 10 日第 16337 號有一則《滬江大學學生游美記》的消息，內中提到「本月十五日，徐章垿、陸麟書、姚傳法三君將乘中國郵船南京號赴美」。二、至遲在 1916 年 3 月，徐章垿就開始使用了「徐志摩」這個名字，而非陳從周在《徐志摩年譜》中所說的：「志摩二字，離北京大學後，出國始更。」

〔註 5〕陳巨來曾與陸小曼交往甚密，其在《安特人物瑣憶》（《萬象》2002 年第 4 期）一文中說，何競武「與徐志摩為異母之弟」。

〔註 6〕何靈琰：《我的義父母：徐志摩和陸小曼》，1987 年 4 月美國《中報》。

〔註 7〕見《胡適遺稿及秘藏書信》，黄山書社 1994 年 12 月版，第 82～86 頁。

三、在滬江大學讀書時，徐志摩還不到 20 歲，卻具有相當深厚的國學及古文功底。《天籟》上的十一篇文章都是文言文，不借助於工具書而想逐字逐句地弄明白，洵非易事。讀者諸君如若不信，不妨看一看附在後面的三篇文章（原刊文為句讀形式，標點符號系筆者所加）。

附一：祀孔紀盛

維中華民國四年三月十有七日，恭屆

宣聖祀期。昧爽，浙江巡按使，洎群官、執事、有司，罔不蒞止，咸尸其事。太牢具，籩豆陳，鍾鼓始嚴。薪燔於庭，爇香迓神，樂始奏止。弦匏笙簧，合守拊鼓。宮商諧，夷則和。管磬羽籥並響，嘽緩慢易，廉直經正。樂已，擊特磬戛敔，帛始獻，維恪恭哉！於是行初獻之禮，樂作舞興，弦哥干揚，允協節度。洋洋乎！雍雍哉！厥禮維三獻，維樂奏雝和、熙和、淵和之章。蹌蹌蹌蹌，將事維慎哉！三獻既成，迺致福胙、撤饌、送神。禮畢，諸官、執事、有司咸退。維時晨曦馲馲，稀霧濛濛。聖德休哉！聖德休哉！

附二：記駱何堃全誼事

吾友駱子，亢節厚誼，意氣如雲。辛亥，入入伍生隊。半載，未有將遣。駱子獨與鴛湖王君相得。天下大定，釋散入伍生隊。命有志戎伍者，入湖北軍官預備學校。於是願往者百人，駱子與王君與焉。時五月中，即須到校，專輪送去。船既彤，諸生博。駱子、王君獨促膝縱談，以諸生行毋狀，意蹙蹙惡之。駱曰：「投筆入伍，冀得裹屍為榮，今蹉跎未遂。」王曰：「我無兄弟，千里背家，父母念何如！」有頃，王君煩煩偁不適。駱子問得毋病暍而痧乎！無藥奈何！王益不支而臥。駱趣走出見船長，問有藥也不。曰：「叱嗟安得！即晚，我船檥於鷁鄉，容可辦。」駱子歸房，見王君色大變，汗蒸淫，呼吸甚促，則稍稍懼，坐為之撫摩。時則江濤訇隱匈磕，船舠起落。博者咦叫咥嗔，聲不一致。駱子獨在房伴王君。鐙焰熒熒，被風欲息。病者鼓唇努吻，如有所語，而微不可辯。因俯而聽之，言吃吃斷續，意謂：「病凶，慮不起，父母愛予深，不意為鬼漂泊。」語時洴淚狼戾，不可止。又曰：「相知惟君，幸為斂骸骨歸故鄉，孤魂不相忘也。」駱子聞言，大戚憂悲，卒毋以為慰。斯須，王君神氣益耗，狂嘔喘息，持駱手，噦哽言曰：「無爽屬。」駱子悽然，曰：「即有短長，惟力是視，不敢負屬。」王聞言似慰，弛臥而瞑，竟死。駱不暇悲，亟出示船長，語以狀。曰：「斃邪，則委之江耳。」執不可，必全其屍。曰：「無已，其即舁而陸，污船不利。」因問即此間棺斂，費幾何。曰：「率百許。」駱子計卒無以為辦，於是義膽陡張，趍博所，奪具投之江，怒目眥盡裂，淚忽忽承頰，責曰：「同學死，若知之乎？猶且快樂！」博者興正豪，見梗甚憤，暴者詈，且辱之。駱子嘅然曰：「為友即死何傷！駱某獨念王君客死堪憐，又重負其屬，竊願諸君念同學情，視力佽助，俾某得措辦為歸骸骨。藉令某攖諸君怒，即死某，某得於王君有辭矣。」於是眾皆感愧。有涕泣者，集資成數。時且薄莫，船止，雇艇為渡。舟人俗諱死，駱子以氈內屍，抱出。顧兩船高下距數尺，驟不能下，迺問疇肯相右也。有甌人願為輔，相舉下舟，詭稱病者。舟欹手脫，落於舷，氈展開，屍赫然見。舟人大譁，賂之迺已。登岸，天色晦冥，星斗微耀，而自江畔及鎮以裏。駱子因謂甌人前覓塗，已則舉屍加肩，抗而行。幸素糾健，未為累。到鎮，甌人為視屍，駱子行且諮是鄉人孰任鎮務也。語詰詘，驟難諭。既乃導之至一家門，曰：「是矣。」駱子遂入，謁一老者，言如此，且曰：「人地疎闊，祈為即晚摒擋葳事，俾得詰朝早登程。」老者仁慈人也，亦敬駱子多義，慨諾，即為集走棺斂，送入山，捐一方土薶之。駱子因樹一子桑其上，杯酒奠之，拜祝之曰：「幸且安此。」慟哭而去。事已黎明，駱子因謝老者，偕甌人歸舟往鄂。明年，駱子歸，卒為輸其柩抵鴛湖。

志摩曰：挽近俗弊，友道無聞久矣。駱子獨高義皦皦，信其然諾，正言格頑，莫夜負屍，於古鮮覯，況於今乎？詩云：「愷悌君子，四方為則。」此之謂矣！

附三：春遊紀事

昔司馬遷氏好遊天下名山大川，故其文有奇氣。吾謂不特行文為然。人之氣節孤拔者，得山水凌峭之氣也；為人之桀邁者，得山水雄薄之氣也。北方山川瑰偉，故其人多慷慨篤厚之士；南方山川嫵麗，故其地產英智挺睿之姿。地靈人傑，固有以也。志摩好遊而不擇，非必名山川是踐。即荒陬窮谷，人跡杳闃之處，志摩輒裹餱糧披荊棘而迂。當風嘯吁，觀化為樂，豈嘗惡肘柳而悲黍離也哉！歲時更新，春穌草發，爰啟遊志，以有虎跑之行。虎跑者，相傳有虎跑地，泉遂湧出，故云。虎跑去杭城二十里而遙，晨發而午到。入竟，便聞水聲。榆柳抱道，有風寥寥，衣泉竝響。泉來自山，薈為二潭。大者方丈，小者方尺。澄碧晶瀅，針芥晰焉。水不足深，而汲之終亹不竭，不汲亦不盈，其量未易測也。寺僧曰：「泉水質厚，滿盌以水，投之百錢不益。」驗之果然。始吾嘗疑物之名於世者，非必異於眾也。不然。山水會而成泉，泉之亞於虎跑者夥矣，而虎跑獨以名泉俑，斯非其幸與？或曰：「虎跑之水，質厚可貴。」倘非所謂幸而俑者，抑世之實而不名，名而不實者，往往而是。虎跑之得名，猶是虎跑之幸也與！客歲夏，余曾來此間。有老僧號覺世者，既古稀而精神矍鑠，白髮彪彪，言滔汨不能休。以問，既大覺，為之撫然。人生黽莫，時乎不再。今不著鞭，噬臍無及矣。寺他方又一院落，亦有池一方。危樓特聳，濟公之像陳焉。欹形醜皃，拄杖趺坐，展鋪莞爾。吾聞濟公耆粱肉酗酒，鋤惡務盡，不惜艱辛。其行為類古豪俠流，倘非所謂仙佛者與，抑濟公秉性經正，見義勇為，顯行釋氏福善禍婬之誼，陰胳儒家救民水火之懷，不忮不求，無偏無頗。斯其證果成佛，正自有道，豈與彼持齋諷經，同其緇流者哉！志摩素不佞佛，獸敬濟公之佛，非敬其佛，敬其為民戮力也。今謁其像，不禁躬身而祝之曰：「天地晦冥，大道胥沈。側目滔滔，民生不聊。願假佛力盡殲佞人，庶民其蘇，維公之德。嗟乎！世無健者，以拯民困，不得已而籲援於無稽之佛。」志摩為此言，而心膽碎矣。寺僧出茶享客，曰：「此龍虎茗也（謂龍井虎跑），祛疾攝神。」既而言曰：「衲等聞塵世鑿爭甚苦，衲等迺不知專制，遑論共和。甘泉洗心，青山濯景。黽諷梵唄，莫坐蒲摶。鑵欲絕慮，與佛為徒。煩嬈眾生闤闠名利，何日財可覺悟哉！莫鼓晨鐘，當頭棒喝，則亦不敢辨，唯唯而已。」虎跑之遊既已，更歷石屋、煙霞諸勝而歸。古人云：「酒可百日不飲，不可一飲不醉。」吾謂山水可百日不遊，不可一遊而不暢。是日之遊，可謂暢矣。尤不能忘情於虎跑之泉味，與夫寺僧之禪語，以故記之特詳也。

《政治學報》中的徐志摩佚文〔註1〕

徐志摩於1918年8月從上海啟程赴美國，9月入馬薩諸塞州克拉克大學，1919年6月畢業。同年9月入紐約哥倫比亞大學研究院攻讀碩士學位，1920年9月畢業，旋即轉赴英國留學。迄今為止，尚未見到徐志摩留美期間所公開發表的文字。已知他的遊美日記、部分書信和數則隨筆、雜記等，大都是其罹難後才被公之於世的。

在美國學習期間，徐志摩主修政治和社會學，曾對社會主義學說發生過濃厚興趣，購買並閱讀了一些有關社會主義的書籍。徐志摩本是懷揣「實業救國」的宏願前往美國的，但羅斯金和馬克思修正了他對「煙囪」（現代工業文明）的看法。他「同情社會主義」，「立定主意研究社會主義」，被同學戲稱為「鮑爾雪微克」即布爾什維克〔註2〕。1920年，他在寫給其克拉克大學時的同學李濟的信中說：「我近來做了些中文，關於社會主義，想登《政學叢報》的，抄寫得真苦，肩膀也酸了，指頭也腫了。」〔註3〕《政學叢報》疑為《政學叢刊》。該刊創辦於1920年1月，紐約中國政學社編輯，上海中國政學叢刊經理部發行，上海商務印書館代印。1921年8月出至第2卷第3期終刊，共7期。我未翻檢《政學叢刊》，不知其中是否登載過徐志摩的文字。不過，我在《政治學報》中倒發現了徐志摩的三篇「關於社會主義」的文章。

《政治學報》（Political Science Quarterly），季刊，由位於北京南池子緞庫

〔註1〕原載《新文學史料》2012年第4期。

〔註2〕徐志摩：《南行雜記．勞資問題》，《晨報副刊》1926年8月23日第1434號。

〔註3〕徐志摩：《致李濟並郝更生》，見虞坤林編《志摩的信》，學林出版社2004年7月版，第210頁。

後胡同八號的政治學報社編輯，編輯幹事為萬兆芝，上海中華書局印刷兼發行。政治學報社的成員主要有張奚若、金岳霖、徐志摩、王伯衡、王徵、朱中道等，多為時在哥倫比亞大學研習政治學的中國留學生和部分已經回國的留學生。據金岳霖回憶，這份刊物只出了一期，經手人是張奚若的夫人楊景任，那時她在上海讀書〔註 4〕。甘肅人民出版社 1995 年 7 月版《金岳霖文集》第 4 卷附錄《金岳霖年表》中稱，《政治學報》共出了三期，但年表中未見著錄金岳霖在此學報上的發文信息，文集中亦不見收錄金岳霖在此學報上所發表的文章。這些文章也未收入人民出版社 2013 年 12 月版《金岳霖全集》(全六卷)。所以如此，大概是編者沒有覓到《政治學報》之故。《政治學報》僅見二期，出刊時間分別為 1919 年 12 月 1 日和 1920 年 8 月 1 日。《政治學報》或屬稀見刊物，國內圖書館鮮有收藏，茲將各期目次過錄於下：

第 1 卷第 1 期目次

論著

主權論沿革／張奚若

共和論／金岳霖

韋羅貝政黨論／萬兆芷

國際大同盟論／王國鈞

責任內閣之片面／朱經

戰時財政說要／陳淮鍾

工資支給法之研究／沈沅

稅鹽法種類之比較／朱中道

中國政治道德墮落之原因／沈沅

書評

自由與法律論（雷錫著）／金岳霖

德國政理之大義微言（韋羅璧著）／萬兆芷

公法界之大革命（狄格著）／張奚若

政權性質論（拉斯克著）／張奚若

近世幣制改良史（喀摩臘著）／陳淮鍾

我之德皇觀（黑爾著）／王國鈞

〔註 4〕金岳霖：《我的最老的朋友是張奚若》，見劉培育主編《金岳霖的回憶與回憶金岳霖》，四川教育出版社 1995 年 7 月版，第 14 頁。

附錄

國際同盟規約草章全文

第 1 卷第 2 號目次

論著

社約考論／張奚若

共和論（續）／金岳霖

韋羅貝政黨論下（續）／萬兆芝

社會主義之沿革及其影響／徐志摩

美國地方自治制度述要／王伯衡

幣量與物價學說匯述／沈沅

讀九年預算表感言／朱中道

工資支給法之研究（續）／沈沅

人民參政議／吳載盛

中國旅美僑民之歷史及其狀況／瞿桐崗

書評

希臘政論／張奚若

國家社會／張奚若

玄想的政國觀念／金岳霖

公民責任之要義／金岳霖

歧路中之平民政治／金岳霖

樂土康莊／徐志摩

自由國家之社會

國際聯盟之要義及其實施／徐志摩

中日關係之真相／王伯衡

中國海關改良芻議／王伯衡

1920 年 3 月 25 日，張奚若在致其友人信中云：「《政治學報》第一期本不見佳，再加《國際大同盟論》及《中國政治道德墮落之原因》二文，自是愈弄愈糟。而中華書局又要省錢，不肯登廣告，銷路自然不會好。新出之報若要人知，自非廣告告白不可，君以為然否？」〔註 5〕中華書局為省錢不肯登廣告，

〔註 5〕徐志摩：《張奚若致××（殘）》，見《胡適來往書信選》下冊，中華書局 1980 年 8 月版，第 516～517 頁。

致使《政治學報》銷路不好；而銷路不好，則這份學術刊物的生存自然不會久長。因此，我猜想，《政治學報》很有可能出完第 2 期就自動停刊了。

由目次可知，徐志摩在《政治學報》上發表了一篇「論著」、兩則「書評」，均載第 1 卷第 2 期。

兩則書評，一是評羅塞爾著《樂土康莊》，一是評馬羅著《自由國家之社會》和段耕輯《國際聯盟之要義及其實施》。羅塞爾（Bertrand Russell）即羅素，《樂土康莊》即 *Proposed Roads to Freedom*，1919 年由紐約 Henry Holtand Company 出版，現通譯為《通往自由之路》。1990 年代，安徽詩人祝鳳鳴曾在合肥一路邊書攤購得英文版 *Proposed Roads to Freedom*，扉頁上方簽署：「C.H.Hsu, April7, 1920. C.U.」下方鈐「志摩遺書」橢圓形藍色印章。據祝君考證，「C.H.Hsu」是徐志摩的英文名，這本書是他 1920 年 4 月 7 日在哥倫比亞大學購買的〔註 6〕。準此可知，徐志摩關於這本書的評論當作於 1920 年 4 月至 7 月間。馬羅即 Dwight Whitney Morrow，其《自由國家之社會》（*The Society of Free States*）由紐約 Harper and Brothers 於 1919 年出版。《國際聯盟之要義及其實施》（*The League of Nations: The Principle and the Practice*）是時任萬國教育研究會教務長、紐約大學教育學教授段耕（Stephen Pierce Duggan）輯錄的，1919 年由波士頓 the Atlantic Monthly Press 出版。

按徐志摩自述，其論著《社會主義之沿革及其影響》共有「數章」，「擬溯論社會主義之昉始，諸家言之概異，及其影響於政治社會。最後竊欲詳討『波爾希微主義』〔註 7〕之原委、發展及俄國革命以還內政外交之設施與諸國相互之方策」。全文是否竟稿或悉數刊出，目前無法詳知。發表在《政治學報》上的這一部分，占原刊 29 個頁面，約 1.6 萬字，包括「緒言」「概略」和「第一章社會主義孕育時期」。第 1 章除「總論」外，列有 5 節，即「第一節 鮑勃夫（Bab〈o〉euf）」「第二節 嘉培（Etieuu〔nn〕e Cabet）」「第三節 聖西門（Count Heu〔n〕ry〔i〕 de Saint-Simon）」「第四節 福利安（Charles Fourier）」和「第五節 歐溫羅伯（Robert Owen）」。

徐志摩曾說：「我最初看到的社會主義是馬克斯前期的，勞勃脫歐溫一派，人道主義，慈善主義，以及烏托邦主義混成一起的。正合我的脾胃。」〔註 8〕

〔註 6〕祝鳳鳴：《一本書的自由之路》，《中國社會科學報》2010 年 4 月 1 日第 19 版《後海》。

〔註 7〕「波爾希微主義」，即 Bolshevism，今通譯為布爾什維克主義。

〔註 8〕徐志摩：《南行雜記 · 勞資問題》，《晨報副刊》1926 年 8 月 23 日第 1434 號。

不少論者據此認定，徐志摩所讀有關社會主義的書籍只是「馬克思前期」的，他並不瞭解科學社會主義。新發現的三篇文章特別是《社會主義之沿革及其影響》或可修正這一說法。至於徐志摩對科學社會主義理解正確與否，則是另外一個問題。

最後需要說明的是，本文末所附徐志摩《社會主義之沿革及其影響》和兩則書評，標點符號均係筆者所加。

附：社會主義之沿革及其影響

緒言

自戊戌變政，而思想界之奴縛一弛。挽近蔡、胡諸子，卓然樹文學革新之幟，流風廣被，氣象萬千。一二耆宿，輒欲以衰朽之餘，遏抑狂瀾。衝動騰激，益盛懷山襄陵之勢。文字既顯，思想並豁。泰西學說，衍譯迻述。故制敝俗，漸遭抨擊。又蒙杜威主講中原，薈西方哲學之菁華，賑中土青年之凋饑。倘論名言，立懦起頑。風雷疾動，萬壑回聲。迂執之儕，亦憬然於勢運之已成，逡巡銷匿。間有無憀之評誚，亦復煙雲吞吐，氣概頹唐。嗟我青年，縲紲已解，阻礙全消。神州大地，由我騰驤，自是男兒得意之秋。然破壞伊始，建設大難。渺此雙肩，實負巨任。懲前毖後，可不懼哉！

上春蔡孑民先生，臨祝協約勝利，俄然以「勞工神聖」，宣示邦人。青年群彥，轉相告語，鬥奮之心，益以堅決。於焉「五四」「六三」，申民意，討國賊，駭震虜敵，大快人心。雖然，此猶曙光之乍放耳。政府之黑暗依然，官吏之朽腐依然。無憀之極，至於謬指革新之士，闡言過激，危擾治安。言論機關，橫被摧縶。數興文獄，淩虐思潮。幸而陷陣之士，有必死之志，無苟免之心。中華一月未滅，新潮一日不衰。昧時鄙夫，多見其不知量也。

俄國革命以還，群治乍現。有識之士，方怛然存慮此新式政體之臧否，未敢遽下貿妄之評斷。然當世大國，皆為資本家所控御。資本家者，務保存其萬能之權勢，厭新而惡變。何以云群治？群治不容擅權之階級。故雖以外貌昌明之美國，亦與西歐列強，結盟聲討，要道絕糧，將盡殺俄民而後快。夫俄民何辜？即「群治主義」之首領何辜？新式主義之誕生，非一二人之力。時乎專制，則共和不可容。時乎共和，則專制不可容。昔十三州之變也，英倫指之曰「叛逆」。巴士梯（Bastille）之破也，舉歐目之為「狂亂」。夫社會進化不息，運變無常。昔之華盛頓、密拉婆，今之李寧、托老斯基也，又安知其非千百年後，舉世頌讚之豪傑也耶？側聞國內士夫，恫於群治主義之河漢，字之曰「過激」，嚴禁其傳佈。過激命名之可笑，姑不具論。就使其為過激矣，而謂思想之播傳，可以箝拒而禁滅也耶？伊古有言：「防民之口，甚於防川。」謂苛法足以止亂耶。敢問秦世腹誹之禁何似？俄皇嚴警之政何似？未足以維治而適以速變。今日之事，在於獎誘嚴密之討論，料量情事之常變。付言論出版以絕對自由，而責成明識之士，慎為矯掖。取純粹學者之精神，下中庸不欹之平議。藉曰俄之群治主義有合我國情，行之而有利也，則吾民何靳乎革舊以相從？如其不然，則民既曉然於根本之不相容，雖有傳佈，復何害？今政府務愚民以為政，不僅危民主之邦本，其極適令誤會叢生，神奸攸伏。大亂即發，不足為矣。孔子曰：「民可使由之，不可使知之。」此二千年前之政綱也。今日之政，民必使知之，乃可使由之。

上節論思想之開放，已露華胄一線之明光。今更論實業發展之趨向，以見民國前途無限之榮華，及我學者應負之責任。今日英倫之富強，其元氣在於工商革新之先進而徹透。方十八世紀之末葉，法苦於政，德弊於分，美急於內治。英倫獨享安健之政體，不蒙兵革之害。天才輩出，推陳作新。機械既具，人用天然。二世之間，富強永奠。其次法、美、德、日依次革新，並育工商，皆臻強盛。惟我古國，沉沉未醒。二十年來，盡人魚肉。辱史層累，云何洗刷？雖然，大器晚成，且毋自餒。即今資本活動，已見端倪。紡織之業，薰蒸日盛。紡織業者，工商革新所與肇始者也。故今日吾國已入實業發展之時機。精悍銳敏之實業人材，行且應時世之需求，挺生而不已。自此因天之時，因地之利，而和之人，盛漪無疆。雖然，吾猶未能無慮焉。

英倫工商未革新，有農業革新為之前驅焉。農業革新云者，謂始以鉅資興農事，始用新農藝、新農具，始兼併小田主而拓耕疇。鄉民失田，則流而為人傭。田益並，傭益多。洎工商之興，廠制日宏，此失業之鄉民，遂不傭於農而食於工。此工級之所由興也。當是時，司密・亞丹及其徒眾，方承法國計學家言，標榜放任主義。以天有常律，違之不祥。故政府之責，止於守衛。徵商以稅則商凋，加工以律則工疲。任其運化而輟干涉，則得自然之趣，而收富強之效。及千八百三十二年，國會改組，推廣選舉權。於是貴族失勢，政權歸商。自此以往，蠲保商之法，平進出之稅。竟造自由貿易，工商大盛。然自工廠制度始建以還，勞工問題已生。政府格於放任之說，趑趄不敢問。資本益積，勞工益淪於慘刻，默然無告。浸假而貴族愍焉，學者憂焉。皆罪言生計學者，而抨擊資本組織。歐溫・羅伯（Robert Owen）等始激切論議，聳工人結團黨，以資互相而拒苛略。其後金士連（Kingsley）、馬立司（Man〔u〕riee）等，更張教義而申人道。導育勞工，鼓吹合作。貴族如亞雪萊（Ashiley）、柯缽（Cooper）等，亦持慈恩主義，同情勞苦。此諸家言或惻勞民無告，或因基督友愛主旨，或承貴族仁慈遺風，相與奔走號呼。上諷執政，使立法令以護工人，下勸協力以相援助。然其時工人結黨之禁未除，放任主義之勢浸盛。私人平議、或偏於感情、或涉於遐想、要無大效之可言、及馬克思（Karl Marx）出、始卓然成一家言。百萬勞工、望風投義。馬氏指揮若定、名滿寰球。社會主義始得確切之界說。其後巴枯寧（Mikb〔h〕ail Bakunin）異軍特起、黨徒亦盛。與馬氏分道揚鑣。近數十年間，雜說頗出，互結工團，以為操縱。至其流極，在法有「新敵溝主義」（Syndicalism），在美有「世界職工同盟」（I.W.W.即 Industrial Workers of the World），在英有「社團社會主義」（Guild Socialism），在俄有「波爾希微主義」（Bolshevism），及其他種種共產社會之主張，不可勝數。然推溯宗原，多自馬氏。說者稱《資本論》為社會黨之聖經，有以也。夫社會主義之源委流別既如此，今論中土情事，何以云乎吾未能無慮也？日者俄國勞民，既已達共產之的，其勢四布，正未有艾。歐美列強，勞工亦蠢然欲動。執政偉人，殫思極慮，僅乃補苴罅漏，迄未有徹底澄清之善策。獨吾邦實業未振，工人不多。上海工商所萃，有時爭資不決，亦復釀為風潮。以視他邦之巨大罷工，猶之海洋間驚濤駭浪，而池沼之微，亦間有魚鱗蕩漾，以為響應。然而有識之士，且未敢安枕而酣臥。俄之變也，非工之多，實民之窮。窮則離，離則變。今英美之未變，猶以其生厚也。顧吾民何似，天災洊至，兵禍頻仍。民生之窮，亦已甚矣。使其一旦搖亂，非細事也。故安排內治，計較生靈。毫釐之差將成巨祲，執政諸公，可不念哉？就使暫且無患，而實業日隆，勞工日眾。種種勞工問題，階級競爭，舉將復演於吾國。諺曰：「前車覆，後車鑒。」今覆轍夥矣，奈何不智者見幾，早作綢繆。吾不知將來之資本家，有仁慈如歐溫者乎？有寬宏如福利者乎？使其薄人以肥己，營近而貽遠，則衝動階級之爭，永遺無窮之患。擁資諸君，可不懼哉！然不肖尤以無儕學者，實負疏解調劑之巨責。夫惟學者，乃能明史乘之變遷，人心之運化，學說之源流，興衰之微旨。勞心者治人，治人猶言發縱指示也。今國內百凡待舉，待舉者，待綱舉也。綱舉而後目張，學者乃理綱之人也。約而言之，今日之學者，當悉心社會科學。務發明其旨趣，排匯其流別，參之以事物之常變，以示人以明白，而涵育培養新苞將放之思潮，解決社會棘手之難題。凡吾同志，盍興乎來！不肖乘課餘之暇，既摭此數言，以為緣起。下列數章，擬溯社會主義之昉始，諸家言之概異，及其影響於政治社會。最後竊欲詳討「波爾希微主義」之原委發展，及俄國革命以還內政外交之設施，與諸國相互之方策。及其未逮，政願與諸君子拳拳商榷者也。

概略

「社會主義」之名詞，沿用不及百年。千八百三十五年，英倫始見此字，然猶泛淼無定義。千八百四十年，法人雷鮑（Rey band〔Reyband〕）初綰此字入書。當時社會學說頗出，及馬克思集大成，為一家言，社會主義及不期而大昌。其後支衍流別，尤有五花八門之觀。鄉之浮以暗者，今緐雜不可復概論。故必敘列爬梳其源委，斯其流系有所附麗，而無淆樊之戚。本篇為行文醒豁計，直以馬克思為幹，先此者為根柢，後此者為枝葉。其間異乎馬氏者，姑以為藤為蘿，緣樹並茂者也。今分左列時期論之。

一、社會主義孕育時期

二、社會主義蛹化時期（或過渡時期）

三、社會主義成熟時期

四、社會主義歧別時期

五、社會主義淩雜時期

時期云者，自其趨勢而分，非絕對有歷年可案也。故第一時期之人物，如英之歐溫．羅伯（Robert Owen），法之聖西門（Saint-Sima〔o〕n），福利安（Fov〔u〕rier）之屬，所謂烏托邦社會主義（Utopian Socialism）是也。第二時期之代表，在法國有路易白郎克（Lon〔u〕is Ble〔a〕nc）、蒲魯東（Pron〔u〕dhon），在德有衛德林（Weitling）及賴塞爾（Lassalle）之屬。第三時期，則有馬克思安格司，始創科學社會主義。及巴枯寧張無政府之說，與馬氏異趣而殊歸，社會主義始歧為二營。是為第四時期。最近派別益繁，門戶愈多。馬氏正宗，翻呈蹇晦之勢。是為第五淩雜時期。要之此簡單之分析，出之武斷，原無足重輕，讀者循其勢而會其意是矣。

第一章　社會主義孕育時期

總論

時勢造學說，學說亦造時勢。其因其果，還復相循。故以中世紀末葉之闇暗，教勢淩張，民治衰歇，則有路德應運而生。橐書生一管，函義膽輪囷。掊擊教會，投身僇辱。卒發千年之沉悶，樹百世之光榮。又如盧梭生世，適當專制淫威，如日中天。民生困苦，籲告無門。奉天承運之義，又深入乎人心。雖以睿智之士，亦詘於威權而苟安焉。於是盧梭草民約之論，發專暴之誣。明權利之自天，教革新之無罪。此說一出，盡覆陳腐之思想，頓開燦爛之洞天，法民因之首去獨夫。今所謂共和民主也者，何莫非仰盧氏之厚貽。凡此皆所謂時勢學說，還相因果者也。社會主義之原始亦然。吾嘗於緣起中論及工藝革新，始產勞工為一體。當時生計學者，從而獎誇放任得天道之義韻，干涉槷工商之發展。循至政府之責，止於巡護。然自廠制益密，幣惡叢生。婦人童子，舉淪奴域。歐溫羅伯以紗廠主人，同情工役。撓音瘏舌，發善施仁。然其說存想遐妙，難以實行，以有烏托學者之偁。與歐溫同時作相似之主張者，在法有鮑勃夫、聖西門、福利安、嘉培之屬。

柏拉圖論共和國而後千餘年，而英人湯麥司·馬（Thomas More），又神遊於烏託之邦。其後法國學者（革命前），若馬培蘭（Mably）、毛勒齎（Morelly）、勃烈沙（Brissot）、盧梭之屬，皆嘗汽然悠念，欲登斯民於衽席。然勃烈沙雖致疑於私產之造戾，而一日登選國會，復翕然以產權之神聖，鑄諸憲法。盧梭亦然。向者榷恨於始作產制，造人間罪惡之源。而論及計學，又同然以私產安全，為社約之基築。約而言之，前乎法國革命之學者（注一），雖或蒿同民艱，間作不平之鳴，而未有除舊更新之主張，更無完密評備之建議。然自大革命以還，貴族寺院之權大削，向之呻吟苦楚不勝於苛政橫斂之鄉農，今則一椽自蔽，百畝給家。鷹狗之屬，不復侵田。橋樑之徵，忽焉俱豁。至於商賈、官家不食什一之盈，販運復免徵求之苦。蓋所謂平民（Bourgeoisie）者，既已食革新之賜矣。然自工藝革命發軔於英倫，法土亦迴環舉應，實業日生。昔之商賈及貴族，舉皇然建廠求市，收吸工人。工人既無田地，又不貿易。其所恃以糊口者，無非一體兩手，經營機械，為人造富耳。故革命之惠，及於農，及於商，而工人無與焉。此可憐之工級，因實業之日張，龐然俱大。實業之張利益滋，工級之大境益窮。富者益富，貧者益貧。當其時計學放任無為之說，務除政治社會之阻力，而贊自由競爭之利效。其言曰：工以其力售，得價則留，留則去。聽之則善，糾之則亂。然按之實際，勞工往往供過於求，不傭且饉。資本家利焉，則減酬以挾之，工人不能爭。旦夕得棲所，然且以為幸。工酬既薄，而廠之設備復不善。勞工貧病交困，而有司不問焉。婦人孺子並為工，日作或十六時以至十八時，暗慘無人道。童子過疲偷惰，則鞭抶隨之。男女雜居並作，道德墮落，室家流散，又令幼孩拭煙突之內，往往窒死。地下礦工，亦有女子童稚，情況尤苛刻不可問。吉朋氏作實業史，引案百數，皆令人指髮不忍讀。而資本家因之益富盛。計學家從而譽之，曰此放任之效也。

然自勞工益聚，亦嘗過從相論議，計莫如聯合為團體，以蘄公共之利益。法國自千八百十五年波奔復位而復，工會之禁漸弛。千八百二十三年，工人互助會之在巴黎者，有百數十之多。工人稍結，亦申訴其不平。當奧林王統之間，已有暴起為亂者。千八百三十一年，里昂之絲工，日作十八時，得資十八分，奮起而言曰：吾儕不工以活，則鬥以死耳。當路易菲立之在位，政權為中級社會所操持。計學家綏氏及巴士梯亞，方矜矜持斯密．亞丹之餘論，獎誇導諭自由競爭，自由結約，自由貿易之盡善。故工廠之黑暗猶然，勞工之無告猶然。然放任主義之流弊，已彰彰在人耳目，於是論議始蜂起。論實業之狀況及影響，論資本勞工之關係，論理想社會之結構。學者創焉，勞工應焉。社會主義，始確然有與立。抑當社會主義之初產，因人異義，無有界說。本章所論者，姑指為個人主義之對稱。其所訓者，乃社會對於物品之生產支配及消耗，得行使全權操縱者也。

第一節　鮑勃夫（Bab〈o〉〔註 9〕euf）

鮑勃夫生於千七百六十四年，法國主張共產制之第一人也。長年十六而喪其父。家中落，鮑氏不得復就學，給役於人。其後為一量地員，繼被選為桑縣行政官。旋以墨賕被發，判禁二十年。逃獄至巴黎，得與革命鉅子相交接，而與共舉措。鮑氏自幼即慕希臘羅馬之共產制，嘗自名曰「格臘格思（Graee〔cc〕hus）」。始創《庶民講壇報》，實開社會共產主義之先河。鮑氏詆譭社會制度甚力，尤恨詈撲滅「恐怖時代」之執政者。坐此又於千七百九十三年下獄。獄中囚羈已滿，皆俠可平社員及恃恐怖主義者。鮑氏得從容與計較。及釋，謀覆政府而行共產制。其徒屬自號曰「平等人」。率之者七人，皆新聞記者也。分其徒四出，以共產勸人。千七百九十六年春，得附和者萬七千人。發《平等宣言書》，遍布民間。宣當時執政之罪，陳共產之利。無何一首領中變告發，鮑勃夫及其徒眾皆就禽。鮑氏與其友人大稅，並攖大辟。鮑氏臨死言曰：「余且長眠乎德義之鄉。」

鮑氏既死，其徒眾猶傳佈其旨義。及路易菲立之紀，有工人謀變，猶鮑氏之遺響也。

〔註 9〕引文中的衍字以小一號置於〈〉內。下同。

鮑氏理想中之共產制，大致與毛勒齎所著之《自然法典》不相遠。其說尤類佛家言。「凡世結合，必平等義。惟平等義，乃皆歡喜。」鮑氏尤申言此平等義為絕對，為純全。苟有一人較富或強，則此自然之和諧，即欹失不得其平。故其徒眾皆誓捐棄一切，以致平等。其宣言曰：「天與人以均等權利。以畜用萬類，夫惟遇此自然之律令，故有爭鬩，啟苛暴，肇戰禍，生罪孽。」又言曰：「在誠確之社會，靡塞靡亨，靡富靡貧。」「革命之旨，在於盡殲不平，重造幸福。」

然則何以云乎平等也？將匯天下之事物而計口勻之，然後聽其自為政乎？如此則不崇朝而貧富立判。主共產者即不智，豈其見不及此，然則奈何？共產云者，公生產之事物之謂也。若土地，若房屋，若工廠，若鐵路，若運河，舉隸公。生產之順序及其運轉，皆主於公。將有司事執支配之責，戶給而人足。夫如是則人食其力，安其生。雖有不平，將焉起？且共產之不成，非不能善持均平之故也。人苟欲之者，斯得之矣。今天下人徒以不勝貪利之心，不欲共產以自限耳。猶然軒渠於共產之不可行，其亦不諒之甚矣。

鮑氏猶知平等之不可一蹴而幾也，其來必以漸。以漸奈何？始畜公產。主私產者死則產入公，繼承永息。如此則五十年之間，通國之事物舉屬公。群民則舉吏以治生產，是吏也，將等差眾人之需要而支配其共有之產物。田園舉歸公，其果不得私。吏受不豐於庶民，民皆得為吏。吏主事頃之即退而為民，更復選吏以任事。吏執公役，非尊也。民德支給，非從也。

國於是析為區，區復為部。國有中央政廳，區有區廳，部有部廳。部廳主眾人之交涉，而聽命於區廳，區廳又承命於國廳。義雖自由，而政府尚專制。政府得視民之所便習，以指委其工程。區有盈虧，則輸羨補不足。支配有餘，則儲以備荒。不廢國際貿易，而私人不得事營業。發即奪其為公利，將慎國交。有危言陋習，則杜其傳播。書籍必闡平等義，導民安樂其生。政府釐訂有益之工程，民必先服務，而後享政權。工程者，曰農，曰漁，曰航，曰藝術，曰商賈，曰輸運，曰戰役，曰教育。惟文學與美術不與焉。

要其法至簡約枯索。男女長幼，不可得而齊。舉人事者舉平等而無差。衣盡同（僅以男女長幼別），食盡同，教育盡同。教育之旨，在於切用，不鶩高妙誕異之學。猶之莊子馬蹄之意，賢智齊而爭競絕，機巧塞而天下平也。

兒子生則養之，公父母不得親。教之以共產之義，無爭之德。衣食同，教育同，以齊其視聽而約其志趣。出於一型，將焉異？化於一爐將焉別。

其意猶約萬匯使下平而無上達。上達爭競之道也。齊智於庸，而抑愚人不得智。使民無遠慮，溫飽安適，而天下已平矣。

鮑勃夫之共產主義，抑何其晦塞也。蓋戰國大戰，而老子發無為之論。五胡大亂，而江左啟清談之漸。人之睿智，感於世變則內扣。內扣則往往有憤世嫉俗之言，矯亢異常之謀。鮑勃夫以異稟之資，怵目劌心於革命之慘烈，而慨然於私產之為厲階。退而尋思，以為幸福不出於爭，而生於平等，財產平則爭自絕。至其息息以庸德為訓，將以人力勝天定。設意雖不常，其切心救世，豈可誣哉！余述鮑氏事略及其規畫，雖不詳悉，而大意頗具。鮑氏死百有餘年，而俄國有群治制惶駭天下。然按其跡，與鮑氏所嘗捨身而未成者，何其景似也。讀者念之。

第二節　嘉培（Etieuu〔nn〕e Cabet）

鮑勃夫憤世之極，至欲鋤絕文藝，鏟滅賢智。使民飽食暖衣，安居逸處。混然無教，與鹿豕無所殊。老子之言曰：「民之難治，以其智多。故以智治國，國之賊。不以智治國，國之福。」又曰：「天下多忌諱，而民彌貧。民多利器，國家滋昏。人多伎巧，奇物滋起。法令益彰，盜賊多有。」鮑氏之意，何相似也。然其法過簡晦，盡掃世俗之聲色繁華。世人聞之，往往憐笑其誕妄。鮑氏既以身殉，遲三十餘年，而靄梯昂嘉培復有共產之主張。

嘉培一匠人子。千七百八十八年，生於法之迪項。蚤歲勤學，阮長執律師業於巴黎。千八百三十年，為監督官於哥西加島。未幾，以忤執政解職。歸巴黎，被選入代議院。嘉氏自是竟畢生之力，治文學政治。著述不少。《通俗法國革命史》，其尤著者也。又創《通俗》報，發揮其共產之主張，亦稱「逸客里主義（Icarian prine〔c〕iples）」。其後以著論詆法王被錮，旋逃獄去倫敦，得湯麥司．馬之《烏托邦》而大悅之。逾年歸法，著《逸客里遊記》，自署曰「哲理人群之異志」。其書描述有國於斯，未之前聞。大不過英法而富庶安樂，莫可與京。民生熙攘，不識憂患，無論刑孽。

為逸客里之武陵漁人者，蓋一英倫貴爵維廉。貴爵偶入逸客里，而始識樂土與天民也。歸而著書，以告語其邦人，言共產之可實行而無弊。將拯生民於塗炭，非共產不為功。嘉培感奮其意，以除惡造福，非異人任。聞美利堅有荒土未闢，蹶然興起，曰是可為也。集徒挈資，渡海而西。於江河之旁，得地一方。然未及興築，而徒眾多死於黃熱，狼狽逃歸。既而聞奴伏有地，復趨焉。群眾稍集，三稔之間，得從者萬五千。於是耕地，興商起市，成效頗著。然奴伏之逸客里，不久復哄裂。嘉培挈徒屬移殖於聖路易城尋死。又一支入愛屋烏省，而建逸客里於康寧。始起舉債賃地，支木為屋。衣食簡約，努力共作。及千八百七十四年，南道夫（Nordhoff）遊其地。居民已清負興產，安居樂業。有家十一，計六十五人。童子二十，享投票權者二十三人。有鋸所一，磨礱一。有地千九百三十六畝，給畊者三百五十。馬牛雞豕，百有二十。有羊五百頭。

南道夫既遊康寧逸客里，著書紀其事，言其組合猶承嘉培之意。有二綱焉，曰「皆平等義」，曰「人群友愛」。其民歲選執政以掌公事。然買米一斗，汲水一石，皆不得擅主，無有僕役，奉事簡樸。婚嫁不廢，婦人甚尊。重教育，兒童六歲入學，十六歲則與眾共作。

要其法雖簡陋，而共產之意已申。

嘉培仁人也。其旨廉甚廉約，在於闡平等義而以友愛為中經。「或問之曰，科學云何？曰友愛。主義云何？曰友愛。訓導云何？曰友愛。學理云何？曰友愛。制度云何？曰友愛。」嘉氏又和平人也。將以五十年之期，教天下以共產之義，而後齊其效。嘉氏建言共和之政體，其執政舉聽命於民，勿能為專主。家村省會日壞，猶之一型。衣飾（只分男女老幼）無別，章彩大同。室家之制美備，婦女有榮尊。善勵勤儉，獎育文藝。民高自由，而通工作。男子六十五年而息工，婦人五十歲。冬日治事七時而夏五時，女子則四時已足。午過一時，群工舉息。

第三節　聖西門（Count Heu〔n〕ry〔i〕de Saint-Simon）

鮑勃夫主平等，嘉培言友愛，而皆以共產為歸。鮑既以身殉道，嘉培亦經營逸客里以終其身。然論今世之社會主義，則以聖西門為嚆矢。其目的不同，旨趣不同，性格不同，方法不同。言共產者欲齊賢愚，屏伎巧，俾民樸敕無爭。聖西門不然，以為愚智賢不肖，秉之自天，卒不得而齊。然世人以強凌弱，以智脅愚。富者以其資，利用工人。工人終日勞瘁，僅乃得食。富人估餘計盈，安居逸樂。社會之制，抑已弊矣。夫人勞力工作，以享用其果。不侵不爭，無虞無詐。上承天心，下浹人意，豈不善哉！

亨利．聖西門，以千七百六十年生於巴黎。其家世門閥甚尊，出霞立曼大帝之系。其伯祖聖西門公爵，有名於時。然其父失歡於公爵，不襲。聖西門方十六歲言曰：「余雖不承公爵之榮祿巨產，而傳其好名若渴之精神。」少年倜儻不苟且，當詔其侍者，方晨覺而語之曰：「公子其興、汝忘有大業未完哉！」未冠投軍。聞美土報英渡海詣華將軍而鬥英士。約克鎮之捷，康華立斯之降，西門與有力焉。年二十三，歸法為大佐，然未幾即棄行伍。其論美洲之行曰：「余嫻軍略，蓋不如其好政治。戰陣之事不足多，其所以為戰者可思也。余嘗感奮美民之義勇，輒就勞苦而無怨。有志竟成，豈不大哉！稱兵，非余所欲也。吾志不在行伍，吾欲求人心變動之道而尋　其端倪。然後竭股肱之愚，以蘄臻塵世於樂土。嗟餘生之渺渺，使能為萬民謀一介之幸福，雖使摩頂放踵，所忻願焉。」

聖西門離美之先，見縶於英人，被放於中美。因遊墨西哥，說總督築運河，溝通二大洋。其後又謀鑿運河通西班牙京城於海。適法國革命起，遄歸。西門雖潢貴而同情於民軍，然卒以嫌下獄，拘處二年。一夕夢其先祖霞立曼大帝，告以前途之遠大。西門自記大帝之言曰：「吾家嘗有英雄偉人，榮華尚大，世莫與倫。嗟汝小子，其為哲士，以追榮媲美於乃祖之豐功偉烈。」

聖西門既出獄，適政府折賣公地（原屬貴族及寺院），乃為企業，竟積鉅資。其後七年，力學不輟。尤潛心生理及物理諸科。嘗欲統匯諸學，以制一系。大哲學家孔德・奧格斯脫（Augustus Comte）從學焉。所謂「實驗哲學」者，猶祖述西門云耳。

然西門猶自視缺然，以徒學不足以知世，必身親歷驗而後快。乃如鄉里言呂純陽，嘗試為諸等人物。始貴而賤，繇亨及塞。初出為巨商，自奉甚奢，以次陵降至於賤役自娛，窮苦不可名狀。西門以身為芻狗數年，雖領悟不淺，而勞心苦志，俄然衰矣。年四十三，始著書。致力改良社會，不復變業。遲二十二年而死，六十五老人矣。

西門著述不少。下列皆其知名者。

Lettresd'un Habitant de Genève（1803）.

L'industrie（1817）.

L'organisatem〔*ur*〕（1819）.

Cate〔*é*〕*-chisme des Industriels*（1823）.

最後而尤要者，為基督新義（Non〔u〕vean〔u〕Christian（i）〔註10〕sme）自來哲人學士，往往艱苦不得志，或不為世所容。西門之生世亦然，資財屢空晏如也，嘗就食於其故僕，晚年倚人而活。年六十三，否極謀自殺。然一息尚存，其救世之心，未嘗稍懈。嘗言曰：「往者哲士詩人，存想於遐邈洪荒之紀，民生渾噩，憮歎以為至樂。此實大謬極愚。夫黃金之世，猶且未來。我祖我宗

〔註10〕引文中的漏字以小一號置於（）內。下同。

無與焉，我子孫將及之。然鋪途築路，以詣大同，非吾屬之責而誰耶？」又嘗著書，力不能印。因投函當代名人，以匄資助。其言頹唐可憐，書曰：

「吾仁慈之先生乎？余飢寒瀕死人也。恃麵包、白水以生者，半月於茲矣。家未嘗舉火，而勤學不輟。衣物盡質，僅乃蔽體。私心切切，雅好學問。蒿目時變，輒焦心極慮，欲謀安全之法，普濟群生。然而莫或予助，以底困窮。今姑仰首一鳴號焉，豈有仁人君子，為蒼生幸福計，使西門得竟其業，成其意哉？」

寇愷伯（Kirkup）言西門，其思想沉刻而不舒暢，滯執而不清利。其著作多反覆陳述，尤疏結構而欠縝密，然其論理誠切而不剿襲。其影響於近代思想不少，既開社會主義之先路，大儒孔德，復引申其意，以成「實驗哲學」。

今論西門社會主義，不臚其條目，僅列其大意。西門以為社制既弊，必潰決其朽腐而後重建設。革命之役，既破壞矣，而更新則未也。西門主張和平不亢烈，嘗條陳其計較於路易十八世。以為封建軍閥之制，不可復容，而議以實業之領袖，主持社會。中古寺院之制，不可復容，而議以科學之士，督率性靈。其言曰：天象運行有系，江河流別有系。人介乎天地之間，固不能無統率之道。使其有奇才偉能，能致人群於利福，則其宰制治之權固其分也。加萊爾（Carlyle）有言曰：「夫企望於真實之領袖，俾予勿歧誤。余矢之以忠盡而效力焉，豈非眾人之願哉！」昔者教皇臨諸侯而執判焉。自教勢之衰，諸國紛爭，無所訟正。即今集強智之士為議會，以正全歐之是非。俾措兵革，息禍變，不亦善哉！

所謂領袖者，將薈人群而類焉。咸執其業，其所獲視其所成。賢愚不可同，故均等不可訓。不勞心則勞力，天下有公道，游民惰民不可恕。小則仰食於人為社蠹，富而無業是為賊。繼承將永絕。

產物以給生，產增則生富，此群治之旨也。西門訓利用厚生。然後世學者硜硜於資本勞力之間，西門則忽焉。其意以為督率生產之實業領袖，凡舉措必以公共幸福為前提也。然及《基督新義》出，西門之學說，一變而取宗教之法式，亦以此與孔德齟齬。

方《基督新義》之未著，西門未嘗言神教。然暮年皈依上帝，而析教義成新說，尤重道德之信條。言群治重新，而胞與之旨不可失。箴曰：「咸體天意，以拯無告。俾身體勿困窮，俾道德勿墮落。凡有組制，毋違此訓。」此訓實為「聖西門主義」之南針，宗教之精義，矯弊之方策，乃殊途而同歸。

聖西門主義者，純粹社會主義之初型也。其法公生產之程序，而按法定之準則，以支配生產之結果。惟此準則，因人殊異。學者亦稱聖西門主義為「社會主義之正宗」。以其等差個人之能力與需要，而量工作之臧否，以定其酬報。公產與私入，並存而無害。

聖西門生前，僅有三數從者，其義不昌。及千八百二十八年，其徒白沙（Bazard）始播揚西門之生平及其教訓。後二年、白沙與安封丹（Enfe〔a〕ntin亦西門弟子）並以奉西門主義，有名於時。七月革命以來，聲勢益盛。知名之士，稍稍歸附之。西門嘗執教於工業專門，以故其生徒皆奉西門，從者益多。因自差為三等，聚居為一族。設公積堂，衣食賴焉。

然不久即內訌。白沙剛健持正，安封丹耽於瑰妄，欲決男女之大防。白沙惡之，竟絕去。其後安封丹益縱逸，內竭資財而外逢譏貶，乃遷去他邑。共產而居，詭服異眾。無何其首領以行事怪誕，淆惑視聽得罪。其徒眾遂嘩散，或為機師，或為化士，或為商人。獨晝蘇彝士運河之萊散泊，亦其一人也。

白沙獨凝重慎思，推顯其師之教義。其論史分二期焉。其始危狹而消負，其終機構而嚴成。其始哲理制治，而利利戰爭變亂顯其裏。其終宗教制治，而順從誠愛聯合明其德。聯合之德，始於家庭，延於鄉黨。團而為國，集以為盟。大聯合之誼，而民得其所矣。往者人道之律令，在於「人用人」而循三期焉，曰奴役，曰農役，曰工役。自茲以往，要在人與人相聯而利用天。今世實業之領袖，務利用其工役。工役名雖自由，而求資以活，不得工則餓莩耳。私產之制已不平，而法律復容許繼承。於是有奢居逸處，無功而享眾人之辛勤。富貴相傳襲，貧苦亦永繼。故計莫如先廢繼承之法，而匯生產之利。

如此則社會獨為主人，而群作群生，群食群息。承襲之權，不屬於家而歸於國。

言西門之道者尤斤斤於論功分利，以「教務政治」治民，量材給工，因工得酬。

其言男女無別。男女皆群之一體，不以其性分畛域。國民有三大職，佈道齊家治國，男女無殊也。然聖西門不廢婚姻之禮，而安封丹主男女無法範，以是逢譏焉。白沙雖獨立，而安封丹從者亦眾。

卒之聖西門始倡社會主義，其功不盡誣。約而列之，得數端焉：

（一）同情於貧民，極貧為第一義。

（二）重工作，勞工神聖為第二義。

（三）尊婦人，男女平權為第三義。

（四）訓息爭、國際和平為第四義。

（五）尋工與產之沿革，而溯社會之原始。

（六）分實業社會為二大級，而指陳以「人用人」之不平。勸工人相聯結，發工黨歷史之第一聲。

（七）以改良社會為政府無上之天職。

（八）論繼承法之不允，言公道必先廢繼承。

第四節　福利安（Charles Fourier）

斯丹痕（Lorcu〔en〕z Von Stein 著 *Social Movement in France*）之傳聖西門與福利安也。論曰：當聖西門蜷伏於巴黎一椽之廬，衣敝履穿，窮年矻矻。殫思極慮，欲解斯民之倒懸，而造富樂於無疆。門人承其餘緒，爛然為一家言。則又有一人焉，居法一方，未嘗聞聖西門之名，同然有濟世之心，而其法術迥異，查理士・福利安是已。夫二偉人同時同國，其學術思想，闢新跡於人間世，而又各不相謀，斯亦奇矣。

是二人者，又相反而相成者也。其一初起為豪貴，其一為庸民。其一潛察默審人間之嬗變與演化，而求得一線之光明，以與世更新。其一以史乘為層纍之紕謬，不足以師資而取法，則反而求諸方寸靈府之間，尋繹法令，推演以致高尚純美之社會。而即此法令，以詮發宇宙間過去現在未來之現象。其一論主權，重中樞。其一主分權，布自由。其一以國家為主幹。其一以小體合為群，福利安名此小體曰「法郎基」（Phalange）也。

聖西門富於情感，而福利安辨悟循理法。聖西門造宗教，而福利安訂科學。

千七百七十二年，福利安生於法之培生港。其家世平平，父為衣賈。福利安自幼辨慧，十一歲即以嫻法文臘丁知名，好地理之學。積資輒以購圖型，尤好音樂與花。起初經商，歷遊荷、德諸邦。父死遺產萬金。革命軍興，盡喪其資，身遭囚禁。既釋從軍，旋以體弱復歸商。

福利安雖營商，未嘗得大利。性仁善好施與，而介然自守。方少就學，見道旁跛瞽，分其餱與之。

五歲從父設肆，賈主來輒指語物之誠贋，父常戒斥勿許。十九歲從米商。當饑，商故積米不售，使價益高。米爛於倉，而貧民不得食，往往饑死。以此二事，福利安常耿耿於營業之不公，人心之騖利。因慷慨自期，欲矯流俗而挽時變。創做法式，冀民少休。未死十年，日危坐家中，以待世有賢君善人，採其謀而用焉。要其法未嘗有大效，門人亦不多。

洎西門之法既弊，福利安始稍稍有聞，從者益附。始設報章，布其旨義。千八百三十二年，有「法郎基」建於浮塞之鄉，無何即敗。遲五年福利安死。福氏生平簡約清廉，仁人之心，泛愛群生，而浸潤於人性本善之說。以為白圭之玷，無不可磨。獎掖得其道，則至德之世可幾也。

「法郎基」之制，為福利安哲理之中華。然其於宇宙神道心理三者，持有殊別之見解，以此絢染其法制。故其所從來，不可不論焉。福利安講神道，以為宇宙即神。神鑄法令，從之無害。帝既為人備萬類，而人徒以謬解挫撓其仁心而滋戾焉。奈端發明攝力之理，以解釋物質之運動。福利安以為宇宙之間，有運動四，曰質，曰機，曰智，曰群。而此攝力者，彌散佈浹，無所不達。上綰洪鈞之運和，下淪蠉蠕之滋生。使造物之仁旨，不昧於人心，則魂魄安焉，群治體焉，變亂云何哉？福利安反覆申喻，不外詮識此仁旨云耳。自以其論理深明天人之際，而得環中之妙。

福利安之釋宇宙，亦已恢矣。嘗測世界之生命為八十萬年，四十萬年進化，而後漸衰。自混沌及今止七千年，猶然襁褓耳，是為文化時期。文化云者，猶言造作矯揉。人以其妄智，逖造物之仁心，既已幾千年矣。夫情慾自然，今人桎之梏之，桎梏自然則變矣。正之之道，莫如縱情任欲，發育自然。

福氏於是論心理。原始情慾有十二，而含攝引之力者三。五可覺，視、聽、味、嗅、觸。四可感，愛情、友誼、大志、慈悲。其餘三者，曰更迭之情，曰好勝之情，曰結集之情。（是為制情之節）有更迭情，故好眾類。有好勝心，以成謀嫉。有結集情，故能匯別群感以應事物。其初二類，制於三節。最後又有一大力合群之情敷布周浹，聯貫諸情而融和之，所謂「同情」者是也。七色運和自然而成白。情協無核，「和氣」生焉。

故福利安以為情慾得自然之趣，則天人交會以肇和氣。故必鏟絕當世之文化，以為先路焉。文化人為，非造物之旨也。其理想中之社會，曰「法郎基」。「法郎基」者，容四百家，可千八百人。畫地為居，以自生給。有農事，有工業，有愉樂之機會。人之嗜好才能，皆得自由發展。福氏以為群利猶私人之利。群福猶私人之福。私人得自由，群沐其休。

法郎基為社體，而七人或九人相結而為團，二十四以至三十二團為一系。集系而為體。其結合之法，一本自然攝引之義。法郎基建一大廳，名曰「法郎司推」（Phalanstire）。結構精湛，廠大舒利。其中陳設，或一致，或殊別，一視居者之所好，務厭適其趣。然一「法郎司推」之中，不容離群索居，或私利猜忌。塵世之所有，「法郎基」所無也。

執政之權，較然僅矣。然「法郎基」不廢有司，眾共舉之。嘗試有成，則擴之使奄大地而後已。「法郎基」為一體，更集諸體而成群。合群以為聯，猶之聯邦也。聯亦有長。將以康司但丁為都堡，元長居焉。

「法郎基」之精神在於自由戀愛。男女相悅則相處，不合則渙。

「法郎基」之工程，悉用科學之方法。而本自然攝引之義，不強人以其所不好。易業有自由，福利安以為造作性也。指導得其方，則人且瞞然以不勞為憂，苟有完全乏味及艱難之工程，則制機械以替人力。

然後支配其勞力之結果。人各得一分，養給有餘裕。復勻其剩餘為十二分，五分酬勞工，四分酬資本，三分酬才能。「法郎基」不廢私家之資本，而利用才力之不齊以斡旋焉。酬勞工之道，亦異於今所行者。治公共切要或艱難之工得上酬，有用之工得中酬，愉快之工得下酬。

婦人享生計之獨立，與男子無殊。稚子滿五齡，即有所助力，亦得其酬。

福利安之法，凡所謂「烏托邦」，蓋最美備而縝密。然其發軔之大義，與世所謂經驗與計學所指教之人性之本然，及天演之律令，甚不符也。福利安不較人心之私利，而贊自然有中和。學者推論進化之初期，人內自抑制其獸性，而福利安反道而訓焉。其論婚姻是已。從福氏之道，則所謂「和氣」者，毋然覆滅文明，掔世而歸狉獉之世非耶。

然而福氏之功，猶未盡誣也。其評當時之社會，指其廢腐，發其蕪亂，攻其敗德。敢言不懼，未嘗不中肯綮。即其所建議亦目光如炬，扼後世治化之要鍵矣。其諄諄於私人之自由，及地方之自治，尤可念哉。要之「法郎基」之為制，大足以包容今世科學實業之成效，而集權專制之弊莫由生。今世民治日進。城鎮區鄉，皆有自治之趨向。不已驗乎？

第五節〔註11〕　歐溫羅伯（Robert Owen）

說者謂法國革命，其關係於政治者微，其影響於心靈者大。王權神授之說既破，而言論思想自由，復鑄之憲章，奉為民權之圭臬。於是恢奇誕異之言，紛然並出。鮑勃夫、嘉培言共產，聖西門、福利安昉作社會主義，白朗克路易權輿工黨，蒲魯東始闢無政府主義，然皆限於法境。英倫學者，緘默不為呼應，有之僅歐溫羅伯一人耳。當是時，英以工業先進，其國情尤殊特。請於敘歐溫生平之先，略述當時民生之概況。

〔註11〕原刊無「第五節」三字。

英倫自工藝革新，大城蔚起。鉅資益積，工民益附。工民既失經濟之獨立，又乏政府之勢力。生活苦難，終鮮教育。時或走相諏議，則刑法隨之，指為叛逆。千八百二十四年前，按千八百年律工人結合，以謀叛論。

工藝革新，利用矣，厚生矣，然而工民無與焉。當時之工人，大都淪於赤貧。兢兢焉夙興夜寐，胼手砥足，而猶虞溫飽之未給。機械復日出不窮，以奪勞工之位置。不寧惟是。自婦孺為傭工，資給賤。工人多有閒散，恃妻子以為生，甚且流為盜丐。工廠設備陋劣，不適衛生。男女麕處，弊惡滋生。其生子女不強，多有殘廢。官家雖有濟貧之法，而辦理不善，適以助害。歐溫生當其時，目擊社會之情形，油然動惻隱之心，發言施仁，冀拯困乏，所謂時勢造學說者也。

歐溫以慈善家稱，實為英倫社會主義之始祖。千七百七十一年，生於北威爾斯之新鎮。其父小有經紀。歐溫十歲即輟學，給役於人。十四歲自倫敦至孟切斯德。

孟切斯德者，猶之中土之上海，當時紡織業之巨城也。歐溫十九歲即任紗廠經理。廠傭工五百人。歐溫年少英銳，聰明勤敏。數年之間，廠益宏茂，以此擅名。其後以婚姻之關係，遷居於新拉挪口，復管理一紗廠。方歐溫之未來也，工人二千，中有孺子五百人，皆不馴善，酗酒淫盜，無所不至。教育不興，衛生不講。有數家族雜居一屋，瀆亂極矣。

歐溫憂之，慨然以改良為己任。奮不倦之精神，殷殷教誨，導工人使遷善，習勤儉。設售品所，不謀利，以便益工人。尤注意兒童教育，始創幼稚園，英倫未嘗有也。

歐溫經營公益，耗資不少。給廠雖發達，而股東有煩言。乃捨去，自募資設新廠。（千八百十三年）當時大哲學家邊沁氏及有名之清淨教徒威廉·愛倫（William Allen）皆附股焉。此廠純為慈善而設，歐溫始無掣肘之患，而得施展其宏猷。

同時歐溫亦著書立說，闡揚其教育慈善之意。其名著曰《社會新解》，或曰《性格養成之擘索》，於千八百十三年出版。大概以為聖凡賢不肖，非秉之自天，要皆可以人力為之。人力云者，環境養育之謂也。夫孺子之心，猶白質也。涅之墨則緇，髹之朱則赤。彼固未嘗能自為衡量也。能為之衡量者，獨有養育教訓之責之人耳。傳曰：「曾子家兒不知罵，孔子家兒不知怒。」猶之歐溫之意也。

是故，教育尚矣。敦品者不足譽，而毀行者不足責。今日之圖，在於設其宜境，以憂養兒童之智德。智德之全，則群治隆而亂孽塞。物雖欲厲之，不可得矣。

歐溫竭數載之力，興辦新拉挪口之教育，成績斐然，聲名洋溢。又嘗敦促政府，立法以範工廠。遊歷大陸，獻議於君王執政。於是善士學子，政彥皇裔，震於歐溫之治效，往往千里裹糧，臨視新拉挪口，俄皇尼古拉斯其一也。客之來者，皆稱善讚歎。其鄉之稚子，蚤年受一致之養育，執禮彬彬，儀止自然。居民豐庶健康，知足不辱。飲酗永絕，奸宄無聞。紗廠之工屬，皆視歐溫如家人骨肉，怡怡無睚眥之篟。其廠事措理，整率易平，猶然歲有巨盈。

歐溫朝暮皇皇於利濟。其於鄉人老幼，猶之慈母之於子，敏勞顧衈，若忘其身。及千八百十七年，大戰甫已，瘡痍未平。英政府特任專員，修訂《濟貧法》。歐溫馳書獻議，始發社會主義之端倪。歐溫推果及因，以為貧苦之充斥，顛沛之頻仍，雖近因於戰禍，而溯其本原，尤在人工與機械之競爭。補救之道，莫如一國之民，合力共作，廢資本制度，而以機械為從屬。

歐溫議以千二百人為一村會，有地自千畝至千五百畝（英畝），為大方屋而群居焉。廚灶共，餐室共，然家有私室，自為主政。子女過三歲，養育於公，然父母猶得撫視其飲食與疾病。一村之人，相與通作，共享其成。

歐溫蓋以新拉挪口為藍本，而緬想大地之上，輒有無量數之新村會，錯落點綴，以致休寧。新村之生活，以農為主，工為輔，要以自營自給為旨。重教育而均機會，懲私利而獎群德。聯合城鄉之利益，設為種種行業，執工者得自為選擇。尤獎掖發明，以盛物質之文化。民皆樂其業，便其俗，安其居，熙其生。一村為一體，然後十村百村，千村萬村，以至無數村，相與聯貫，布塞天下，乃所謂共和大同者至矣。

歐溫名益盛，報紙揄揚之，婦孺頌道之，王公交驩之。前途昌大，正未可限量。然無何，以臨倫敦大會演說，悍然攻詆教義，輿論譁然，群起聲討。向者如火如荼之盛名，乃不旋踵而煙隱霧消。即其固有慈善之主張，亦以其不忠於上帝，時人方唾棄之不遑矣。

然歐溫曾不以此自餒，益亟亟欲一嘗試其計較。卒以千八百二十五年，其友公畀始建新村於葛來斯告（Glasgow）之附近。其後亦自營新村於北美印第安那省之新和鄉（New Harmony, Indiana），然二年之內，先後舉敗。當時共事之人，至不齊諧。隱士哲人，貴官富商，乃至氓痞無賴，皆有之。其嘗試之未成，從可知也。

美洲之役，喪資過半。既而與其紗廠之同事，積不相能。乃於千八百二十八年，盡辭新拉挪口之職務，而移居於倫敦。不復事營業，而號召徒眾，鼓吹不信上帝、社會共產之意。千八百三十二年，創勞工均平交易之制。其法以工券代幣，以通交易。千八百三十五年，始制「社會主義」之名詞，前此未嘗有聞焉。

數載之間，工人聞風景附。舉捨夙奉之宗教，而尊歐溫若大師。其後又試為新村不成。為協作運動（Cooperative Movement）又不成。晚年信鬼。千八百五十八年，卒於故鄉，享年八十七也。

歐溫之敗，有可解也。其始出為慈善，聲譽甚隆。後以詆諆教會，遽為世俗所詬病。又主度婚姻之制，撤男女之防，重冒天下之不韙。溺於環境造性之說，而昧於天演進化之大例。動物自孑孓蠉蛸，至成人身，人類自獉狉而造文明，其間繩跡較明，可以按溯。用石之世，不能躐等而製鐵。穴居之民，不能構宮室之美好。其來漸也。歐溫乃漫然存想，以為至惡之世，可頃刻而變。郅治之隆，可一蹴而幾也。夫社會弊惡之原因，至復極湊。豈如塵垢之於身，可以括剔而去哉！

卒之歐溫創始社會主義，皦然不可掩。生平急公好義，為善若不及，亦史乘未易人也。他如始辦幼稚教育，短減工作，衛生改良，保工法律，合作運動，勞工聯盟，皆其事功之彰彰尤著者也。

注一：參看 Guthrie-Socialism before the French Revolution.

樂土康莊　羅塞爾著（Proposed Roads to Freedom. By Bertrand Russell.）
New York: Henry Holt & Co. 1919.

羅塞爾既出《社會改造之要義》，復著《樂土康莊》，其書風靡一時。羅氏於美版書名特加建言之意，「Proposed Roads to Freedom」猶言康莊之到樂土與否，良未可必，特有此主張耳。說者謂美人少見多怪，狃於習勿能為推移。羅氏故弛其題義，以為迎合。然羅氏之書卒售。

羅氏書首述馬克思及巴枯寧之傳略，及其哲學之菁華。其論無政府主義，引證莊生《馬蹄篇》。以為古德魂（Godwin）、蒲魯東（Proudhon）之學說，承十八世紀個人主義，而砥刻鞭擘，極深遂穴頭，以臨駭天下。而豈意其言也，猶蒙莊之糟粕云耳。

羅氏既論列馬巴二氏，又承無政府主義之哲理，衍釋近世新敵溝主義（法名職工同盟主義，Syndicalism）。馬巴之異，在於馬不廢政府，而巴氏必盡掃人間制度，還真反樸而後快。法社會黨求政權甚烈，俄而新敵溝主義，一營嘩噴，以為社會黨緣木求魚，耗日無功。今日之事，在於「直取」而代之。利器云何？曰大罷工。不得全膰，則罷之無休。此說流美，變形而為世界工盟主義（I.W.W.），尤亢激無可融和。

主張馬克思、巴枯寧及新敵溝主義者，皆囂然自以此康莊通樂土而互訕其非是。羅氏敘之論之攻之。言馬與巴去樂土遠甚，新敵溝近似矣而中道而止，未盡通。其通樂土者，乃羅氏理想中自闢之康莊也。此康莊維何？最新式之社會主義曰「行團會主義（Guild Socialism）」者是也。

羅氏非創此說者，然信之甚篤，持之甚堅，今此說之傳甚速。說者尤謂此與英倫國情，最相吻合者也。其中大義微言，羅氏書言之綦切。吾勿欲於此書評中，洩露此康莊之結構風色之如何。願好社會哲學者，皆得讀此書。書既以質勝，文亦清晰〔註12〕矯健，讀之欲不竟篇，勿可得也。

自由國家之社會 馬羅 著（*The Society of Free States. By D.W. Morrow.*）
NewYork: Harper & Brothers.1919.

國際聯盟之要義及其實施 段耕 緝（*The League of Nations: The Principle and the Practice.* Edited by S.P.Duggan.）
Boston: the Atlantic Monthly Press. 1919.

西雪雷（Cicero）曰：豈惟邦家之摶結，有恃乎信義，即薈天下萬國以為社，亦賴信義以為維。葛洛雪司（Grotius）始編國際法典。其言曰：天下交通，國家之關係益繁，不可無法律以繩之。其交驩也有道，其交惡也亦有道。信義日鞏，人道日昌。絕戰爭而臻大同，其兆幾矣。自古賢智大哲，閔生民之忿爭，啟釁肇戾，禍變無終，發為危言大計，以繩約防範於幾微。或唱公理而懲私忿，申信義以杜詐虞；或著約法以勅國際之關係；或主匯天下為一家。征諸史乘，每當大戰而後，痛定思痛，輒有永建和平之主張。近世作戰之具日精，戰禍益深巨，則有大君賢相，昉聯盟之議，為弭兵之會。自法王亨利第四之「大策」，及威爾遜之國際聯盟，其來久矣。

然而未嘗有成功者，何也？或謂人種之先，既以自營不仁，而淩屈萬類，綿傳雖遠，惡本猶存。為己之性，與生俱至，人與人競，國與國爭，故私之未

〔註12〕「清晰」，原刊為「清淅」。

去，爭亦不除。或謂法制有未善；或謂時機有未熟；或謂國際主義，以國家主義為原則，分子強弱不齊，則排列失其平而間隙萌焉。卒之事之成敗，皆有因果可尋。殷鑒不遠，政在世人取資討議，張皇補苴，以厚惠民生，永晉無疆之休也耳。

昔者我國民以神明之裔，掌制中夏。賤其四鄰，曰蠻夷戎狄，故無國際關係之可言。近世以來，蒲伏列強之後，重蒙奇辱，轉側呻吟，以乞哀憐。「謂他人父，亦莫我顧。」追念往昔，傷痛如何。一旦國際聯盟成立，無論其為誠偽久暫，我國要不能不匄一座以自保。則聯盟之所由來，及其組織實施之如何，吾執政好學之士，可不詳討而孰慮之耶？

年來關於聯盟之著述，蓋繁頤不可類舉。然求簡潔明暢，指陳大端之書，則馬羅之《自由國家之社會》，及段耕所纂之《國際聯盟》，皆可稱焉。

馬氏書始論大戰之淵源及其結局之慘烈，繼論歷來大同和平之主張，後論國家主義之發展及其阻礙國際聯盟之趨向，結論今日所醞釀之聯盟。其第六章敘列戰時協約國海運聯會之組織效用。馬氏嘗親參與一年，故言聯合之困難至詳切。要之此書布敘事實，流利明剴，有足取者。至其少創作之言，評鑒不及精湛，則作者亦自認之。書尤簡核，半日可竟。

段耕，今萬國教育研究會之教務長及紐約大學之教育教授也。大戰後嘗遊歐數月。歸而薈當代名流關於國際聯盟之著作，訂為書，緣曰《國際聯盟之大〔要〕義及其實施》。考核精審，討論詳備。書才於去秋殺青，初版頃刻而罄。不知國內已有此書否？有意研索聯盟問題者，亟宜購備一編。

關於徐志摩的一則日記〔註1〕

1927年12月27日，徐志摩在日記中寫道：

> 我想在冬至節獨自到一個偏僻的教堂裏去聽幾折聖誕的和歌，但我卻穿上了臃腫的袍服上舞臺去串演不自在的「腐」劇，我想在霜濃月澹的冬夜獨自寫幾行從性靈暖處來的詩句，但我卻跟著人們到塗蠟的跳舞廳去豔羡仕女們發金光的鞋襪。〔註2〕

徐志摩的這則日記，字裏行間流露出滿腹的無奈、苦澀和鬱悶。

究竟是什麼原因導致徐志摩寫下如此不快的文字呢？

陳從周在1949年8月自費印行的《徐志摩年譜》中稱，1927年12月27日，「小曼在上海夏令匹克戲院演《玉堂春．三堂會審》，志摩飾紅袍」，並援引徐志摩當天的日記作為按語（第70～71頁）。此後，幾乎所有的人在談到徐志摩的這則日記時，都襲用了陳從周的說法，即把徐志摩的這則日記與陸小曼在上海夏令匹克戲院演《玉堂春》扯在一起。

其實，這種說法與歷史事實大有出入。

據有關史料顯示，徐志摩在舞臺上客串《玉堂春》，至少有三次。關於這三次演出，當時的《上海畫報》都作了及時報導。

第一次是在1927年8月5日。

1927年7月16日、17日、18日，上海婦女慰勞北伐前敵兵士會為募集捐款，在徐家匯南洋大學舉行遊藝會。因所得捐款不夠預定數額，又於8月4

〔註1〕原載《揮塵錄——現代文壇史料考釋》，北嶽文藝出版社2015年9月版。

〔註2〕《眉軒瑣語》，《徐志摩全集補編（4）》，上海書店1994年2月版，第160頁。

日、5日、6日在中央大戲院舉行劇藝會。陸小曼應邀在5日晚出演了兩出舊戲，即崑曲《思凡》和京劇《汾河灣》(與江小鶼、李小虞合串)。這天晚上，歐陽予倩主演《玉堂春》。他乘早班車從南京趕到上海，除藍袍是自己帶來的以外，其餘的配角都來不及準備。徐志摩被現抓去配飾解差崇公道，其表演「滑稽突梯，全場鼓掌。當堂開枷後，徐仍侍立。院子不能忍，乃令下去。徐鞠躬而退，臺步亦有詩人風焉」〔註3〕;「君粉抹其鼻，御䰅鬘如故，跣花趿鞋，衣一紫花布之衣，厥狀絕滑稽。小曼女士見之大笑，幾不復識其所愛之大大矣……登臺跪公案前，訴其連日籌備劇事主持前臺之苦，累累如貫珠，聞者鼓掌不絕。」〔註4〕對徐志摩來說，這次臨時串演實屬「趕鴨子上架」，雖不勝其任，但其心情卻是非常愉快的。在劇藝會開演前夕，徐志摩與江小鶼、周瘦鵑、黃梅生等人用了不到一周的時間，專門策劃、編輯了一冊《上海婦女慰勞會劇藝特刊》〔註5〕。徐志摩寫了一篇《小言》(已出各種《徐志摩全集》失收)，還負責整理《掃花》《遊園》《拾畫》《叫畫》《思凡》和《汾河灣》等戲曲唱詞。

第二次是在1927年12月6日。

1927年11月5日至12日，上海民間美術團體天馬會在法租界霞飛路尚賢堂舉行第八屆展覽會。12月6日、7日，為籌款經營基本會所，天馬會約請戲曲名家、票友，又在上海靜安寺路夏令配（匹）克戲院演劇兩場。6日晚的壓軸戲是《玉堂春》，陸小曼飾蘇三，翁瑞午演巡按王金龍，江小鶼配藍袍劉秉義，徐志摩串紅袍潘必正。7日晚，陸小曼還與江小鶼、翁瑞午等合串《販馬記》(又名《奇雙會》)。

這次演出過後，上海小報《福爾摩斯》於12月17日第171號刊出一篇署名「屁哲」的文章《伍大姐按摩得膩友》:

> 一對新人物……兩件舊家生
>
> 詩哲余心麻，和交際明星伍大姐的結合，人家都說他們一對新人物，兩件舊家生。原來心麻未娶大姐以前，早有一位夫人，是弓叔衡的妹子。後來心麻到法國，就把她休棄。心麻的老子，卻於心

〔註3〕鄂呂弓:《慰勞會之趣見聞》,《上海畫報》1927年8月9日第261期。

〔註4〕周瘦鵑《紅氍三夕記》,《上海畫報》1927年8月9日第261期。「大大」即英文 darling 的音譯，是陸小曼對徐志摩的愛稱。

〔註5〕上海大東書局1927年8月印製。

不忍，留那媳婦在家裏，自己享用。心麻法國回來，便在交際場中，認識了伍大姐，伍大姐果然生得又嬌小，又曼妙，出落得天人一般。不過她遇見心麻之前，早已和一位雄赳赳的軍官，一度結合過了。所以當一對新入物定情之夕，彼此難免生舊傢伙之歎。然而傢伙雖舊，假使相配，也還像新的一般，不致生出意外。無如伍大姐曾經滄海，他〔她〕傢伙也似滄海一般。心麻書生本色，一粒粟似的傢伙，投在滄海裏，正是漫無邊際。因此大姐不得不捨諸他求，始初遇見一位叫做大鵬的，小試之下，也未能十分當意，芳心中未免憂鬱萬分，整日價多愁多病似的，睡在寓裏納悶，心麻勸她，她只不理會。後來有人介紹一位按摩家，叫做洪祥甲的，替她按摩。祥甲吩咐大姐躺在沙發裏，大姐只穿一身蟬翼輕紗的衫褲，乳峰商聳，少腹微隆，姿態十分動人。祥甲揎袖捋臂，徐徐地替大姐按摩，一摩而血脈和，再摩而精神爽，三摩則百節百骨奇癢難搔。那時大姐覺得從未有這般舒適，不禁星眼微餳，妙姿漸熱。祥甲那裡肯舍，推心置腹，漸漸及於至善之地，放出平生絕技來，在那淺草公園之傍，輕搖、側拍、緩拿、徐捶，直使大姐一縷芳魂，悠悠出舍。此時祥甲，也有些兒不能自持，忙從腰間挖出一枝短笛來，作無腔之吹，其聲嗚嗚然，嘖嘖然。吹不多時，大姐芳魂，果然醒來，不禁拍桌歎為妙奏。從此以後，大姐非祥甲在傍吹笛不歡。久而久之，大姐也能吹笛，吹笛之外，並進而為歌劇，居然有聲於時。一時滬上舉行海狗大會串，大姐登臺獻技，配角的便是她名義上丈夫餘心麻，和兩位膩友汪大鵬、洪祥甲。大姐在戲臺上裝出嬌怯的姿態來，發出淒婉的聲調來，直使兩位膩友，心搖神蕩，惟獨余心麻無動於中。原來心麻的一顆心，早已麻木不仁了。時臺下有一位看客，叫做乃翁的，送他們一首歪詩道：

詩哲當臺坐，星光三處分。暫拋金屋愛，來演玉堂春。

文中，以余心麻影射徐志摩，以伍大姐（明鄭若庸傳奇《玉塊記》中，伍大姐乃妓女出身）影射陸小曼，以汪大鵬影射江小鶼，以洪祥甲影射翁瑞午，以海狗會影射天馬會。這篇文章極盡侮辱、下流之能事，遂引起租界巡捕房的干涉，以攸關風化為名予以檢舉，由臨時法院處罰示儆。徐志摩夫婦和江小鶼、翁瑞午等人認為處罰太輕，於是延請律師，向法院起訴《福爾摩斯》小報編輯吳微雨及其他相關責任人。結果，徐志摩「賠了夫人又折兵」，輸掉了這場官司。

這場官司的主角無疑是陸小曼，但受打擊最大的則應當是徐志摩。

第三次是在 1927 年 12 月 23 日。

一場風波尚未塵埃落定，體弱多病的陸小曼遵醫囑本不想再公開演戲，但不久，中華婦女慰勞傷病軍士會借用上海共舞臺演劇籌款，「因鄭毓秀、蔡孑民二博士再三邀請，蔡先生並親訪徐志摩君的尊人，以陸女士加入表演相要求。小曼女士因不得已，只能允諾」〔註 6〕。陸小曼仍舊主演《玉堂春》，與其配戲的還是天馬會劇藝會上的原班人馬。為遮人耳目，在此前公布的節目單中，稱《玉堂春》是由江小鶼、陸小曼、「六桂室主」和「海谷先生」合演〔註 7〕。「六桂室主」即翁瑞午；「海谷先生」即徐志摩，他曾以「海谷」為筆名在《晨報副刊》上發表過《我來揚子江邊買一把蓮蓬》《「決斷」》《客中》《白鬚的還老兒》等詩歌。高長虹看過這晚的《玉堂春》，他說：「陸小曼的扮，做，唱，都是非常好的，羅曼一點說，勝過所有的戲子。……至於徐志摩呢？除臺步，道白，做派都不好外，其餘的也還很好。」〔註 8〕徐志摩所串演的角色沒有唱詞，那麼，除了臺步、道白和做派外，其餘的還有什麼呢？可見，徐志摩演得實在不好。周瘦鵑是這樣記述他的觀感的：「陸女士之蘇三，宛轉情多，令人心醉。翁為王公子，瀟灑可喜。江被藍袍作吏，一洗其法蘭西風，亦居然神似。此次劇目中，有一海谷先生，不知其為何許人，殆即當日御大紅袍而臺步如機械人之徐志摩君乎！」〔註 9〕這一次，徐志摩的心情不可能是舒暢的，難怪他的表演像「機械人」一樣，不是那麼自然、自如、自在。

徐志摩三次客串《玉堂春》，《上海畫報》分別配發了一幅速寫畫。第一次是王濟遠所作，畫面左上方書「志摩與予倩合串玉堂春時速寫」〔註 10〕；第二次是楊清磬所作，畫題為《想像》，其中徐志摩戲裝像上方有「志摩之玉堂春」

〔註 6〕見黄梅生為照片《陸小曼女士》所配文字，《上海畫報》1927 年 12 月 24 日第 306 期。鄭毓秀，中國首位女博士，時任上海審判廳廳長。「尊人」，指徐志摩父親徐申如。

〔註 7〕《中華婦女慰勞傷病軍士會假座共舞臺演劇節目》，《上海畫報》1927 年 12 月 24 日第 306 期。

〔註 8〕長虹：《陸小曼何不演劇》，《世界》週刊 1928 年 1 月 8 日第 2 期。

〔註 9〕周瘦鵑：《紅氍真賞錄》，《上海畫報》1927 年 12 月 24 日第 306 期。

〔註 10〕載《上海畫報》1927 年 8 月 12 日第 262 期。

字樣〔註 11〕；第三次是黃文農所作，畫題為《翁瑞午江小鶼徐志摩陸小曼之玉堂春》〔註 12〕。

回頭再看徐志摩 12 月 27 日的那則日記。徐志摩說：「我想在冬至節獨自到一個偏僻的教堂裏去聽幾折聖誕的和歌，但我卻穿上了臃腫的袍服上舞臺去串演不自在的『腐』劇……」1927 年 12 月 23 日，正是冬至節。這一天，徐志摩是在上海共舞臺串演《玉堂春》中的紅袍的。陳從周在《徐志摩年譜》中稱 1927 年 12 月 27 日「小曼在上海夏令匹克戲院演《玉堂春・三堂會審》，志摩飾紅袍」，並以這則日記作為按語，完全屬於「張冠李戴」，與事實不符。12 月 27 日，陸小曼並沒有演《玉堂春》。她在上海夏令匹克戲院演《玉堂春》不是在「冬至節」，而是在 12 月 6 日。因此，徐志摩 12 月 27 日的那則日記應該是針對第三次的演出所寫的。

1928 年 1 月 4 日，徐志摩、陸小曼聯名在上海《小日報》第 509 期上刊登了一則《志摩小曼啟事》：

> 小曼有病，志摩有事，遊藝演劇，一概辭謝。
>
> 徐志摩　陸小曼同白〔註 13〕

從此以後，徐志摩就再也沒有在舞臺上合串《玉堂春》了。

文章寫到這裡，本可以結束了，但有一件事似乎應該贅上一筆。

1929 年 10 月 2 日、3 日，陝災義賑會假座中央大戲院演劇籌款。幾天前，即 1929 年 9 月 26 日，上海小報《羅賓漢》曾登出一則消息，內中說徐志摩將與陸小曼等合演《玉堂春》〔註 14〕。徐志摩看到這則消息後，特向《羅賓漢》主撰寫了一封信。1929 年 9 月 29 日，《羅賓漢》第 331 號全文刊發了徐志摩的這封信，題名為《徐志摩》（已出各種《徐志摩全集》失收）：

> 《羅賓漢》主撰諸先生：
>
> 今天的貴報載有《陝災義賑會之票串》一則，內有愚夫婦合演《玉堂春》劇目，這或許是傳聞之誤。但如果「洛僑」先生的消息是得之於陝災義賑會或該會之宣傳人員，則我們不得不藉重貴報的地位，鄭重申明這是完全無稽之談。前年我們曾經為了卻不過朋友的央求，胡亂串演過幾次戲，但已往的經驗卻並不是過於愉快。我

〔註 11〕載《上海畫報》1927 年 12 月 6 日第 300 期。

〔註 12〕載《上海畫報》1927 年 12 月 27 日第 307 期。

〔註 13〕又載上海《申報》1928 年 1 月 6 日第 19691 號，題為《徐志摩陸小曼啟事》。

〔註 14〕洛僑：《陝災義賑會之票串》，上海《羅賓漢》1929 年 9 月 26 日第 330 號。

自己於演戲本是完全外行，又無興趣。內人雖則比較的有興致，但她年來的身體簡直是疲弱到一些小事都不能勞動，不說演劇一類事。所以我們對於演劇一事是決不敢再輕於嘗試的。這次陝災義賑會的消息，說來更覺可笑，事前一無接洽，也不知是那位好事先生隨意把我們的名字給放了上去，連累不少的親友都特來問及，這也算是小小的一種惡作劇了。現在更離奇了，竟然連劇目都給排了出來，真是叫人好氣又好笑的。為了及早解除外界的誤會以及招搖人等的「胡來」，我們特寫這信給貴報，敬請立即刊入下期，不勝感念之主〔至〕。敬頌撰安

據「今天的貴報載有《陝災義賑會之票串》」，可知此信當寫於 1929 年 9 月 26 日。

按徐志摩的說法，他們夫婦之所以不再合演《玉堂春》，一是「自己於演戲本是完全外行，又無興趣」；二是陸小曼雖「比較的有興趣」，但身體疲弱。其實，這都是些表面上的說辭，而「已往的經驗卻並不是過於愉快」，恐怕才是最根本的原因。

《徐志摩全集》：值得信賴和珍藏的一部全集〔註 1〕

收到商務印書館贈送的《徐志摩全集》（以下簡稱北京商務版），我真真是愛不釋手，用了兩周多的時間，從頭至尾翻閱了一遍。與此前出版的各種《徐志摩全集》相比，這部全集至少具有以下四大特點。

體例合理

已版中國現代作家全集，一般有兩種編法，一是採用編年體，即將某一作家的全部作品按時間先後順序編次，如《魯迅著譯編年全集》《廬隱全集》等；一是採用分類編年體，即將某一作家的全部作品按文體或體裁分類，各類或直接以時間先後順序編排，或再以時間順序分為若干輯（組），如《魯迅全集》《茅盾全集》《聞一多全集》《沈從文全集》等。在處理作家生前出版的成集本和集外散篇時，分類編年體全集大都採取的方法是：成集本在前，同類集外散篇附後。

北京商務版依舊沿襲了韓石山先生在 2005 年為天津人民出版社編纂 8 卷本《徐志摩全集》時首創的做法：拆散成集本，將徐志摩的所有單篇作品歸為散文、詩歌、小說、戲劇、書信、日記和翻譯等 7 類，各類均按寫作或發表時間先後順序排列；寫作或發表時間不詳者，列於同類之末；某篇作品收入何種成集本，則在題注中加以說明。採取這種編輯體例，對於徐志摩而言，是相當合適的。徐志摩生前未結集出版的作品（特別是散文）有很多，如按成集本在前、集外散篇附後的方法，在分卷上會帶來一定的麻煩，造成厚薄不均，不太

〔註 1〕原載《光明日報》2020 年 5 月 9 日第 9 版。

好看。北京商務版共 10 卷，各卷厚度大體上是一致的。同時，採取這種體例，可以清晰地呈現徐志摩某一類作品的整體創作面貌及其思想、風格演變的軌跡，為研究者提供了極大便利。

收錄最全

在 2015 年以前，坊間印行的徐志摩全集多達十幾種。但大多名不副實，真正稱得上是全集的，除天津版外，另有 4 種：

一是臺灣傳記版。1969 年 1 月，臺灣傳記文學出版社出版 6 輯本《徐志摩全集》，由張幼儀贊助，徐積鍇負責搜集資料，蔣復璁、梁實秋主編。2013 年 3 月，中央編譯出版社出版的 6 卷本《徐志摩全集》，是以臺灣傳記版為底本重新排印的。

二是香港商務版。1983 年 10 月，商務印書館香港分館出版 5 卷本《徐志摩全集》。1992 年 7 月，又出版 4 卷本《徐志摩全集・補編》，由陸耀東、吳宏聰、胡從經主編，趙家璧、陳從周、徐承烈審校。1988 年 1 月和 1994 年 2 月，上海書店先後重印香港商務版全集本和補編本。1995 年 8 月，上海書店將兩種本子合在一起，推出 9 卷本《徐志摩全集》。

三是廣西版。1991 年 7 月，廣西民族出版社出版 5 卷本《徐志摩全集》，由趙遐秋、曾慶瑞、潘百生合編。

四是浙江版。2015 年 2 月，浙江人民出版社出版 6 卷本《徐志摩全集》。其中，散文卷、詩歌卷、評論卷、書信卷、日記卷由顧永棣編，小說戲劇卷由顧永棣、顧倩合編。

相較於此前出版的 5 種《徐志摩全集》，北京商務版收錄徐志摩作品是最全的。編者充分吸收學界的研究成果（包括我和徐志東合編的《遠山——徐志摩佚作集》），在天津版的基礎上，增補了徐志摩佚文、佚詩、佚簡等 100 多篇，為徐志摩研究提供了更加完備的文獻資料，也進一步拓展了徐志摩研究的學術空間。

編校審慎

商務印書館編輯在「推薦語」中說這部全集是韓石山先生「苦心收集整理、嚴謹考證、精心編訂的高水平成果」，我認為並非誇大其詞，而是符合事實的。韓石山先生把整理、編纂《徐志摩全集》視為其「一生的名山事業」，這種態度就足以令人肅然起敬。在《凡例》中，他雖聲稱這部全集「不是校注本」，對所採用的文本，儘量保持原貌，但在考證、校勘、注釋上還是下了大工夫。如，全集中，採用了由俞國林整理、段懷清輯校的徐志摩致萬維超、舒新城和中華書局編輯信函數十封〔註2〕，對其中未具寫作日期者，做了進一步的考證。這部全集訂正了徐志摩著作中明顯的缺漏、錯訛，但仍持謹慎態度，沒有徑改原文，而是保留了更動的痕跡。對某些可疑的文字用腳注加以說明，沒有輕易改動。某些外文人名、地名、書名、篇名等，擇要隨文出注，對於一般讀者和研究者，均有釋疑解難的作用。在題注中，具體交代了所依據的排印底本。尤其值得稱道的是，對採自他人編輯的文集，均一一做了說明。這是對他人「首發權」的肯定和尊重，也是良好學術規範的體現。

在編校過程中，韓石山先生和商務印書館動用了大量資源，邀請人民文學出版社岳洪治先生通校全部書稿，四川師範大學龔明德先生校訂書信，復旦大學談崢先生為外文部分把關，最大限度地保證了文本的準確性。

我始終認為，對全集編輯質量的鑒定，應該建立一套科學、規范且行之有效的評價體系。文本準確與否，無疑是評價全集編輯質量優劣的一個很重要的指標。應該說，北京商務版絕大多數文本是準確無誤、可靠可信的，完全可以放心閱讀和使用。

全集難全

北京商務版無論是在封面、版式設計方面，還是在裝訂形式、使用材料等方面，均花了大量的心思。從某種意義上講，這部全集「很徐志摩」（我的一位博士生語），與愛「美」的徐志摩是相匹配的。

當然，北京商務版也不敢說是盡善盡美的。因受客觀條件的限制，這部全集仍存在失收、失考、失校的現象。

全集不全、全集難全，似乎是所有中國現代作家全集的宿命。但是，既然名為「全集」，自當力求完備，將作家生前作品盡可能悉數編入。說北京商務版收錄最全，畢竟是相對而言的。這部全集仍漏收了部分作品，如《新月》月刊 1928 年 9 月第 1 卷第 7 號、同年 10 月第 1 卷第 8 號的《編輯餘話》〔註3〕，

〔註 2〕參見俞國林整理、段懷清輯校：《徐志摩致中華書局函》，《史料與闡釋》，復旦大學出版社 2014 年 6 月版。

〔註 3〕參見陳子善：《〈新月〉中的徐志摩佚文》，《新文學史料》2019 年第 3 期。子善先生提到的《〈現代短篇小說選〉》並非佚文，已收入全集，題為《〈現代短篇小說選〉評介》。

中國社會科學院近代史研究所胡適檔案館所藏徐志摩致胡適的三封英文信（作於 1925 年 5 月 3 日、19 日、22 日）和幾則電報稿。據我所知，徐志摩後人處藏有徐志摩致張幼儀書信數十封，也未收入包括北京商務版在內的各種全集。

編纂作家全集，應重新出發，以作家生前已刊未刊作品為主要依據，其身後出版的各種集子和由他人發現、整理的佚作，只可作為參考之用。北京商務版所依據的排印底本，有一些不是原始材料（初刊本、手稿本），而是「採自他人編輯的文集」。他人編輯的文集終歸是二手材料，其本身或欠準確。如 1922 年，徐志摩在宋雲彬主編的《新浙江・新朋友》上發表了一篇散文《印度洋上的秋思》、一首詩《笑解煩惱結（送幼儀）》和一則《徐志摩張幼儀離婚通告》。北京商務版第 1 卷「散文（一）」，第 240 頁題注中稱，《印度洋上的秋思》「1922 年 11 月 6 日起，在《新浙江報》連載三期（未完）」。這篇散文何時開始連載，尚不清楚，但可以肯定已於 11 月 21 日全部載完，共連載了 7 期或 8 期。其中，11 月 10 日、11 日均為「三續」，因為 10 日「一共排差了三十八個字，沒法更正，只得再重排一遍」（《新朋友》欄編者按語）。《徐志摩張幼儀離婚通告》載 1922 年 11 月 8 日《新浙江・新朋友》「離婚號（2）」，題下有「續六日」字樣。6 日的報紙目前還沒有找到，8 日《新朋友》欄刊有關於前半篇的「更正」。北京商務版是以上海書店 1995 年 8 月版《徐志摩全集》第 8 冊為底本的，而上海書店版至少有 18 處誤植。《笑解煩惱結（送幼儀）》載 1922 年 11 月 8 日《新浙江・新朋友》，北京商務版與其他版本一樣，也存在六七處相同的錯誤。又如，北京商務版第 8 卷「書信（二）」，內收 1931 年×月×日信（第 65～66 頁），實為 1928 年 6 月 13 日信之後半截（第 33～34 頁）；而 1928 年 6 月 13 日信之後半截，闌入的則是 1924 年 6 月初的一封信（第 13 頁）。其他版本的徐志摩全集或書信集都是如此。

北京商務版儘管存在部分失收、失考、失校現象，但瑕不掩瑜。總體來看，仍不失為一部最值得信賴和珍藏的《徐志摩全集》。

徐志摩關於《康橋再會罷》的更正函〔註1〕

1927年9月17日，聞一多《你莫怨我》發表在上海《時事新報·文藝週刊》第2期。因當日版面廣告擁擠，手民遂自作主張，將原詩每節5行並做3行，結果弄得不成體統。一周後，即9月24日，為使讀者得見原璧，《文藝週刊》第3期又將《你莫怨我》補登了一次。編者在詩前按語中對聞一多表示歉意的同時，「希望以後不再有這種不幸的事發生」。

類似「這種不幸的事」，也曾發生在徐志摩身上。

1923年3月12日，上海《時事新報·學燈》第5卷第3冊第9號刊發徐志摩《康橋再會罷》，把一首3節110餘行的長詩排成了一篇僅有三個自然段的散文。為此，徐志摩給《學燈》編者寫了一封信。3月25日，《學燈》第5卷第3冊第12號按詩的排列又刊載了一次。在《康橋再會罷》前，有一段「記者按」：

> 我們對於惠稿諸君，常常覺得有一件很抱歉的事；就是我們的排印雖盡了許多心力力圖改善，但是還一樣發生許多錯誤。我們今天尤覺對《康橋再會罷》（曾登本月十二日本刊）的作者徐志摩先生抱歉！《康橋再會罷》原是一首詩，卻被排成為連貫的散文，有人說，這正像一幅團皺了的墨蹟未乾的畫，真是比得很恰切。原來徐先生作這首詩的本意，是在創造新的體裁，以十一字作一行（亦有例外），意在仿英文的 Blank Verse 不用韻而有一貫的音節與多少一致的尺度，以在中國的詩國中創出一種新的體裁。不意被我們的疏

〔註1〕原載《中華讀書報》2020年7月1日第14版《文化週刊》。

忽把他的特點掩掉了。這是不特我們應對徐先生抱歉，而且要向一般讀者抱歉的。所以我們今天只好拿這首詩照著詩的排列重登一過。

其中，「作這首詩的本意，是在創造新的體裁，以十一字作一行（亦有例外），意在仿英文的 Blank Verse 不用韻而有一貫的音節與多少一致的尺度，以在中國的詩國中創出一種新的體裁」云云，大概是徐志摩信中所談到的。徐志摩仿傚西洋的無韻詩（Blank Verse），在形式的建構方面（如音節、字數、跨行等）進行探索，力圖在中國詩壇創造一種新型的現代詩體。把《康橋再會罷》排成連貫的散文，可謂沒有理解徐志摩的一番苦心或「本意」。

「不幸」接踵而至，重登的《康橋再會罷》雖然恢復了詩的形式，但是錯排、訛字、漏字現象仍十分嚴重。因此，徐志摩又於 3 月 28 日專門給《學燈》主編柯一岑寫了一封更正函。這封更正函發表在 4 月 5 日《學燈》第 5 卷第 4 冊第 5 號「通訊」欄，全文照錄如下：

一岑兄：

頃讀二十五日《學燈》，承將《康橋再會罷》重行排印並志歉語，至感至感。但不幸此次又見大錯，有令不得不專函更正者。

上次用散體排詩雖失本旨尚可讀，此次則第二節與第三節錯置至九行之多，直令讀者索解無從矣。此外訛字亦夥。今指正：

（一）第二節第十四行「我精魂騰躍，滿想化入音波」下應接——第三節第九行「震天徹地，彌蓋我愛的康橋……」至第三節第十七行「臘梅前，再細辨此日相與況味；」共九行。

（二）第三節中抽出此第九至第十七九行後，則第八行——「靈苗隨春草怒生，沐日同光輝」接第十八行即「聽自然音樂，哺啜古今不朽……」。

（三）正訛

第一節

第二行「心須」應作「心頭」

第十一行「牠弱手」應作「她弱手」

第二節

第十一行「讚煩」應作「讚頌」

第十六行（二十五）（原排）「花香時簡」應作「時節」

第二十行「憎媚」應作「增媚」

第二十二行「昨宵」下無「，」
第三節
第八行「日月光輝」上落一「沐」字
第十四行「行道西回」應作「紆道」
第二十七行「星磷」下無「，」
第三十一行至三十四行括弧可去，三十四行應撤去。
第四十行「橘緣」應作「橘綠」
第四十三行「發玫瑰」應作「教玫瑰」
第四十四行「星境舞」應作「環舞」
第四十九行無「一」字

志摩　三月二十八日

按：原刊「承將」後有「，」，「志歉語」後無標點；「第二節與第三節」中，「第三」後無「節」字；「亦夥」後無標點；第 21 行「西回（迴）」誤作「西迴」；「星磷（燐）」誤作「星憐」；末尾所署寫作時間誤作「三月三十八日」。

對「這種不幸的事」，徐志摩一直耿耿於懷。後來，他多次在不同場合提起過。

1923 年 7 月 18 日，徐志摩給孫伏園（伏廬）寫了《一封公開信》，發表在同年 7 月 22 日《晨報副鐫》第 188 號。信的開頭，徐志摩就說：「我年初路過上海時，柯一岑君問我要稿子，我說新作沒有，在國外時的爛筆頭倒不少，我就打開一包稿子，請他選擇……後來他還是一起拿了去，陸續在《學燈》上發表。除了《康橋再會罷》那首長詩，顛前倒後的錯的實在太凶，曾經有信去更正過……上次《學燈》登我那首康橋，錯訛至於不可讀，最可笑把母親的代名詞，印做『牠』！」

1926 年 1 月 2 日，「不幸的事」再次發生在徐志摩身上。同日，《現代評論》第 3 卷第 56 期發表徐志摩的《翡冷翠的一夜》，其中多有排印顛倒、訛字、漏字、錯標點等問題，有失原作的真意。1 月 9 日，《現代評論》「記者」特在第 3 卷第 57 期上刊登了一則《更正》：

上期徐志摩先生《翡冷翠的一夜》的一首詩，排印顛倒，十四頁上欄第一行至第十七行應排在同頁下欄第十三行之後。此外錯誤如十三頁欄第二行「同」應改為「用」，同頁下欄第四行「仙」應改為「你」，第九行「我」下應添「那」，十四頁上欄「這」下應添「話」，同頁下欄第六行「及」應改為「反」，第七行「不」應改為「大」。此種錯誤顛倒有失原作真意，對於作者抱歉之至。

此前，即 1 月 6 日，徐志摩已把這首詩復登在他所主編的《晨報副刊》第 1419 號上，同時發表了一篇《〈現代評論〉與校對》（1 月 4 日作）。文章起首，徐志摩即提到《學燈》刊印其《康橋再會罷》的事：

> 前年《時事新報》的《學燈》替我印過一首長詩《康橋再會罷》。新體詩第一個記認是分行寫。所以我那一首也是分行寫。但不知怎的第一次印出時新詩的記認給取銷了；變成了不分行的不整不散的一種東西。我寫了信去。《學燈》主任先生客氣得很，不但立即聲明道歉，並且又把它複印了一遍。這回是分行的了。可是又錯了。原稿的篇幅全給倒亂了；尾巴甩上了脖子，鼻子長到下巴底下去了！直到第三次才勉強給聲明清楚了。

所謂「直到第三次才勉強給聲明清楚了」，指的就是致柯一岑的更正函。這封更正函未收入已版各種徐志摩作品集，包括 2019 年 10 月由商務印書館印行的十卷本《徐志摩全集》。生活·讀書·新知三聯書店 1959 年 12 月版《五四時期期刊介紹》第 3 集所收《「學燈」（上海「時事新報」副刊）分類目錄》中，也漏收了這封更正函。

再談徐志摩書信尚需重新整理〔註1〕

十二年前，我曾寫過一篇《徐志摩書信尚需重新整理》，發表在《魯迅研究月刊》2008 年第 9 期。遺憾的是，迄今為止還沒有出現一部令人十分滿意的徐志摩書信集。

據查，目前市面上流行的徐志摩書信集，起碼有十餘種不同的版本〔註2〕。按理，在文本的準確性方面，晚出的版本總該勝於先出的版本。可是，實際情形並非如此。2019 年 10 月，10 卷本《徐志摩全集》由商務印書館出版（簡稱商務版）。其中，第 7 卷、第 8 卷為書信卷，收錄徐志摩書信近 400 封。編者韓石山先生以一己之力，充分吸收學界研究成果，在考證、校勘上確實花了大工夫，訂正了許多先前出版的各種徐志摩書信集中所存在的問題，但有不少訛誤依舊未能改正過來。

爰舉例如下：

例一：致胡適（1924 年 7 月 15 日〔註3〕），見商務版第 8 卷第 15 頁（為醒目計，信中訛誤之處均加粗。下同）。

適之：

牯嶺背負**青幛**，聯延壯麗，與避暑地相銜處展為平壤，稱女兒

〔註 1〕原載《魯迅研究月刊》2020 年第 11 期。

〔註 2〕除各種版本的《徐志摩全集》外，另有數種徐志摩書信集，如《徐志摩書信》（晨光輯注，湖南文藝出版社 1986 年 10 月版）、《徐志摩書信集》（傅光明編，河南教育出版社 1994 年 7 月版）、《志摩的信》（虞坤林編，學林出版社 2004 年 7 月版）、《徐志摩書信集》（韓石山編，天津人民出版社 2012 年 3 月版）、《徐志摩書信新編》（金黎明、虞坤林整理，浙江古籍出版社 2017 年 5 月版）等。

〔註 3〕《徐志摩全集》編者認為此信「末所署日期為農曆」，恐不確，待考。

城，相傳為**朱太祖**習陣處。今晚在松徑閒步，為驟雨所阻，**細玩**對山雲氣吞吐卷舒，狀態神靈，雨過**花馨可嗅**，草瓣增色。此時層翳稍豁，明月麗天，山中景色變幻**未能細繪**，待見面當為起勁言之。

此致

志摩　七月十五日

按：此信無標點，原件藏中國社會科學院近代史研究所圖書館胡適檔案內。「青幛」應為「青嶂」；「朱太祖」應為「豬太祖」；「細玩」應為「因細玩」；「花馨可嗅」應為「花馨可臭」；「未能細繪」應為「未能曲繪」；「十五日」應為「十五」。

例二：致胡適（1928年6月13日），見商務版第8卷第33～34頁。

適之：

剛得小曼信，說你也病了，而且吐——血，**這我著急得狠，想打電話問，又□□電不痛快**。適之，我只盼望你已經暫時恢復健康，我知道你的生活也是十分的不自在，但你也是在鐵籠子裏關著，有什麼法子想？人生的悲慘愈來愈明顯了，想著真想往空外逃，唉，這奈何天！

碰到這兒全國在鍋子裏**熬煎**，你**不又能不管**，我**這□遙事□**心裏**也不得一絲的安寧，過日子就像是夢**，這方寸的心，不知叫煩惱割成了幾塊，**這真叫難受**。同時我問你我應當立即回國，你也沒有回信給我，假如你的來電上加有「速回」字樣，我此時許在中國了，但到了北京又怎樣呢？

我告訴你，我現在的**地址**，我來是純粹為老兒，那你知道的，現在老兒又快到了（八月），他來極懇切的信，一定要我等著他，說有我就**比一切醫師都好**。因此，**我不能不再等下去了**，既然三個月已經挨過了——為他，但同時**不知道我的心在那裡，你一定明白的**，也不必我明說，我夢裏那一晚不回去，這一時，我神思恍惚極了，**我本來自詡有決斷的，但這來竟像急行車**。

沒有現成照片。隨手□一張給你。今晚到東京，日來心緒致佳。

志摩問安　六月十三日

按：此信原件藏中國社會科學院近代史研究所圖書館胡適檔案內。「這我著急得狠，想打電話問，又□□電不痛快」應為「我著急得狠，想打電問，又非無電不痛快」。「碰到這兒」應為「碰到這當兒」；「熬煎」應為「煎熬」；「不又能不管」應為「又不能不管」；「這□遙事□」應為「這逍遙事外」；「也不得一絲的安寧」應為「也不得一息的安寧」。「過日子就像是夢」應為「過日子就像是做夢」；「這真叫難受」應為「這悶真叫難受」；第三自然段應與第二自然段合為一個自然段；「地址」應為「地位」；「比一切醫師都好」應為「比一切醫藥都好」；「我不能不再等下去了」應為「我又不能不再等一兩個月」；「不知道我的心在那裡」應為「天知道我的心在那裡」；「你一定明白的」應為「你一定明白」；「我本來自詡有決斷的」應為「我本來自詡是有決斷的」；「但這來竟像」下漏掉了三段文字，即商務版第 8 卷第 65～66 頁的一封信（片段）：

那丹麥王子 **Ihaihm rpuievashialin** 變了我的態度，整天整夜的**後腦子想，也是想不清**一條乾脆的路子，**適之**——我的心真碎了！

在北京朋友裏，我只靠傍著你，你**不要拋棄**我，無論在什麼時候，**你能允許我嗎？**

適之，我替你祈禱，你早早**恢復健康**，我們不能少**你的幫忙，你應該做的事情多著哩**。

以上所謂作於「1931 年×月×日」信，實際上是 1928 年 6 月 13 日信的後半截。其中，「那」應為「是那」；「Ihaihm rpuievashialin」應為「In action & Procrastination」；「後腦子想」應為「絞腦子想」；「也是想不清」應為「也想不清」；「適之——」應為「適之，」；「不要拋棄我」應為「不能拋棄我」；「你能允許我嗎」應為「你能許我嗎」；「恢復健康」應為「回復健康」；「你的幫忙」應為「你的幫助」；「你應該做的事情多著哩」應為「你應做的事情正多著哩」。

1928 年 6 月 13 日信末尾「急行車」及其以下文字，闌入的是 1924 年 6 月初徐志摩致胡適的一封信（見商務版第 8 卷第 13 頁）：

急行車裏有的是現成花片，隨手塗一張給你。今晚到東京。日來心緒較佳。

志摩問安

此信是徐志摩在日本東京寄給胡適的，寫在一張明信片上，無標點，原件現藏胡適檔案內。

例三：致胡適（1930 年 10 月 27 日），見商務版第 8 卷第 41～42 頁。

適之：

自寧付一函諒到，青島之遊想必至快，翻譯事已談得具體辦法不？我回滬即去硤侍奉三日，老太爺頗怪**中途相棄**，母親尚健最慰。上海學潮越來越糟。我現在正處兩難，請為兄約略言之。光華方面平社諸友均已辭職，我亦未便獨留，此一事也。暨南聘書雖來，而鄭洪年聞徐志摩要去竟**睡不安忱**，滑稽之至，我亦決不問次長人等求討飯吃。已函**陳鍾元**，說明不就。前昨見**錕，潘，董諸位**，皆勸我加入中公，**並謂兄亦去云，然**但我頗不敢遽爾承諾。果然今日中公又演武劇（聞丁任指揮），任堅幾乎挨打。下午開董事會，**羅讓學生去包圍杏佛，未知結果。當場辭職者**有五人之多（丁、劉、高、王、蔡）。君武氣急敗壞，此時（**星期一**夜十時）在新新**與羅、董潘議事**，尚不知究竟，恐急切亦無所謂究竟也。**黨部欲得**馬而甘心，君武則大笑當年在廣西千軍且不懼小子其奈余何。但情形**疆圻**至此，決難樂觀，且俟明日得訊再報。凡此種種，彷彿都在逼我北去，因南方更無教書生計，**且所聞見類，皆不愉快事**，竟不可一日居，然而遷家**實不易之**。老家方面父因商業關係，不能久離，母病疲如此，出房已難，遑言出門遠行。小家方面**小眉**亦非不可商量者，**但即言移**，則有先決問題三：**一為曼須除習**；二為安頓曼之母（須**耀昆在滬**有事，**能立門戶**乃能得所）；三為移費得籌。而**此類事**皆非叱嗟所能立辦者，為此躊躇寢食不得安靖。兄關心我事，有甚骨肉，感懷何可言宣？我本意僅此半年，**一方面結束**，一方准備，但**先以教書**可無問題，如兼光華、暨南，再事翻譯，則或可略有盈餘。不意事變忽生，教書路絕，書生更無他技，如何為活？遙念**北地朋友**如火如荼，得毋**羨然**？幸兄明斷，有以教我。文伯想尚在平日常相見，盼彼日內能來，庶幾有一人焉可與傾談，否則悶亦悶死了俺也。（**北平一月驕養慣了！**）徽音已見否？此公事煩體弱，最以為憂。思成想來北平有希望否，至盼與徽切實一談。《詩刊》已見否？頃先寄一冊去，《新月》又生問題，**肅、陸不相讓**，怎好？我輩頗有**去外洋朊子**希望。此念

雙福。

摩　星一

案：此信僅開頭數行有標點，原件藏中國社會科學院近代史研究所圖書館胡適檔案內。「適之」應為「適兄」；「中途相棄」應為「中道相棄」；「睡不安

忱」應為「睡不安枕」;「不問」應為「不向」;「陳鍾元」應為「陳鍾凡」;「錕,潘,董諸位」應為「羅,潘,董諸位」;「並謂兄亦去云,然」應為「並謂兄亦云然,」;「羅讓學生去包圍杏佛,未知結果。當場辭職者」應為「羅讓學生去包圍。杏佛未到。結果當場辭職者」;「星期一」應為「星一」;「與羅、董潘議事」應為「與羅、董、潘議事」;「黨部欲得」應為「黨部聞欲得」;「疆坼」應為「僵坼」;「且所聞見類,皆不愉快事」應為「且所聞見類皆不愉快事」;「實不易之」應為「實不易易」;「小眉」應為「小曼」;「但即言移」應為「但既言移」;「一為曼須除習」應為「一為曼即須除習」;「耀昆在滬」應為「耀焜在滬」;「能立門戶」應為「能獨立門戶」;「此類事」應為「此數事」;「一方面結束」應為「一方結束」;「先以教書」應為「先以為教書」;「北地朋友」應為「北地友朋」;「羨然」應為「羨煞」;「北平一月驕養慣了」應為「北平一月驕養壞了」;「肅、陸不相讓」應為「蕭、陸不相能」;「去外洋胰子」應為「去外洋賣胰子」。

例四:致胡適(1931年5月×日),見商務版第8卷第50～51頁。

> 關於北大功課的事,我方才和爸爸商量過,按情理我至少應守孝至斷七,再省也省不過五七。因為內地規矩五七最重,但或者過四煞(約五月五)以後,我可以回平一次,再作計較,如此先後,缺課正滿一月。此二星期中最好能有人代課。否則,只有暫時指定讀物。**附致源寧是函**,令為加封轉去,如平方代者**不多覓到**,請即飛機回信,容再與父親商量。五日初先行回校再說,女大事已函麗琳,不另!
>
> 志摩
>
> **承寄四百元已收,致謝!**

按:此信無標點,原件藏中國社會科學院近代史研究所圖書館胡適檔案內。「附致源寧是函」應為「附致源寧兄函」;「不多覓到」應為「不易覓到」;「承寄四百元已收,致謝」應為「承寄四百元已收到,謝謝」。

例五:致胡適夫婦(1931年6月2日),見商務版第8卷第51頁〔註4〕。

> 適之兄嫂:
>
> 家中喪禮已過,今日回滬。一連幾日又鬧瑣細(與老家),大家

〔註4〕商務印書館2019年10月版《徐志摩全集》第8卷所收徐志摩致胡適信60封,其中有6封是寫給胡適夫婦的(收件人為「適之兄嫂」),似不應歸在胡適一人名下。

受罪皆不愉快，一個執字可怕。我精神極萎靡，失眠頭痛，腸胃不舒，抑鬱得狠。回平尚未有期，至少似需三天養息方可登程，航行**或有機乘**，八日先後當可抵平。然家務官司尚未開交，盼能抛撇成行，否則煩惱深陷一無是處，意志將頹，可畏也。物包兩個都已交出送來，**茶葉兩長合託帶□□。□當另託人。念此**

雙福。

志摩敬上　六月二日

按：此信無標點，原件藏中國社會科學院近代史研究所圖書館胡適檔案內。「或有機乘」應為「或有機緣」；「茶葉兩長合託帶□□。□當另託人」應為「茶葉兩長盒託帶。如飛，當另託人」；「念此」應為「此念」。

例六：致胡適（1931年×月×日），見商務版第8卷第66頁。

眉這孩子，**嬌養大口了**，這回**連老師都有得來**哄著她爬在床邊寫，結果熱度增高，其情著實可憐，**老師啊老師**。

她一半天就有回信給你，她盼你回，快快！

老金□□□lilm住曼原臥室（曼病後移東廂，怕鬼也）。本來我是單上朝，這來變了**雙上朝**。

話太多了，這紙上如何談得了，真想立刻見你才好。

我如走，紹原替我。（**你在滬如有雜誌隨感之類，何不寄給我？**）**見面談吧**，老阿哥，這信盼寄到。

志摩候之

孟鄒先生均佳！

按：此信原件藏中國社會科學院近代史研究所圖書館胡適檔案內。「嬌養大□了」應為「嬌養得大兒了」；「連老師都有得來」應為「連老師都得來」；「老師啊老師」後應為「！」；「老金□□□lilm住曼原臥室」應為「老金住大廳，Lilian住曼原臥室」；「雙上朝。」應為「雙上朝了！」；「（你在滬如有雜誌隨感之類，何不寄給我？）」應無圓括號，「雜誌」應為「雜感」；第二自然段應與第一自然段合為一個自然段；第五自然段從「見面談吧」起另為一自然段，其他應與第四自然段合為一個自然段；「志摩候之」應為「志摩候候」。

例七：致錢芥塵（1931年8月6日），見商務版第8卷第182頁。

芥塵先生：

方才看到這期貴報，關於我的小報告。不想像我這樣一個閒散人的生活行蹤也還有人在注意，別處的消息我也曾聽到一點，多謝你們好意為我更正，但就這節小報告也還是不對。現在既經一再提到，**我想還是我自己**來說明白，省得以訛傳訛，連累有的朋友們為我耽憂。關於我的行蹤，說來也難怪人家看不清楚。在半年內我在上海，北平間**來回了八次**，半月前在北平，**現在上海**，再過一半個月**也許不在北平了！**我是在北京大學教書，家暫時還沒有搬，穿梭似來回的理由是因為我初春去北平後不多時先母即得病，終於棄養，**我如何能不奔波**。關於我和小曼失和的消息，想必是我獨身北去所引起的一種懸測，這也難怪。再說我們也不知犯了什麼煞運，**自從結褵以來**，不時得挨受完全無稽的離奇的謠諑，我們老都老了，小曼常說，為什麼人家偏愛造你我的謠言？事實是我們不但**從來未「失和」**，並且連貴報所謂「齟齬」都從來沒有知道過，說起傳言，真有極妙的事，前幾天《社會日報》也有一則新聞說到我夫妻失和，但我的夫人卻變作了唐瑛，我不知道李祖法先生有信去抗議了沒有。

此頌

大安。

徐志摩　八月六日

按：此信原載《上海畫報》1931 年 8 月 9 日第 731 期，題為《徐志摩先生來書》。「我想還是我自己」應為「我想還是自己」；「來回了八次」應為「來回走了八次」；「現在上海」應為「現在在上海」；「也許不在北平了」應為「也許又在北平了」；「我如何能不奔波」應為「如何能不奔波」；「自從結褵以來」應為「自從結婚以來」；「從來未『失和』」應為「從未『失和』」。據原刊句讀提示，「方才看到這期貴報」後可不加逗號；「生活行蹤」「別處的消息」「來回的理由」「去北平後不多時」「再說」和「也有一則新聞說」後，均可加逗號。

順便補充兩條史料，一是「方才看到這期貴報關於我的小報告」，事見《上海畫報》1931 年 8 月 6 日第 730 期第 3 版「小報告」欄：「新詩人徐志摩君自上月由平回滬後，至今仍居滬上。某某數報，傳徐已北上，實誤。惟徐舊寓大中裏則已遷移，現寓同孚路成和邨。又某報謂徐與其夫人陸小曼女士失和，亦未確。蓋偶而齟齬則有之，失和則未也。」一是「有一則新聞說到我夫妻失和，但我的夫人卻變作了唐瑛」，事見上海《社會日報》1931 年 7 月 28 日第 340

號第1版「小報告」欄：「詩人徐志摩與其夫人唐瑛失和，徐自赴平，有久居意。唐瑛在滬，與徐無魚雁往返。」

例八：致梁實秋（1927年7月下旬），見商務版第8卷第191～192頁。

秋郎先生：

請你替我在《青光》上**發一個尋人的廣告**，人字須倒寫。

我前天收到一封信，信面開我的地址一點也不錯，但信裏問我們的屋子究竟是在天堂上還是在地獄裏，因為他們怎麼也找不到我們的住處。署名人就是上次在《青光》上露過面的金岳霖與麗琳；他們的辦法真妙，既然寫信給我，就該把他們住的地方通知，那我不就會去找他們，可是不，他們對於他們自己的行蹤嚴守秘密，同時卻約我們昨晚上到一個姓張的朋友家裏去。**我們昨晚去了**，那家的門號是四十九號A。**我們找到一家四十九號沒有A**！這裡面當然沒有他們的朋友，不姓張，我們又轉身跑，還是不知下落。昨天我在所有可能的朋友旅館都去問了，還是白費。

我們現在倒有些著急，故而急急要你登廣告，因為你想這一對天字第一號打拉蘇阿木林，可以蠢到連一個地址都找不到，說不定在這三兩天內碰著了什麼意外，比如過馬路時叫車給碰失了腿，夜晚間叫強盜給破了肚子，或是叫騙子給拐了去販賣活口！**誰知道**。

話說回來，秋郎，看來哲學是學不得的。因為你想，老金雖則天生就不機靈，雖則他的耳朵長得異樣的難看甚至於招過某太太極不堪的批評，雖則**他的眼睛有時候**睜得不必要的大，雖則——他總還**不是個白癡**。何至於忽然間冥頑到這不可想像的糟糕？一定是哲學害了他，柏拉圖，葛林，羅素，**都有份**！要是他果然因為學了哲學而從不靈變到極笨，果然因為笨極了而找不到一個寫得明明白白的地址，果然因為找不到而致流落，果然因為流落而至於發生意外，自殺或被殺——那不是坑人，咱們這追悼會也無從開起不是？

我想起了他們前年初到北京時的妙相。他們從**京浦路**進京，因為那時車子**有時脫取**至一二天之久，我實在是**無法拉客**，結果他們一對打拉蘇一下車來舉目無親！那時天還冷，他們的打扮是十分不古典的：老金他簇著一頭亂髮，**板著一張五天不洗的醜臉**，穿著比**俄國叫化子**更襤褸的洋裝，蹩著一雙腳；麗琳小姐更好了，頭髮比他的矗得還高，**腦子比他的更黑**，穿著一件大得不可開交的古貨杏黃花緞的**老羊皮袍，那是老金的祖老太爺的**，拖著一雙破爛得**像爛香蕉皮的皮鞋**。他們倒會打算，因為行李多不雇洋車，要了大車，把所有的皮箱，木箱，皮包，籃子，球板，打字機，一個十斤半沉的**大梨子，破書等等**一大堆全給寫了上去，**前頭一隻毛頭打結**吃不飽的破騾子一蹩一蹩的拉著，旁邊走著一個反穿羊皮統面目黧黑的車夫。他們倆，**一個穿怪洋裝的中國男人和一個穿怪中國衣的外國女人**，也是一蹩一蹩的在大車背後跟著！雖則那時還在清早，**但他們的那怪相**至少不能逃過北京城裏官僚治下的勢利狗子們的憤怒的注意。黃的白的黑的乃至於雜色一群狗哄起來結成一大隊跟在他們背後直嗥，**意思說是叫化子**我們也見過，卻沒見過你們那不中不西的破樣子，我們為維持人道尊嚴與街道治安起見，不得不提高了嗓子對你們表示我們極端的鄙視與厭惡！**在這群狗的背後**，又跟著一大群的野孩子，哲學家盡走，狗盡叫，**孩子們盡拍手樂！**

按：此信原載上海《時事新報》1927 年 7 月 27 日第 7004 號《青光》副刊，題為《徐志摩尋Ｙ——尋金岳霖與麗琳小姐》。「發一個尋人的廣告」應為「登一個尋人的廣告」；「我們昨晚去了」和「我們找到一家四十九號沒有 A」中的「我們」，原刊均為「他們」，從前文來看，「他們」當係「我們」之誤；「我們現在」應為「我現在」；「誰知道」後應為「！」「他的眼睛有時候」應為「他的眼睛有時」；「不是個白癡」後應為「，」；「都有份」應為「都有分」；「京浦路」應為「京漢路」；「有時脫取」應為「有時脫班」；「無法拉客」應為「無法接客」；「板著一張五天不洗的醜臉」應為「扳著一張五天不洗的醜臉」；「俄國叫化子」應為「俄國叫化」；「腦子比他的更黑」應為「臉子比他的更黑」；「老羊皮袍，那是老金的祖老太爺的」應為「老羊皮袍（那是老金的祖老太爺的）」；「像爛香蕉皮的皮鞋」應為「像爛香蕉的皮鞋」；「大梨子，破書等等」應為「大梨子，破書等等的」；「前頭一隻毛頭打結」應為「前面一隻毛頭打結」；「一個穿怪洋裝的中國男人和一個穿怪中國衣的外國女人」後無「，」，「和」應為「與」；「但他們的那怪相」應為「但他們那怪相」；「意思說是叫化子」應為「意思說是化子」；「在這群狗的背後」後無「，」；「孩子們盡拍手樂」後應為「。」。

例九：致瞿菊農（1926 年 11 月底），見商務版第 8 卷第 263 頁。

菊農：

信到，書未到。其實我這裡已覓到一冊《贛第德》，正在續譯，至多再有十天，總可譯完。近來做事的效率，大不如前，也**不知為甚麼**，從前我譯那本**《渦提孩》**。只費六晚工夫就完事。這本《贛第德》也不見長多少，難譯多少。但我可算整整譯了**一年還沒譯成！**這樣看來，**做事情不論甚麼，應該是一鼓作氣**才有成效，**一曝十寒**的辦事，總是難的。

家裏住著，靜是夠靜的，早晚除了雨聲，更聽不到什麼。憑窗本來望得見東山的塔，但這幾天教雨霧給迷住了，只偶而透露一些樓廓，**依稀就認得是山□給□**。我回家來**惟一的兩大志願**是想**改造屋後□的**一個菜園子，但不幸這兩星期來**連接**的淫雨，無從工作起，**只好等晴放。再談**。

志摩

我要**《晨副》的稿紙**，請寄些來。

按：此信原載《北平晨報》1931 年 12 月 12 日《北晨學園哀悼志摩專號》，係據手跡製版。「不知為甚麼」應為「不知為什麼」；「《渦提孩》。」應為「《渦提孩》，」；「一年還沒譯成」應為「一年還沒有譯成」；「做事情不論甚麼，應該是一鼓作氣」應為「做事情，不論什麼，總該是一鼓作氣」；「一曝十寒」應為「一暴十寒」；「依稀就認得是山□給□」應為「依稀辨認得是山身塔影」；「惟一的兩大志願」應為「唯一的大志願」；「改造屋後□的」應為「改造屋後身的」；「連接」應為「接連」；「只好等晴放。再談」應為「只好等晴放了再說」；「《晨副》的稿紙」應為「《晨副》的稿子紙」。

以上 9 例，足以說明徐志摩書信的確有重新整理的必要。

商務版《徐志摩全集》所收書信「除徐志摩生前在報紙零星發表者外，主要採自陸小曼編的《愛眉小札》，蔣復璁、梁實秋主編的《徐志摩全集》，金黎明、虞坤林主編的《徐志摩書信新編》，梁錫華編譯的《徐志摩英文書信集》，和陳建軍、徐志東編的《遠山——徐志摩佚作集》」〔註 5〕。其實，還有一部分書信是採自手稿，如《胡適遺稿及秘藏書信》《中華書局收藏現代名人書信手跡》、拍賣會圖錄和上海圖書館、胡適檔案及收藏家所藏徐志摩書信手跡。但是，絕大部分書信採用的是他人的整理本。他人的整理本畢竟屬於二手或轉手

〔註 5〕韓石山：《本卷說明》，《徐志摩全集》第 7 卷，商務印書館 2019 年 10 月版。

材料，有的本身可能存在「魯魚亥豕」問題，若直接以其為排印底本，勢必會以訛傳訛，甚至連出處都跟著錯。例如，商務版第 8 卷收錄徐志摩致凌叔華信共 8 封，其中第 1 封（第 74～75 頁）原載《武漢日報‧現代文藝》1935 年 5 月 31 日第 16 期，不是 10 月 4 日第 34 期；第 3 封（第 77～79 頁）原載《武漢日報‧現代文藝》1935 年 8 月 9 日第 26 期，不是 5 月 24 日第 15 期；第 4 封（第 79～81 頁）原載《武漢日報‧現代文藝》1935 年 10 月 4 日第 34 期，不是 5 月 31 日第 16 期；第 5 封（第 81～85 頁）原載《武漢日報‧現代文藝》1935 年 5 月 24 日第 15 期，不是 8 月 9 日第 26 期。

重新整理徐志摩書信，應從頭開始，盡力搜求、佔有包括手稿本、初刊本、初版本等在內的第一手史料，適當參考他人的整理本，最大限度地保留或恢復其原貌。惟有如此，才有可能為一般讀者特別是研究者提供一種更準確、更可靠、更值得信賴的版本（文本）。

最後，提一點建議。中華書局所藏徐志摩致萬維超、舒新城等書信（手跡）35 封，曾經俞國林抄錄、段懷情輯校，刊於復旦大學出版社 2014 年 6 月版《史料與闡釋》。其中，多有空缺和可疑之處〔註 6〕。我編《遠山——徐志摩佚作集》，因無法看到原稿，故只得按《史料與闡釋》本收入。假如中華書局能為整理者大開方便之門，允其查閱、對校，那可真是功德無量的善事。

補記

1927 年 7 月下旬，徐志摩致梁實秋一封信（見上文「例八」），即以《徐志摩尋Y——尋金岳霖與麗琳小姐》為題載上海《時事新報》1927 年 7 月 27 日第 7004 號《青光》副刊者，商務版《徐志摩全集》漏掉了兩段文字〔註 7〕。茲據原刊本過錄於下：

> 這行到也就不簡單不是。就是這樣他們倆招搖過市，從前門車站出發，經由騾馬市大街到丞相胡同晨報館舊址去找徐志摩去！晨報早搬了家，他們又折回頭繞到順治門外晨報社問明瞭我的寓處，再招搖進城。順著城牆在爛泥堆裏一跌一撞的走，還虧他們的，居

〔註 6〕據段懷清推測，俞國林抄錄的「書函文字中所闕佚處，或為原文難以辨認，或為原文殘缺破損，遂空缺」(《徐志摩致中華書局函》,《史料與闡釋》，復旦大學出版社 2014 年 6 月版，第 116 頁）。此外，也有明顯的錯謬。如，1931 年 2 月 10 日左右致舒新城信中所謂《馬斑小姐》的譯者應為林微音，不是林徽音。

〔註 7〕參見陳子善：《梅川書舍箚記》,《書城》2022 年 2 月號。

然找著了我的地方！看來還是兩年前聰明些。這樣下來他們足足走了三個鐘頭去了原來只消十分鐘的路。

這回可更不成樣了，分明他們到了已經三天，誰的住處都沒有找著，我太太也急了。她逼著我去找他們，從大華飯店起一直到洋涇浜的花煙間，都得去找。因為上帝知道誰都不能推測哲學先生離奇的行蹤！這我當然敬謝不敏，沒辦法的結果只得來請教你，借光《青光》的地位做做善事，替我們尋尋這一對荒謬絕倫的傻小子吧！他們自己能看到《青光》，當然是廣東人說的「至好了」，否則我也懇求仁人君子萬一見到，或是聽到這樣一對怪東西，務請設法把他們扣住了，同時知照法界華龍路新月書店，拜託拜託！

徐志摩集外拾遺錄〔註 1〕

相對而言，商務印書館 2019 年 10 月版《徐志摩全集》（10 卷本）是目前收錄徐志摩作品最全的一種版本。其所收文類眾多，除散文、詩歌、小說、戲劇、日記、書信、譯作外，還有電報、演講記錄稿、翻譯記錄稿等。按照這一體例，以下三篇文字也應收入全集之中。

一、致《晨報》社

1924 年 4 月，泰戈爾訪華，12 日抵上海，14 日到杭州。15 日，徐志摩給時在上海的張君勱發了一封電報。次日，這封電報刊載上海《申報》第 14 版，題為《泰戈爾到杭之電訊》；又載上海《民國日報》第 3 張第 10 版和上海《時報》第 3 張第 5 版。《徐志摩全集》所收電報，僅此一封〔註 2〕。

4 月 18 日，泰戈爾一行由杭州返上海。20 日，徐志摩隨泰戈爾到南京，22 日到濟南，23 日經天津到北京。5 月 21 日，泰戈爾與徐志摩、恩厚之、鮑斯、沈謨漢、諾格等到太原。22 日，北京《晨報》第 6 版刊登消息《泰戈爾行蹤》，稱「本社昨晚接到徐志摩君，由太原發來一電」，電文如下：

《晨報》：

竺震旦安抵太原，星期五（二十三日）赴漢。

摩

這封電報是泰戈爾（竺震旦）到達太原的當晚，由徐志摩發給《晨報》社

〔註 1〕原載《書屋》2021 年第 8 期。

〔註 2〕即 1924 年 4 月 15 日徐志摩致張君勱的電報，見《徐志摩全集》第 7 卷，商務印書館 2019 年 10 月版，第 100 頁。

的。23日晚，泰戈爾一行離開太原，25日晨抵漢口。

二、在武昌公共體育場之演講

泰戈爾甫一抵達漢口，即受熊佛西之邀請，於上午在輔德中學演講。輔德中學是熊佛西的母校，當時他正在母校任教。從北京到漢口的這一段，徐志摩約他同行，故他「與泰翁朝夕相親」〔註3〕。

泰戈爾在輔德中學的演講，由王鴻文記錄，發表在北京《晨報·文學旬刊》1924年6月21日第39號，題為《泰戈爾在漢口輔德中學校之講演》。泰戈爾所講的主要是教育問題。他主張「自由啟發」「接近自然」的教育，反對死板、無味的「機械式之教育」。在他看來，「現在西洋教育太物質化了！無論什麼教育，什麼文化，在西洋都是偏重物質之紀載。故歐洲已成一完全物質化之世界」。他極力贊成科學之發展，但又認為「科學非萬能，安能以之統造人生幸福，而除盡罪惡？故人生一方面以科學維持物質之生活，一方面尚須精神文明補助之，使人生達於至善至美之境」。因此，他希望有志青年「不可以為西洋文化如何，我東方文化亦當如何」。

是日下午，泰戈爾又在武昌公共體育場作了一場露天演講。關於這次演講的具體情形，仲雯在《太戈爾在武昌之講演》一文中略有記載：「昨日（廿五）下午三時在公共體育場露天講演，於場中以松柱搭一講臺，四周圍以本地出產之紅棉布，觀眾均於場中青草上席地而坐。至二時半，聽眾已近千人。遲至三時半，太氏始偕徐志摩乘馬車蒞會，在體育場大門下車，緩步而行，眉眼表情上，顯出一種十分懊喪失意之神氣。是時赤日炎熾，熱度極高，聽眾受上曬下蒸之痛苦，已歷一小時之久。太氏登臺後鵠立甚久，而招待演講之主席，尚遲遲未到。太氏睹此情形，頗覺不安，遂先由徐志摩略為報告數語。次太氏起立，用英語演說約三十分鐘之久。太氏講畢，徐志摩起立口譯其演說之大意……」〔註4〕

徐志摩「口譯」泰戈爾「演說之大意」是：

> 太戈爾先生這次到中國來，很不幸的有一部分人，對於他表示反對的意見。這是我們覺得十分遺憾的事。太戈爾先生剛才說過，

〔註3〕熊佛西：《山水人物印象記之二十一：憶印度詩聖泰戈爾》，桂林《掃蕩報·星期版》1942年5月24日第100期。

〔註4〕仲雯：《太戈爾在武昌之講演》，上海《民國日報》1924年5月30日第2張第6版、第7版。

在去年接著邀請他來中國講學的電訊的時候，他曾十分躊躇過。他想，此時中國若需要物質的進步，我們盡可到西洋去請科學家、工程師、經濟學家等。請他們的幫助，不必去請他。後來，他想著，中國此時並不需要物質的進步，中國此時有一種更急的需要，便是精神的復興。這卻是他可以予以助力的，所以他毅然答應了邀請，今年如約而來了。

本來我們對於太戈爾先生，最重要的是瞻仰他的偉大的丰采，謹聆他的雷響的聲音，至若講演的內容，倒是不關重要的，所以我此時只花去三五分鐘的工夫，把他講演的大意，概括的說一下，詳稿則將來是要出專書的。有人說太戈爾先生反對科學，這是極大的錯誤。太先生是深信科學的人。有人說太先生反對物質，這也是極謬妄的。因為世界上的一切物體，都是物質，無物質，便無物體了，所以反對物質文明的人，我們可以說他是瘋子。不過，太先生的意見，以為我們人類不僅是一個物質的動物，亦且是一個有靈性的精神的動物。人類歷史的初期，是洪水猛獸的野蠻時代，那時人類全靠體力來與洪水猛獸爭生存。到了歷史的第二期，人類的智力發達了，得著一種新的戰鬥力，遂運用智力以助體力而征服了一切。本來運用智力以助體力是有益於人類的，不過後來少數人為貪心所驅使，利用此種活動以圖個人或少數人的利益，這樣便有害了。歐人所謂個人主義、資本主義都是由這種貪心而起的。我們應該知道人類是有道德的價值的動物，人類應本相互的道德義務以謀全體的幸福。我們東方文明，便是以此種道德為基礎的。這與西方游牧民族所有的文明不同，我們東方人不可為西方物質文明外表的美觀所誘惑。這種外表的美觀，好像一團炎炎的大火一樣，趨之只是自斃而已。太先生是印度的人，印度是被征服的國。被征服的國民自是有無限的痛苦與恥辱，但是人類還有比這更大的恥辱，這恥辱便是忘記了自己的本來面目，就是靈性生活的價值。現在的世界，完全是外交的商業的毫不道德的世界，這是人類最大的危機。太戈爾先生最後唱了一道梵歌，作我們中國人的警告。它的大意是：「由不正當的道路，亦可達到任何種的目的。只是這種成功終久是必要歸於毀滅的，因為他是走的不正當的道路。」

不難看出，上述文字固然含有對泰戈爾演講大意的翻譯，但更多的則是徐志摩申說自己的觀點。所以如此，是因為徐志摩認為「我們對於太戈爾先生，最重要的是瞻仰他的偉大的丰采，謹聆他的雷響的聲音，至若講演的內容，倒是不關重要的」〔註5〕。此前，即5月10日，泰戈爾在真光影戲場為北京青年作第二次演講時，徐志摩曾聲明他不願意翻譯的理由：「吾人於泰氏之講演，如吃甘蔗，吾之翻譯，及報紙之紀載，將皆成為蔗粕。蔗粕無濃味，固不必畫蛇添足，舉蔗粕以餉人。」〔註6〕因此，與其說仲雯是對徐志摩「口譯」的記錄，倒不如說是他對徐志摩演講的記錄。關於這一點，對照王亞鑾在上海《時事新報·學燈》1924年9月9日第8卷第9冊第9號上所發表的《譯述泰戈爾先生在武昌公共體育場演講的大意》，可以看得更加清楚。

5月25日晚，泰戈爾一行離開漢口，乘船東下了。

三、在上海美術專門學校之演講

1928年，上海美術專門學校自2月開學以後，設課外自由講座，每週延請名人來校演講一次〔註7〕。3月30日晚，徐志摩受邀到該校演講〔註8〕，講題本來是「模特兒與哲學」，後臨時改為「藝術學生」。據靈郎《美專聽講記》，「在教務主任汪亞塵先生替同學介紹以後，臺下歡迎的掌聲，似春雷暴發，徐氏架著眼鏡，穿著藍緞的長袍，很從容的跨到臺上」；徐志摩所講的話很多，「有時插入很滑稽的語調，以引人入勝」〔註9〕。靈郎將徐志摩的演講大意記

〔註5〕1924年6月3日，譚祥烈在上海《民國日報·覺悟》上發表《徐志摩的妙論》，對徐志摩的觀點不以為然：「我最奇怪的，是講演的內容反不注重，卻重在看個人的偉大的丰采，聽個人的雷響的聲音。哈哈！徐志摩新發明的妙論，真可算是精神學的大師了！」上海《嚮導》週刊1924年6月4日第68期特摘錄徐志摩的這句話，與泰戈爾的「中國此時並不需要物質的進步，中國此時有一種更急的需要，便是精神的復興」，合題為《什麼話！》。

〔註6〕《泰戈爾第二次講演》，北京《晨報》1924年5月11日第6版。徐志摩雖聲稱不再現場翻譯，但泰戈爾1924年5月16日與北京佛教講習會會員之談話、5月21日在山西太原之演講，都是由他翻譯的（前者與鄧高鏡通譯）。

〔註7〕參見《上海美專昨日演講》，上海《中央日報》1928年2月25日第3張第3面。

〔註8〕1928年3月29日，徐志摩致信劉海粟：「今日又有事，即須回鄉。美專的講演可否移至清明以後？決不爽約。希即轉致校內。」（《徐志摩全集》第7卷，商務印書館2019年10月版，第53頁）他想將演講移到清明以後，結果告假不成。

〔註9〕靈郎：《美專聽講記》，上海《時事新報》1928年4月2日第4張第1版《青光》副刊。

錄如下：

今天我講的題目，本來是「模特兒與哲學」，不過我臨時變更，好像從前譚老闆在北京，夜戲貼了《空城計》，到場卻換了《烏盆記》，看戲的當然掃興，但是我現在所要說的，對於諸位，更是重要，所以諸位要聽模特兒，只請破工夫下回早些來罷。

現代的產物，有二種，「錢」和「機器」，這二者能夠支配一切人生的活動，在上海一出門去看，永安先施，這樣高大富麗，巴黎飯店跳舞場，這樣繁華熱鬧，是美嗎？都不是美。而且都是惡化醜化的，還是幾千年前，我們的老祖宗，和猴子做堂兄弟的時候好。我們為這個醜惡的環境所支配，一點也接觸不到天然美。人生了一世，不過是幾十年，還不及一個烏龜，倒有千年之壽，在這醜惡的環境裏面，應當拿美的精神，來改造社會。不過在中國現在的社會裏，那裡有一點可以安慰藝術家，藝術家所過的，多是討飯的生活，學藝術幹什麼呢？至多像劉海粟、江小鶼一樣，多少倒楣，但是諸位，不去學銀行生意，學律師法政，去陞官發財，而多誠心的來學這討飯生活，這就是中國藝術前途的一線光明，希望諸位鞏固自己的信仰心，努力的反抗一切惡魔，而向前進，而使將來的上海中國世界成了真美善化。

徐志摩認為，作為現代產物的「錢」和「機器」，「能夠支配一切人生的活動」。人生在世，應當用「美的精神」去改造社會。他希望藝術學生「鞏固自己的信仰心」，使將來的上海、中國乃至世界「真美善化」。

關於這次演講，上海《民國日報》《時報》等報紙也有專門報導：「上海美專本學期設有課外自由講座，每週請名人演講一次。昨晚請新文學家徐志摩演講，題為『藝術學生』，全校出席聽講學生二百餘人。」〔註 10〕

需要說明的是，商務印書館 2019 年 10 月版《徐志摩全集》將電報歸入書信類，當然沒有問題〔註 11〕。但把演講記錄稿與徐志摩其他作品比量齊觀並直

〔註 10〕《美專演講》，上海《民國日報》1928 年 4 月 3 日第 2 張第 4 版。文中所謂「昨晚」，非指 4 月 2 日。

〔註 11〕中國社會科學院近代史研究所胡適檔案內，藏有徐志摩致胡適電報三封，也可收入《徐志摩全集》。如 1931 年 4 月 23 日，徐志摩母親病逝，次日他給胡適發了一封電報：「我母已逝，喪中暫不能離，請為續假二星期，能得替最善。源元均此。」

接按分類編年方法排列，則值得商榷。演講記錄稿如未經徐志摩審閱，似不宜歸入正編，可以作為附錄收在散文卷或翻譯卷裏。本文所披露的兩篇演講記錄稿，也應該這樣處理。

新發現徐志摩佚信一通〔註1〕

某位作家在某種報紙上所發表的作品，未必全載於其副刊。如徐志摩有篇《「羅素又來說話了」》，各種《徐志摩全集》都是根據上海《東方雜誌》1923年12月10日第20卷第23號上的版本整理、排印的。編纂者都知道此非初刊，都知道是轉自上海《時事新報》〔註2〕，並且都稱在《時事新報》上沒有找到。已知徐志摩在《時事新報》上所發表的詩文，均見於《學燈》《文藝週刊》《文學》《青光》等副刊，這或許無形中誤導了全集編纂者。《「羅素又來說話了」》原載《時事新報》1923年10月10日第5張第1版「時論」欄，僅翻檢《學燈》等副刊，當然找不到這篇文章。

近日，重新翻閱上海《時事新報》，又發現徐志摩的一封佚信。這封信寫於1930年5月5日，也不是刊登在《學燈》等副刊上。

這封信與上海灘所發生的一起綁票案有關。

1930年4月14日上午8時許，國民政府財政部次長、光華大學校長張壽鏞的兩個兒子遭人綁架。長子張星聯，28歲，時任光華大學政治系教授。三子張華聯，19歲，時為光華大學二年級學生。是日晨，兄弟倆自駕汽車，從公共租界慕爾鳴路（今茂名路）升平街（鴻遠里）十號寓所前往光華大學，同車者尚有其堂嫂張杏晚（在光華大學大學部教德文）。汽車行至大西路（今延安西路）中法制藥廠附近，被五六名假充測量員的綁匪阻攔。綁匪以手槍將張家三人逼上一輛灰色皮爾大汽車，沿哥倫比亞路（今番禺路）直駛。途中，推下

〔註1〕原載《文學報》2021年9月9日第12版《往事》。
〔註2〕《東方雜誌》本文末標有「——《時事新報》」。

張杏晚，轉身朝東疾馳而去。張家聞訊，立即報案，並設法營救。

4 月 15 日，上海《新聞報》《大陸報》等報紙均報導了這一驚天綁票案，北平《益世報》、南京《中央日報》、天津《大公報》等外埠報紙也刊登了由滬上發來的電訊。4 月 16 日，上海《時事新報》第 3 張第 2 版所刊發的《張壽鏞兩子被綁》，其記載更為詳細。在這則新聞中，有一段文字涉及徐志摩：

> 徐志摩君，亦因擔任光華大學文學教授一席，昨晨繼王顏兩教授之後，駕六六七三號汽車赴校，風馳電掣。駛至大西路鄉下總會略西之地，突被此假充測量之五六巨匪迎頭攔阻。徐因車前有人，遂戛然將車停止。若輩乃向車內一瞥，仍各走散，讓出路線。徐當時頗為驚異，見無惡意表現，亦未暇與之計較，立即開車前去，事後始悟若輩向車內一瞥，並非無因也。

事實上，綁票案發生時，徐志摩根本不在現場。當時，他除了在光華大學任教外，還在國立中央大學文學院兼任英文副教授，每週往返於上海與南京之間。星期四、星期五和星期六，他在光華大學上課，星期一的下午或晚上到南京，星期四返回上海。張家兩個兒子被綁走的那天正好是星期一，上午 8 點，他尚未起床，10 點左右才坐公共汽車赴外灘辦事。看到新聞中的這段文字，他開始並不在意，只覺得「可樂」。後來，有光華大學的同學告訴他，張家車前確實有一輛車，是一個學生的。於是，徐志摩就想寫信更正，但因故沒有寫成。再後來，有人說將來或許會根據報上新聞傳他出庭作證，有的還說張家的親屬怪他既然看見了卻連個電話也不打，太冷心了。為了使自己免受不白之冤，徐志摩最終還是寫了一封更正信，發表在上海《時事新報》1930 年 5 月 8 日第 3 張第 2 版「致《時事新報》函」欄，題名《沒有那一回事》（當是編輯添加的）。全文如下（標點符號係筆者所加）：

> 主筆先生：
>
> 我希望藉重貴報的通信欄，更正前兩三個星期貴報所載「張壽鏞（兩）子被綁」那段新聞涉及我的幾句話。那段新聞（我所見的只此，但有人說《大陸報》及《新聞報》均有同樣記載）裏說，那天早上八時（星期一），我也坐車到光華大學去，我的車在張家車的前面，充作測量員的綁票先生們，先攔住我的車，並看不是他們所要的。承他們見棄，繩下留情，被我過去，但後面車裏張家的票〔兩〕位少爺他們卻沒有放過。這是那段消息說到我的大概。我的名姓，甚至

我的車的牌號，都不錯。更詳盡的傳言，甚至說我是在車裏看書，被放過後，我還回頭看來，所以張先生們的被綁是我多少目睹的。

我真是有些受寵而驚了。事實是簡直壓根兒甘脆沒有那一回事。我星一是在上海不錯，但我在光華的功課是星期四五六三天，星一是我一星期中惟一閒散無事的一天，下午或晚上我照例去南京。我從來不曾星期一到光華去過。我信那一個出事的星期一我也明明記得，早上八點鐘時我還深深的在黑甜鄉里留戀，難得有一天可以睡遲一點。我約摸到十時左右才出門，碰巧我車夫上天病了沒有來，我也不曾去叫他。我到外灘有事，坐了公共汽車下去的。但不知怎的，中西各報的訪事先生們偏要賞先派我那早上在光華道上參預到意外的機密。我到星期四回上海時，不好了，見面的人十有九個都慰問我的虛驚，連我的車夫也受了不少他的同志們的虛驚的慰問。我覺得消息胡纏的可樂，也不在意。後來光華的同學告訴我張家車的前面確是有一輛車，但是一個學生的，不是我的。當時本想，就寫信更正，後來不知怎樣一擱也就擱下了。到最近我聽到了許多話，使我覺得這封信還是不躲擱的好，因為有人說你若是不更正，將來萬一破案時公堂上許要根據日報傳你做見證，但沒有見的如何能證？另一朋友說，張家的親屬在怪我不管事，說既然眼見了怎的電話也不打一個，太冷心的。我都不打算來受這些不白的冤枉，所以我現在還得寫這信去請求賞給我一個刊入通信欄的機會，省得一切可能發生的誤會。耑此敬頌

撰安

徐志摩上

五月五日

上海《時事新報》以「珍貴之篇幅」設「致《時事新報》函」欄，旨在為「愛讀《時事新報》諸君」提供「申述意見或評述事實」的機會〔註3〕。徐志摩把這封信投給「致《時事新報》函」欄，大概因為關於張壽鏞兩個兒子被綁票的新聞，他是在《時事新報》上看到的，而這則新聞正好又與「致《時事新報》函」欄同在一個版面。

就在徐志摩更正信發表的前一天，即 5 月 7 日，張家兄弟用錢物買通看

〔註 3〕見「致《時事新報》函」欄目按語。

守，竟安然脫險，逃回上海〔註4〕。

〔註 4〕《張壽鏞兩子昨日出綁》，上海《新聞報》1930 年 5 月 8 日第 4 張第 15 版。

徐志摩致胡適「千字信」寫作時間及其他〔註 1〕

四川龔明德先生是著名的現代文學史料研究專家，我幾乎拜讀過他所發表的每篇文章，包括《隨筆》2022 年第 2 期上的《徐志摩致胡適的千字信》。

徐志摩寫給胡適的「千字信」，已收入浙江古籍出版社 2017 年 4 月版《徐志摩書信新編》（增補本）和商務印書館 2019 年 10 月版《徐志摩全集》，但排印錯誤實在太多。這封信現藏中國社會科學院近代史研究所中國近代史檔案館胡適檔案內，為方便行文，茲據原件過錄如下（標點符號係筆者所加）：

適兄：

自寧付一函諒到。青島之遊想必至快，翻譯事已談得具體辦法不？我回滬即去硤侍奉三日，老太爺頗怪中道相棄，母親尚健最慰。上海學潮越來越糟。我現在正處兩難，請為兄約略言之。光華方面平社諸友均已辭職，我亦未便獨留，此一事也。暨南聘書雖來，而鄭洪年聞徐志摩要去竟睡不安枕，滑稽之至，我亦決不向次長人等求討飯吃。已函陳鍾凡，說明不就。前昨見羅、潘、董諸位，皆勸我加入中公，並謂兄亦云然，但我頗不敢遽爾承諾。果然今日中公又演武劇（聞丁任指揮），任堅幾乎挨打。下午開董事會，羅讓學生去包圍。杏佛未到。結果當場辭職者有五人之多（丁、劉、高、王、蔡）。君武氣急敗壞，此時（星一夜十時）在新新與羅、董、潘議事，尚不知究竟，恐急切亦無所謂究竟也。黨部聞欲得馬而甘心，君武

〔註 1〕原載《名作欣賞》2022 年第 7 期。

則大笑當年在廣西千軍且不懼小子其奈余何。但情形僵圻至此，決難樂觀，且俟明日得訊再報。凡此種種，彷彿都在逼我北去，因南方更無教書生計，且所聞見類皆不愉快事，竟不可一日居，然而遷家實不易易。老家方面，父因商業關係，不能久離，母病疲如此，出房已難，遑言出門遠行。小家方面，小曼亦非不可商量者，但既言移，則有先決問題三：一為曼即須除習，二為安頓曼之母（須耀焜在滬有事，能獨立門戶乃能得所），三為移費得籌。而此數事皆非叱嗟所能立辦者，為此躊躇，寢食不得安靖。兄關心我事，有甚骨肉，感懷何可言宣？我本意僅此半年，一方結束，一方准備，但先以為教書可無問題，如兼光華、暨南，再事翻譯，則或可略有盈餘。不意事變忽生，教書路絕，書生更無他技，如何為活？遙念北地友朋如火如荼，得毋羨煞？幸兄明斷，有以教我。文伯想尚在平日常相見，盼彼日內能來，庶幾有一人焉可與傾談，否則悶亦悶死了俺也。（北平一月驕養壞了！）徽音已見否？此公事煩體弱，最以為憂。思成想來北平有希望否？至盼與徽切實一談。《詩刊》已見否？頃先寄一冊去。《新月》又生問題，蕭、陸不相能，怎好？我輩頗有去外洋賣胰子希望。此念

雙福

摩　星一

這封信末尾僅署「星一」，《徐志摩書信新編》整理者根據胡適 1930 年 10 月 31 日涉及「中公學潮」的一則日記，推斷其寫作時間為「1930 年 10 月 27 日」。而《徐志摩全集》則直接沿用了這一說法。

龔明德先生通過「細讀」，發現徐志摩信中所說的「中公又演武劇」，與胡適日記中所記的「中公學潮事」，不是指同一起「學潮」。他圍繞「已函陳鍾凡，說明不就」和「《詩刊》已見否？頃先寄一冊去」兩個關鍵點，同時結合其他相關材料，重新考定了這封信的寫作時間。

徐志摩編的《詩刊》季刊創刊號出版於「二十年一月二十日」（見創刊號版權頁），即 1931 年 1 月 20 日。龔明德先生說他所存用的影印件「不見出版時間」，但他根據創刊號上徐志摩《序語》文末所署的寫作時間——「十二月二十八日」，認為徐志摩致胡適「千字信」的寫作時間「只能在一九三一年一月中下旬，甚或其後」。這一判斷是十分準確的。

1931 年 2 月 7 日，徐志摩在寫給胡適的一封信中說，陳鍾凡力邀其到暨南大學執教，聘書已送給了他。他應允三天內答覆陳鍾凡，「今天已是第三天」，但是否就聘「還是決定不下」〔註 2〕。2 月 8 日，徐志摩致信陳鍾凡，明確表示「無以應命」，「聘書容即檢還」〔註 3〕。因徐志摩在致胡適「千字信」中有「已函陳鍾凡，說明不就」的述說，故龔明德先生進一步認定此信是寫於「二月九日，而不是此前或者此後的某個『星一』」。

按說，龔明德先生的考證如此之精密細緻、絲絲入扣，其關於這封「千字信」寫作時間的推定是毋庸置疑的。問題在於，2 月 9 日是否就是徐志摩所說的「中公又演武劇」的「今日」？換言之，2 月 9 日這一天，「中公」是否「又演武劇」了？這封信與徐志摩 2 月 7 日致胡適信、2 月 8 日致陳鍾凡信，是否可以形成相互印證的證據鏈？

「中公學潮」是備受社會廣泛關注的一件大事，是當時滬上或外埠報紙跟蹤報導的熱點之一。經查，2 月 9 日及其後，未見有報紙刊登「中公又演武劇」的消息〔註 4〕。

關於「中公又演武劇」及校董辭職事，1931 年 2 月 3 日的上海《申報》《時事新報》《民國日報》《新聞報》《時報》等報紙均有報導。其中，《申報》上的一則題為《中公學潮昨有變化》的消息最為詳細，不妨節錄如下：

> 演凶劇激動公憤馬君武目睹近日情形，自知風勢不佳，擬作孤注一擲，於昨晨使羅隆基等率領代表團學生，凶毆同學，大肆破壞，激動全體學生公憤，作自衛衝突以後，馬君武倉皇離校。諸學生即將各辦公室暫行封鎖，靜候校董會派員接收。校內秩序聞已由吳淞七區公安局及駐防營部共同派有軍警維持。
>
> 又訊：中國公學自馬君武校長於前日召集教職員聚會後，一切事務，本可按步進行，不意少數同盟會份子，見學校日趨安定，不能達到破壞中公目的，於昨日呼嘯二三十人，攜帶武器，蜂擁至中

〔註 2〕《徐志摩全集》第 8 卷，商務印書館 2019 年版，第 45～46 頁。

〔註 3〕吳新雷等編纂：《清暉山館友聲集》，江蘇古籍出版社 2001 年版，第 326～328 頁。

〔註 4〕1931 年 3 月 2 日，天津《庸報》據「上海一日專電」，在第 1 版刊發了一則題為《中公風潮惡化》的消息：「中國公學學生一日拒絕中央接收委員入校，並擊毀秘書長汽車。接收委員會決定嚴辦。全校空氣緊張，標語紛飛，風潮忽轉趨惡化。」但此時的徐志摩早已離滬北上了。

公，打毀學校辦公室一切公具，同時用種種方法向愛護學校學生方面挑釁，意欲引起糾紛，造成恐怖局面。據聞此事已早有布置，並聞由校董會秘書某從中指揮。幸該校多數同學，力持鎮靜，並有熊營長極力維持，故未肇禍。後該校馬校長親自到校曉諭，一場糾紛，即告平息。

又訊：二月二日下午六時，中國公學校董會在滄洲飯店開臨時會，出席者九人，議決接收蔡董事長孑民先生，及校董王雲五、劉南陔、高一涵、楊杏佛、丁轂音辭職書。〔註5〕

1931年2月4日，上海《申報》刊發消息《黨政機關調查中公學潮》，稱2月2日「校中發生劇變後，蔡董事長即召集校董會臨時會議，以謀解決。本定下午六時假蔡宅開會，嗣見馬君武唆使代表團學生三人到場搗亂，乃臨時改變地點在滄洲飯店。抵滄洲飯店共計實到校董蔡元培、高一涵、王雲五、劉秉麟、楊杏佛、丁轂音及馬君武等七人。正擬開會，而該三名搗亂學生又趕至會場。全場校董均大不滿，於是提出總辭職。」

1931年2月7日，南京《中央日報》刊發消息《中國公學事變真相》，內中抄錄了馬君武「向教部等報告二月二日事變真相之原電」。馬君武在電文中提到，指揮學生搗毀學校者是校董兼校董會秘書丁轂音。

除校董辭職人數稍有出入外，徐志摩信中所講的與報紙上所說的大體一致。可見，這封「千字信」應該是寫於「中公又演武劇」的當天，即1931年2月2日。這一天，正好也是「星一」。

這封「千字信」中，所謂「已函」的「函」，不能坐實為2月8日表示「無以應命」的函。2月2日之前，徐志摩大概已經致信陳鍾凡，「說明不就」。從徐志摩2月7日致胡適信來看，他雖「沒有答應」，但仍留有餘地，「只說看情形再說」。嗣後，由於陳鍾凡「一再惠駕」、屢次三番邀請，致使徐志摩一度舉棋不定、猶豫難決。經過「審度情形」，徐志摩最終決意辭掉暨南大學之聘，應胡適之召北上。

考證書信的寫作時間，需要盡可能地佔有文獻資料。文獻之不足，往往會導致考證結果欠準確、不足信。

1963年8月15日，周作人寫過一篇《幾封信的回憶》，同年12月1日發表在香港《文藝世紀》第12期。周作人抄錄了凌叔華寫給他的三封信，其中

〔註5〕《中公學潮昨有變化》，上海《申報》1931年2月3日第20773號第9版。

一封（第三封）全文如下：

> 周先生尊鑒：寄來《晨報副刊》投稿一份已收到，至為感激。投稿人不知為誰，不知先生可為探出否？日前偶而高興，乃作此篇小說，一來說說中國女子的不平而已，想不到倒引起人胡猜亂想。家父名實是 F.P.Ling，唐系在天津師範畢業，並曾擔任《今報》著作，稿中前半事實一些不錯，後半所說就有些胡造。最可惡者即言唐已出嫁又離婚一節，若論趙氏之事亦非如稿中所說者，唐幼年在日本時，家父與趙秉鈞（他們二人是結拜兄弟）口頭上曾說及此事，但他一死之後此事已如春風過耳，久不成問題，趙氏之母人實明慧，故亦不作此無謂之提議矣。那投稿顯係有心壞人名譽，女子已否出嫁，在校中實有不同待遇，且瞞人之罪亦不少，關於唐現日之名譽及幸福亦不為小也。幸《晨報》記者明察，寄此投稿徵求同意，否則此三篇字紙，斷送一無辜女子也。唐日前因女子問題而作此小說，有人想不到竟為之畫蛇添足，此種關於人名譽的事，幸報上尚不直接登出，先生便中乞代向副刊記者致我謝忱為荷。余不盡言，專此並謝，敬請時安。學生凌瑞唐上言。
>
> 再者學生在燕大二年多，非旁聽生，那投稿人想是有意揑造。此人想因在英文文學會中，被我證明其演說之錯誤，（因我為古人抱不平之故，）同學誹笑之，故作此齷齪之報復手段耳。又啟。

信中所謂「此篇小說」，即《女兒身世太淒涼》。某人看過這篇小說，寫了一篇批評文章，投給《晨報》副刊。《晨報》副刊記者為「徵求同意」，託周作人將「投稿」轉寄凌叔華。凌叔華認為，「那投稿顯係有心壞人名譽」，「投稿人」之所以「作此齷齪之報復」，大概是因其在英文文學會演講時，被她「證明其演說之錯誤」。

這封信未署寫作時間，周作人說「看郵局消印是十三年一月二日」。

龔明德先生曾在《博覽群書》1999 年第 5 期上發表了一篇《凌叔華的四篇佚文》，對凌叔華這封信的寫作時間進行了考辨。他說：

> 這封信沒有寫信日期，周作人特意注明「看郵局消印是十三年一月二日」，照理，該相信周作人的話：他是親眼查驗日戳。然而，這裡知堂老人眼花，不足信。凌叔華《女兒身世太淒涼》1924 年 1 月 13 日才發表，「十三年一月二日」前斷無讀者對小說發表意見的

> 「投稿」寄給報社！查周作人日記，1924 年 1 月 21 日項下有「得凌謝二女士函」。計算一下，小說發表，閱讀小說的人讀後寫「投稿」，寄往報社，報社轉周作人，周作人轉凌叔華，最終由凌叔華寫這被保存在周作人文中的第三封信，一周時間足矣。這樣，再據周作人日記，凌叔華上錄第三封信寫於 1924 年 1 月 20 日。當年的郵局收信發信都很及時，從魯迅日記可找出大量例證。經這一推測，可信周作人把郵戳上的日子少認了一個零。

凌叔華的短篇小說《女兒身世太淒涼》，曾經周作人推薦，發表在《晨報副鐫》1924 年 1 月 13 日 1924 年第 7 號，署名瑞唐。龔明德先生認為：「凌叔華《女兒身世太淒涼》1924 年 1 月 13 日才發表，『十三年一月二日』前斷無讀者對小說發表意見的『投稿』寄給報社！」因此，他懷疑周作人人老眼花，「把郵戳上的日子少認了一個零」，推測郵戳上的時間應該是「十三年一月二〇日」。據我所知，民國時期，郵戳上的日子似不用「二〇」，而作「二十」。不過，就算周作人「把郵戳上的日子」確實「少認了一個零」，也不可將郵戳上的時間徑直視為這封信的寫作時間。

其實，早在 1923 年 12 月 9 日，《女兒身世太淒涼》就已發表在《北京女子高等師範週刊》第 47 期，署名瑞唐女士。文末附「著者注」：「這篇小說，事真不真讀者當不著急問的，女人的解放與不解放，及社會法律，對女子有什麼責任這是目下要緊的題目。」〔註 6〕那位「投稿人」所閱讀的應該是《北京女子高等師範週刊》上的這一篇，而不是《晨報副鐫》上的那一篇。如此看來，知堂老人並沒有「眼花」，他的話是可信的。

以上關於徐志摩和凌叔華兩封書信寫作時間的辨正，不知龔明德先生以為然否？

補記

此文發表後，揚州大學金傳勝兄告知，他在《徐志摩史料考辨三則》（刊《新文學史料》2019 年第 4 期）一文中也考訂過「千字信」的寫作時間。金文雖較為簡略，但所得結論與我無異，可供識者參考。

〔註 6〕這則「著者注」未收入《凌叔華文存》（四川文藝出版社 1998 年 12 月版）等各種凌叔華文集。

徐志摩譯文《「現代的宗教」》〔註1〕

1924年4月12日，泰戈爾應講學社邀請訪華。其間，他先後到過上海、杭州、南京、濟南、北京、太原、武漢等地，作了十餘場演講。徐志摩一直陪侍泰戈爾左右，泰戈爾的演講幾乎都是由他現場口譯的。當時，眾多報刊對泰戈爾的行蹤都作了及時報導，但對泰戈爾演講的內容多是限於述其大意，鮮見刊載完整的譯文。之所以如此，蓋因講學社已公開聲明，請徐志摩譯記、彙編泰戈爾演講錄，並委託商務印書館一家印行：

> 本社為傳佈泰戈爾學說起見，將其在華講演，請徐志摩君譯記並彙編泰戈爾講演錄，分期刊布，委託上海商務印書館一家印行，業已呈請註冊。除各日報得片段登載外，無論何人不得轉載或另印單行本。特此聲明。〔註2〕

已知徐志摩翻譯的幾篇泰戈爾在華演講稿，都是於泰戈爾訪華之旅結束後發表的。具體如下：

> 《一個文學革命家的供狀》，載《小說月報》1924年6月10日第15卷第6號。
>
> 《太戈爾講演錄》，載上海《時事新報·學燈》1924年7月1日第6卷第7冊第1號，此篇為「第一講」；又載《小說月報》1924年8月10日第15卷第8號，題為《第一次的談話——四月十三日上海慕爾鳴路三十七號園會》。

〔註1〕原載《書屋》2022年第6期。

〔註2〕《講學社啟事》，上海《時事新報》1924年4月19日第5841號第1版。

《告別辭——五月二十二〔八〕，上海慕爾鳴路三十七號的園會。》，載《小說月報》1924 年 8 月 10 日第 15 卷第 8 號。

《清華講演——五月一日，一九二四。在清華學校。》，載《小說月報》1924 年 10 月 10 日第 15 卷第 10 號。

《飛來峰——譯泰戈爾在杭州講演原稿》，載《京報副刊》1925 年 3 月 1 日第 75 號。

1924 年 5 月 29 日，徐志摩隨泰戈爾離開上海，轉赴日本訪問。7 月初，離開日本，並專程送泰戈爾至香港。歸國後，到廬山小天池休養約一個半月，集中翻譯泰戈爾的演講稿。《告別辭》《清華講演》《飛來峰》就是在這期間所翻譯的。同時，他還翻譯了四篇泰戈爾在日本的演講稿：

《國際關係——太戈爾在東京講演》，載《東方雜誌》1924 年 8 月 10 日第 21 卷第 15 號。

《大阪婦女歡迎會講詞》，載《晨報．文學旬刊》1925 年 3 月 5 日第 63 號。

《大阪女子歡迎會》，載《晨報．文學旬刊》1925 年 3 月 15 日第 64 號。

《科學的位置——太戈爾在日本西京帝國大學講演》，載《東方雜誌》1924 年 9 月 25 日第 21 卷第 18 號。

上述譯文，商務印書館 2019 年 10 月版《徐志摩全集》已悉數收錄。不過，仍漏收了一篇《「現代的宗教」——四月十七，一九二四，泰戈爾在上海日本人歡迎會講演》。這篇譯文載《京報．文學週刊》1925 年 3 月 7 日第 11 期，題下署「徐志摩譯述」。

《文學週刊》是《京報》附設之第 6 種週刊，創刊於 1924 年 12 月 13 日，由星星文學社與綠波社共同編輯，每週六隨《京報》附送（常因故脫期）。負責通信聯絡者始為張友鸞，第 4 期改為周靈均、焦菊隱，第 14 期改為張友鸞、焦菊隱。1925 年 8 月 15 日出至第 31 期，改由文學週刊編輯處編輯，張友鸞、于成澤（毅夫）、姜公偉等負責編輯、發行事務。1925 年 11 月 28 日出完第 44 期後停刊。星星文學社，1922 年春由張友鸞與北京平民大學同學周靈均、黃近青等人組織〔註 3〕。綠波社，1923 年 2 月成立於天津，社長趙景深，社員有

〔註 3〕關於星星文學社成立的時間，說法不一。筆者所據為星星文學社致《文學旬刊》記者函，載《晨報．文學旬刊》1923 年 9 月 21 日第 12 號。

于賡虞、焦菊隱等。嗣後，綠波社在北京、長沙、上海等地設立分社，張友鸞、周靈均等星星文學社社員也加入了綠波社。

徐志摩與星星文學社和綠波社社員多有交往。1922 年 10 月，徐志摩回國後，一度兼任平民大學教授。他曾應張友鸞之邀寫過一篇《萁茨的夜鶯歌》，發表在《平民大學週刊》上〔註 4〕。1923 年，「南開暑期學校請徐志摩講英國近代文學，聽講者四十餘人，綠波社社員大半都入了學，專聽他講演」〔註 5〕。星星文學社和綠波社創辦《文學週刊》，張友鸞等人自然會向徐志摩約稿，徐志摩自然也是支持的。

除《「現代的宗教」》之外，徐志摩還在《京報・文學週刊》上發表了四篇作品：

《為誰》，載 1924 年 12 月 13 日第 1 期。

《再說一說曼殊斐兒（乘便跑一跑野馬）》，載 1925 年 1 月 31 日第 6 期。

《夜深時》，曼殊斐兒著，徐志摩譯，載 1925 年 1 月 31 日第 6 期。

《戀愛到底是什麼一回事？》，載 1925 年 8 月 22 日第 32 期「詩的專號」。

《為誰》初收中華書局 1925 年 8 月版《志摩的詩》，《戀愛到底是什麼一回事？》初收新月書店 1928 年 8 月版《志摩的詩》，商務版《徐志摩全集》在其題注中均稱「寫作時間和發表報刊不詳」，故將這兩首詩分別係於 1925 年和 1928 年。《徐志摩全集》所收《再說一說曼殊斐兒》和《夜深時》，採自《小說月報》1925 年 3 月 10 日第 16 卷第 3 號上的再刊本，其題注中也未著錄這兩篇作品在《京報・文學週刊》上的刊載信息。1925 年 3 月，徐志摩赴歐洲漫遊，答應給《文學週刊》寄一點「通訊」〔註 6〕，但未見刊載。

《「現代的宗教」》是泰戈爾 1924 年 4 月 17 日在上海日本人歡迎會上的演講。關於這次演講，4 月 19 日的上海《時事新報》作了簡要報導：

此次印度詩人太戈爾氏來滬，國人竭誠歡迎情形，迭見前報。

〔註 4〕後又載上海《小說月報》1925 年 2 月 10 日第 16 卷第 2 號，題為《濟慈的夜鶯歌》。

〔註 5〕趙景深：《天津的文學界》，上海《時事新報・文學》1924 年 4 月 21 日第 118 期。

〔註 6〕鸞：《我們的雜記》，北京《京報・文學週刊》1925 年 3 月 28 日第 14 期。

> 本埠日僑方面，亦於前晚七時在蓬路日人俱樂部設宴招待，歡迎太氏及其同來人士，主客共約三十人。席中主人方面由櫻木氏起述歡迎辭，太氏遜謝，至八時二十分左右散會。太氏隨赴北四川路日本小學校演講，往聽者約達千人，內印度男女亦有數十名。首由池田紹介太氏登壇演講，太氏先表示謝意，次述前此遊日時，對於日本並日人印象之一端，謂日本之文明，雖有西洋化之處，若據余所見，日本尚存有自昔傳來之真文明，繼對現代物質文明有所批評。約歷一時許講畢，即返滄洲別墅。〔註 7〕

泰戈爾是以「詩人」的身份，「用英語對大眾講演」。從《「現代的宗教」》來看，確如報導中所說的，泰戈爾「先表示謝意，次述前此遊日時，對於日本並日人印象之一端，謂日本之文明，雖有西洋化之處，若據余所見，日本尚存有自昔傳來之真文明，繼對現代物質文明有所批評」。《「現代的宗教」》文末署「志摩，小天池，八月十九日」，可見這篇演講稿也是徐志摩在廬山時翻譯的。

1925 年 4 月，鄭振鐸所編《太戈爾傳》由商務印書館出版。在序文中，鄭振鐸說：「太戈爾在中國的講演，俱由我的朋友徐志摩君為之記錄，他現在正在整理這個講演集，大約不久即可出現。」遺憾的是，徐志摩翻譯、整理的泰戈爾演講集始終不曾單獨印行。

附：「現代的宗教」——四月十七，一九二四，泰戈爾在上海日本人歡迎會講演

你們在上海的日本人要我到這裡來，我是很歡喜趁這個機會來看見你們。我不是天生的演說家，我更不慣演說，英語又不是我自己的語言，所以每次有人請我用英語對大眾講演，我總覺得膽小，不自在，今天我敢來的緣故因為我猜想你們並不認真的盼望什麼講演——你們無非要見我的面，聽我的聲音。

今晚在座的大概不少曾經見過我的，我上次在日本的時候，或許竟有那天到東京車站上來歡迎我的也說不定，我總記得你們那回異常的榮寵，但這並不是最重要的事。我曾經有機會親切的結識你們的人民。我住在他們的家裏，做他們的家里人，我平常在書上念著說你們日本人是人生不狠直爽的，但我那會來結識你們，親近你們，卻並沒有什麼困難。

我今天答應你們的約會，一半是為你們上回接待我的盛意永遠在我心裏

〔註 7〕《日僑歡宴》，上海《時事新報》1924 年 4 月 19 日第 3 張第 1 版。

留下了印跡，使我時常願意有機會和你們親近，但同時我也得聲明我接受你們的邀請也為我做詩人的職業的尊嚴，你們致意歡迎我因為我是一個詩人。這我不看作是我個人的光榮，我知道在我們東方詩人依舊佔有他受尊敬的地位，在我們憂波尼沙陀經典裏上帝自身的尊稱就是至高的詩人。雖則在你們裏面大多數人並不知道我的作品，少數知道的亦只憑藉不完全的翻譯，但我詩人的名譽卻在你們的心裏占住了一個尊榮的位置。這一點最使我自負，不為我自己的關係，卻為這樣的尊敬最是證見你們文明的本質。

但東方的人民亦正忙著借用西方的文化與方法，甚至於心想的境界亦沾受了他們的彩色，因此我對於你們今晚請我的意思不免有幾分疑慮。你們知道我憑著運氣好在西方得到了聲名得到了諾貝爾的奬金。我卻不預備你們這樣過分的誇張我的財富，方才你們主席說我捐一千萬金辦我的學校，我聽著了那話都覺得頭眩。我不由的不忖度你們邀請我的意思，這類的消息能否曾經影響你們歡迎我的決定。但是我盼望，這只是我自己的多心。

在東方，詩人們曾經受人敬，受人愛，聖哲的先覺從不曾遭受非分的凌辱，那是分明的事蹟，如其你們記得古代從印度來的大師帶著他們真與愛的使命在你們人民的心窩裏尋得他們的平安與鄉土。你們不但不怪嫌他們的生疏，並且曾經容許他們傳佈他們帶來的宗教。

為他們你們曾經廣開你們的大門。你們不曾頒布限制他們進口的法令。他們終身住在你們國內，生時與身後有得享受的是靈魂的平安。在我們看來這優待遠客的恩情即是文明。我知道在東方淳樸的民間到如今還保存著這種樸茂的精神，在現代毒性的種族仇恨與民族自大主義旁薄的時代，我們才知道優美的天性是怎樣的難能與可貴。

上次到日本的時候我也逢著了矯揉過的現代的日本，受過西方學校訓練的日本。我也曾隱約的辨認政治的日本與專鶩強力與金錢的日本，那是硬性的，唯我主義的，嫉忌的，缺乏人道的。我不來單獨的責備日本。世界上得意的國家，那一處不是如此，他們甘心拿溫和的人道，換來機械性的組織與習慣，到處只是這單調的樣式壓滅著活潑的生氣。你們要知道政治的日本與商業的日本不是真的日本，不是活著的日本。因為假的面具是可以從同一的印模無限的複製，現代政治與商業的生活卻只是面具。你們自己張眼來看，紐約，加爾各搭，上海，香港那些地方還不是從同一的印模裏做成的東西，到處只是硬性的無生命的面具，塗畫著貪淫與暴戾的駭人的醜態。

所以我並不是不準備遭受猜忌與排斥的，如其我曾經領略過你們日本政治的精神，或是任何勢利民族的干涉，禁阻我領受你們人民的恩情，那也正是事理的當然。有勢力與有錢的人們竟許當著我的面緊闔他們的門戶，因為他們知道理想有的是炸裂與轟發的力量。假如我在英國或是美國或是別的西國受人的猜疑與反對我是決不詫異的。那本來是他們對待理想主義者的習慣的辦法，他們豈不曾經請辯護自由與人道的哲士嘗味牢獄的慘酷。要是耶穌基督在今日出現時他們定會得拿他生生的釘死在十字架上，因為耶穌如其眼見這人類互殘的慘劇他難道忍得住不高聲的呼籲和平？我們東方歷史上有的是聖賢們，他們的訓道是反抗時尚的信仰與慣習，但他們還不是一樣的受當代人的尊敬？這種精神，我希望，依舊活著在東方，因此你們請我來我是最高興不過的，你們並不怎樣的深知我，你們只是慕我的名望。我在西方曾經看見他們發瘋似的趨向某某勝利的拳擊家或是電影的明星，要是有鉅萬萬的富豪過路時他們爭著來看他，即使扭斷了頸骨都不會得反悔的。

我們東方人希望能幸免這猥濁的大難。這類體力的崇拜引起我們的盲從時，我們就洩露我們性情的一點，那是粗的野蠻的，純粹原民的個人性的，那拳擊家畸形的發展他的筋骨與巧捷，並沒有什麼道德的或是社會的價值。但詩人，或是先覺者，或是聖哲卻是深深的住在男子與女子的生命裏，他們的使命是在心與心間的溝通與連貫。這神奇的創作，這人類的文明，便是他們手造的成績，他們的意境流傳在人間便是一貫物質世界矛盾現象的美的象徵，他們才是值得我們的崇仰，不是那棍球的隊長或是出名的拳師。在原人時代自然界裏怖人的與強有力的事物最是刺動，迷蠱他們的想像，為此我們的崇拜與宗教有人說是起原於長懼一切產生恐怖的事物。

權力的地位在現在世界上是極分明的，金錢的權力，機關槍與擲炸彈飛機的權力，為此我們本性裏躲著的野蠻人就發生相當的畏懼，雖則這些權力的本質是絕對非精神的，非道德的。這權力的惡魔，在我們當首的上海就有他的龕座，像從前野蠻人用活人來諂媚他們的淫祀，現代的人們亦何嘗不犧牲了生靈來奉承這貪淫的惡魔。但人類曾經發達他們精神的宗教，根據於道德的理想主義，已經放棄他們單純破壞勢力的迷信。我們今天就在等候著那道德的理想，等候著生活的精神的標準，來救護人道的尊嚴，超度人們信仰暴力的墮落。

所以我祈求你們，朋友們，不要獻致我歡迎與敬意就為我是曾經成功的。那是不純淨的，並且假使你們是那樣的存心，我也不來接受的。假如你們有理想的信仰，假如你們以為詩人的使命是在提倡這信仰，為他抵禦一切摧殘的勢力，假如你們有誠意把你們的敬與愛獻給一個相信人的精神性的詩人，那時我敢不謙卑的，同時也自傲的收受這樣的情意？

志摩，小天池，八月十九日

陸小曼的一次義演和一篇自述〔註 1〕

1927 年夏，何應欽夫人、白崇禧夫人、李宗仁夫人、郭泰祺夫人和上海地方審判廳廳長鄭毓秀博士等發起上海婦女慰勞北伐前敵兵士會。7 月 16 日、17 日、18 日，為募集捐款，在徐家匯南洋大學舉行遊藝會。因所得捐款不夠預定數額，又於 8 月 4 日、5 日、6 日在中央大戲院舉行劇藝會。關於上海婦女慰勞會之發起情況和遊藝會、劇藝會之具體情形，可參見《慰勞會之發起》（笪賦權）、《婦女慰勞會之遊藝》（周瘦鵑、張寄涯、趙君豪、金華亭）、《婦女慰勞會之劇藝》（金華亭、蔣劍候）等文章。這些文章均收入上海婦女慰勞北伐前敵兵士會編輯、上海中華書局 1928 年 5 月出版的《黨軍》（「上海婦女慰勞北伐前敵兵士會紀念特刊」）。

陸小曼受上海婦女慰勞會盛情邀請，在劇藝會上演唱了兩齣舊戲。三天的劇藝活動都是在晚間進行的，第一夜、第三夜均由唐瑛主演《少奶奶的扇子》，陸小曼的節目被安排在第二夜。第二夜八點一刻開幕，整臺晚會由七節組成：第一節是徐太太的崑曲《掃花》；第二節是葉小紅的《佳期》；第三節是陸小曼的崑曲《思凡》；第四節是歐陽予倩的《玉堂春》；第五節是徐太太的崑曲《遊園》；第六節是《香山閒樂》；第七節是唐瑛的崑曲《拾畫》《叫畫》；第八節是陸小曼、江小鶼、李小虞三人的京戲《汾河灣》。1925 年，在新月社同人新年聚會上，陸小曼曾唱過《春香鬧學》，但那畢竟只是鬧著玩的。這次在中央大戲院參加募捐義演，她是第一回正式登臺獻藝，雖「現學現做」，卻大獲成功，反響極佳。其飾演《思凡》中的小尼姑，「扮相果然美妙，嗓音更是清晰動聽，

〔註 1〕原載《書屋》2012 年第 4 期。

臺步和做工，都出於自然，伊的表情，亦能達到妙處」；合串《汾河灣》，「陸小曼是三人中的最好一個，伊的京戲藝術，似乎比較崑曲還要好」〔註2〕。周瘦鵑看過陸小曼的排練，對她的表演尤為「歡喜讚歎」。他在《小曼曼唱》一文中是這樣評價的：

> 這回婦女慰勞會請詩人徐志摩先生的夫人陸小曼女士表演《思凡》。徐夫人本是個崑劇家，而於文學和藝術上都有根柢的。在排演時，我曾去參觀，不由得歡喜讚歎，覺得伊一顰一笑、一言一動、一舉手一投足之間，都可以顯出這小尼姑是個佛門中富有浪漫思想的奇女子、革命家，不再是那種太呆木太平凡在佛殿上念佛修行的尼姑了。要是召集了普天下的比邱尼，齊來領略小曼女士的曼唱，我知道伊們也一定要扯了袈裟、埋了藏經、棄了木魚、丟了鐃鈸，紛紛下山去尋那年少哥哥咧。像這樣的唱和演，才當得上神化二字，才值得我們的歡喜讚歎。

到中央大戲院觀看劇藝表演，坐包廂須一百元，一等廳座每位十元，二等五元，三等也要三元，所以出入戲院的都是些上流人物，非一般寒酸者所能光顧。第三天下午，自稱「窮措大」的趙景深曾與王魯彥一道拜訪徐志摩，徐志摩送了兩張晚上的戲票給他們，都是十元的，分別為前排第一號、第二號。徐志摩和胡適依次坐第三號、第四號。嗣後，趙景深應婦女慰勞會約請，寫了一篇《「是，媽媽！」》〔註3〕。文中，趙景深記敘他初次見到陸小曼時的情景，很是生動傳神：

> 有這樣一天，就是婦女慰勞會演劇的第三天，下午我到詩人M家裏去，那位做《柚子》的L也同去的。談了一陣詩歌上的問題，便彷彿覺得有一個人要進來似的。M先生說：
>
> ——進來罷，不要緊的，都是熟人！
>
> 接著進來了一位翩若驚鴻的女士，我們同她見了禮，知道她是M的夫人S女士。
>
> 她坐在椅上，有一隻貓伏在椅下抓她的腳。她像小孩一般的蹙

〔註2〕金華亭、蔣劍候：《婦女慰勞會之劇藝》，《黨軍》，上海中華書局1928年5月版，第306～307頁。

〔註3〕趙景深：《「是，媽媽！」》，《黨軍》，上海中華書局1928年5月版，第321～323頁。

緊了眉頭，將腳搖了幾搖，連聲說：

——快些拿開，快些拿開！

於是 M 先生替她拿開了貓。她舒了一口氣似的說：

——唉，昨天可把我累壞了！

——你跟 K 合串的《汾河灣》真不錯。M 先生笑向她說。

——哪裏！K 把戲詞都忘了。我問：「薛郎你可好？」他愣了半天回答不出來，可把我急壞了。

婦女慰勞會為確保劇藝活動能夠順利進行，特成立了一個共有三十人的劇務團隊。徐志摩、黃梅生、谷劍生負責宣傳，洪深負責排演，沈誥、應雲衛擔任後臺主任，江小鶼、董天涯負責布景，孟君謀等四人負責道具，唐腴廬負責服裝，楊吉孚、崔秉一負責提示，王毓清等十五人充任幹事。在劇藝會開演前夕，《上海畫報》記者黃梅生與徐志摩、周瘦鵑、江小鶼等專門策劃、編輯了一冊《上海婦女慰勞會劇藝特刊》，由上海大東書局印製，內收發起人、主要演員便裝、戲裝照片三十餘幅，另有徐志摩《小言》、洪深《戲劇與時代》、余上沅《唐瑛的扇子》、周瘦鵑《小曼曼唱》、鄂呂弓《談汾河灣》等文數篇。黃梅生在《勘校以後》中具體談到這冊特刊的編輯情況，不妨全文過錄如下：

> 只有一星期籌備的這本劇務特刊，竟排印好了，真是萬幸。這都是徐志摩、周瘦鵑、江小鶼三先生努力的結果。他們都是忙人，在百忙中，徐先生除了擔任編輯外，還做文章，整理戲辭；周先生做文章兼校對；江先生畫封面和廣告。同時也要感謝光藝彭先生、美新黃先生、元益沈先生、大東書局徐先生，他們在照相、製版、印刷諸方面，給我們不少的幫助。
>
> 特刊中最重要的是照片，收集起來很不容易。本來我想用以前在慰勞會中所照沒有在報紙上發表的，因為裝束和現在稍不同，不便再刊。承諸女士不憚煩勞，都來重照。唐瑛、陸小曼兩女士，更熱心可佩。她倆除了冒暑來照相，還做很好的文章給本刊（唐女士不及做文章特賜題字）。發起婦女慰勞會的諸夫人女士，有許多已離去上海，請她們來照相，已不可能，只得檢已照的登幾張。
>
> 我發起這特刊已三次。第一次預備在南洋大學開會時出版。因時間怱促，沒有成功。第二次和趙君豪諸君想合作刊行，因趙君到蘇州去，未進行。一星期前和志摩伉儷談起，他倆十分贊成。和江

> 小鶼君商議後，我們便分工進行了。所以這本特刊能出版，志摩伉儷應居首功的。
>
> 周瘦鵑先生今天不到大東來，校勘一役由我庖代。其中一定不免有錯誤的地方，要請讀者原諒。

徐志摩所整理的戲曲唱詞包括《掃花》《遊園》《拾畫》《叫畫》《思凡》和《汾河灣》等。唐瑛擬作文《扇子與畫》，因排戲太忙，特贈一幅「我為子高歌」的題字。這冊內容精彩、印製精美的特刊從籌備到出版，僅用了一周時間，後在劇藝會現場出售，「一時購者甚多」。

《上海婦女慰勞會劇藝特刊》刊登了陸小曼兩幅生活照和三幅劇照。兩幅生活照，一為手持摺扇半身照，下題「陸小曼女士（崑曲部主任）」；一為身著旗袍全身照，下題「陸小曼女士」。三幅劇照包括「陸小曼女士之思凡（一）」「陸小曼女士之思凡（二）」和「江小鶼君與陸小曼女士之汾河灣」。除照片外，特刊還收錄陸小曼一篇《自述的幾句話》，署名小曼，題目、署名均據手跡影印。這篇文章約 1200 字，三晉出版社 2010 年 6 月版《陸小曼文存》（柴草編）失收，迄今也未見有人提及。

據陸小曼自述，她之所以答應參加募捐義演，一是婦女慰勞會發起者的「盛意難卻」，二是慰勞北伐前敵兵士「當得效勞」。其實，還有一個很重要的原因，那就是她非常喜歡唱戲。況且，能和洪深、歐陽予倩、應雲衛、徐太太、唐瑛等大家、名角同臺演出，對她來說，也是一次難得的學習機會。陸小曼成天生病，又時值酷暑，「每回一練戲就頭昏，一上裝就要嘔」，但她還是拼命地排練。這一切，徐志摩都看在眼裏，痛在心裏，在《小言》中毫不避嫌地認為陸小曼是這次義演亞於唐瑛「最賣力氣」的一個。

陸小曼不是科班出身，但她天資聰穎，於戲劇表演頗有一些心得和體悟。在她看來，「演戲決不是易事：一個字咬得不准，一個腔使得不圓，一隻袖灑得不透，一步路走得不穩，就容易妨礙全劇的表現，演者自己的自信心，觀眾的信心，便同時受了不易彌補的打擊，真難！」這可謂是經驗之談。文中，陸小曼對戲劇基本原則和某些現代戲失敗原因所發表的見解，也相當精彩獨到。特別是她對其所選定的《思凡》和《汾河灣》兩出戲的理解、分析，更令人拍案叫絕。吾生也晚，周瘦鵑讚歎陸小曼的演唱當得上「神化」二字，本以為是溢美之詞，不可當真，讀了《自述的幾句話》後，信矣。

附：自述的幾句話

唱戲是我最喜歡的一件事情，早幾年學過幾折崑曲，京戲我更愛看，卻未曾正式學過。前年在北京，新月社一群朋友為鬧新年逼著我扮演一齣《鬧學》，那當然是玩兒，也未曾請人排身段，可是看的人和我自己都還感到一些趣味，由此我居然得到了會串戲的一個名氣了，其實是可笑得很，不值一談。這次上海婦女慰勞會幾個人說起唱戲，要我也湊和一天，一來是她們的盛意難卻，二來慰勞北伐當得效勞，我就斗膽答應下來了。可是天下事情不臨到自己親身做是不會知道實際困難的；也是我從前看得唱戲太容易了，無非是唱做，那有甚麼難？我現在才知道這種外行的狂妄是完全沒有根據的。因為我一經正式練習，不是隨便不負責任的哼哼兒，就覺得這事情不簡單，愈練愈覺著難，到現在我連跑龍套的都不敢輕視了。

演戲決不是易事：一個字咬得不准，一個腔使得不圓，一隻袖灑得不透，一步路走得不穩，就容易妨礙全劇的表現，演者自己的自信心，觀眾的信心，便同時受了不易彌補的打擊，真難！簡直我看讀什麼英文法文還比唱戲容易些呢！我心裏十分的擔憂，真不知道到那天我要怎樣的出醜呢。

我選定《思凡》和《汾河灣》兩個戲，也有意思的。在我所拍過的幾齣昆戲中要算《思凡》的詞句最美，他真能將一個被逼著出家的人的心理形容得淋漓盡致，一氣呵成，情文相生，愈看愈覺得這真是是〔註4〕一篇顛撲不破的美文。他的一字一句都含有顏色，有意味，有關連，決不是無謂的堆砌，決不是浮空的詞藻，真太美了，卻也因此表演起來更不容易，我看來只有徐老太太做的完美到無可再進的境界，我只能拜倒！她才是真工夫，才當得起表演藝術，像我這初學，簡直不知道做出甚麼樣子來呢。好在我的皮厚，管他三七二十一，來一下試試。

舊戲裏好的真多。戲的原則是要有趣味，有波折，經濟也是一個重要條件。

現代許多所謂新戲的失敗原因是一來蓄意求曲折而反淺薄，成心寫實而反不自然，詞費更不必說，有人說白話不好，這我不知道。我承認我是一箇舊腦筋，這次洪深先生本來想要我做《第二夢》，我不敢答應。因為我對於新戲更不敢隨便的嘗試，要你非全身精神都用上不可，我近來身體常病，所以我不敢多擔任事情了。

〔註 4〕後一個「是」疑為衍字。

《汾河灣》確是個好戲，靜中有鬧，俗不傷雅。離別是一種情感，盼望又是一種情感；愛子也是一種情感，戀夫又是一種情感；敘會是一種情感，悲傷又是一種情感。這些種種不同的情感，在《汾河灣》這齣戲裏，很自然的相互起伏，來龍去脈，處處認得分明，正如天上陰晴變化，雲聚雲散，日暗日麗，自有一種妙趣。但戲是好戲也得有本事人來做才能顯出好戲，像我這樣一個未入流的初學，也許連好戲多要叫我做成壞戲，又加天熱，我又是個常病的人，真不知道身上穿了厚衣頭上戴了許多東西受不受得住呢。沒有法子，大著膽，老著臉皮，預備來出醜吧，只好請看戲的諸君包含點兒吧。

陸小曼「捧角」〔註 1〕

陸小曼愛戲是出了名的，不單愛看、愛聽、愛唱，還愛捧角兒。她之捧角兒，早在北京時，在改嫁徐志摩之前就已經開始了。隨徐志摩移居上海以後，有那麼兩三年，特別是 1928 年，她給戲曲演員捧場，幾乎達到了狂熱的程度。周瘦鵑在《紅氍毹上之姊妹花枝》一文中曾說：「今年北平的許多名女優，連袂的南來。其中色藝出眾的很是不少，於是捧角之風大盛，興致最豪的，要數徐步二山人和徐夫人陸小曼女士以及本報丹翁、梅生、空我諸位了。那些以淺笑輕顰清歌妙舞顛倒海上眾生的妙女兒，幾無一不經他們一捧而成名的。」〔註 2〕

陸小曼究竟捧過多少角兒，這個似乎沒法統計，反正是不少。據梁實秋回憶，「先後有小蘭芬、容麗娟及馬豔秋、馬豔雲姊妹，花翠蘭、花玉蘭姊妹，姚玉英、姚玉蘭姊妹，袁美雲、袁漢雲姊妹等多人，均受過她的扶掖。其中馬豔雲、姚玉蘭、袁美雲，幾乎全是她捧紅的。她平日潑撒已慣，對於捧角，更是一擲千金，毫無吝嗇」〔註 3〕。

在上海，陸小曼所捧的大多是出身寒門的「南漂」坤伶。

在被捧的坤角中，有三位，小蘭芬（又叫筱蘭芬或張妙聞）和馬豔雲、馬豔秋姊妹，陸小曼在她們身上可是動了不少心思，花了許多工夫，也費了一些錢財。為了力捧她們，平時一提筆就喊手酸頭疼的陸小曼，還專門寫了兩篇文章，一是《請看小蘭芬的三天好戲》，一是《馬豔雲》，都沒有被收入三晉出版

〔註 1〕原載《書城》2012 年第 8 期。

〔註 2〕載《上海畫報》1928 年 12 月 3 日第 418 期。

〔註 3〕梁實秋：《談徐志摩》，《雅舍小品》，新世紀出版社 2004 年 9 月版，第 175 頁。

社 2010 年 6 月出版的《陸小曼文存》(柴草編)。

早些時候，拜讀過陳建華先生發表在《書城》2008 年 9 月號上的《陸小曼的「風景」內外》。文中，陳先生節錄了為陸小曼研究專家所忽視的《請看小蘭芬的三天好戲》的部分文字，還說這篇短文載於 1928 年 4 月 31 日《上海畫報》。根據陳先生所提供的線索，我未能找到這篇文章。後來索性一期一期地翻檢，結果發現是刊在《上海畫報》1928 年 4 月 3 日第 338 期，署名陸小曼。全文如下：

> 多謝梅生先生的「鞠躬盡瘁」，和別的先生們的好意，我的小朋友小蘭芬已然在上海頗頗有些聲名。單就戲碼說，她的地位已然進步了不少。此次承上海舞臺主人同意特排她三晚拿手好戲，愛聽小蘭芬戲的可以好好的過一次癮了。星期一是《玉堂春》，這戲她在北京唱得極討好，到上海來還是初演。星期二《南天門》(和郭少華配的)，星期三《六月雪帶法場》，都是正路的好戲。
>
> 蘭芬的好處，第一是規矩，不愧是從北京來的。論她的本領，喉音使腔以及念白做派，實在在坤角中已是狠難能的了。只可憐她因為不認識人，又不會自動出來招呼，竟然在上海舞臺埋沒了一個多月。這回若不是梅生先生的急公好義，也許到今天上海人還是沒有注意到小蘭芬這個人的。因此我頗有點感想，順便說說。
>
> 女子職業是當代一個大問題，唱戲應分是一種極正當的職業。女子中不少有劇藝天才的人，但無如社會的成見非得把唱戲的地位看得極低微，倒像一個人唱了戲，不論男女，品格就不會高尚似的。從前呢，原有許多不知自愛的戲子(多半是男的)，那是咎由自取不必說他，但我們卻不能讓這個成見生了根，從此看輕這門職業。今年上海各大舞臺居然能做到男女合演，已然是一種進步。同時女子唱戲的本領，也實在是一天強似一天了。我們有許多朋友本來再也不要看女戲的，現在都不嫌了。非但不嫌，他們漸漸覺得戲裏的女角兒，非得女人扮演，才能不失自然之致。我敢預言在五十年以後，我們再也看不見梅蘭芳、程豔秋一等人。旦角天然是應得女性擔任，這是沒有疑義的。

何靈琰在《我的義父母：徐志摩和陸小曼》一文中說：「他們還有一個乾女兒，也是上海坤伶叫小蘭芬（不是北平奎德社唱老生的那個小蘭芬），打泡

第一天，乾娘帶我們去捧場。記得她唱的是二本《霓虹關》的丫環，一出場就摔了一跤，以後便紅不起來了。」〔註 4〕

果真如此嗎？看看《上海畫報》就知道了。

小蘭芬大約是 1928 年年初由北京來上海發展的，她首次在上海舞臺亮相，是在春節那天，即 1 月 23 日。關於這次演出的情況，舍予在 1 月 30 日第 318 期《春節視聽記》一文中是這樣點評的：「是日去時已晚，小蘭芬《起解》已到『洪洞縣內無好人』。『大大好人』腔上，開口好像沒有尺寸，似乎有點走板。」看來，小蘭芬唱得並不討好。此後，《上海畫報》在很長一段時間內沒有小蘭芬的相關報導。直到 3 月 3 日第 328 期，「劇訊」欄內才開始又有她的消息：「上海舞臺之小蘭芬，在京與馬豔雲豔秋姊妹同搭一班，能戲數十出，常與豔秋合演《寶蓮燈》與《汾河灣》，極為京人所稱賞，貌甚美，舉止極莊重，沉默寡言，坐是不為排戲所喜，將其戲碼抑置於前，實則其藝遠勝同臺之劉豔琴也。」對小蘭芬真可謂是讚賞有加。所以如此，是因為有陸小曼等人在臺前幕後力捧。3 月 9 日第 330 期，隆重推出小蘭芬，刊首照片為《名坤伶小蘭芬》，黃梅生攝，江小鶼設計，陸小曼題「蘭芬雙影」。3 月 21 日第 334 期，黃梅生在《六日雜記》中說：「十一日偕小蘭芬往謁陸小曼女士，暢談都門劇界瑣事，頗有趣。約四時左右，復同往徐朗西先生處。蓋愚介蘭芬為朗西先生寄女，是日往行禮也。來賓佇候觀禮者有張雨霖、王彬彥、鄭子褒、江紅蕉諸君，但行禮時，僅小曼女士與愚得見也。行禮後，小曼女士、蘭芬及愚往天蟾觀雪豔琴之《送酒》……晚間峪雲先生設宴會賓樓，到者小曼女士、雪豔琴、小蘭芬、海粟、亞塵諸君……十二日……晚間往上海舞臺擬觀小蘭芬、言菊朋之《四郎探母》，因時已遲，蘭芬已下場，因與小曼、朗西、志摩攜其往第一臺聽新豔秋之《驪珠夢》……十三日……晚間愚宴朗西、子英、志摩、小曼諸君及雪豔琴、新豔秋、小蘭芬於會賓樓，暢敘甚樂……十四日……往觀小蘭芬、言菊朋之《御碑亭》，珠聯璧合，佳劇也。小蘭芬為都門名坤伶之一，來滬後，頗鬱鬱不得志，邇來因得多數觀眾歡迎，文藝界、評劇界中知名之士如峪雲、梅花館主、鄭正秋、步林屋、周瘦鵑、徐志摩諸君，陸小曼女士均有讚語，他日不難一躍而執坤角之牛耳也。」4 月 3 日第 338 期，「劇訊」云：「此次北來女伶中，上海舞臺之小蘭芬色藝均佳。海上聞人如徐朗西、步林屋、鄭正秋、蘇少卿、梅花館主及陸小曼女士等，俱讚賞之。自今日起煩其演劇三日，第一日《玉

〔註 4〕見柴草編：《眾說紛紜陸小曼》，山西古籍出版社 2006 年 1 月版，第 156 頁。

堂春》，第二日《南天門》，第三日《六月雪》。喜聆歌者，不可失此機會也。」這也就是陸小曼所說的「小蘭芬的三天好戲」。4 月 6 日第 339 期，張丹翁在《捧小蘭芬》中說：「小蘭芬果然好，倒第二的戲碼子真無愧了……但若不遇知音而知疼知愛美貌無雙的小曼徐夫人，和徐步兩位乾頭子老，又怎能這們一捧就捧到第一等的瓜瓜叫。」4 月 9 日第 340 期，楊吉孚在《美酒名劇並記（上）》中說：「十三日午後往訪徐志摩先生、陸小曼女士……小曼數數稱小蘭芬，並述其家境。」4 月 12 日第 341 期，《美酒名劇並記（下）》中說：「……相約晚間往大新舞臺觀小蘭芬之《南天門》……陸小曼女士、峪雲山人、林屋山人、鄭正秋、徐志摩、黃梅生、沈恒一、梅堂主人早在。……轟動一時之小蘭芬之《南天門》，乃出演……蘭芬年十八……極似小雲，喉音雖不寬，而能使腔運嗓，純出乎自然，亦頗不易。尤可貴者，蘭芬知座中皆為知音，頗肯認真唱做，即此一端，亦可以謝來賓矣。臺上滿置花籃匾對，小曼贈曰『南北崢嶸』……臨行小曼囑為之記，因志數語以勖蘭芬。」同期「小報告」欄中說：「上海舞臺坤伶小蘭芬十八日在汪宅堂會演《坐宮》，衣牙色銅花旗袍，上加紅色背心，美麗絕倫。且唱做俱佳，說白之清楚流利，尤為其他坤伶所不及。戲劇研究家田漢、孫師毅諸君時在座，讚不絕口。」5 月 12 日第 351 期，本報記者為戲裝照《名坤伶小蘭芬之〈探母〉旗裝》所配說明文字稱：「……蘭芬自經陸小曼女士大捧，徐朗西、步林屋、王曉籟諸君時加讚揚，海上評劇家復時於報端為文張之，聲譽日隆。前星期六演二本《霓虹關》，售滿座。蘭芬飾丫環，活潑伶俐，道白尤清楚。所唱一段二六板，學梅蘭芳，有神似處……」5 月 21 日 354 期，「小報告」欄中說：「上海舞臺坤伶小蘭芬頃由該臺再三挽留，繼續演數月。」9 月 9 日第 390 期，「菊訊」云：「大世界新樂府崑班，前日演全本《牡丹亭》……陸小曼女士亦攜其義女筱蘭芬往聆。」11 月 21 日第 414 期，「菊部新語」中說：「筱蘭芬於前日乘華山丸北返，上海舞臺經理趙如泉留之不獲，乃許其告假一月，期滿復入該臺，並送禮物四事。陸小曼女士除送程儀外，又製冬衣數襲贈之。滬上喜聆蘭芬歌者，聞其北上，皆為惆悵不已。故蘭芬將行之前三日，上海舞臺每夕售十金外，足見其叫座能力之一斑。」小蘭芬抵平以後，《上海畫報》上還有一些跟蹤報導。11 月 30 日第 417 期，「小蘭芬近訊」云：「小蘭芬離滬北返，已於月之二十四日抵北平，開明戲院經理李實甫君特往東站迎候。《群強報》主筆戴正一先生因本報梅生之介，收蘭芬為義女。以後在平不復用小蘭芬名字，即改用丹翁所題之張妙聞云。」12 月 9

日第 420 期「名女優號（中）」,「妙聞」中稱:「張妙聞（小蘭芬）日前在北平開明戲院演《女起解》，大受歡迎。天津新欣舞臺及太原某舞臺爭相延聘，卒應新欣所請。十二日赴津，包銀八百元。」1929 年 1 月 6 日第 429 期，刊首有張妙聞贈黃梅生照片。至此，有關小蘭芬的報導遂告了一個段落。

從 1928 年 3 月到 1929 年 1 月，《上海畫報》所刊小蘭芬照片和涉及她的文字遠遠不止以上這些。不過，這些也足以表明，所謂小蘭芬「紅不起來」的說法是並不符合歷史事實的。

小蘭芬初來上海，戲碼總是靠前，在被埋沒了好幾十天之後，經陸小曼等人力捧，漸漸紅了起來，唱到了後三出，月包銀也相當可觀。可是，5 月中旬，小蘭芬就有北旋之意。在上海舞臺再三挽留下，繼續演了幾個月。等其義父徐志摩從歐洲歸國後，便於 11 月 19 日離開了上海。小蘭芬為何在聲譽日隆的時候執意要走呢？楚客曾在 5 月 21 日第 354 期《小蘭芬說》一文中忠告過:「小蘭芬不宜在上海多唱，多唱恐怕要把上進的心淡將下來。」為了保持一份「上進的心」，大概正是小蘭芬北返的主要原因。小蘭芬絕對不會想到，她離開上海的那一天，三年後竟成了徐志摩的忌日。徐志摩不在了，陸小曼的物質生活和精神生活都發生了巨大變化，她再也沒有心思捧角了。當然這些都是後話。

陸小曼為什麼要花這麼大的精力捧小蘭芬呢？據鄭正秋在連載 3 月 24 日第 335 期、3 月 30 日第 337 期、4 月 9 日第 340 期上的《新解放的小蘭芬》一文中說，在北京時，陸小曼住在小蘭芬的對鄰，二人時相往來。陸小曼南行時節，小蘭芬病得要死。到上海後，一直沒有得到小蘭芬的消息，以為她已經謝世了。「今年陰曆元旦，小曼女士看見戲單上有小蘭芬名字，不知道是她不是。到上海舞臺看她戲，那知道一遭不見再一遭，夜夜來看，夜夜趕不到，實在她的戲碼太前了。幸虧梅生先生問了林屋山人，才知道確是這個小蘭芬，於是把她找了來。從此替她想法子，天天定座，夜夜捧場，居然引動了觀眾的注意，居然同言菊朋配戲，居然常常有人叫她的好了。」在鄭正秋看來，陸小曼是一個「自求解放而希望婦女們都解放的新人物」，是「憑著平等的觀念，互助的精神，對小蘭芬常表十二分的同情心」。他認為，陸小曼肯下本錢、邀朋友捧一個小小的坤角，其意義十分重大，不僅關乎「捧角的道德」，而且改革了以包銀多少、角兒大小來分戲碼高低的舊慣習，打破了大角兒瞧不起小角兒、不願同小角兒配戲的階級觀念，同時也有利於人才的培植。

回頭看看《請看小蘭芬的三天好戲》，文中確實含有為婦女求解放、為女伶抱不平的意味。陸小曼認為，唱戲是一種極正當的職業，「戲裏的女角兒，非得女人扮演，才能不失自然之致」，「旦角天然是應得女性擔任」。其關於「在五十年以後，我們再也看不見梅蘭芳、程豔秋一等人」的預言，似乎早已兌現了。《上海畫報》主編周瘦鵑在 1928 年 4 月 30 日第 347 期上發表《男扮女不如女扮女》，也說：「男子扮女子，即便扮得盡善盡美，總覺得扭扭揑揑的，有些兒肉麻，遠不如女子扮女子妙造自然，毫不做作。」他認為梅蘭芳、程硯秋、荀慧生、尚小雲這班鬚眉男子，之所以「名利雙收」，成了「一代驕子」，就是「拜了男女不合作之賜」。周瘦鵑是陸小曼的老朋友，在「男扮女」和「女扮女」的問題上，他們二人的看法是完全一致的。

《馬豔雲》載《上海畫報》1928 年 11 月 27 日第 416 期「名女優號（上）」，署陸小曼女士。《請看小蘭芬的三天好戲》當是陸小曼主動寫的，而《馬豔雲》則是《上海畫報》編輯黃梅生約請她寫的。這篇文章不長，也抄錄在下面。

> 挽近女子之以藝事稱者，日有所聞，社會人士亦往往予以獎掖。貧家女子之有才慧者，得以瓊然自秀，光采一時，致可樂也。
>
> 海上自去年以來，名坤伶接踵而至，如容麗娟、新豔秋、雪豔琴皆能獨樹一幟，與男憂競一日之長。北方名秀之外蜚聲於南中而未到者，則有馬豔雲、豔秋姊妹。予知之久，亦愛之深，切盼其早日能來，更為此間歌舞界一放光鮮。梅生先生輯名女優號，囑為述馬氏姊妹生年梗概，因為志略如左。
>
> 豔雲、豔秋皆非科班出身，以家寒素，迨十四五始習藝。先從金少梅配錢〔戲〕，初露面，即秀挺不凡。因復踵名師請益，更出演與琴雪芳同班，京中顧曲界稍稍賞識此髫齡之姊妹。逾年由哈爾濱歸，藝益精進。豔雲更奉瑤卿為師。瑤卿之納女弟子以豔雲為始創。豔秋學譚，致力甚勤，亦豁然開朗，與孟小冬齊名。馬氏姊妹近年來往來平津間，聲譽日隆。豔雲扮相之美，在坤伶中無出其右者。尤以天資聰穎，雖習藝期間不長，而造就之精深，非尋常所可比況。能戲至多，尤以瑤卿親授《兒女英雄傳》《樊江關》諸劇，得心應手，剛健嫵媚，有是多也。

題名《馬豔雲》，文中卻連妹妹馬豔秋的生平梗概也一併敘述了。鄂呂弓在《上海畫報》1928 年 2 月 27 日第 327 期《粉墨雜談》中說，馬氏姊妹「初出演北京，陸小曼及張某二女士捧之最力。其行頭等，泰半由二女士集資置辦」。在北京時，兩姊妹與小蘭芬同搭一班，但南下上海要比小蘭芬晚得多。陸小曼說她對豔雲、豔秋「知之久」「愛之深」，「切盼其早日能來」。3 月 3 日第 328 期「劇訊」云：「坤伶馬豔雲、豔秋姊妹，下月有來滬說。預備歡迎者，有陸小曼女士及袁抱存、梅花館主二君。」「下月」即指 4 月，但從陸小曼文中「北方名秀之外蜚聲於南中而未到者」一語來看，在她寫這篇文章的時候，馬氏姊妹可能還沒有來上海。她倆人雖未到，其戲裝或便裝照片卻早已登上了《上海畫報》。這篇文章在對待坤伶的立場和態度上，與《請看小蘭芬的三天好戲》似有遙相暗合之處。值得一提的是，這是迄今為止所能見到的陸小曼惟一的一篇文言文。

「《語林》附刊小冊甲」及陸小曼佚文〔註 1〕

1944 年 12 月 25 日，《語林》在上海創刊，錢公俠編輯兼發行，上海國光印書局印刷，文匯書報社、五洲書報社總經售。1945 年 6 月 1 日出版第 1 卷第 5 期時，語林社仍有續出第 6 期的計劃。第 5 期「編餘」中說，有多位作者的文章臨時抽出，不及排印，將於下期與讀者見面。第 5 期封底還預告了下期「要目」。但現在所能見到的《語林》僅有 5 期，傳說中的第 6 期可能已「胎死腹中」了。導致《語林》無疾而終的原因，主要是物價上漲、印刷成本太高。早在 1 月 25 日第 2 期出刊的時候，編者就在「後語」中透露了這一信息：「出版物在物價上漲的高潮中，不能不跟著上漲，這是我們引為痛心的；然而即使上漲了，還是難以維持。本刊在左支右絀之中，只有勉強掙扎的分兒。」正因為這樣，第 3 期稽延兩個多月才於 4 月 1 日出版。在又勉強支撐了兩期之後，《語林》終於難以為繼，不得不自動停刊了。

《語林》月刊停辦，語林社卻並未隨即倒灶。1945 年 7 月 10 日，上海《雜誌》月刊第 15 卷第 4 期「文化報導」欄內有一條消息稱：「《語林》因出版成本激增，改出三十二開八頁本，專收袖珍文章，本期有老鳳，何若等短文，每期售二百元，前傳係活頁，不確。又該刊新版第二期有勤孟等小型報作者之文多稿。」這一消息雖不完全可靠，但《語林》改出 32 開 8 頁本、專收袖珍文章和每期售價 200 元，則是符合事實的。所謂 8 頁本新版《語林》，就是指 1945 年 7 月 15 日創辦的「《語林》附刊小冊」，由錢公俠的夫人姚蕙芬編輯，出版者還是署語林社，社址仍舊設在上海靈寶路大陸坊 42 號。語林社將近百頁的

〔註 1〕原載《中國社會科學報》2012 年 2 月 3 日 A08 版《後海》。

月刊改為薄薄的小冊子，其目的「在於打破困難之環境，用最經濟代價，供給趣味讀物。每冊內容，截然不同，讀者可因興趣所在，隨意選購」。

姚蕙芬在《小冊之誕生》中，談到「《語林》附刊小冊」的創辦緣起、編輯理念和運作方式，可以視為新版《語林》的「發刊詞」。全文如下：

> 提起筆來，不想寫堂而皇之的文章。這不是我感到興趣的事。外子錢公俠編《語林》，想以「小巧玲瓏」取勝，然而他還是犯了「堂而皇之」的毛病，那裡能夠做到「小巧玲瓏」的地步？我曾經把這意思對他說，他說「你來試試如何？」我說「我家務都忙不過來，那裡有空編書報呢？不過讓我學一學倒是很高興的」。「那麼這樣吧」，後來他說，「請你編輯一種小冊子，篇幅越少越好，內容越精越好，但求趣味，不唱高調好麼？」
>
> 「可是我時間上來得及嗎？」我問。
>
> 「你編的既非期刊，亦非日報」，他說，「只是一種小叢書而已，對時間就可以不負責任。只要文章好，篇幅夠，就出它一冊，文章不好，篇幅不夠，那怕過一年半載不出也不妨。」
>
> 「這就是了」，我說，「如果文章全好，篇幅過多，一天裏面就印出幾冊來！」
>
> 「那麼你第一冊打算印些什麼呢？」
>
> 「諾，諾，就在你《語林》上借用幾篇，讓『太太打前』，不是很好嗎？」
>
> 這一席話說罷，《語林》小冊便產生了。
>
> 讀者諸君，您一定有好文章願意印出來給大家看看的吧？如果交給我們，我們當盡力設法使它和大家相見。一篇好文章，就可以印成一本小冊子。幾十本小冊子裝訂起來，不就成為一本可讀的書嗎？

新版《語林》第1期為「《語林》附刊小冊甲」，其末頁《編者附言》中說：「各篇字型大小，完全因排版方便而由手民決定，與內容無關。種乙小冊有勤孟之《上海新語府》，及某君所作《拿工錢的男人》，特此預告。」「種乙小冊」即「《語林》附刊小冊乙」，迄今未被發現，大概也是「胎死腹中」了吧。

「《語林》附刊小冊甲」所刊文章只有6篇，除《小冊之誕生》外，另有蘇青《結婚以後》、王淵《觀眾的眼睛》、悠冰《還原記》、姚蕙芬《柳黛娘兒訪問記》和陸小曼《灰色的生活》。《灰色的生活》未被收入三晉出版社 2010 年 6 月版《陸小曼文存》(柴草編),也不見有論者提及,當是一篇佚文,茲過錄於下:

灰色的生活

三晚未曾睡著,今晨開眼就覺得昏頭昏腦的一點精神也沒有。近年來常常失眠,睡不著時常會弄得神經發生變態,難怪我母親當年因失眠而得神經病,因此送命;今天我自身也嘗著這種味道,真是痛苦之極,沒有嘗過的人是絕對不會瞭解的。

以前我最愛寫日記,我覺得一個人每天有不同的動作,兩樣的思想,能每天記下來等幾年後再拿出來看看,自己會忘記是自己寫的,好像看別人寫的小說一般。所以當年我同志摩總是一人記一本。可是自從他過世後,我就從來沒有記一天,因為我感覺到無所可記,心靈麻木,生活刻板,每天除了睡,吃飯,吃煙,再加生病之外,簡直別無一事。十幾年來如一日,我是如同枯木一般,老是一天一天的消沉,連自己都不知道那天才能復活起來。一直到今年交過春,我也好像隨了春的暖意,身體日見健康起來了。已經快半年沒有生過病了,這是十年來第一次的好現象。因此我也好比久困的蛟蛇,身心慢慢的活動起來了,預備等手痛一好就立刻多畫一點畫,多寫一點東西。這幾天常常想拿筆寫,想借筆來一泄十幾年來的憂悶,可是一想起醫生叫我不許寫的話,我就立刻沒有勇氣了。今天我是覺得手已經不大痛了,所以試一試,那知寫了沒有幾個字,手又有點痛起來了。還有想寫的東西只好讓它在心裏再安睡幾天,等我完全好了再請出來吧。我只希望從今天起我可以丟卻以前死灰色的生活而走進光明活潑的環境,再多留下一點不死的東西。

陸小曼曾寫過一篇《隨著日子往前走》,發表在上海《南風》月刊 1939 年 9 月 15 日第 1 卷第 5 期。文章以淒婉的筆調,訴說她病魔纏身、心靈痛苦的「死灰」般的生活狀況。隨著日子往前走了 6 年之後,陸小曼的身體和精神狀態依然如故,但她不甘就此消沉下去,而是希望自己能復活起來,「丟卻以前死灰色的生活而走進光明活潑的環境,再多留下一點不死的東西」。

「《語林》附刊小冊甲」出版的第二天,錢公俠在《大上海報》上發表了一篇《談女作家》的短文。他說:「讀者諸君,我為什麼忽然談起女作家來呢?

因為《語林》小冊表（裏）面，就有幾位女作家的文章。除了蘇王以外，還有陸小曼女士和悠冰女士；在她們的文章裏，可以看出她們的人生。」〔註2〕透過《灰色的生活》，的確可以看出陸小曼的人生，一段在苦痛、憂悶中努力掙扎的人生。

〔註 2〕錢公俠：《談女作家》，上海《大上海報》1945 年 7 月 16 日第 413 號。

又見陸小曼佚文佚簡〔註1〕

《陸小曼文存》（柴草編）由三晉出版社於2009年12月印行後，我陸續找到陸小曼《自述的幾句話》《請看小蘭芬的三天好戲》《馬豔雲》和《灰色的生活》等4篇佚文，這些佚文均已作為附錄收入人民文學出版社2012年9月版《眉軒香影陸小曼》（柴草著）。陸小曼未收集的作品尚有可發掘的空間，前些時，我閱讀民國時期報刊，又見到一文一簡。

一、我的小朋友小蘭芬

小蘭芬是何許人也？她和陸小曼究竟是什麼關係？樹人在《陸小曼與小蘭芬之關係》中說得比較清楚：

> 前晚偕友往新新，遇鄭正秋君，暢談坤伶小蘭芬之身世。據云，小蘭芬在京與陸小曼為比鄰，蘭芬家甚貧，然聰敏倍於恒人，七歲之時，從一周姓者學戲，未一年，而能戲竟至十餘劇。其進步之速，令人咋舌。小曼愛其聰敏，憐其貧，時賙濟之。後蘭芬在開明搭班，未數月，忽大病，臥床月餘，病勢有增無減。是時小曼適由京遷移來滬，遂與蘭芬消息隔絕。去冬，蘭芬膺上海舞臺之聘，來滬獻藝。小曼亦嘗見其名於報端，惟以別蘭芬時，其病狀斷無生理，今之小蘭芬，殆別有一人，故漫不為意。後經多方刺探，始悉此小蘭芬，固即數年前受小曼憐愛之小蘭芬也，於是竭力為之捧場。蘭芬近年之聲譽日隆，微小曼安有此。〔註2〕

〔註1〕原載《書屋》2018年第7期。

〔註2〕樹人：《陸小曼與小蘭芬之關係》，上海《金鋼鑽》1928年4月2日第476號。

陸小曼捧小蘭芬，不僅肯花大本錢，還專門為她寫過兩篇文章。1928 年 4 月 3 日、4 日、5 日，上海舞臺安排小蘭芬演劇三日，第一日《玉堂春》，第二日《南天門》，第三日《六月雪》。陸小曼特地作《請看小蘭芬的三天好戲》〔註 3〕，竭力予以推介。在陸小曼眼裏，小蘭芬既「規矩」，又有「本領」，其「喉音使腔以及念白做派，實在在坤角中已是狠難能的了」。陸小曼直言不諱地替女伶抱不平、討公道，認為唱戲是一種極正當的職業，主張包括旦角在內的女角兒，應由女性來扮演，惟有如此才「不失自然之致」。

在發表《請看小蘭芬的三天好戲》的同一天，陸小曼還在上海《晶報》第 1089 號上發表了一篇《我的小朋友小蘭芬》：

> 我生平就愛看戲，尤其愛看女戲。戲的好壞倒不論，常常從開鑼戲直看到底（近來身體不好，不能坐長了）。也為了這個緣故，我才從琴雪芳的班子裏看到馬豔雲，又從豔雲的班子裏看到蘭芬，也算是一點子小小的因緣，所以有時候是不能不破費些工夫的。蘭芬的身世說起也很可憐（但風塵中的女子，那一個不是可憐，他〔註 4〕的我碰巧知道就是了），他家本來還好的，後〔註 5〕來中落了，窘得很，要不是蘭芬自有主見，決意學戲，他的下落竟許還不如現下。他倒是真聰明，皮簧才唱了一年多。我在京時他唱不滿兩個月就病倒了，我南來後直惦著他，怕他那病不易好，誰想他倒活鮮鮮的到上海來了。我是喜歡他的大派，唱做都走正路，一些都不沾時下坤角的習氣，底子也好，只要有名師指導，一定可以在現在戲界裏分一席地的。

文中所謂小蘭芬身世可憐、有主見、走正路、底子好等，大體與《請看小蘭芬的三天好戲》中所說的意思差不多。

陸小曼為何要力捧小蘭芬？鄭正秋在《新解放的小蘭芬》〔註 6〕一文中認為，她是「憑著平等的觀念，互助的精神，對小蘭芬常表十二分的同情心」。在他看來，陸小曼肯下本錢、邀朋友捧一個小小的坤角，其意義十分重大，不僅關乎「捧角的道德」，而且改革了以包銀多少、角兒大小來分戲碼高低的舊

〔註 3〕陸小曼：《請看小蘭芬的三天好戲》，《上海畫報》1928 年 4 月 3 日第 338 期。

〔註 4〕「他」，原刊文如此。下同。

〔註 5〕「後」，原刊為「從」。

〔註 6〕鄭正秋：《新解放的小蘭芬》，《上海畫報》1928 年 3 月 24 日、3 月 30 日、4 月 9 日第 335 期、第 337 期、第 340 期。

慣習，打破了大角兒瞧不起小角兒、不願同小角兒配戲的階級觀念，同時也有利於人才的培植。

經陸小曼等人力捧，小蘭芬聲譽日隆，戲碼排到了後三齣，在戲界裏分得一席之地〔註 7〕。

二、致《新聞報》編者函

1934 年 5 月 30 日，上海《新聞報》第 14737 號登出一則題為《王賡已恢復自由有赴德留學說》的消息，內中稱：「當『一二八』滬戰時，八十八師獨立旅旅長王賡，因擅離職守，遺誤戎機，由軍事委員會判處徒刑，羈押已久。頃據軍界消息，王得有力者之說項，已恢復自由。……而王自出獄後，即乘輪赴港。惟據另一方面消息，王早出獄，與其眷屬陸小曼赴德留學，以求深造云。」陸小曼看到這則消息後，於 6 月 1 日給《新聞報》編者寫了一封信。此信刊於次日《新聞報》第 14739 號，題作《來函》。全文如下：

> 逕啟者：昨閱五月三十號貴報本埠新聞所載「王賡恢復自由」一則，內云挈眷屬陸小曼赴德云云，完金〔全〕與事實不符。小曼自與王賡離婚之後，蓋已多年不惟，從未見面，即隻字亦未嘗往還，何來眷屬之說？為恐以訛傳訛，用特函請將此信登入更正欄，予以更正為感。
>
> 陸小曼啟　六月一日

關於王賡何以被拘捕、判刑、羈押事，坊間流行的版本大多不確。據南京《軍政公報》1932 年 10 月 31 日第 142 號所載《軍政部判決書》，王賡原係宋子文部稅警總團團長，「一・二八」淞滬事變後，奉令率部援助第 19 路軍抗日作戰，為陸軍第 88 師獨立旅旅長，負責警戒南市龍華北新涇線並死守南市。其旅部駐紮在曹河涇。2 月 27 日上午，王賡接宋子文電話令，赴上海法租界談話，未報得第 19 路總指揮及蔡廷鍇軍長許可，即行離職前往，旋又乘便往美國領事館訪友，行經裏查飯店附近，被日本警察拘捕。因其離去職役期間尚未超過 3 天，終以在戒嚴地域無故離去職役未遂論處。至於其被控洩露軍事秘密部分，經第 19 路總指揮部覆查，並無其事。高等軍法會審後，判處王賡有限徒刑 2 年 6 個月。1962 年，陸小曼曾在《關於王賡》〔註 8〕一文中，據其母

〔註 7〕可參見拙文《陸小曼「捧角」》，《書城》2012 年第 8 期。

〔註 8〕陸小曼：《關於王賡》，《文史資料選輯》第 30 輯，中國政協文史資料委員會 1962 年 9 月編印，第 249～250 頁。

親等親友所言，談到王賡赴美國領事館的原因及被日軍逮捕的經過，或可聊備一說。

王賡出獄後，因腎病復發，遂到德國醫治，實非什麼「赴德留學，以求深造」。陸小曼自 1925 年與王賡離異後，就「從未見面，即隻字亦未嘗往還」。《新聞報》消息稱陸小曼為王賡之「眷屬」，當然是無稽之談。

早在兩年前，滬上報紙在報導王賡被捕事時，就曾涉及陸小曼，說她「仍與王青鳥往還」，「向各方營救王賡」，「與彼重賦同居之雅」〔註 9〕。針對這些捕風捉影的流言蜚語，陸小曼給徐志摩生前好友余大雄寫了一封信，希望他登出來，「以釋群疑」。1932 年 3 月 24 日，這封信以《陸小曼的一封信》為題，發表在余大雄主持的《晶報》上。信中也明確表示她自與王賡離婚後，「至今絕無往來」。

陸小曼借助於報紙媒體發表公開信，固然是為名譽而辯，以免各界誤聽訛傳，但其隱含意圖恐怕是為了與王賡撇清干係，因為王賡事件畢竟太重大了。

〔註 9〕《陸小曼的一封信》，上海《晶報》1932 年 3 月 24 日第 1554 號。

陸小曼手札和啟事〔註 1〕

自 2012 年以來，我先後披露過陸小曼《自述的幾句話》《請看小蘭芬的三天好戲》《馬豔雲》《灰色的生活》《我的小朋友小蘭芬》等文五篇和其致《新聞報》編者函一通〔註 2〕。前不久，又在民國時期上海小報上發現陸小曼一通手札和一則啟事，均未見收入三晉出版社 2009 年 12 月版《陸小曼文存》（柴草編）及其他有關陸小曼的著作。

一、致吳經熊手札

1927 年 2 月 22 日，胡憨珠在上海創辦了一份《煙視報》，由張靜廬、王瀛洲主編，每三日出版一張。同年 6 月 28 日，出完第 43 號後停刊。3 月 29 日，該報第 13 號發表了一篇短文，題為《陸小曼手札》（作者署名「月」）。文中說：「陸小曼，新文學家徐志摩之夫人也。結褵以來，伉儷甚篤。今作寓公於海上，海上之聞人，多相結納焉。小曼長於中西文學，出言尤雋妙絕倫，書牘之類信手拈來，似漫不經意，而極饒風韻。為刊其最近手札如下，亦以見才女吐屬，名下無虛也。」所刊陸小曼手札，係據手跡影印，全文如下：

德生：

摩現在不在家，一忽兒就回來，我們今天不想出去，因為我不大好過，還是請你們二位來我家吃晚飯吧。我們雖沒有電燈，可是

〔註 1〕原載上海《文匯報》2019 年 11 月 18 日第 8 版《筆會》。

〔註 2〕參見拙文：《陸小曼的一次義演和一篇自述》，《書屋》2012 年第 4 期；《陸小曼「捧角」》，《書城》2012 年第 8 期；《「〈語林〉附刊小冊甲」及陸小曼佚文》，《中國社會科學報》2012 年 2 月 3 日 A08 版《後海》；《又見陸小曼佚文佚簡》，《書屋》2018 年第 7 期。

洋臘〔蠟〕也狠 romantic。天天看電燈，難得看洋臘〔蠟〕，不是也狠新奇的嗎？還是快請你們來吧。

小曼

在手札後，作者「月」加了一段按語：「德生為臨事〔時〕法院吳經熊推事之字。德生與志摩友善，故小曼不以常人視之，此則於其字裏行間可以窺知之也。小曼新居花園別墅，電燈尚未裝置就緒，所以有『洋臘〔蠟〕也很 romantic』之句。夫通常一洋臘〔蠟〕耳，小曼乃能涉相於 romantic，可謂新穎矣。至書中『你們二位』云云，其一則《海外繽紛》之作者陳辟邪也。」據此可知，陸小曼的這通手札是寫給時為上海臨時法院推事吳經熊的。吳經熊與徐志摩交情甚篤，早年同學於上海滬江大學，又一同考入天津北洋大學法科預科。1922 年，徐志摩與張幼儀協議離婚，吳經熊是證人之一。1926 年 10 月，徐志摩與陸小曼舉行婚禮，不久由北平南下上海，一度住在吳經熊家。1927 年年初，遷居環龍路花園別墅 11 號（今南昌路 136 弄 11 號）。後來，搬至福熙路（今延安中路）四明村 923 號。作者「月」聲稱，隨文所刊乃陸小曼「最近手札」，可見這通手札當是陸小曼剛入住花園別墅時所寫的。

陸小曼說：「我們今天不想出去，因為我不大好過，還是請你們二位來我家吃晚飯吧。」審其語氣，大概是吳經熊約她們夫婦吃晚飯，陸小曼因「不大好過」「不想出去」，故反過來邀請吳經熊到她家來共進「燭光晚餐」。同時被陸小曼邀請的陳辟邪，是浙江慈谿人，其 40 回社會言情小說《海外繽紛錄》起初連載於上海《商報》，1929 年 11 月由上海卿雲圖書公司出版單行本，曾暢銷一時。

1927 年 3 月 30 日，有人曾以筆名「惰愔賓主」，在上海《小日報》第 232 號上發表了一篇《陸小曼連寫別字》，指出陸小曼致吳經熊手札中將洋蠟的「蠟」字均錯寫成了「臘」。這篇糾錯文是一條難得而有趣的史料，特過錄如下：

第十三號的某報上登了一篇陸小曼女士的手札，看來似乎是陸小曼女士的親筆。我是一個狠知道陸女士過去豔史的人，所以對於女士的手札，特別注意。可是因為這一注意，便發見了一個別字，立刻使我平素景慕陸女士的心理，低減了幾分。陸女士啊，你未免太疏忽了罷。

洋蠟的蠟字，據在下的一孔之見看來，以為偏旁應該用蟲字。

可是陸女士的手札裏，卻寫作臘。這般寫了一個還不算，接著又寫了一個，偏旁都是用的月字。要說是一時筆誤罷，也不會這般湊巧。陸女士啊，你除非根本上否認那篇手札是你寫的，不然，你這一個別字，是無法辯護的了。

毋庸諱言，陸小曼的確愛寫別字，她的日記中的別字更是隨在可見。如其1926年2月13日日記，內中有五處蠟燭之「蠟」，也都寫作「臘」〔註3〕。「平素景慕」陸小曼的「悄悟賓主」，若看到這則日記，不知又作何感想。

二、關於暫停接收畫件的啟事

陸小曼賦性絕穎，多才多藝，能唱戲，工書法，尤擅繪事。她曾拜賀天健為師，習畫山水，「得吳門派三昧」〔註4〕。1936年4月3日至5日，賀天健在寧波同鄉會舉辦「近作展覽會」，「小曼亦以所寫精品二十餘幀，陳列其中，見者均謂精美絕倫」〔註5〕。1940年12月21日至29日，陸小曼與翁瑞午在大新公司四樓東廊聯合舉行國畫展覽（原定展至27日，後應各界來函要求續展兩天），其「所作山水，清逸澹麗」，「慕其名而來參觀者殊夥」〔註6〕。

徐志摩罹難後，陸小曼生活陷入窘境，除賴友朋援手外，主要靠鬻畫賣字自給。她曾屢訂山水畫潤例，並在上海報紙上登載。1941年6月10日，上海《新聞報》第17233號所刊《陸小曼山水潤例》為：

堂　幅　每尺五十元

屏　條　每尺四十元

立軸照堂幅例

紈摺扇　每握五十元

冊　頁　每方尺四十元

手卷及極大極小之件面議

加工重色點景金箋均加倍

墨費一成　潤資先惠

約期取件　劣紙不應

〔註3〕參見柴草：《陸小曼文存》，三晉出版社2009年12月版，第248頁。

〔註4〕《陸小曼女士畫扇》之說明文字，上海《晶報》1932年6月24日第1584號。

〔註5〕奚燕子：《陸小曼學畫賀天健》，上海《金剛鑽》1936年4月4日第2308號。

〔註6〕《翁瑞午陸小曼合作畫展揭幕盛況》，上海《新聞報》1940年12月23日第17074號。

辛巳重訂

收件處　本外埠各大牋扇莊及福熙路福熙坊三十五號本寓

1943 年夏，陸小曼重訂潤例，將潤資做了調整：堂幅每尺五百元，屏條每尺二百元，立軸每尺三百元，紈摺扇每握三百元，冊頁每尺二百元。同時，增加書法項目：「書法照立軸二折算，晉唐小楷加倍。」〔註 7〕這些潤例，或許是陸小曼自訂的亦未可知。準此，則這些潤例當然也可算作陸小曼的佚文。

陸小曼體質嬌弱，多愁善病，常以藥爐為伴，因此每每不能按期向索畫者交卷，有時還不得不暫停收件。1945 年 6 月 11 日、17 日，《海報》（金雄白主事）第 1127 號、第 1133 號連續刊登了一則《陸小曼啟事》，全文如下：

> 曼因手腕酸痛，玆遵醫囑，亟須休養。爰自即日起，暫停收件一個月。所有前接畫件，亦須在一月以後，方可交卷，希　亮察是幸！

失去了徐志摩，在相當長的一段時間內，陸小曼靈魂麻木、心如死灰，「每天只是隨著日子往前走」〔註 8〕。但她又不願就此消沉、墮落下去，而是不斷努力地使自己振作起來，希望自己「多畫一點畫，多寫一點東西」，走出「死灰色的生活」〔註 9〕。可惜，她的身體太不爭氣，不然的話，是會留下更多「不死的東西」。

〔註 7〕《陸小曼山水潤例》，上海《海報》1943 年 8 月 10 日、13 日第 464 號、第 467 號。

〔註 8〕陸小曼：《隨著日子往前走》，上海《南風》1939 年 9 月第 1 卷第 5 期。

〔註 9〕陸小曼：《灰色的生活》，上海《語林》附刊小冊甲 1945 年 7 月 15 日。

附錄一　《上海畫報》中的徐志摩、陸小曼史料〔註1〕

前言

一、《上海畫報》由畢倚虹創辦於 1925 年 6 月 6 日，社址設在上海天津路貴州路口 320 號。1926 年 5 月 15 日畢氏病逝，周瘦鵑接任主編。自 1929 年 1 月 12 日第 431 期起，由錢芥塵主編。始為三日刊，1932 年 2 月改為五日刊。據書目文獻出版社 1981 年 8 月版《全國中文期刊聯合目錄（1833～1949）》（增訂本），該報終刊於 1932 年 12 月 26 日，共出 847 期。1996 年，嘉德拍賣公司「古籍善本拍賣會」曾拍賣一套《上海畫報》，共 858 期，最末一期出版時間為 1933 年 2 月 26 日。因格於條件，惜無緣得見。

二、本編所輯錄有關徐志摩、陸小曼史料信息，皆出自《上海畫報》1926 年 7 月 27 日第 135 期至 1932 年 2 月 20 日第 786 期。

三、本編中所有史料（包括照片、畫作、書法作品等），均按發表時間先後排列。文字史料，或摘錄部分內容，或全文過錄。

四、除繁體改為簡體，異體改為正體，明顯誤植酌予改正外，其餘文字一仍其舊。原刊文均為句讀形式，標點符號係本書作者所加。

1926 年

7 月 27 日（第 135 期）

第二版刊瀟一自北京寄《北京最近一百名人表》，陸小曼列名其上。

〔註 1〕原載《太陽花》2018 年第 2 期、2019 年第 1 期。

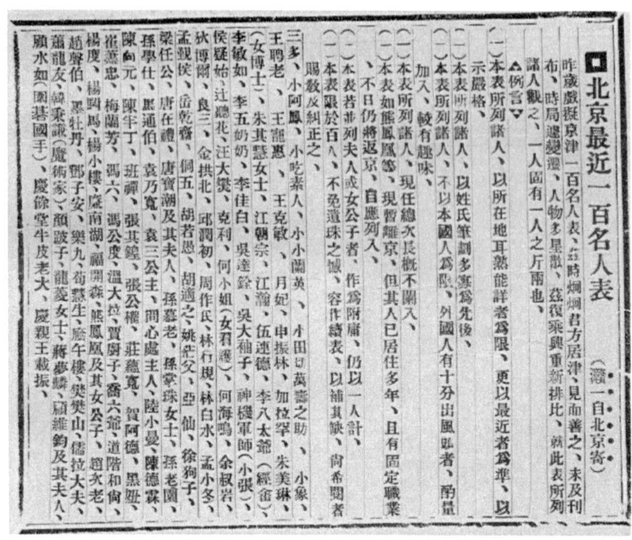

□北京最近一百名人表（瀟一自北京寄）

昨歲戲擬京津一百名人表、茲時炯炯君方居津、見而善之、未及刊布、時局遷變、人物多星散、茲復乘興重新排比、就此表所列諸人觀之、一人固有一人之斤兩也、

△例言▽

（一）本表所列諸人、以所在地耳熟能詳者為限、更以最近者為準、以示嚴格、

（二）本表所列諸人、以姓氏筆劃多寡為先後、

（三）本表所列諸人、不以本國人為限、外國人有十分出風頭者、酌量加入、較有趣味、

（四）本表所列諸人、現任總次長概不闌入、

（五）本表如熊鳳凰等、現暫離京、但其人已居住多年、且有固定職業、不日仍將返京、自應列入、

（六）本表若並列夫人或女公子者、作為附庸、仍以一人計、

（七）本表限於百人、不免遺珠之憾、容作續表、以補其缺、尚希閱者賜教及糾正之、

三多、小阿鳳、小吃素人、小小蘭英、小田切萬壽之助、小象、王聘老、王寵惠、王克敏、月妃、申振林、加拉罕、朱美琳（女博士）、朱其慧女士、江朝宗、江瀚、伍連德、李八太爺（經畬）、李敏如、李五奶奶、李佳白、吳達銓、吳大釉子、神機軍師（小張）、侯疑始、辻聽花、汪大燮、克利、何小姐（女看護）、何海鳴、余叔岩、狄博爾、良三、金拱北、邱潤初、周作民、林行規、林白水、孟小冬、孟覲侯、岳乾齋、侗五、胡若愚、胡適之、姚茫父、亞仙、徐狗子、梁任公、唐在禮、唐寶潮及其夫人、孫慕老、孫掌珠女士、孫老園、孫學仕、黑通伯、袁乃寬、袁三公主、問心處主人、陸小曼、陳德霖、陳向元、陳半丁、班禪、張其鍠、張公權、莊蘊寬、賀阿德、黑姍、崔蕙忠、梅蘭芳、馮六、馮公度、溫大拉、賈廚子、喬六爺、道階和尚、楊度、楊四媽、楊小樓、燕南湖、福開森、熊鳳凰及其女公子、趙次老、趙聲伯、墨牡丹、鄧子安、樂九、荀慧生、瘋午樓、樊樊山、儒拉大夫、蕭龍友、韓秉謙（魔術家）、顏跛子、龍菱女士、蔣夢麟、顧維鈞及其夫人、顧水如（圍碁國手）、慶餘堂牛皮老大、慶親王載振、

10月21日（第165期）

第二版刊金人自京寄《徐志摩再婚記》：

鼎鼎大名自命詩聖的徐志摩先生，是無人不知的，就是沒有見著他的人，也應該讀過他的詩。所以印度太戈爾先生來華，徐先生忙得不亦樂乎，忙到北京，做了《晨報副鐫》的編輯，每日和一班大學教授做做朋友，好不快樂。只是有一樁，美中不足，就是他家庭之中，忽然鬧起離婚問題來，他的夫人一怒跑到德國。有人說還沒有經過正當離婚手續，可是徐先生在京已經有了戀人。你道是誰？也是大名鼎鼎聲震京津的陸小曼女士。陸女士係出名門，是財政部司長陸定先生的小姐，生得玉蔥似的容貌，管謝般的才情，跳舞、英文，全是當行出色。可惜婚姻未曾稱心，嫁了一位無錫軍人王賡（可不是王揖唐先生）。王先生在美國西點（WestPoint）陸軍大學畢業，學問人品也還不錯，只是性情上和陸女士合不攏來。這其間陸女士便打定別締良緣的念頭，正好有一位青年軍人，也是西點大學畢業，也是姓王，幾乎成為事實。這位王先生的「芳呑攀恩」（即自來水筆）上，如今還嵌著女士的肖象，情誼也就不用說了。可惜這位王先生奔走四方，把這件事淡了下來。想不到本月（十月）四日，忽然聽見說陸女士要嫁徐志摩先生了，喜期就是這天。我想陸女士是因為軍人的性格，多少總不免粗豪一點，沒有文學家來得風懷旖旎，更沒有新詩人的澹雅胸襟（什麼皎皎的月光呀，依依的小鳥呀，

多麼有趣)，所以便和徐先生重新結合新家庭，改換改換生活趣味。從此徐先生無妻而有妻，陸女士離夫卻有夫，真是一時佳話，多麼可喜，所以我寫這篇記。

11月3日（第169期）

第二版刊天絲自京寄《徐志摩再婚記補遺》:

徐志摩先生與陸小曼女士結婚，已詳金人君通信。今徐陸新婚旅行，業經抵滬。祝蘭舫出喪之日，有人於大慶裏沿街之窗簷見其儷影焉。或謂行將遠遊，或謂未確。今得前輩天絲先生為金人前記補遺，尤為詳盡，不避明日黄花，亟錄於次。(記者)

徐志摩與陸小曼在北京北海公園董事會結婚，請梁啟超為證婚人。行禮時，梁演說大略謂男女自由離婚，為社會所厭惡，但遇有不得已時，經雙方父母許可，猶可稍為原諒，以後希望永久合作，不可輕易脫離。並對徐志摩說，應負丈夫責任。又對陸小曼說，應遵守婦道，幫助丈夫。最後言婚姻之事不可一而再再而三，視同兒戲，各人應知此種道理。梁之演詞，原擬印刷分送，因徐婉求，遂作罷論。

徐之原配夫人，為北京中行副總裁張公權之女弟，在硤石徐家生有一子一女，大者已六齡，不肯歸於徐氏。而志摩亦要此子女，聞有一信函致張，謂雖已脫離夫婦關係，尚有相當友誼，故此問題至今尚未解決。又聞志摩之父母，亦爭得此張氏所生之小孩，謂余子能不認張氏為妻，但余等仍認為媳，故歸還子女問題，因此益增糾紛。至陸小曼與王賡離婚，確在去年秋間。當時陸要求歸還奩費，王賡曾寫一字據，允撥還洋一萬元。因陸定無子，財產約有三四萬元與女。惟王賡今年任五省聯軍總司令部參謀，近因購買軍械關係，為孫傳芳飭押杭州陸軍監獄，迄未釋出，故一萬元之離婚費，亦未履約歸還。諺有之云：賠了夫人又折兵。其王氏子之謂乎？嘻！

11月15日（第173期）

第三版刊楊清磬作徐志摩、陸小曼肖像漫畫各一幀。徐志摩漫畫像，右書「志摩先生像」，左下署「清磬」。

第三版刊瘦鵑（即周瘦鵑）《花間雅宴記（上）》。文中記曰：「月之十日，老友楊清磬畫師見過，歡然語予曰，今夕天馬會同人設嵩山路韻籟家，歡迎日本大畫家橋本關雪先生……中座一美少年，與一麗人並坐，似夫也婦者，則新詩人徐志摩先生與其新夫人陸小曼女士也。」

11 月 18 日（第 174 期）

第三版刊瘦鵑《花間雅宴記（下）》：

橋本先生雖日人，而與吾國人士至為浹洽，絕無虛偽之氣。席間走筆書示吾輩云：「前身為中國人，自稱東海謫仙，恨今生不生貴國。」時徐志摩先生與先生接席，先生因相徐先生面，謂與彼邦名伶守田勘彌氏絕肖。徐先生則自謂肖馬面。聞者皆笑。先生因又書曰：「山人饒舌。」有進先生以酒者，先生一飲而盡，拈筆書紙上云：「酒場馳驅已久。」其吐屬雅雋如此。前數日，嘗遊虞山，謂虞山之美，令人消化不了。又言虞山趙氏家，有紅豆樹，絕美，云係由錢牧齋拂水山莊舊址分栽者。先生賦詩云：「風流換世癖為因，千里尋花亦比鄰。無恙一株紅豆樹，如今幽賞屬詞人。」宴罷，合攝一影，即魚貫登樓。樓心已陳素紙與畫具以待，韻籟詞史丐先生畫。先生時已半醉，戴中國瓜皮之帽，潑墨畫一馬，駿骨開張，有行空之致，題字作狂草，自署關雪酒徒。繼又為陸小曼女士繪一漁翁，亦蒼老可喜。而彼式歌且舞之老妓竹香，此時已臥於壁座間矣。已而先生倦，遂醒竹香，偕夫人興辭去。徐志摩先生為印度詩聖太谷兒氏詩弟子，有才名。此次攜其新夫人南來度蜜月，暫寓靜安寺路吳博士家。夫人御繡花之襖與粉霞堆絨半臂，以銀鼠為緣，美乃無藝。夫人語予：「聞君亦能畫，有諸？」予遜謝，謂嘗從潘天授先生遊者一月，塗鴉而已。徐先生時與夫人喁喁作軟語，情意如蜜。予問徐先生：「將以何日北上？」徐志摩曰：「尚擬小作勾留，先返硤石故里一行，仍當來滬。顧海上塵囂，君虱處其間，何能為文？」予笑曰：「惟其如此，故吾文卒亦不能工也。」韻籟詞史，年逾三十，而風致娟好，仍如二十許人，性喜風雅，特備一精裱手冊，倩在座諸子題字題畫，以為紀念。海粟首題四字，曰「神韻天籟」，並畫一蘭，並皆佳妙。予不能書，而為小鶼所嬲，漫塗「雅韻欲流」四字，擲筆而遁。夜將午，群謂南市戒嚴，不能歸。予不信，亟驅車行，抵家走筆記之。

11月24日（第176期）

第三版刊漱六山房主人（即張春帆）《陸小曼母夫人曼華女士小史》：

女士姓吳氏，字曼華，小名梅壽，蘇之武進人，為見樓中丞之曾孫女，吾常世族也。生而韶秀曼麗，且聰慧絕倫，妙解音律，笙笛皆其所長，兼工圍棋。詩詞清麗可誦，猶憶其二十歲時所作五律一章，中有一聯曰：「雲蒸江樹白，霞湧海波紅。」人皆激賞之，謂其神似工部。惜記者記憶力甚薄弱，不能背誦其全首矣。當庚子辛丑之交，記者乃與女士同居一宅。吳氏與記者原有戚誼，而女士之行輩甚尊，蓋記者之祖娣也。顧吾家女兄弟四人，皆與女士姊妹有金蘭之誼。同時異性姊妹六人，皆以華為字，女士則六人中之第二，故記者始稱祖娣，繼乃呼女士為二姊矣。女士詩稿，記者嘗改易其一二字，而女士絕世聰明，亦能點竄記者之詩詞也。女士莊重守禮，美名播於戚里之間，旋歸同邑陸氏。陸字靜安（後始易為見山），亦邑中名秀才。女士於歸而後，與靜安倡和甚歡，而為之冰人者，則書家汪太史洵也。

女士出閣之際，記者曾賦詩以餞其行。原稿今已散佚，不可追憶，僅記第二第四之末兩語曰：「陸郎豔福真無偶，珍重瓊枝莫浪猜。」又曰：「班姬才調南陽貌，說與東皇好護持。」亦想見女士之才貌矣。

女士妹名倩華（記者所擬也），甚秀慧，通文字，而不能詩。適無錫嵇氏，嵇文恭之後也。

記者與曼姊之不見者幾二十年矣。民六民七之間，似於中央公園匆匆一見。身後尚隨一幼女，似即今日之陸小曼也。

12月12日（第182期）

第二版刊照片《徐志摩新夫人陸小曼女士》。

□徐志摩新夫人陸小曼女士□

1927年

1月10日（第191期）

第二版刊潛龍自京寄《陸小曼婚史又一頁》：

徐陸訂婚，大受任公教訓，早已傳遍京滬。茲悉當日尚有趙椿年氏為小曼婚事，大受其夫人之申斥。外間絕鮮知者，特再錄之，當不致有明日黄花之誚。陸定（字建三，小曼之父）微時，曾以小曼拜椿年為義父。時趙任財部司長，陸藉此聯絡，意在獵官。小曼聰明伶俐，頗得趙氏夫婦歡。趙膝下猶虛，愛之不啻親女。前年小曼與王賡結婚，趙夫人幫忙最力。此次小曼續嫁，夫人事前並無所聞。椿年則親赴北海，參觀婚禮，因此歸家略晚。夫人詰問何往（按：夫人監視綦嚴，趙之行動，曾無片刻自由。如趙欲閒遊，則將馬車停止於勸業場或青雲閣之後門，囑其守候，己乃出前門，了其私事，歸則以市場搪塞。夫人尚須詳訊車夫，是否確實。趙之苦況有如是者），趙對以今日小曼結婚，前往道賀。夫人嚴詢小曼與誰結婚，趙一一告之。夫人大怒，謂王賡也是小曼自己看中的，現又另婚徐姓，似此不識羞恥，何喜可賀？趙猶強辯他們新人物，離婚視為平常之事。夫人愈怒，甚至擊桌，謂你認她乾女兒，我卻不要，立即吩咐家下人等，嗣後陸小姐來，與我擋駕，不准通報。椿年乃謂吾們望六之人，決不致於離婚，不要因別家之事，傷了吾們夫婦和氣。夫人轉復莞爾，一場風波，遂告結束云。趙夫人精翰墨，工詩詞，亦屬閨閣名秀。此次反對小曼續嫁，殆與任公有同慨也（龍注：篇中白話句，係引用原語，因文言難達也）。

1月21日（第195期）

第二版刊懷怡《美玉婚姻記》。文中說，邵洵美「日前（即陽曆元宵）與盛澤丞氏之女公子佩玉女士行婚禮於卡爾登飯店，一時往賀者冠蓋如雲，其中尤以文藝家居多數。婚後三朝，由新郎之友江小鶼、徐志摩、陸小曼、丁悚、滕固、劉海粟、錢瘦鐵、常玉、王濟遠等發起公份，在靜安寺邵宅歡宴。」

6月6日（第240期，「兩週年紀念號」）

第一版報頭刊照片《陸小曼女士（徐志摩君之夫人）》。

◘陸小曼女士（徐志摩君之夫人）◘

6月9日（第241期）

第二版刊呂弓（即鄂呂弓）《陸小曼女士的青衣》：

我在上期的本報，看見陸小曼女士一張倩影，我想起她兩件軒渠的故事，寫下來供諸君一粲。女士倜儻風流，有周郎癖，天賦珠喉，學豔秋有酷似處。一天在吳經熊博士家相遇，吳夥余為女士操琴，歌《玉堂春》，自搖板起至原板止。女士將「十六歲……」兩句截去，余初則疑女士忘詞，既乃思女士未便啟齒耳。又某夕，為吳博士生日，女史與夏禹颺君對唱《武家坡》，至（旦白）「哎呀苦命的夫啉」一句，女史說至「苦」字忽中斷，乃立於門首探視徐志摩先生的動靜如何。時徐適在外間，眾觀女史之形態，莫不捧腹大笑。徐志摩先生，仿小樓的白口，斯晚歌《連環套》，頗得個中三昧，嗓亦洪亮自然。此一對玉人，同好，又同志，其伉儷間的樂趣，必較常人高勝一籌也。

6月21日（第245期）

第二版刊行雲《名流習歌記：陸小曼女士與江小鶼先生》：

舊劇音節感人之深，不在新劇白話電影表演之下。吾儕陳腐，酷嗜舊劇業已入迷，對於楊小樓、余叔岩、荀慧生之劇，可謂百觀不厭。不謂今之名流、新派人物，若陸小曼女士、江小鶼先生，亦與吾儕有同嗜。舊劇之不能磨滅，其在斯乎！

陸小曼女士旅京之時素喜京劇，近將有「素人演劇」（注一）之舉，乃習歌於王芸芳，聞《武家坡》《汾河灣》均能應付裕如矣。陸女士既習王寶川、柳迎春，不可無薛平貴、薛仁貴以為配。於是江先生乃拈其「羊鬚」（注二）而起曰：「予其承斯乏乎？」乃問字於老伶工陳秀華之門。異日紅氍毹上，以女文學家與男藝術家掀簾而出，吾儕嗜舊劇者，將不顧手掌之痛，為之狂拍也已。（此事聞諸呂弓先生，呂先生事冗，愚乃記之如右。）

注一：「素人演劇」，日本名詞，有客串之意。

注二：江先生蓄新式之鬚，於威廉燕尾、卓別林小髭之外，別創一格，名曰「羊鬚」。

7月12日（第252期）

第二版刊呂弓《婦女慰勞北伐軍之又一幕》：

婦女慰勞北伐軍之遊藝會，定本月十六、十七、十八三日，假南洋大學舉行。其中主要節目，各報咸有披露。月之下旬，尚有京劇表演。斯議倡於陸小曼女士，唐瑛和之。地點在中央影戲院，日期為本月念九日。斯日節目歐陽予倩唱開鑼，聞已得其同意。唐瑛女士將歌崑劇《拾畫叫畫》，現方延一老曲師正誤，扮小生，將來易釵為弁，必能一顯好身手也。小曼女士演雙出，一為崑曲《思凡》，一為與江小鶼先生合演之《汾河灣》。小曼請王芸芳教練，特新制行頭兩襲。此兩日昕夕模腔拍調，犧牲精神實非淺也。

7 月 15 日（第 253 期，「婦女慰勞會遊藝會特刊」）

第一版報頭刊照片《北方交際界名媛領袖陸小曼女士》，梅生（即黃梅生）攝並配文：「小曼女士為徐志摩君之夫人，芳姿秀美，執都門交際界名媛牛耳。擅長中西文學，兼善京劇崑曲。清歌一曲，令人神往。頃任婦女慰勞兵士會委員，並於本月三十在中央大戲院該會開遊藝會時，表演崑曲《思凡》及與名畫家江小鶼君合演《汾河灣》云。」

北方交際界名媛領袖陸小曼女士

第三版刊瘦鵑《藝苑新談》。文中說：「吾友江子小鶼，自法蘭西習美術歸，名動江國。近與胡適之、徐志摩、張宇九、邵洵美諸君，唐瑛、陸小曼二女士，創立一婦女新裝束之公司於靜安寺路愚齋裏口。錫以嘉名，曰雲裳。……公司之西名，擬定為『楊貴妃』，以西方人皆習知之。……唐女士與陸小曼女士現皆任公司董事。」

7 月 21 日（第 255 期）

第三版刊瘦鵑《狂歡別記》。文中記曰：7 月 17 日（星期天）下午，「是日愚應新詩人徐志摩、陸小曼伉儷之邀，飯於其家，醉酒飽德，樂乃無藝」。

7 月 24 日（第 256 期，「中華歌舞大會特刊」）

第二版「小報告」欄中稱：「江小鶼君與陸小曼女士合演《汾河灣》，原定本月三十一日出演。現因天氣關係，改為下月四、五、六三日云。（楓葉）」

7月27日（原刊誤作「第256期」，應為第257期）

第二版刊梅生《清歌曼舞說中華》。文中說：「中華歌舞學校念三日假百星戲院開第二次歌舞大會。愚於晚間十時余偕徐志摩、陸小曼伉儷及江小鶼君同往。至則坐無隙地，幸遇黎錦暉君，方為小曼女士覓得一椅。」「李瓔女士為觀眾最注意之一人……小曼女士亦盛讚李女士，謂如專習舞蹈，將來必大有造就。」「十二時演畢，愚與志摩伉儷、小鶼、瘦鵑諸公同往化裝室，為黎女士介紹。小曼女士與黎女士相見甚歡，蓋黎女士久耳小曼女士盛名，小曼女士亦數於銀幕上得見黎女士之藝術，彼此欽羨已久。宜其一經把晤，即歡若生平也。」

第二版「小報告」欄中稱：「婦女慰勞會於下月四、五日演劇二日，四日為《少奶奶的扇子》，五日為崑曲京劇。並由徐志摩、江小鶼及本報黃梅生合編特刊一巨冊，內刊各夫人、名媛便裝、戲裝照片數十幀，附以美麗之畫及戲辭。用銅版紙彩色印，精雅絕倫。」

第三版刊瘦鵑《詩人之家》：

> 愚之識詩人徐志摩先生與其夫人陸小曼女士也，乃在去春江小鶼、劉海粟諸名畫家歡迎日本畫伯橋本關雪氏席上。席設於名倡韻籟之家，花枝照眼，逸興湍飛。酒半酣，有歌嗚嗚而婆娑起舞者。當時情景，至今憶之。而徐家伉儷之和易可親，猶耿耿不能忘焉。別後倏忽經年，牽於人事，迄未握晤。婦女慰勞會開幕之前一日，老友黃子梅生來，謂「徐先生頗念君，明午邀君飯於其家」。愚已久闊思殷，聞訊欣然。翌午，遂往訪之於環龍路花園別墅十一號。繁花入戶，好風在闥，書卷縱橫几席間，真詩人之家也。
>
> 徐夫人御碎花絳紗之衣，倚坐門次一安樂椅中。徐先生坐其側，方與梅生槊談，見愚入，起而相迓，和易之態，如春風之風人也。
>
> 徐先生呼夫人曰曼，夫人則呼徐先生曰大大。坐起每相共，若不忍須臾離者。連理之枝，比翼之鳥，同功之繭，蓋彷彿似之矣。
>
> 徐先生出其詩集《志摩的詩》一帙見貽，親題其端曰：「瘦鵑先生指正，徐志摩。」集以白連史紙聚珍版印，古雅絕倫。愚謝而受之。詩凡五十五首，俱清逸可誦，而悲天憫人之意，亦時復流露於行墨間。茲錄其《月下雷峰影片》一首云：「我送你一個雷峰塔影，滿天稠密的黑雲與白雲；我送你一個雷峰塔頂，明月瀉影在眠熟的

波心。深深的黑夜，依依的塔影，團團的月彩，纖纖的波鱗——假如你我蕩一支無遮的小艇，假如你我創一個完全的夢境！」愚於月下雷峰，固嘗作一度之欣賞者，覺此詩頗能曲寫其妙，而亦可為雷峰圮後之一紀念也。徐先生嘗留學於英國之劍橋大學，又嘗與英國大小說家哈苔氏、印度詩聖太谷兒氏相往還，於文學身有根柢，詩特其緒餘而已。夫人工英法語言，亦能文章，新譯《海市蜃樓》劇本，將由新月書店出版。自謂在女學生時代即喜讀愚小說，頗欲一讀愚所編之《紫羅蘭》半月刊云。室中一圓桌，為吾輩噉飯之所。桌低而椅略高，徐先生因以方凳側置於地，而加以錦墊，坐之良適。菜六七簋，皆自製，清潔可口。飯以黃米煮，亦絕糯。飯之前，徐先生出櫻桃酒相餉，盛以高腳晶杯。三杯三色，一紅，一碧，一紫。知愚之篤好紫羅蘭也，因以紫杯進。酒至猩紅如櫻實，味之甚甘。盡兩杯，無難色。徐夫人不能飲，亦不進飯，第啖饅首二，繼以粥一甌。會吳我尊君來，因同飯焉。

飯罷，復出冰瓜相餉，涼沁心脾。徐先生出示故林宗孟（長民）先生書扇及遺墨多種。書法高雅，脫盡煙火氣。又某女士畫梅小手卷一，亦遒逸可喜。卷末有梁任公先生題詩及當代諸名流書畫小品，彌足珍貴。又古箋一合，凡數十種，古色古香，翢彪手眼間。摩挲一過，愛不忍釋焉。

梅生偶言聞人某先生，懼內如陳季常，夫人有所面命，輒為發抖。徐先生曰：「此不足異，吾固亦時時發抖者。」語次，目夫人，夫人微笑。已而徐先生有友人某君來，徐先生欲作竹林遊，擬與某君偕去，請之夫人，謂請假三小時足矣。夫人立曰：「不可！子敢往者，吾將使子發抖。」徐先生笑應之，卒不往。

月之五夕，徐夫人將為婦女慰勞會一盡義務，登臺串崑曲《思凡》，並與江子小鶼合演《汾河灣》。想仙韶法曲，偶落人間，必能令吾人一娛視聽也。

閒談至三時許，愚乃起謝主人主婦，與梅生偕出。此詩人之家，遂又留一深刻之印象於吾心坎中矣。

8月3日（第259期，「婦女慰勞前敵兵士會特刊」）

第一版報頭刊照片《婦女慰勞會劇藝主幹陸小曼女士》，光藝攝。

第一版刊上海婦女慰勞會劇藝大會節目單，其中 8 月 5 日，陸小曼演《思凡》，江小鶼、陸小曼、李小虞合串《汾河灣》。

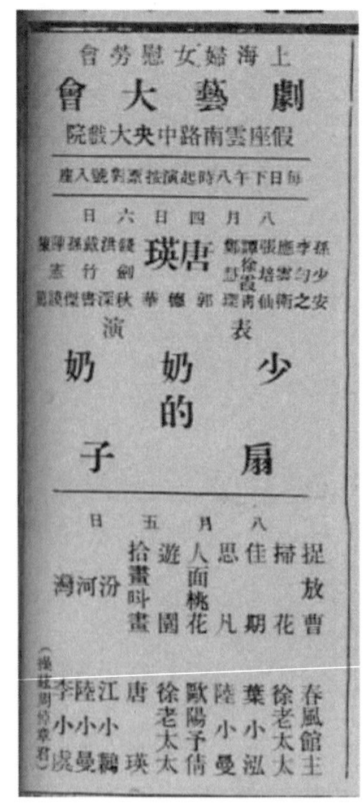

上海婦女慰勞會

劇藝大會

假座雲南路中央大戲院

每日下午八時起演按票對號入座

八月四日六日

唐瑛 [illegible] 表演

少奶奶的扇子

八月五日

捉放曹　春風館主

掃花　徐老太太

佳期　葉小泓

思凡　陸小曼

人面桃花　歐陽予倩

遊園　徐老太太

拾畫叫畫　唐瑛

汾河灣　江小鶼　陸小曼　李小虎

第二版刊照片《呼出畫中人唐瑛、陸小曼二女士之滑稽〈叫畫〉》，梅生攝。

呼出畫中人 唐瑛陸小曼二女士之滑稽叫畫（梅生攝）

第二版刊呂弓《說〈汾河灣〉》：

轟傳已久之三小《汾河灣》，定於月之五日出演中央戲院矣。茲將串演之三小略述如下。

陸小曼女士以名媛閨秀，扮幽嫻貞靜之柳迎春，可謂體合材符。按女士之昆亂，咸得名師之指正。前在京演《鬧學》，活潑玲瓏，大得觀眾讚賞。今次因慰勞北伐，不避溽暑，演《汾河灣》，唱作身段，靡不研究精到，想開演時定博得熱烈之歡迎也。

江小鶼君飾薛仁貴。江本美術家，處處從藝術上琢磨。日前周梓章君操琴為之弔嗓。聆其行腔，循守大路，嗓音亦玲玲動聽。日昨在光藝攝取戲裝小影數楨，扮相瀟灑不群。與小曼女士搭配，謂其相得益彰，誰曰不宜？

第三版刊戲裝照《〈思凡〉表演者陸小曼女士》。

「思凡」表演者陸小曼女士

第三版刊戲裝照《陸曼女士、江小鶼先生合演之〈汾河灣〉》。

第四版刊炯炯《〈汾河灣〉之舞臺趣史》。文中說：「《汾河灣》這齣戲，本來並不紅。從前北京往往排在開臺前三出戲，後來被譚鑫培唱紅了，便成了時髦戲，和劉鴻聲唱紅了《斬黃袍》差不多。現在得小曼女士、小鶼先生一唱，要格外紅了。從此上海士女，無人不知『兒的父投軍無音信』，和『家住絳州縣龍門』了。」「小曼女士是士女班頭，小鶼先生是藝林魁首。我們不敢拿珠聯璧合一類評戲的老調來恭維他，我們希望他有一二趣事，傳為佳話。」

第四版刊《記唐陸錢三女士》。文中記曰：「陸女士是詩人的夫人，所以也做得很好的詩。平日最愛研究文學和戲劇，曾譯一部《海市蜃樓》（不日由新月書店印行）。在譯著餘暇，喜歡唱京戲，學青衣，宗程豔秋，歌喉很好。近來更專習崑曲，能戲已不少。本月五日表演《思凡》和《汾河灣》，在婦女慰勞會中。」8 月 6 日（第 260 期）

第三版刊照片《陸小曼女士新裝》，署「雲裳公司制」。

第三版刊瘦鵑《唐瑛女士訪問記》。文中記曰：7 月 30 日下午，唐瑛電約黃梅生拍戲裝照。「是時女士之崑劇教師殷震賢君來，因指示身段，連攝數楨。既畢，則與小曼女士合攝一遊戲之影。女士去其藍袍，著古裝之襯衣，立於幾次。小曼女士中坐，冠柳夢梅之藍袍，而仍衣其淺湖色旗衫。此不倫不類之半古裝，彌覺滑稽可笑也。」「攝影既罷，復入客室。愚出檀香素箋，請二女士簽名其上。小曼女士仿作隸書，頗工整。」「六時，小曼女士欲歸，愚與梅生亦興辭。小曼女士邀過其家，因與同車而去。」

8 月 9 日（第 261 期）

第三版刊《陸小曼女士之法書》，所書為宋代朱敦儒《卜算子（古澗一枝梅）》：「古澗一枝梅，免被園林鎖。路遠山深不怕寒，似共春相�。幽思有誰知，托契都難可。獨自風流獨自香，明月來尋我。」落款為「梅生先生小曼學書」。

古澗一枝梅，免被園林鎖。路
遠山深不怕寒，似共春相趓。
幽思有誰知，託契都難可。
獨自風流獨自香，明月來
尋我。 梅生先生 小曼學書
□陸小曼女士之法書□

第三版刊瘦鵑《紅氍三夕記》，其中有兩節專記陸小曼和徐志摩：

> 力疾從公之陸小曼　陸小曼女士近頗多病，五日復病喉，顧仍力疾登臺，表演崑劇《思凡》，與京劇《汾河灣》。其勇毅之氣，殆不在北伐諸將士下。《思凡》戲裝，由江子小鶼繪圖特製，以澹雅勝。身段活潑潑地，真有珠走玉盤之妙。唱白亦殊動聽，授之者，蓋崑劇名家徐太夫人也。《汾河灣》與小鶼、小虞合演，功力悉敵。小虞年十三，穎慧可喜，為名律師李祖虞君令子，串薛丁山，不負丁山

矣。小鶼唱白，頗可玩味。髯口嘗一度脫落，其固有之羊髯，乃脫穎而出，殊令人忍俊不禁焉。

《玉堂春》中之詩人《玉堂春》中未嘗有詩人也。所謂詩人者，蓋指戲串解差之徐志摩君耳。君粉抹其鼻，御甕韈如故，跣花紫足趿鞋，衣一布之衣，厥狀絕滑稽。小曼女士見之大笑，幾不復識其所愛之大大矣（按：愚曾倩志摩釋大大，大者，英語大靈。親愛者，Darling 也。疊呼大大者，以示親愛之至也。附至於此，以報林屋先生）登臺跪公案前，訴其連日籌備劇事主持前臺之苦，累累如貫珠，聞者鼓掌不絕。歐陽予倩君自寧來，豐腴勝昔，與愚道寧事甚詳。是夕串蘇三，遊刃有餘，不媿斫輪老手也。

第四版刊呂弓《慰勞會之趣見聞》，其中有兩節涉及徐志摩、陸小曼：

玉堂春之臨時的法院予倩於斯日之早車始由寧趕到，所有配角，咸未及預備。除藍袍為自己帶來外，其餘如紅袍、小生及院子皆臨時現抓，徐志摩君且為配飾崇公道。其法庭組織，既無大帳，又無龍套半個，故予倩歌至「兩旁的刀斧手」時，余與舍予適立臺下沿口，遂為之來一呼喝，以壯聲勢。又某君謂如此公堂，實太簡單。紅焦曰：「是亦臨時的法院也。」

陸小曼之否認戴眼鏡《汾河灣》未上場前，小鶼在後臺與小曼曰，劇中有柳氏問：「你問這穿鞋的人兒麼？」仁貴應答：「我不問這穿鞋的，難道問穿靴子的麼？」小鶼擬改為「……難道問戴眼鏡子的麼？」（指志摩）小曼極力反對，故在場上並未更改，只有余在後臺得悉耳。

第四版刊炯炯《婦女慰勞會劇藝拾零》。文中說：「徐志摩先生貼《玉堂春》，人咸疑其非飾王金龍，即飾劉臬司，孰意飾解差崇公道，滑稽突梯，全場鼓掌。當堂開枷後，徐仍侍立。院子不能忍，乃令下去。徐鞠躬而退，臺步亦有詩人風焉。」又，唐瑛主演《少奶奶的扇子》，「小曼女士尊人陸見山（定）先生，為老民黨，曾以是獲罪於袁項城。愚於北京朱炎之、福開森二先生座間，數度遊　遇之。是夕偕夫人蒞止，氣宇雍容。愚以不敢擾其觀劇雅興，未趨談也。」

8 月 12 日（第 262 期）

第二版刊林屋山人（即步翔棻）《女客串詩》：

七月八日，徐夫人（徐幼蓀母）、唐女士（瑛）、陸女士（小曼）串歌於大戲院，因集唐句為詩云。

樓前百戲競爭新，願得乘槎一問津。

此曲只應天上有，兩頭娘子拜夫人。

第二版刊《王濟遠先生之速寫畫》，畫面左上方書「志摩與予倩合串玉堂春時速寫」。

□王濟遠先生之速寫畫□

第三版刊丹翁《如夢令．題陸小曼女士新裝小象》：

雲裳爾許麗都，華容月下誰如。晚裝樓十里，甚簾敢卷真珠。仙乎？仙乎？一時瑜亮唐家（讀若姑）。

第三版刊《雲裳公司發起人徐志摩陸小曼伉儷合影》，梅生攝。

□雲裳公司發起人徐志摩陸小曼伉儷合影□

第三版刊陸小曼與江小鶼等人合影，梅生攝並配文：「立桌上者朱彩蘋女士，舉杯而笑者陸小曼女士，立朱女士後舉杯者江小鶼君，臂旁即唐瑛女士。」

8月15日（第263期）

第三版刊瘦鵑《雲裳碎錦錄》：

雲裳公司者，唐瑛、陸小曼、徐志摩、宋春舫、江小鶼、張宇九諸君創辦之新式女衣肆也。開幕情形，愚已記之《申報》。茲復摭拾連日見聞所得，瑣記如下。

（中略）

名婦人之光顧張嘯林夫人、杜月笙夫人、范回春夫人、王茂亭夫人，皆上海名婦人也。日者光顧雲裳，參觀一切新裝束，頗加稱許。時唐瑛、陸小曼二女士適在公司中，因親出招待，各訂購一衣而去。他日苟有人見諸夫人新妝燦燦，現身於交際場中者，須知為雲裳出品也。

（中略）

不懂事之董事開幕後三日，曾開一股東會於花園咖啡店，推定董事。唐瑛女士兼二職，除任董事外，又與徐志摩君同任常務董事，與陸小曼女士同任特別顧問。宋春舫君任董事長，譚雅聲夫人則以董事而兼藝術顧問。愚與陳子小蝶，亦被推為董事。固辭不獲，顧愚實不懂事，殊無以董其事也。藝術顧問凡十餘人，胡適之博士、鄭毓秀博士均與其列云。

8 月 18 日（第 264 期）

「介紹新書」欄對詹姆士・司芬士原著、徐志摩與沈性仁合譯《瑪麗・瑪麗》作了介紹：「《瑪麗・瑪麗》，長篇小說，為徐志摩、沈性仁女士合譯，約八萬餘言，並有徐君序文一篇。實價六角。」《瑪麗・瑪麗》，1927 年 8 月由新月書店初版。

8 月 24 日（第 266 期）

第三版刊《雲裳股東周信芳（麒麟童）、王芸芳合影》，署「徐志摩先生攝」。

10 月 3 日（第 279 期）

第三版刊瘦鵑《記李唐之婚》。文中記曰，10 月 1 日，李祖法與唐棣華（瑛）在上海蘇州路天安堂舉行婚禮，來賓有徐志摩、陸小曼、胡適、江小鶼等。

10 月 10 日（第 281 期，「國慶紀念美術號」）

第三版刊陸小曼便裝照《光華大學教授徐志摩先生之夫人》，梅生攝。

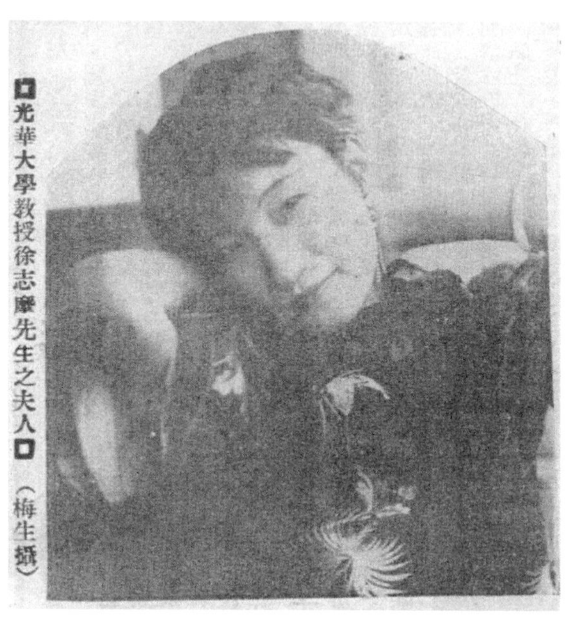

10月30日（第288期）

第三版刊瘦鵑《曼華小志》：

曼華者，謂名媛陸小曼女士與唐棣華（瑛）女士也。日前晤兩女士，得諗近況，有可記者，因並志之。

二十五日午後，自卡爾登觀《美女如雲》新片出，將赴雪園參與雲裳公司董事會茶會。忽見一姝行於前，背影婀娜，似曾相識。而姝已瞥見愚，遽展笑相招呼，則赫然唐瑛女士也。問得毋往雪園，應曰然，因偕行。愚曰：「此次蜜月旅行，曾至北京否？」曰：「否，但小住大連與青島而已。兼旬未見，君相吾貌，亦較豐腴乎？」愚笑曰：「豐腴多矣！想見蜜月中於飛之樂。」女士嫣然無語。愚又進而問旅中情形。曰：「此行以神戶丸往，以大連丸歸。兩舟並皆閎麗，而以大連丸為勝，坐之良適。遊跡所及，則於大連青島外，又嘗一至旅順。以風景言，端推大連。所居逆旅，為日人所設，幽雅絕倫。門臨碧海，風帆沙鷗，皆可入畫焉。」愚曰：「女士此遊，似皆作舟行，亦嘗以車否？」女士曰：「嘗一度登南滿鐵道之火車，路政之佳，得未曾有。惟頭等車中，別無乘客，稍苦寂寞耳。」愚笑曰：「女士有侍從武官在，跬步不離，豈復有寂寞之苦哉？」女士笑而不答。是日與會者有譚甘金翠女士，宋春舫、徐志摩、張禹九、江小鶼、張學文、陳小蝶諸子。相與調詼，女士不以為忤。已而討論及於稱呼問題，多以驟呼太太為不便。女士笑顧愚曰：「頃在街中見君，曾兩呼周先生，而君不吾應，何也？」愚曰：「無他，徒以呼唐小姐則不稱，呼李太太則不慣耳。」女士曰：「然則仍唐小姐呼吾可矣。」眾皆不謂然，大約兩稱將並用云。

是夕，與小鶼、小蝶飯於志摩家。肴核俱自製，腴美可口。久不見小曼女士矣。容姿似少清臒，蓋以體弱，常為二豎所侵也。女士不善飯，獨嗜米麵，和以菌油，食之而甘。愚與鶼蝶，亦各盡一小甌。座有翁瑞午君，為崑劇中名旦，兼擅推拿之術。女士每病發，輒就治焉。餐罷，小鶼就壁間出一油畫巨幅相示，則女士畫像也。面目宛然，栩栩欲活。雖未完工，神形已頗逼肖。連日方在趕畫中，聞將作天馬展覽會出品云。已而唐瑛女士來，蓋踐小曼之約，談天馬會表演劇藝事，擬與小曼、小鶼、梅生合串《販馬記》。小鶼請小蝶亦加入，或將一串劇中之縣官，於紅氍毹上，現宰官身焉。小曼意獨未饜，堅㸒棣華合串崑劇《遊園驚夢》，曼生而華旦，脫成事實，誠可謂珠聯璧合矣。居頃之，俞振飛君至，為小曼、小鶼說《販馬記》，唱白均宛轉動聽。二小得此名師，造詣可知。聞袁抱存、丁慕琴二兄，亦將表演京劇，同襄盛事。他日天馬會開，人才薈萃，度必有以饜吾人之觀聽也。

11 月 3 日（第 289 期）

第三版「小報告」欄中稱：「陸小曼女士因病，唐瑛女士因忙，對於各處來請串戲者，皆婉辭，且有在天馬劇藝會演劇後，不再在他處出演之表示（因天馬會在數日前預請）。報載陸女士將在某處演劇云云，實無此事云。」

11 月 24 日（第 296 期）

第二版刊吉孚（即楊吉孚）《天馬會演劇預記》。文中記曰：「天馬會八屆美術展覽凡七日，觀眾數千，莫不讚賞。近擬演劇籌款，經營基本會所……陸小曼、翁瑞午《玉堂春》……陸小曼、江小鶼《販馬記》……程君〔註 2〕係戲劇家余上沅先生得意高足之一……此次小鶼慕其能，經余上沅、徐志摩二先生之介，得程為助，誠天馬會之幸也。」

〔註 2〕指程義坤。

12 月 3 日（第 299 期）

第二版眉頁首《天馬會劇藝會節目》。「第一日劇目」中有楊清磐、翁瑞午、陸小曼、江小鵝、徐志摩、丁慕琴合演《玉堂春》。

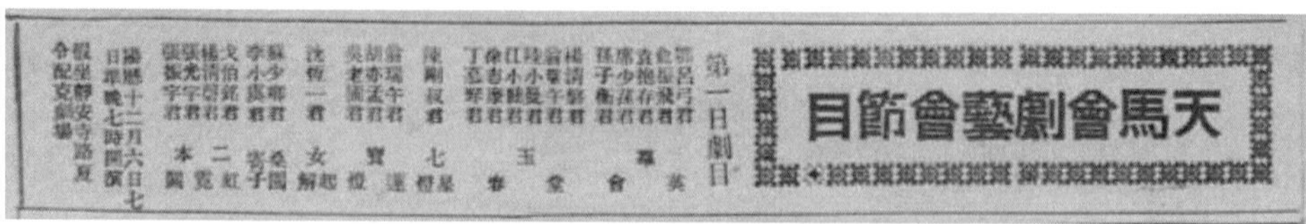

天馬會劇藝會節目

第一日劇目

12 月 6 日（第 300 期）

第一版報頭便裝照《天馬劇藝會中之陸小曼女士》，光藝攝。

▣天馬劇藝會中之陸小曼女士▣（光藝攝）

第二版刊楊清磐《想像》，係楊氏為蘇少卿、張光宇、徐志摩和江小鵝所作戲裝漫畫像。畫上方依次書「少卿之寄子」「光宇之虹霓關」「志摩之玉堂春」和「小鵝之販馬記」，右側署「清磐戲作」。

▣想像▣名畫師楊清磐作▣

12 月 9 日（第 301 期）

第二版刊空我（即余空我）《天馬觀劇記（上）》。文中記曰：「次為《玉堂春》，藍袍江小鶼，紅袍徐志摩，巡按翁瑞午，共審一陸小曼。二司舉動，令人發噱。翁之巡按，念做俱佳。陸之玉堂春，歌喉甚耐聽，唱能兼納梅荀程尚諸家之長，似蕪而不覺其蔓，無怪彩聲不輟也。惟梳妝照鏡流水，轉得太快，板槽似未能圓勻耳。」

12 月 15 日（第 303 期，「海粟畫展特刊」）

第二版刊瘦鵑《天馬劇藝會瑣記（下）》。文中記曰：「是夕司法界名人如王寵惠、魏道明二博士與鄭毓秀女博士俱戾止。鄭女博士與陸小曼女士為素識，特探之後臺。會玉堂春將登場，因親為化裝，塗脂抹粉，有若內家，小曼稱謝不已。化裝既畢，款款登場，一聲『苦呀』，已博得彩聲不少。衣飾鐐枷之屬，均極精麗。長跪公案前時，承以雲裳錦墊。此女罪犯，可謂大闊特闊矣。唱白之佳，亦不亞於老斫輪手。獨鶴小蝶，稱賞不已。醫生本定丁慕琴，而慕琴面嫩，不敢登臺，卒由光宇承乏。為王公子診脈時，謂此病不必吃藥，應施以推拿之術。蓋扮演王公子之翁瑞午君，為推拿名醫，故調之也。凡識翁者，僉為失笑。」

第三版刊徐志摩文《海粟的畫》。

> 海粟是一個有玄學思想的畫家。從道德經經過邵康節到「天遊主義」，或是從「天遊主義」到邵康節再到道德經——這是海翁在他的玄學海裏旅程的一個概況。本來作「文人畫」的作家是脫離不了玄學思想的，不論是道佛或是別的什麼；海翁無非是格外明顯的一個例。這部分思想的淵源發見在他的作品裏是一種特殊的氣象，這究竟是什麼？頗不易用一二個狀詞來概括，至少我覺得難，但無論如何我們不能否認他確能在他的畫裏表現一種他所獨有的品性或風格。一個畫家的思想的傾向往往在他的作品的題材裏流露消息。有的人許不願意把思想一類字眼和畫家放在一起，彷彿一個畫家就不該有或不必有什麼思想似的，我理會得這個道理，但是我現在不能申辯，我只能求你們把思想這字眼放寬一點看，只當它是可與性情乃至態度一類字眼幾乎可相通用的。海粟每回提起筆來作畫的時候（我這裏是說他的國畫）在他想像中最浮現的是什麼一類境界，在他內心裏要求表現的是什麼？（容我斗膽來一個心理的揣詳。）最

現成的是大山嶺，海，波瀾，瀑布，老松，枯木，寒林；要是鳥，那就是白鳳，再不然就是大鵬，「其翼若垂天之雲，背負青天而莫之夭閼者」；要是花（他絕少畫花），那就是曼陀羅花，或是別的什麼產自神仙出處的奇葩。我們這裏要問的是他要表現的是什麼，是這些山水花鳥的本體，還是他借用這些形體來表現他潛伏在內心裏的概念？我的拙見是他要寫的是「意」，不是體。他寫山海是為它們的大，波瀾為它們的壯闊，泉為它們的神秘，枯木為它們的蒼勁。尤其是「大」的一個概念在海粟是無處不活躍的；從新心理學說來，這幾字是一種 Complex 是。因此在他成功的時候他的形象輪廓不止是形象輪廓；同時在他失敗的時候他的形象輪廓〔廓〕不夠是形象輪廓。他的畫，至少他的國畫，確乎是東方一部分玄學思想的繪事的表現。

我們再從他愛好的作家裏探得消息。意識的或非意識的，海粟自己賞鑒的標準也只是一個：偉大。不嫌粗，不嫌野，他只求大。「大」是他崇拜的英雄們的一個共性。在西方他覓得了密伶朗其羅，羅丹，塞尚，梵高；在東方他傾倒八大，石濤。這不是偶然的好惡，這是個人性情自然的嚮往。因緣是前定的；有他的性情才有他的發見，因他的發見更確定了他的性情。

所以從他的崇仰及他自己的作品裏我們看出海粟一生精神的趨向。他是一個有體魄有力量的人，他並且有時也能把他天賦的體魄和力量著實的按捺到他的作品裏。我們不能否認他的胸襟的寬擴，他的意境的開展，他的筆致的道勁。你盡可以不喜歡他的作品，你盡可以從各方面批評他的作品，但在現代作家中你不能忽略他的獨佔的地位。他是在那裏，不論是粗是細。他不僅是那裏，他並且強迫你的注意。尤其在這人材荒歉的年生，我們不能不在這樣一位天賦獨厚的作者身上安放我們絕望中的希望。吳倉老已經作古，我們生在這時代的不由的更覺得孤寂了，海粟更應得如何自勉！自信力是一切事業的一個根腳；海粟有的是自信力。但同時海粟還得用謙卑的精神來體會藝術的真際，山外有山，海外有海，身上本來長有翅膀的何苦屈伏在卑瑣的地面上消磨有限的光陰？海粟是已經決定出國去幾年，我們可以預期像他這樣有準備的去探寶山，決不會得空手歸來，我們在這裏等候著消息！這次的展覽是他去國前的一個結束，關心藝術的不可錯過這認識海粟的一個唯一機會。

12 月 24 日（第 306 期，「婦女慰勞傷病軍士會特刊」）

第三版刊《陸小曼女士之畫》。畫中題句「葉亂裁箋綠，花宜插鬢紅。蠟珠攢作蒂，緗彩剪成叢」，錄自唐溫庭筠五律詩《海榴》。

陸小曼女士之畫

第三版刊照片《陸小曼女士》，梅生攝並配文：「小曼女士昆亂俱精，曾觀女士表演者，無不傾倒備至。各界舉行劇藝會時，必來相邀。惟女士身弱多病，不能時時登臺，現其色相，可謂憾事。自天馬會一度表演後，即受醫生之囑，須靜養年餘，故有不再演劇之意。此次因鄭毓秀、蔡孑民二博士再三邀請。蔡先生並親訪徐志摩君尊人，以陸女士加入表演相要求。小曼女士因不得已，只得允諾，但自此次後，決不再演矣。仰慕女士風采劇藝者，不可失此最後瞻仰女士之好機會。女士雅擅繪事，惟不肯輕易揮毫。刻因愚之請，為本期特刊繪一幀，殊可珍貴也。」

陸小曼女士（梅生攝）

第四版刊《中華婦女慰勞傷病軍士會假座共舞臺演劇節目》，其中《玉堂春》由江小鶼、陸小曼、「六桂室主」和「海谷先生」合演。「六桂室主」即翁瑞午。「海谷先生」即徐志摩，徐志摩曾以「海谷」或「海穀子」為筆名發表過好幾首詩作。

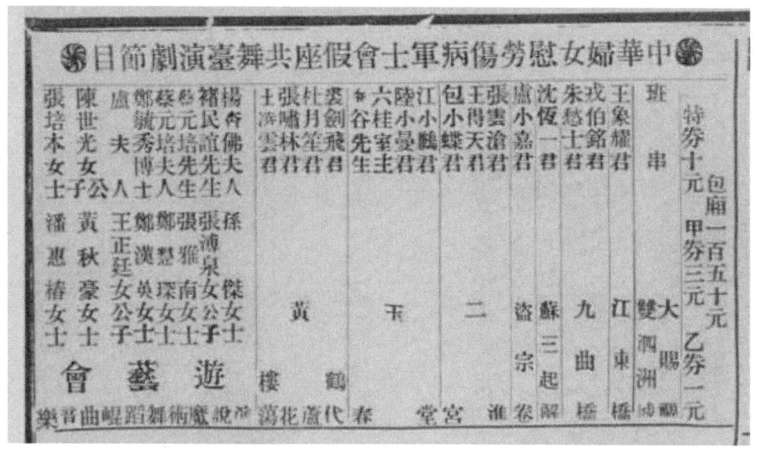

中華婦女慰勞傷病軍士會假座共舞臺演劇節目

包廂一百五十元 特券十元 甲券三元 乙券一元

班串 大賜福 雙泗洲城

王象耀君 江東橋

戎伯銘君 朱懋士君 九曲橋

沈仮一君 蘇三起解

盧小嘉君 盜宗卷

張雲滄君 王得天君 包小蝶君 二進宮

江小鶼君 陸小曼君 六桂室主 海谷先生 玉堂春

裘劍飛君 杜月笙君 張嘯林君 士濟雲君 黃鶴樓 代蘆花蕩

遊藝會

楊杏佛夫人 褚民誼先生 蔡元培先生 蔡元培夫人 鄭毓秀博士 盧夫人 陳世光女公子 張培本女士

孫傑女士 張溥泉女公子 張雅南女士 鄭慧琛女士 鄭漢英女士 王正廷女公子 黃秋豪女士 潘惠椿女士

平說 魔術 舞蹈 崑曲 音樂

12 月 27 日（第 307 期）

第二版刊楊吉孚《婦女慰勞會觀劇記》。文中記曰：「陸小曼女士演玉堂春，較上次又有進步。開場即預留嗓音，從六桂室主之忠告也。」

第二版刊名畫師黃文農速寫《翁瑞午、江小鶼、徐志摩、陸小曼之〈玉堂春〉》，畫面右下角署「文農」。

第三版刊臺生《文農速寫記》：「念三日之夕，婦女慰勞傷病軍士會假座於共舞臺演劇籌款。一時名人萃集，濟濟一堂。女界到者尤夥，釵光鬢影，殊為會場生色不少。京劇節目中最著者，有王得天（曉籟）君之《三進宮》、盧小嘉君之《寶蓮燈》及曾出演於天馬會中翁瑞午、江小鶼、徐志摩三君及陸小曼女士合串之《玉堂春》。陸女士該夕尤為賣力，唱做俱佳，博得彩聲不少。時諷刺畫家黃文農君亦在座中，愚因請為畫數幀（如右圖），以刊本報焉。」

1928 年

1 月 1 日（第 309 期）

第二版刊《陸小曼女士為本報記者黃梅生先生繪賀年柬及題詞》。賀年柬左邊畫中有「恭賀新禧黃梅生」字樣，右邊題詞錄自宋代朱敦儒《減字木蘭花》：「無人請我，我自鋪氈松下坐。酌酒裁詩，調弄梅花作侍兒。心歡易醉，明月飛來花下睡。醉舞誰知？花滿紗巾月滿杯。」題詞下署「小曼」。

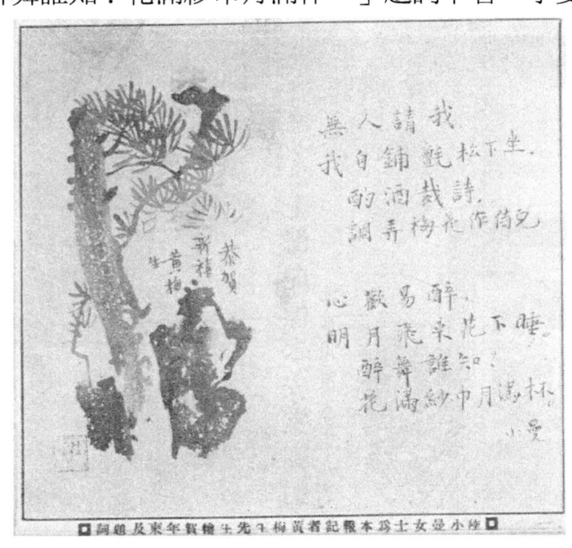

□陸小曼女士為本報記者黃梅生先生繪賀年柬及題詞□

第三版「小報告」欄中稱：「陸小曼女士今日下午四時在城內女職遊藝會中表演《春香鬧學》。此劇為女士傑作之一。曩客串都門時，曾得時譽者也。（梅）」

1 月 6 日（第 310 期）

第三版刊丹翁（即張丹斧）《戲詠詩人徐志摩先生鼻》：

其一

英國道人牛（牛鼻道人英國公餘徐績），相攸像亦憂。擁吟安石謝，打倒豁公劉。守宅充門鑰，登床代帳鉤。準開新月好，並不觸眉頭。

其二

既在心為「志」，真成鬢是「摩」。遠嘗舌味少，近浥口香多。湧塔嫌當路，撐橋反隔波。並無別障礙，前面一鸚哥。

第三版刊《張丹翁贈陸小曼女士聯，附小啟》：

昨晚元旦，忽然高興，撰書一聯，贈陸小曼女士。釋文云：「小詞不俗休懷寶，仙畫無師已動人。」自謂精絕，可以製版。惟邊跋「為」字，非徐先生尊鼻象形也。呵呵，芥兄。弟丹翁頓首。

1月15日（第313期）

第二版刊照片《徐志摩先生女兒雅君女士》，梅生攝。

2月27日（第327期）

第二版刊呂弓《粉墨雜談．馬豔雲姊妹之近況》。文中說：「蜚聲京津之坤伶馬豔雲姊妹，芳年投身伶界，家赤貧，無力延師，幸親友扶助，始得問業途徑。初出演北京，陸小曼及張某二女士捧之最力。其行頭等，泰半由二女士集資置辦。」

第二版刊戲裝照《陸小曼女士之〈思凡〉》，梅生攝並識：「小曼女士擅演崑劇，扮相尤曼妙絕倫。其所藏道冠及袈裟，乃參照舊式，加以改良者。」

□陸小曼女士之思凡□（梅生攝）

3 月 3 日（第 328 期）

第三版刊丹翁《我所歡迎之二徐》：

五代出風頭，大小有二徐。今代出風頭，豈曰二徐無？小徐大在鼻，大徐大在胡。胡徐作名父，鼻徐稱賢夫。

鼻徐家有班大姑，胡徐寄女人人傾國傾城姝。所惜丹翁患河魚，暫時不能女光圖啜鋪。否則，左手把鼻右抓胡，吃個不亦君子乎！

第四版「劇訊」欄中稱：「坤伶馬豔雲豔秋姊妹，下月有來滬說。預備歡迎者，有陸小曼女士及袁抱存、梅花館主二君。」

3 月 9 日（第 330 期）

第一版報頭刊照片《名坤伶小蘭芬》，梅生攝，江小鶼設計，陸小曼題「蘭芬雙影」。

□名坤伶小蘭芬□（梅生攝）

3 月 21 日（第 334 期）

第二版刊梅生《六日雜記》。文中記曰：「十一日偕小蘭芬往謁陸小曼女士，暢談都門劇界瑣事，頗有趣。約四時左右，復同往徐朗西先生處。蓋愚介蘭芬為朗西先生寄女，是日往行禮也。來賓佇候觀禮者有張雨霖、王彬彥、鄭子褒、江紅蕉諸君，但行禮時，僅小曼女士與愚得見也。行禮後，小曼女士、小蘭芬及愚往天蟾觀雪豔琴之《送酒》。唱做俱佳，為之擊節不置。晚間峪雲先生設宴會賓樓，到者小曼女士、雪豔琴、小蘭芬、海粟、亞塵諸君，而許久不晤之張辰伯君亦來，尤令愚喜出望外也。」「十二日下午與小曼女士、徐志摩、徐朗西、張慰慈諸君在天蟾觀雪豔琴之頭本《虹霓關》，均覺雪之唱做與武功俱好，為坤角中之有數人材。晚間往上海舞臺擬觀小蘭芬、言菊朋之《四郎探母》，因時已遲，蘭芬已下場，因與小曼、朗西、志摩攜其往第一臺聽新豔秋之《驪珠夢》。」「十三日……晚間愚宴朗西、子英、志摩、小曼、瘦鵑諸君及雪豔琴、新豔秋、小蘭芬於會賓樓，暢敘甚樂。又往第一臺觀《玉堂春》。」「十四日……往觀小蘭芬、言菊朋之《御碑亭》。珠聯璧合，佳劇也。小蘭芬為都門名坤伶之一，來滬後，頗鬱鬱不得志。邇來因得多數觀眾歡迎，文藝界評劇界中知名之士如峪雲、梅花館主、鄭正秋、步林屋、周瘦鵑、徐志摩諸君，陸小曼女士均有讚語。他日不難一躍而執坤角之牛耳也。」

3 月 24 日（第 335 期）

第三版刊正秋《新解放的小蘭芬（一）》。文中說：「陸小曼女士，就是新文學家徐志摩先生的夫人，又是個學貫中西的新人物，更是個愛好藝術的新人物，而且是一個很有戲劇天才的新人物，尤其是自求解放而希望婦女們都解放的新人物。當然囉，她對小蘭芬，決不擺貴夫人的架子，決不眼高於頂看輕女戲子，憑著平等的觀念，互助的精神，對小蘭芬常表十二分的同情心，所以常相來往。後來女士要回南，分別時節，蘭芬正病得要死。女士既到上海，老沒有得到蘭芬消息，總以為傷心一枝蘭，已經謝世了，那裡知道小蘭芬猶在，還在上海來搭班吶！」3 月 30 日（第 337 期）

第二版刊正秋《新解放的小蘭芬（二）》。文中說：「今年陰曆元旦，小曼女士看見戲單上有小蘭芬名字，不知道是她不是，到上海舞臺看她戲，那知道一遭不見再一遭，夜夜來看，夜夜趕不到，實在她的戲碼太前了。幸虧梅生先生問了林屋山人，才知道確是這個小蘭芬。於是把她找了來，從此替她想法子，天天定座，夜夜捧場，居然引動了觀眾的注意，居然同言菊朋配戲，居然常常有人叫她的好了。」

4月3日(第338期)

第二版「劇訊」欄中稱:「此次北來女伶中,上海舞臺之小蘭芬色藝均佳。海上聞人如徐朗西、步林屋、鄭正秋、蘇少卿、梅花館主及陸小曼女士等,俱讚賞之。自今日起煩其演劇三日,第一日《玉堂春》,第二日《南天門》,第三日《六月雪》。喜聆歌者,不可失此機會也。」

第三版刊陸小曼文《請看小蘭芬的三天好戲》。

> 多謝梅生先生的「鞠躬盡瘁」,和別的先生們的好意,我的小朋友小蘭芬已然在上海頗頗百些聲名。單就戲碼說,她的地位已然進步了不少。此次承上海舞臺主人同意特排她三晚拿手好戲,愛聽小蘭芬戲的可以好好的過一次癮了。星期一是《玉堂春》,這戲她在北京唱得極討好,到上海來還是初演。星期二《南天門》(和郭少華配的),星期三《六月雪帶法場》,都是正路的好戲。
>
> 蘭芬的好處,第一是規矩,不愧是從北京來的。論她的本領,喉音使腔以及念白做派,實在在坤角中已是狠難能的了。只可憐她因為不認識人,又不會自動出來招呼,竟然在上海舞臺埋沒了一個多月。這回若不是梅生先生的急公好義,也許到今天上海人還是沒有注意到小蘭芬這個人的。因此我頗有點感想,順便說說。
>
> 女子職業是當代一個大問題,唱戲應分是一種極正當的職業。女子中不少有劇藝天才的人,但無如社會的成見非得把唱戲的地位看得極低微,倒像一個人唱了戲,不論男女,品格就不會高尚似的。從前呢,原有許多不知自愛的戲子(多半是男的),那是咎由自取不必說他,但我們卻不能讓這個成見生了根,從此看輕這門職業。今年上海各大舞臺居然能做到男女合演,已然是一種進步。同時女子唱戲的本領,也實在是一天強似一天了。我們有許多朋友本來再也不要看女戲的,現在都不嫌了。非但不嫌,他們漸漸覺得戲裏的女角兒,非得女人扮演,才能不失自然之致。我敢預言在五十年以後,我們再也看不見梅蘭芳、程豔秋一等人。旦角天然是應得女性擔任,這是沒有疑義的。

4月6日(第339期)

第三版刊丹翁《捧小蘭芬》:

> 小蘭芬果然好，倒第二的戲碼子真無愧了。單說她那副水玲玲的歌喉兒，老實要把座客的魂靈唱跑。揭簾就是滿堂彩，孫老雲的胡琴都壓不倒。《南天門》與《六月雪》，兩夜好戲永永印在人腦。但若不遇知音而又知疼知愛美貌無雙的小曼徐夫人，和徐步兩位乾頭子老，又怎能這們一捧就捧到第一等的瓜瓜叫。啊呀，你們可知完全虧了一位火爐上所插那枝黃梅兄（其實紅桃聊爾借用），才能將一根草立地變成個寶。你們莫笑火爐典故太希奇，請到徐鼻兄的樓下一看實地寫生就知道。我說到這裡可算把點顏色你看看，只梅兄肯「鞠躬盡瘁」，你那「紅而後已」我敢保。呵呵！徐鼻兄雖然會瞎學我揚州話，我也會他的新詩，學成一種這們不知云何的聖人（胡也）調。說到這裡又回頭，凡想聽小蘭芬的快快買份《上海畫報》。

4月9日（第340期）

第二版刊正秋《新解放的小蘭芬（三）》。文中說：「舊戲館裏的舊慣習，彷彿築的銅牆鐵壁，簡直的牢不可破。排戲論包銀多少，講角兒大小，來分戲碼的高低。假使要改革這老例，可是難上加難。也不知有多少好材料，為著這舊慣習，永遠得不到好機會，而自己灰心，不圖上進，不求名師，不再下本，從此自暴自棄自甘墮落，老做三四路腳色，一直埋沒到底。這一遭，小蘭芬終於靠小曼女士長時間的謀畫和號召，居然把他們的舊慣習改革了。」「大角兒的階級觀念，非常之深，不願意同小角兒配戲，和瞧不起坤角，十八倒有十人是一樣的心理。這種觀念，也不知埋沒了多少好人材。小蘭芬和言菊朋，包銀大小相差很遠，牌子高低又相差很遠。此番得陸小曼女士的力量，居然把大角兒的階級觀念打破了，替女優提高地位，替小角開闢解放的生路。這是何等可喜的事！」「小曼女士肯下本錢邀朋友，不（停）地捧她，一半為友誼，一半也是培植人才。」

第二版刊吉孚《美酒名劇並記（上）》：

> 十三日午後往訪徐志摩先生、陸小曼女士，叩門而入，張丹老及黃梅生兄已先在。時近黃昏，室中光線殊暗，只見小曼女士坐於沙發上，匆促問曰：「徐志摩安在？」小曼笑指一隅曰：「徐先生方練工夫，君不見耶？」因隨其所指而視，果見志摩先生端立一角，擎拳伸臂，作騎馬式。一北方老者在旁指導。未幾，小曼亦一試之。丹老欲往訪友，志摩、小曼堅留，謂有美酒款客。言畢，志摩取六

巨瓶置几上，啟其二，以飲諸人。先試於丹老，丹老連稱至美。志摩曰：「此中國美酒也，方由捷足自徐州送來。」小曼則取西洋酒兩瓶來，亦請丹老嘗之。丹老飲畢，曰真正至美，於是彼此連飲數盞，復佐以佳餚。興益高，酒乃益美。小曼數數稱小蘭芬，並述其家境。余慨然曰：「環境惡劣，如小蘭芬者，固大有人在，蘭芬何幸而得君青眼？」梅生笑曰：「君所言者，意固在韓豔芳也。」余曰：「何以知之？」梅生曰：「君有一文談韓豔芳，登之《自由談》，余獨不見耶？」

4月12日（第341期）

第二版刊吉孚《美酒名劇並記（下）》：

乃益信《自由談》效力之大。飲畢，興辭而出，相約晚間往大新舞臺觀小蘭芬之《南天門》。八鍾余赴長者新半齋之宴，未終席，即驅車至大新，陸小曼女士、峪雲山人、林屋山人、鄭正秋、徐志摩、黄梅生、沈恒一、梅堂主人早先在。志摩先生為余留一座，否則恐將向隅矣。時劉豔琴演《饅頭庵》，未幾下場，而轟動一時之小蘭芬之《南天門》，乃出演。合演者為客串郭少華君。蘭芬年十八，郭君年十三。苟以年齡測之，其成績必平平。孰意簾幕啟時，彩聲已如春雷暴發。相將而出，作傾跌者再，頗能合雪深那知路高低之意。始不敢輕視，及唱至西皮一段，彩聲又作。郭君嗓音頗似小余，蘭芬則極似小雲，喉音雖不寬，而能使腔運嗓，純出乎自然，亦頗不易。尤可貴者，蘭芬知座中皆為知音，頗肯認真唱做。即此一端，亦可以謝來賓矣。臺上滿置花籃匾對，小曼贈曰「南北崢嶸」，影梅堂主人贈曰「有聲有色」，峪雲山人、林屋山人合贈一匾，惜余忘其辭。所贈郭君之花籃等，亦頗多。《南天門》演完，遂各驅車歸。臨行小曼囑為之記，因志數語以勖蘭芬。蘭芬勉乎哉！

4月15日（第342期）

第二版刊吉孚《答丹翁》：

梅生赴杭，丹老、我同訪徐志摩先生，因湊四十字答丹老。

黄梅如黄鶴，有什麼奇怪？丹老來約我，函登上海畫。禮拜六下午，同到法租界。哈哈志摩呀，學學揚州話。（丹老說揚州話，志摩喜傚之。）

5月9日（第350期）

第三版刊丹翁《為慰勞會勉吉孚》：

調寄唐多令

快快吉孚兄，幫忙勞北征。仲尼云、不讓當仁。見義勇為君子也，為各界、樹先聲。

上次算梅生，風頭萬眾稱。盡招邀、小姐夫人。藝術尤須求領袖，陸小曼、與唐瑛。

5月12日（第351期）

第一版報頭刊照片《風流儒雅（陸小曼女士之戲裝）》。

第三版刊照片《名坤伶小蘭芬之〈探母〉旗裝》，記者配文：「右為小蘭芬之《探母》戲裝小影，富麗堂皇極矣。蘭芬自經陸小曼女士大捧，徐朗西、步林屋、王曉籟諸君時加譽揚，海上諸評劇家復時於報端為文張之，聲譽日盛。」

5月24日（第355期）

第三版「小報告」欄中稱：「各界慰勞會由馮有真、程義坤二君主持，進行甚力。程君廣交遊，聞人如王曉籟、徐志摩、江小鶼、田漢、孫師毅諸君，均由程君邀請，任該會顧問。」

5 月 30 日（第 357 期）

第一版報頭刊照片《陸小曼女士之旗裝》。

陸小曼女士之旗裝

6 月 21 日（第 364 期）

第三版刊照片《陸小曼女士之化裝》。

陸小曼女士之化裝

8月6日（第379期）

第三版刊舍予《徐園孫壽一夜記》。文中說：六月十七（陽曆8月2日），孫慕韓（寶琦）母六十壽慶，在徐園設壽堂，晚間有堂會戲。「當袁氏雙雲演《汾河灣》時，忽臺前女賓席間嘩笑。有某君（或謂盛萍蓀君）向陸小曼女士下跪三次，堅請其串演一劇，有不達允諾誓不立起之勢。贊同者群呼擁護客串口號。小曼窘極，遂允補演《打雁》一場。因袁演係自窯門，故補頭場，藉以討巧。記者晤翁瑞午，翁擬操琴，後以未及攜來，乃不果。有人謂設為翁琴，當不致在『付兒拿定』腔上，與琴相碰而板欠準確云。」

8月21日（第384期）

第一版報頭刊照片《幽人芳躅印東籬（陸小曼女士最近影）》，梅生攝。

◉幽人芳躅印東籬◉（陸小曼女士最近影）梅生攝

9月9日（第390期）

第二版「菊訊」欄中稱：「大世界新樂府崑班，前日演全本《牡丹亭》。顧傳玠、朱傳茗諸名角，唱做俱佳，觀客無不讚美。聞此劇係黃梅生君所煩演，蓋黃有北來友人慫一觀也。陸小曼女士亦攜其義女筱蘭芬往聆。」

9月18日（第393期）

第一版報頭刊照片《陸小曼女士近影》，梅生攝。

□陸小曼女士近影□（梅生攝）

第三版「菊訊」欄中稱：「馬秀英於十四日登場，共舞臺營業一振。滬上聞人峪雲山人、羅曲緣、王曉籟、余子英、秦通理諸君，徐朗西夫人、余子英夫人，陸小曼、秦麗貞女士等，及中華公記海曙蘭衣律和正誼諸社名票友，均往觀劇，且贈綢匾、對聯、花籃、銀盾。是日天蟾、丹桂均演新本戲，天又大雨，而共舞臺能上座九成，秀英之力也。所演《女起解》，唱做俱佳，彩聲如雷。」

10 月 10 日（第 400 期，「國慶及四百期兩大紀念特刊」）

第三版刊照片《陸小曼女士》。

□陸小曼女士□

第三版刊陸小曼女士畫作一幅，署「陸小曼女士作」。此畫實為陸小曼與翁瑞午合作。

10 月 12 日（第 401 期）

第二版刊丹翁《小蘭芬》：

絕妙小蘭芬，新收女學生。無雙驚蝶影，第一嫩鶯聲。陸曼纏綿意，黃梅薦舉情。最須公瑾捧，盡賴瘦鵑兄。

10 月 15 日（第 402 期）

第二版刊丹翁《歌呈徐夫人陸小曼女士》：

我有兩好友，梅生與瑞午。三人同一車，昨詣小曼夫人所。夫人餉以美國之蒲桃，飲以歐西五色之仙醪，並令絕色雛鬟為我摘蟹螯。酒罷，夫人有仙意，倚床低唱人間戲。翁兄操弦誇妙手，黃兄拍板擅殊致。翁兄本為當代第一流名票，故能節節言其曲之妙。酒間忽來一貴客，夫人呼曰穆伯伯，政治大家，字藕初，中外聞人誰不識？伯伯事忙坐片刻，我輩直鬧到二鼓以後才扶醉出。

第三版「小報告」欄中稱：「程豔秋登臺，上座極盛。愚〔註 3〕與小曼女士等十一時至大舞臺，走道中人均坐滿，並有坐臺上者。幸座早預定，否則將犧牲眼福矣。」

〔註 3〕黃梅生自稱。

第三版「菊訊」欄中稱：「蔣麗霞武工卓絕一時，愚〔註 4〕昨日特煩其演三本《鐵公雞》。友人徐朗西、張丹翁、陸小曼諸君往觀後，無不讚美備至。」

11 月 12 日（第 411 期）

第三版刊徐志摩與小蘭芬合影，梅生攝並識：「上海詩人徐志摩先生與其義女筱蘭芬合影。徐先生今日自歐返滬，而筱蘭芬將於今日赴北平，『奇談』也。因刊此影，以志歡迎與歡送。」

11 月 21 日（第 414 期）

第二版刊瘦鵑《樽畔一夕記》：

徐志摩先生自海外歸，友朋多為欣慰。疇昔之夕，陸費伯鴻、劉海粟二先生設宴為之洗塵，愚亦忝陪末座。是夕嘉賓無多，除主人陸劉伉儷四人外，惟徐志摩先生、胡適之先生、顧蔭亭夫人與一陳先生伉儷而已。入席之前，胡徐劉陳四先生方作方城之戲，興采彌烈，四圈既罷，相將入席。肴核為南園酒家所治，清潔可口。中有膾三蛇一器，諸夫人多不敢嘗試。群以女性巽怯為諷，顧夫人不

〔註 4〕黃梅生自稱。

屆，連進三數匙，意蓋為女性吐氣也。愚平昔雖畏蛇，而斯時亦鼓勇進食。厥狀略如雞絲，味之特鮮。陸費先生勸進甚殷，謂予體夙不甚健，多食此物，足資滋補。愚笑領之。席間謔浪笑傲，無所箝束。初，互問年事，則陸費先生四十三，居長。胡先生三十八，愚三十四，徐劉各三十三。顧蔭亭夫人亦三十八，因與胡先生爭長，二人同為十一月生，而胡先生卒獲勝利，蓋早生一星期也。已而及於子女之多寡，則陸費先生本四而折其一，胡劉各三，愚得半打。眾以湊滿一打為言，愚笑謝不遑。陸費先生因言友朋中之多子女者，以王曉籟先生為冠，得二十餘人。居恒不復憶名字，每編號為之。而王先生餘勇可賈，謂須湊足半百之數。張剛夫先生（即名醫張近樞先生）得十四人，折其一，亦云不弱。眾聞之，咸為咋舌不已。徐先生為愚略述此行歷五閱月，經歐美諸大國，采風問俗，頗多見聞。在英居一月，在德居一星期，而在法居四日夜。尤如身入眾香之國，為之魂銷魄蕩焉。歸途過印度，訪詩哲太谷兒於蒲爾柏，握手話舊，歡若平生。印度多毒蛇猛獸，其在荒僻之區，在在可見。惟民氣激越，大非昔比，會見他日必有一飛衝天、一鳴驚人時也。愚問此行亦嘗草一詳細之遊記否，君謂五閱月中嘗致書九十九通與其夫人小曼女士，述行蹤甚詳，不啻一部遊記也。愚曰，何不付之梨棗，必可紙貴一時。君謂九十九書均以英文為之，迻譯不易，且間有閨房親昵之言，未可示人也。席散，徐胡劉等重整旗鼓，再事雀戰。愚作壁上觀。不三圈，胡劉皆小挫，去五六十金。志摩較善戰，略有所獲，然終不如陳先生之暗□〔註5〕叱吒，縱橫無敵也。時已十時，愚以事興辭出。

第三版刊懷蘭《菊部新語》。文中說：「筱蘭芬於前日乘華山丸北返。上海舞臺經理趙如泉留之不獲，乃許其告假一月，期滿復入該臺，並送禮物四事。陸小曼女士除送程儀外，又製冬衣數襲贈之。滬上喜聆蘭芬歌者，聞其北上，皆為惆悵不已。故蘭芬將行之前三日，上海舞臺每夕售十金外，足見其叫座能力之一斑。」11 月 24 日（第 415 期）

第三版刊《詩人徐志摩先生（立）與畫家劉海粟先生合影》，梅攝。

〔註 5〕所據原刊，此字漫漶不清，無法辨識。

□詩人徐志摩先生（立）與畫家劉海粟先生合影□梅攝

11 月 27 日（第 416 期，「名女優號（上）」）

第二版刊陸小曼文《馬豔雲》，署「陸小曼女士」。

> 挽近女子之以藝事稱者，日有所聞，社會人士亦往往予以獎掖。貧家女子之有才慧者，得以瓊然自秀，光采一時，致可樂也。
>
> 海上自去年以來，名坤伶接踵而至，如容麗娟、新豔秋、雪豔琴皆能獨樹一幟，與男憂競一日之長。北方名秀之外蜚聲於南中而未到者，則有馬豔雲、豔秋姊妹。予知之久，亦愛之深，切盼其早日能來，更為此間歌舞界一放光鮮。梅生先生輯名女優號，囑為述馬氏姊妹生年梗概，因為志略如左。
>
> 豔雲、豔秋皆非科班出身，以家寒素，迨十四五始習藝。先從金少梅配錢〔戲〕，初露面，即秀挺不凡。因復踵名師請益，更出演與琴雪芳同班，京中顧曲界稍稍賞識此髫齡之姊妹。逾年由哈爾濱歸，藝益精進。豔雲更奉瑤卿為師。瑤卿之納女弟子以豔雲為始勒。豔秋學譚，致力甚勤，亦豁然開朗，與孟小冬齊名。馬氏姊妹近年來往來平津間，聲譽日隆。豔雲扮相之美，在坤伶中無出其右者。尤以天資聰穎，雖習藝期間不長，而造就之精深，非尋常所可比況。能戲至多，尤以瑤卿親授《兒女英雄傳》《樊江關》諸劇，得心應手，剛健婀媚，有是多也。

12 月 3 日（第 418 期）

第二版刊瘦鵑《紅氍毹上之姊妹花枝》。文中說：「今年北平的許多名女優，連袂的南來，其中色藝出眾的很是不少，於是捧角之風大盛。興致最豪的，要數徐步二山人和徐夫人陸小曼女士以及本報丹翁、梅生、空我諸位了。那些以淺笑輕顰清歌妙舞顛倒海上眾生的妙女兒，幾無一不經他們一捧而成名的。」

1929 年

2 月 21 日（第 440 期）

第二版刊《印度大詩哲泰谷爾先生及詩人徐志摩先生合影》，附「梅生志」：「此影為客冬徐先生遊印度時所攝，故亦著印人之服，且在泰谷爾先生家中所攝，故彌足珍貴也。」

2 月 27 日（第 442 期）

第一版報頭刊照片《陸小曼女士近影》，梅生攝。

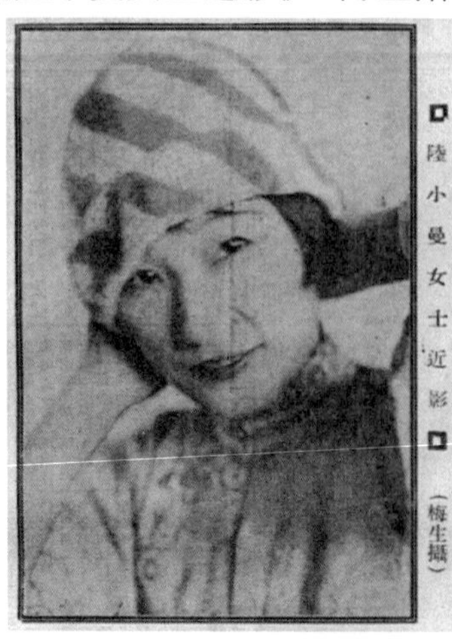

第三版刊丹翁《戲題詩哲泰谷爾詩人徐志摩合影》：

> 印度泰谷爾，中國徐志摩。詩哲與詩人，詩才差不多。志摩夫人美，能詩且能歌。詩哲被打倒，因無詩老婆。

3月3日（第443期）

第二版刊《徐志摩章行嚴兩大文學家在英京倫敦合影》，附「梅生識」：「章行嚴氏去年僑去英倫，居家課其子女，經濟狀況至不佳，每月生活費僅三十鎊。其夫人親自操作，然家庭之樂固融融也。志摩先生過倫敦時，攝此影以留紀念。」

第三版刊徐志摩攝劍橋大學附近風景，附「梅生志」：「英國劍橋大學為詩人徐志摩先生之母校。此其附近風景也，乃客歲志摩先生重遊該地時所攝。」

3月18日（第448期）

第三版刊照片《牛群》，署「徐志摩先生攝於埃及」。

第三版刊丹翁《捧聖》：

多年不捧聖人胡，老友寧真怪我無。大道微聞到東北，賢豪那個不歡呼？梅生見面常談你，小曼開筵懶請吾。考據發明用科學，他們白白費工夫。

3 月 27 日（第 451 期）

第二版刊空我《上海婦女會茶舞瑣記》：

上海婦女會茶舞會，一日午後，在大華飯店舉行。除茶券外，並售一元彩券。開彩之後，頭獎為潘志銓君，得花瓶一隻，相傳為清室大內之物。潘擬當場拍賣，捐入該會，以時宴，不果行。六獎為敬勞修之六小姐，得煤油爐一隻，頗為人注目。開獎時，摸彩者為一小孩，奔走最忙者為徐志摩君與李唐瑛女士。惟徐陸小曼女士則與其友人危坐一旁，狀至暇豫。唐女士是夕對所攜之小提包，頗為珍視，跳舞時亦未嘗去手云。

4 月 20 日（第 462 期）

第三版刊照片《全國美展中之文藝友》，徐志摩與周瘦鵑、江小鶼、張珍侯、胡萬里、胡伯翔等人合影，黃警頑贈。

□全國美展中之文藝友□

6月24日（第480期）

第二版刊照片《埃及風景》，署「徐志摩先生攝」。

◘ 埃及風景 ◘（徐志摩先生攝）

7月30日（第492期，「南國戲劇特刊」）

第二版刊徐志摩文《南國的精神》，誤署「徐志靡」。文末「附注」後署「七月二十七日」。

> 南國是國內當代唯一有生命的一種運動，我們要祝頌它。它的產生，它的活動，它的光影，都是不期然的，正如天外的群星，春野的花，是不期然的。生命，無窮盡的生命，在時代的黑暗中迸裂，迸裂成火，迸裂生花，但大都只見霎那的閃耀，依然隕滅於無際的時空。南國至少是一個有力的彗星，初起時它也只是有無間的一點星芒，但它的光是繼續生長繼續明亮繼續盛開的，在短時期內它的掃蕩的威棱已然是天空的一個異象。
>
> 南國的浪漫精神的表現——人的創造衝動為本體爭自由的奮發，青年的精靈在時代的衰朽中求解放的徵象。
>
> 從苦悶見歡暢，從瑣碎見一致，從窮困見精神——南國是健全的；一群面目黧黑衣著不整的朋友，一小方僅容轉側的舞臺，三五個叱嗟立辦的獨幕劇——南國的獨一性是不可錯誤的；天邊的雁叫，海波平處的晚霞，幽谷裏一泓清淺的靈泉，一個流浪人思慕的歌吟，他手指下震顫著的絃索，仙人掌上俄然擎出的奇葩——南國的情調是詩的情調，南國的音容是詩的音容。
>
> Jugendbewegen——Jugendbewegen——

附注：我要替南國同人向《上海畫報》主撰錢芥塵先生道謝，承他的好意南國得能發刊這期的特刊。我們尤其要多謝楊吉孚先生，他最早發起這個意思並且冒著大暑天從楊樹浦往回至再都為接洽特刊的事情。七月二十七日

第二版刊陸小曼題字「南國光明」，上款為「敬祝南國無疆」，下款署名「陸小曼」。

第二版刊楊吉孚《三言兩語》。文中說：「這張南國戲劇特刊，完全是徐志摩先生的熱心愛護戲劇才編成的，在下不過贊助罷了。」

8 月 3 日（第 493 期）

第二版「第四十一期本報」欄中稱：「上期徐志摩先生文，署名摩誤靡，印□〔註 6〕未改，並此勘正。」

9 月 30 日（第 512 期）

第四版刊徐志摩短篇小說《倪三小姐（一名《輪盤》）（一）》。前有「記者志」：「徐先生這篇小說，是給『新東北』做的，我們看了愛不忍釋，就拿來鈔在這裡。我們應代讀者向徐先生道謝！文中所記上海輪盤賭窟的情形，維妙維肖，非徐先生不能有此寫生妙手。中華書局將發行徐先生的小說單行本，就用這篇小說做書名，價值更可想了。」

好冷！倪三小姐從暖屋裡出來站在廊前等車的時候覺著風來得尖厲。她一手揝著皮領護著臉，腳在地上微微的點著。「有幾點了，阿姚？」三點都過了。

三點都過了，三點……這念頭在她的心上盤著，有一粒白丸在那裡運命似的跳。就不會跳進二十二的，差那麼一點，我還當二十三哪。要有一隻鬼手拿它一撥，叫那小丸子乖乖的坐上二十三，那分別多大！我本來是想要二十三的，也不知怎麼的當時心裡那麼一迷糊——又給下錯了。這車裡怎麼多是透風，阿姚？阿姚狠願意為主人替風或是替車道歉，他知道主人又是不順手，但他正忙著大拐彎，高〔馬〕路太滑，紅綠燈光又耀著眼，那不能不留意，這一岔就把答話的時機給岔過了。實在他的思想也不顯簡單，他正有不少的話想對小姐說，誰家的當差不為主人打算，況且聽昨晚阿寶的話這

〔註 6〕所據原刊，此字不清，疑為「時」字。

事情正不是玩兒——好，房契都抵了，鑽戒，鑽鐲，連那串精圓的珍珠項圈都給換了紅片兒白片兒整數零數的全望莊上送！打不倒吃不厭的莊！

三小姐覺得冷。是那兒透風，那天也沒有今天冷。最覺得異樣，最覺得空虛，最覺得冷是在頸根和前胸那一圈。精圓的珍珠，誰家都比不上的那一串，帶了整整一年多，有時上床都不捨得栽〔摘〕了放回匣子去。

10月3日（第513期，「陝賑遊藝特刊」）

第二版刊梅生《談陝災遊藝會》。文中說：「惜陸小曼女士以病未先加入，令人不能一飽耳福為憾耳。」

第二版刊俞俞《陝賑遊藝特刊贅言》，文中說：10月2日、3日，陝西賑災會假座中央大戲院舉行遊藝會，表演舊劇話劇。「徐志摩、陸小曼、梁孟、翁瑞午、黃梅生二先生原擬合演全本《玉堂春》。小曼夫人忽染小恙，太夫人不欲其力疾登臺。大好佳劇，遂爾作罷。」

第四版刊徐志摩《倪三小姐（二）》。

叫那臉上刮著刀疤那醜洋鬼端在一雙黑毛手裡左輪右輪的看，生怕是吃了假的上當似的，還非得讓我簽字，才給換了那一攤圓片子，要不了一半點鐘那些片子還不是白鴿似的又往回飛；我的脖子上，胸前，可是沒了，跑了，化了，冷了，眼看那黑毛手搶了我的心愛的寶貝去，這冤……三小姐心窩裡覺著一塊冰涼，眼眶裡熱剌剌的，不由的拿手鐲給掩住了。「三兒，東西總是你的，你看了也捨不得放手不是？可是娘給你放著不更好，這年頭又不能常戴，一來太耀眼，二來你老是那拉拖的脾氣改不過來，說不定你一不小心那怎麼好」，老太太咳嗽了一聲。「還是讓娘給你放著吧，反正東西總是你的。」三小姐心都裂縫兒了。娘說話不到一年就死了，我還說我天天貼胸帶著表示紀念她老人家的意思，誰知不到半年……

車到了家了。三小姐上了樓，進了房，開亮了大燈，拿皮大衣向沙發上一扔，也不答阿寶陪著笑問她輸贏的話，站定在衣櫃的玻鏡前對著自己的映影呆住了。這算個什麼相兒？這還能是我嗎？兩臉紅的冒得出火，顴骨亮的像透明的琥珀，一鼻子的油，口唇叫煙捲燒得透紫，像煨白薯的焦皮，一對眼更看得怕人，像是有一個惡鬼躲在裡面似的。三小姐一手掠著額前的散髮，一手扶著櫃子，覺得頭腦裡一陣的昏，眼前一黑，差一點不曾叫腦殼子正對著鏡裡的那個碰一個脆。你累了吧，小姐？阿寶站在窗口疊著大衣說的話，她聽來像是隔兩間屋子或是一層霧叫過來似的，但這卻幫助她定了定神，重復睜大了眼對著鏡子裡癡癡的望。這還能是我——是倪秋雁嗎？鬼附上了身也不能有這相兒！但這時候她眼內的凶光——那是整六個鐘頭輪盤和壓碼條格的煎迫的餘威——已然漸漸移讓給零一種意態：一種疲倦，一種呆頓，一種空虛。

10月6日（第514期）

第二版刊徐志摩《倪三小姐（三）》（原刊誤作「四」）。

她忽然想起馬路中的紅燈照著道旁的樹幹使她記起不少早已遺忘了的片段的夢境——但她疲倦是真的。她覺得她早已睡著了。她是絕無知覺的一堆灰，一排木料，在清晨樹梢上浮掛著的一團煙霧。她做過一個極幽深的夢，這夢使得她因為過分興奮而陷入一種最沉酣的睡。她決不能是醒著。她的珍珠當然是好好的在首飾匣子裡放著。「我替你放著不更好，三兒？」娘的話沒有一句不充滿著憐愛，個個字都聽得甜。那小白丸子真可惡，他為什麼不跳進二十三？三小姐扶著櫃子那隻手的手指尖摸著了玻璃，極微纖的一點涼感從指尖上直透到心口，這使她形影相對的那兩隻眼內頓時剝去了一翳夢意。小姐，喝口茶吧，你真是累了，該睡了，有多少天你沒有睡好，睡不好最傷神，先喝口茶吧。她從阿寶的手裡接過了一片殷勤，熱茶沾上口唇才覺得口渴得津液都乾了。但她還是夢夢的不能相信這不是夢。我何至於墮落到如此——我倪秋雁？你不是倪秋雁嗎？她責問著鏡裡的秋雁。那一個的手裡也擎著個金邊藍花的茶杯，口邊顯描著慘淡的苦笑。荒唐也不能到這個田地，為賭幾於拿身子給鬼似的男子——為「你抽一口的好，賭錢就賭一個精神，你看你眼裡的紅絲，鬧病了那犯得著？」

10月9日（第515期）

第四版刊徐志摩《倪三小姐（四）》。

小俞最會說那一套體己話，細著一雙有黑圈的眼瞅著你，不提有多麼關切，他就會那一套！那天他對老五也是說一樣的話！他還得用手來攙著你非得你養息他才安心似的。呸，男人，那有什麼好心眼的？老五早就上了他的當。哼，也不是上當，還不是老五自己說的，「進了三十六，誰還管得了美，管得了醜？」「過一天是一天，」她又說，「堵死你的心，別讓它有機會想，要想就活該你受！」那天我摘下我胸前那串珠子遞給那臉上刻著刀疤的黑毛鬼，老五還帶著笑——她那笑——趕過來拍著我的肩膀說：「好，這才夠一個豪字！要賭就得拼一個精光。有什麼可戀的？上不了梁山，咱們就落太湖！你就輸在你的良心上，老三。」老五說話一上勁，眼裡就放出一股邪光，我看了真害怕。「你非得拿你小姐的身分，一點也不肯湊和。說實話，你來得三十六門，就由不得你拿什麼身分。」人真會變，五年前，就是三年前的老五，那有一點子俗氣，說話舉止，滿是夠斯文的。誰想她在上海混不到幾年，就會變成這鬼相，這妖氣。她也滿不在意，成天發瘋似的混著，倒像真是一個快活人！我初次跟著她跑，心上總有些低哆，話聽不慣，樣兒看不慣，可是現在……老三與老五能有多大分別？我的行為還不是她的行為？我有時還覺得她爽蕩得有趣，倒恨我自己老是免不了覥覥腆腆的，早晚躲不了一個「良心」，老五說的。可還是的，你自己還不夠變的，你看看你自己的眉眼，說人家鬼相，妖氣，你自己呢？原先的我，在母親身邊的孩子，在學校時代的倪秋雁，多美多響亮的一個名字，現在上那兒去了？那還有一點點的影子？這變，喔鬼——三小姐打了一個寒噤。

10月12日（第516期）

第三版刊徐志摩《倪三小姐（五）》。

地獄怕是沒有底的，我這一往下沉，沉，沉，我那天再能向上爬？她覺得身子飄飄的，心也飄飄的直往下墜——一個無底的深潭，一個魔鬼的大口。「三兒，你什麼都好，」老太太又說話了，「你什麼都好，就差拿不穩主意。你非得有人管，領著你向上。可是你總得自己留意，娘又不能老看著你，你又是那傲氣，誰你都不服，真叫我不放心。」娘在病中喘著氣還說這話。現在娘能放心不？想起真可恨！小俞，小張，老五，老八，全不是東西！可是我自己又何嘗有主意，有了主意，有一點子主意，就不會有今天的狼狽。真氣人！——鏡裡的秋雁現出無限的憤慨，恨不得把手裡的茶杯擲一個粉碎，表示和醜惡的引誘絕交。

10月15日（第517期）

第四版刊徐志摩《倪三小姐（六）》。

但她又呷了一口。這是虹口買來的真鐵觀音不？明兒再買一點去，味兒真濃真香。說起，小姐，廚子說了好幾次要領錢哪，他說他自己的錢，都墊完了。鏡裡的眉梢又緊緊的綰上了。唷——她忽然記起了——那小黃呢，阿寶？小黃在籠子裡睡著了。毛抖得鬆鬆的，小腦袋挨著小翅膀底下窩著。他今天叫了沒有？我真是昏，準有十幾天不自己喂他了，可憐的小黃！小黃也真知趣，彷彿裝著睡成心逗他主人似的，她們正說著話他醒了，刷著他的肢〔翅〕膀，吱的一聲跳上了籠上，又縱過去低頭到小磁罐裡檢了一口涼水，歪著一隻小眼呆呆的直瞅著他的主人。也不知是為主人記起了他樂，還不知是見了大燈亮當是天光他簡直的放開嗓子整套的唱上了。

他這一唱就沒有個完。他賣弄著他所有擅長的好腔。唱完了一支，忙著搶一口麵包屑，啄一口水〈懸〉，再來一支，又來一支。直唱得一屋子滿是他的音樂，又亮，又豔，一團快樂的迸裂，一腔情熱的橫流，一個詩魂的奔放。倪秋雁聽呆了，鏡裡的秋雁也聽呆了；阿寶聽呆了；一屋的家具，壁上的畫，全聽呆了。

三小姐對著小黃的小嗓子呆呆的看著。多精緻的一張嘴，多靈巧的一個小脖子，多淘氣的一雙小腳，拳拳的抓住籠裡那根橫條，多美的一身羽毛，黃得放光，像是金絲給編的。稀小的一個鳥會有這麼多的靈性？三小姐直怕他那小嗓子受不住狂唱的洶湧，你看他那小喉管的急迫的顫動，簡直是一顆顆的珍珠往外接連著吐，梗住了怎麼好？它不會炸吧！阿寶的口張得寬寬的，手扶著窗闌，眼裡亮著水。什麼都消滅了，除了這頭小鳥的歌唱。但在他的歌唱中卻展開了一個新的世界。在這世界裡一切都沾上了異樣的音樂的光。

10月18日（第518期）

第四版刊徐志摩《倪三小姐（七）》。

三小姐的心頭展開了一個新的光亮的世界。彷彿是在一座凌空的虹橋下站著，光彩花雨似的錯落在她的衣袖間，鬢髮上。她一展手，光在她的胸懷裡；她一張口，一球晶亮的光滑下了她的咽喉。火熱的，在她的心窩裡燒著。熱勻勻的散佈給她的肢體，美極了的一種快感。她覺得身子輕盈得像一支胡蝶，一陣不可制止的欣快驀地推逗著她騰空去飛舞。

虹橋上灑下了一個聲音，豔陽似的正款住她的黃金的粉翅。多熟多甜的一個聲音！——唷是娘呀，你在那兒了？娘在廊前坐在她那湘妃竹的椅子上做著針線，帶著一個玳瑁眼鏡。我快活極了娘，我要飛，飛到雲端裡去。從雲端裡望下來，娘，咱們這院子怕還沒有爹爹書臺上那方硯臺那麼大？還有娘呢，你坐在這兒做針線，那就夠一個貓那麼大——哈哈，娘就像是偎太陽的小阿米！那小阿米還看得見嗎？她頂多也不過一顆芝麻大，哈哈，小阿米，小芝麻。瘋孩子！老太太笑著對不知門口站著的一個誰說話。這孩子瘋得像什麼了，成天跳跳唱唱的？你今天起來做了事沒有？我有什麼事做，娘？她呆呆的側著一隻小圓臉。唉，怎麼好，又忘了，就知道玩！你不是自己討差使每天院子裏澆花，爹給你那個青玉花澆做什麼的？要什麼不給你就呆著一張臉扁著一張嘴要哭，給了你又不肯做事，你看那盆西方蓮乾得都快對你哭了。娘別罵，我就去！四個粉嫩的小手指鷹爪似的抓住了花澆的鏤空的把手，一個小拇指翹著，她興匆匆的從後院舀了水跑下院子去。「小心點兒，花沒有澆，先澆了自己的衣服。」櫻紅色大朵的西方蓮已經沾到了小姑娘的恩情，精圓的水珠極輕快的從這花瓣跳蕩那花瓣，全瀋入了盆裡的泥。娘！她高聲叫。娘，我要喝涼茶娘老不讓，說喝了涼的要肚子疼，這花就能喝涼水嗎？花要是肚子疼了怎麼好？她鼓著她的小嘴唇問。花又不會嚷嚷。「傻孩子，算你能幹，會說話。」娘樂了。

10月21日（第519期）

第二版刊徐志摩《倪三小姐（八）》。

每回她一使她的小機靈娘就樂。「傻孩子，算你會說話，」娘總說。這孩子實在是透老實的，在座有姑媽或是姨媽或是別的客人娘就說，你別看她說話機靈，我總愁她沒有主意，小時候有我看著，將來大了怎麼好？可是誰也沒有娘那樣疼她。過來，三，你不冷吧？她最愛靠在娘的身上，有時娘還握著她的小手，替她拉齊她的衣襟，或是拿手帕替她擦去臉上的土。一個女孩子總得乾乾淨淨的，娘常說。誰的聲音也沒有娘的好聽。誰的手也沒有娘的軟。

這不是娘的手嗎？她已經坐在一張軟凳上，一手托著臉，一手撚著身上的海青絲絨的衣角。阿寶記起了樓下的事已經輕輕的出了房去。小黃唱完了他的大套，還在那裡發疑問似的零星的吱喳。「咦。」「咦。」「接理。」她聽來是娘在叫她：「三。」「小三。」「秋雁。」她同時也望見了壁上掛著的那只芙蓉，只是她見著的另是一隻芙蓉，在她回憶的繁花樹上翹尾豁翅的跳踉著。「三。」又是娘的聲音，她自己在病〈「你看」——〉床上躺著。「三，」娘在門口說，「你猜爹給你買回什麼來了？」「你看！」

10月24日（第520期）

第二版刊徐志摩《倪三小姐（九）》。

娘已經走到床前，手提著一個精緻的鳥籠，裡面呆著一隻黃毛的小鳥，「小三簡直是迷了，」隔一天她聽娘對爹說，「病都忘了有了這隻鳥。這鳥是她的性命。非得自己喂。鳥一開口喝〔唱〕她就發愣，你沒有見她那樣兒，成仙也沒有她那樣快活，鳥一唱誰都不許說話，都得陪著她靜心聽。」「這孩子是有點兒慧根。」爹就說。爹常說三兒有慧根。「什麼叫慧根！我不懂。」她不止一回問。爹就拉著她的小手說，「爹正恭維你哪，說你比別的孩子聰明。」真的她自己也說不上，為什麼鳥一唱她就覺得快活，心頭熱火火的不知怎麼才好；可又像是難受，心頭有時酸酸的眼裡直流淚。她恨不得把小鳥窩在她的胸前，用口去親他。她愛極了他。「再唱一支吧，小鳥，我再給你吃。」她常常央著他。

10月27日（第521期）

第二版刊徐志摩《倪三小姐（十）》。文末署「二月三日完」。

可這阿寶又進房來了，「小姐，想什麼了？」她笑著說，「天不早，上床睡不好嗎？」

秋雁站了起來。她從她的微妙的深沉的夢境裡站了起來，手按上眼覺得潮濕的沾手。她深深的呼了一口氣。「二十三，二十三，為什麼偏不二十三？」一個憤怒的聲音在她一邊耳朵裡響著。小俞那有黑圈的一雙眼，老五的笑，那黑毛鬼臉上刀疤，那小白丸子，運命似跳著的，又一瞥瞥的在她眼前扯過。「怎麼了？」她搖了搖頭，還是沒有完全清醒。但她已經讓阿寶扶著她，幫著她脫了衣服上床睡下。「小姐，你明天怎麼也不能出門了。你累極了，非得好好的養幾天。」阿寶看了小姐恍惚的樣子心裡也明白，著實替她難受。「唷阿寶，」她又從被裡坐起身說：「你把我首飾匣子裡老太太給我那串珠項圈拿給我看看。」

二月三日完

1930 年

2 月 6 日（第 554 期）

第一版報頭刊照片《陸小曼女士》，懷芝室（即黃梅生齋名）藏。

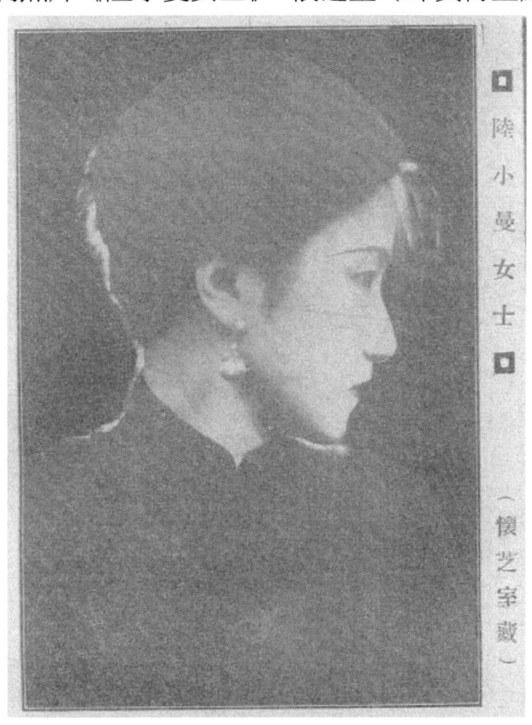
◘陸小曼女士◘

（懷芝室藏）

3 月 18 日（第 567 期）

第二版刊照片《陸小曼女士之旗裝》，懷芝室藏。

「陸小曼女士之旗裝」（懷芝室藏）

7月24日（第609期）

第二版刊王者香《藝社得演〈卞昆岡〉〈夜店〉》：

> 虹口藝社演劇部自今春公演《寄生草》及《美媚》兩劇後，對於舞臺裝置、配景、光影、化裝、服飾等等，俱有新的貢獻。且演員技巧方面，尤駕乎其他一般話劇團體之上。故觀眾能深印其美於腦海中，至今不忘。聞該社於暑假期中，社員之就宿該院者，大都休歇，特排練有徐志摩與陸小曼合作之《卞昆岡》、高爾基氏之《夜店》。兩劇俱係當代上選傑作。前者完全以描寫東方鄉村空氣，哀感頑豔；後者係一張到民間去的寫真，慷慨熱烈，性格偉大。演員方面除上次表演之曾善仁、賴麟書、張士工、羅翠蓮之外，更加上徐心波、黃英、李悦仙等。排演仍由朱沁擔負。出演地點，聞正在接洽中，大約非愛普盧即新中央云。此項消息該社極守秘密。記者與該社排演朱君友善，蒙彼見示，因預告於上畫諸讀者之前。

1931年

1月27日（第669期）

第三版刊記者《珍聞識小錄》。文中說：「徐志摩先生近任光華大學、中央大學文學教授，頃已接受大東書局之聘為編輯長，惟不能每日到局治事云。」

5月20日（第702期）

第三版刊阿難《徐志摩來去匆匆》：

新詩人徐志摩先生，前傳其有長大東書局編譯所之說，嗣以徐不慣刻板生涯，迄未實現。本年光華、中央各大學，雖曾聘其為文學教授，徐亦不願就職，乃於月前北上，先赴青島，繼往平津，數日前又復匆匆南下，則云往硤石省親。友有與徐稔者，謀於徐回滬後，設宴為之洗塵，詎知徐到滬不滿二日，又匆匆趁車赴北平。徐夫人陸小曼女士，則未隨往，仍偕其母同居於大中裏。聞徐北上之原因，係就北大學術講座之職。徐在京滬各大學教書，每月所入，不過四五百元，抑且僕僕道途，迄無寧息，而北大學術講座，則鐘點甚少，而每月所入，可八百金。且此款係出於庚子賠款之一部分，保無拖欠，故胡適等人均將就職。外間盛傳新月書店總店將移北平，未始非無因也。

5月30日（第708期）

第二版刊靈《徐志摩北上還債》：

新詩人徐志摩先生日前來滬，小住數日，即匆匆北行。不慧君已為文紀之本報，並謂徐先生北歸，係就北大文化基金講座之聘。以余所知，則尚不在此。此次北上，尚有更重要之債務，亟待清償。先生雖以揮霍著名，然尚不至被逼還債之地步。然則此之所謂債，當非錢債，而為詩債，無疑矣。蓋文化基金委員會內，設編譯館，將以庚子賠款之一部分，廣徵名人著作。徐先生為當代唯一詩人，其所譯曼殊斐兒之詩，早已膾炙人口。故在平時，已允為該館翻譯英國大詩人拜倫之全部著作。拜倫之詩，深情流露，悱惻纏綿，蘇曼殊早為介紹國人。第其重要而整個之著作，尚少迻譯。先生特發願為全文，亦翻譯界偉大之貢獻也。頗聞此項稿費，亦以字計，每千十五元，在國內不可謂非優厚。然以各處文稿，堆積如山，故自應允以來，數月未曾動筆。該館時來催索，無可再推。此番北上，其第一要務，即清償此筆詩債。愚以茲事頗趣，特為紀之，倘亦文壇逸話歟！

8月6日（第730期）

第三版「小報告」欄中稱：「新詩人徐志摩君自上月由平回滬後，至今仍居滬上。某某數報，傳徐已北上，實誤。惟徐舊寓大中裏則已遷移。現寓同孚路成和邨。又某報謂徐與其夫人陸小曼女士失和，亦未確。蓋偶而齟齬則有之，失和則未也。（神）」

8月9日（第731期）

第二版刊《徐志摩先生來書》，係8月6日徐志摩致錢芥塵函。

芥塵先生：

方才看到這期貴報關於我的小報告，不想像我這樣一個閒散人的生活行蹤，也還有人在注意。別處的消息，我也曾聽到一點，多謝你們好意為我更正，但就這節小報告也還是不對。現在既經一再提到，我想還是自己來說明白，省得以訛傳訛，連累有的朋友們為我耽憂。關於我的行蹤，說來也難怪人家看不清楚。在半年內我在上海北平間來回了走了八次，半月前在北平，現在在上海，再過一半個月也許又在北平了。我是在北京大學教書，家暫時還沒有搬，穿梭似來回的理由，是因為我初春去北平後不多時，先母即得病，終於棄養，如何能不奔波。關於我和小曼失和的消息，想必是我獨身北去所引起的一種懸測，這也難怪。再說，我們也不知犯了什麼煞運，自從結婚以來，不時得挨受完全無稽的離奇的謠諑。我們老都老了，小曼常說，為什麼人家偏愛造你我的謠言？事實是我們不但從未「失和」，並且連貴報所謂「齟齬」都從來沒有知道過。說起傳言，真有極妙的事。前幾天《社會日報》也有一則新聞說到，我夫妻失和，但我的夫人卻變作了唐瑛，我不知道李祖法先生有信去抗議了沒有。此頌

大安。

徐志摩　八月六日

11月12日（第760期）

第二版刊芬公《現代名畫展覽》。文中說：「薛保倫君與海上名畫家情感素洽，每次展覽會，皆由薛君襄助其事。近發起一現代名畫家近作展覽會，於十三四五日在寧波同鄉會舉行三天。除孫雪泥、錢瘦鐵、陳小蝶、賀天健、馬萬里、閻甘園諸君各以精品陳列外，尚有徐夫人陸小曼女士，亦有出品，是不翅藝術界新放一朵嬌豔之花，足令鑒家大飽眼福者也。聞各畫標價特廉，在此國難聲中，殊可調劑吾人煩苦愁悶之生活已。」

11月24日（第764期）

第二版刊阿靈《悼詩人徐志摩先生》：

新詩人徐志摩先生，於十九日乘中國航空公司之濟南號飛機由滬飛平，不幸在濟南黨家莊附近失事，機師二人及先生同時遇難。此訊傳來後，知友同聲歎惜，不謂此才華蓋世之詩人，竟罹此莫可挽救之慘劫也。

先生為浙之硤石人，留學英國劍橋大學。歸國後，歷任平滬各大學教授。所作詩文，散見報章雜誌。其傑作如《志摩的詩》《翡冷翠的一夜》《自剖》等俱膾炙人口。兩年前，為本報撰《輪盤》小說一篇，其清新之作風，美麗之詞句，讀者靡不稱賞焉。

先生雖為文學家，然性甚活潑，交友多至不可勝數。又喜京戲，曩年上海舉行慰勞北伐將士遊藝會時，徐夫人陸小曼女士，曾客串《玉堂春》，自飾崇公道。當時本報曾載其劇照，並為文記之。今一轉瞬間，已慘遭非命，能毋令人興人琴之感歟！

先生年僅三十六歲。嗟乎！三十六歲，固一不祥名詞也。英詩人拜倫（Byron）沒年亦三十六。先生生平所行，殆與拜倫彷彿。其風流跌宕，亦不讓拜倫專美。獨拜倫以援希臘而投筆從軍，享盛名於千古。而今國難方殷，正志士奮身救國之秋。奈何不假以年，而令其負槍殺敵，高唱大中華民族之雄歌耶！悲已！

先生自與陸小曼女士結婚後，愛情彌篤，而妒之者輒造作謠言以中傷之，大不懌。兩月前，某報誤以先生夫人為唐瑛女士，並謂與先生反目云云。愚見報後，即於本報為之更正。其時適在上海，曾以親筆長函致本報芥公（已見本報）。實則先生獨居北平，仍為經濟問題。近雖膺中華文化基金委員會聘為委員，兼北大文學講座，然性喜揮霍，所入仍不敷所出，故嘗語人：「不寫點東西，生活仍不夠維持。」是則此次遇難，殆亦可謂為受經濟壓迫也。

先生於話劇，亦頗醉心。曩南國社在滬公演《莎樂美》時，主角俞姍，表演深刻，吐白流利，一時有莎樂美之稱。先生曾至後臺向之慰問。迨後先生任中大教授，俞亦在該校讀書。師生之間，亦時以戲劇學藝相討論。俞在京曾臥疾一次，日往探視。友戒其稍疏，則謂我光明磊落，奚懼為？其率直有如此者。

數年前，郭沫若、郁達夫、成仿吾等在滬創創造社，曾懇先生為之撰文。迨後徐氏北上，為《現代評論》作稿。有署名攻擊郭沫若者，以郭詩「淚浪滔滔」一句，斥郭為虛偽。蓋謂流淚縱多，亦不能成為淚浪，而況浪而成滔滔耶？於是成仿吾等疑此文為徐所作，即於《創造週刊》上對徐大肆謾罵，並引「淚如泉湧」「出了象牙之塔」等譬喻詞以反證之。實則此文或非先生所作。今先生已故，將永遠成一疑案，然自此即與創造社脫離關係矣。

先生寓所中，陳設至雅。茶杯器皿，小巧絕倫。不知者將疑為兒童動用之物。壁間懸印度詩人太戈爾像，及徐悲鴻所作油畫，幽雅深遠，令人意與悠然。

11月27日（第765期）

第二版刊章行嚴（即章士釗）《挽徐志摩》：

器利國滋昏，事同無定河邊。蝦種橫行，壯志奈何齏粉化。

文神交有道，憶到南皮宴上。龍頭先去，新詩至竟結緣難。

附注：愚兩年前，愚倫敦西郊。志摩攜《新月》雜誌來訪，旋又索去。愚戲贈一絕云：「詩人訪我海西偏，慨解腰圍贈一編。展卷未遑還索去，新詩至竟我無緣。」故末句然云。

12月15日（第771期）

第三版刊胡適之《追悼志摩》。前有削穎按語：「新文學家徐志摩先生死了，南北故舊，都開會哀悼他，《北平晨報》特刊專號。胡適之先生撰文長數千言，對志摩的人生觀，有很詳細的評論，且發表三信，關於志摩和小曼夫人的婚姻，錄下權當一哭。」

悄悄的我走了，
　正如我悄悄的來，
我揮一揮衣袖，
　不帶走一片雲彩。

（《再別康橋》）

志摩這一回真走了！可不是悄悄的走。在那淋漓的大雨裏，在那迷濛的大霧裏，一個猛烈的大震動，三百匹馬力的飛機碰在一座終古不動的山上，我們的朋友額上受了一下致命的撞傷，大概立刻失去了知覺。半空中起了一團大火，像天上隕了一顆大星似的直掉下地去。我們的志摩和他的兩個同伴就死在那烈焰裏了！

我們初得著他的死信，都不肯相信，都不信志摩這樣一個可愛的人會死的這麼慘酷。但在那幾天的精神大震撼稍稍過去之後，我們忍不住要想，那樣的死法也許只有志摩最配。我們不相信志摩會「悄悄的走了」，也不忍想志摩會死一個「平凡的死」，死在那天空之中，大雨淋著，大霧籠罩著，大火焚燒著，那撞不倒的山頭在旁邊冷眼瞧著，我們新時代的新詩人，就是要自己挑一種死法，也挑不出更合式，更悲壯的了。

志摩走了，我們這個世界裏被他帶走了不少的雲彩。他在我們這些朋友之中，真是一片最可愛的雲彩，永遠是溫暖的顏色，永遠是美的花樣，永遠是可愛。他常說：

我不知道風

是在那一個方向吹——

我們也不知風是在那一個方向吹，可是狂風過去之後，我們的天空變慘淡了，變寂寞了，我們才感覺我們的天上的一片最可愛的雲彩被狂風卷去了，永遠不回來了！

這十幾天裏，常有朋友到家裏來談志摩，談起來常常有人痛哭。在別處痛哭他的，一定還不少。志摩所以能使朋友這樣哀念他，只是因為他的為人整個的只是一團同情心，只是一團愛。葉公超先生說：

他對於任何人，任何事，從未有過絕對的怨恨，甚至於無意中都沒有表示過一些憎嫉的神氣。

陳通伯先生說：

尤其朋友裏缺不了他。他是我們的連繫，他是黏著性的，發酵性的。在這七八年中，國內文藝界裏起了不少的風波，吵了不少的架，許多很熟的朋友往往弄的不能見面。但我沒有聽見有人怨恨過志摩。誰也不能抵抗志摩的同情心，誰也不能避開他的黏著性。他總是和事老，他總是朋友中間的「連繫」。他從沒有疑心，他從不會妒忌。他的無窮的同情，使我們這些多疑善妒的人們十分愧慚，又十分羨慕。

他的一生真是愛的象徵。愛是他的宗教，他的上帝。

我攀登了萬仞的高岡，
荊棘扎爛了我的衣裳，
我向飄渺的雲天外望——
上帝，我望不見你！
……
我在道旁見一個小孩，
活潑，秀麗，襤褸的衣衫；
他叫聲「媽」，眼裏亮著愛——
上帝，他眼裏有你！

（《他眼裏有你》）

（未完）

第三版刊姚虞琴、王長春《挽徐志摩先生》：

其一：姚虞琴

高處不勝寒，碧落御風酬壯志。迷途其未遠，青山鉏月葬詩魂。

其二：王長春

四大競皆空，下瞰塵寰盡芻狗。浮生真若夢，上窮碧落即黃泉。

12 月 18 日（第 772 期）

第二版刊胡適之《追悼志摩（續）》。

志摩今年在他的《猛虎集自序》裏曾說他的心境是「一個曾經有單純信仰的流入懷疑的頹廢」。這句話是他最好的自述。他的人生觀真是一種「單純信仰」，這裏面只有三個大字：一個是愛，一個是自由，一個是美。他夢想這三個理想的條件能夠會合在一個人生裏，這是他的「單純信仰」。他的一生的歷史，只是他追求這個單純信仰的實現的歷史。

社會上對於他的行為，往往有不能諒解的地方，都只因為社會上批評他的人不曾懂得志摩的「單純信仰」的人生觀。他的離婚和他的第二次結婚，是他一生最受社會嚴厲批評的兩件事。現在志摩的棺已蓋了，而社會上的議論還未定。但我們知道這兩件事的人，都能明白，至少在志摩的方面，這兩件事最可以代表志摩的單純理想的追求。他萬分誠懇的相信那兩件事都是他實現他那「美與愛與自由」的人生的正當步驟。這兩件事的結果，在別人看來，似乎都不曾能夠實現志摩的理想生活。但到了今日，我們還忍用成敗來議論他嗎？

我忍不住我的歷史癖，今天我要引用一點神聖的歷史材料，來說明志摩決心離婚時的心理。民國十一年三月，他正式向他的夫人提議離婚，他告訴她，他們不應該繼續他們的沒有愛情沒有自由的結婚生活了，他提議「自由之償還自由」，他認為這是「彼此重見生命之曙光，不世之榮業」。他說：

故轉夜為日，轉地獄為天堂，直指顧間事矣。……真生命必自奮鬥自求得來，真幸福亦必自奮鬥自求得來，真戀愛亦必自奮鬥自求得來！彼此前途無限，……彼此有改良社會之心，彼此有造福人類之心，其先自作榜樣，勇決智斷，彼此尊重人格，自由離婚，止絕苦痛，始兆幸福，皆在此矣。

這信裏完全是青年的志摩的單純的理想主義，他覺得那沒有愛又沒有自由的家庭是可以摧毀他們的人格的，所以他下了決心，要把自由償還自由，要從自由求得他們的真生命，真幸福，真戀愛。

後來他回國了，婚是離了，而家庭和社會都不能諒解他。最奇怪的是他和他已離婚的夫人通信更勤，感情更好。社會上的人更不明白了。志摩是梁任公先生最愛護的學生，所以民國十二年任公先生曾寫一封很長很懇切的信去勸他。在這信裏，任公提出兩點：

其一，萬不容以他人之苦痛，易自己之快樂。弟之此舉，其於弟將來之快樂能得與否，殆茫如捕風，然先已予多數人以無量之苦痛。

其二，戀愛神聖為今之少年所樂道。……茲事蓋可遇而不可求。……況多情多感之人，其幻象起落鶻突，而得滿足得寧帖也極難。所夢想之神聖境界恐終不可得，徒以煩惱終其身已耳。

任公又說：

嗚呼志摩！天下豈有圓滿之宇宙？……當知吾儕以不求圓滿為生活態度，斯可以領略生活之妙味矣。……若沉迷於不可必得之夢境，挫折數次，生意盡矣，鬱邑侘傺以死，死為無名。死猶可也，

最可畏者，不死不生而墮落至不復能自拔。嗚呼志摩，可無懼耶！可無懼耶！（十二年一月二日信）

任公一眼看透了志摩的行為是追求一種「夢想的神聖境界」，他料到他必要失望，又怕他少年人受不起幾次挫折，就會死，就會墮落。所以他以老師的資格警告他：「天下豈有圓滿之宇宙？」

但這種反理想主義是志摩所不能承認的。他答覆任公的信，第一不承認他是把他人的苦痛來換自己的快樂。他說：

我之甘冒世之不韙，竭全力以鬥者，非特求免凶慘之苦痛，實求良心之安頓，求人格之確立，求靈魂之救度耳。人誰不求庸德？人誰不安現成？人誰不畏艱險？然且有突圍而出者，夫豈得已而然哉？

第二，他也承認戀愛是可遇而不可求的，但他不能不去追求。他說：

我將於茫茫人海中訪我唯一靈魂之伴侶；得之，我幸；不得，我命，如此而已。

他又相信他的理想是可以創造培養出來的。他對任公說：

嗟夫吾師！我嘗奮我靈魂之精髓，以凝成一理想之明珠，涵之以熱滿之心血，朗照我深奧之靈犀。而庸俗忌之嫉之，輒欲麻木其靈魂，搗碎其理想，殺滅其希望，污毀其純潔；我之不流入墮落，流入庸懦，流入卑污，其幾亦微矣！

我今天發表這三封不曾發表過的信，因為這幾封信最能表現那個單純的理想主義者徐志摩。他深信理想的人生必須有愛，必須有自由，必須有美；他深心〔信〕這種三位一體的人生是可以追求的，至少是可以用純潔的心血培養出來的。——我們若從這個觀點來觀察志摩的一生，他這十年中的一切行為就全可以瞭解了。我還可以說，只有從這個觀點上才可以瞭解志摩的行為；我們必須先認清了他的單純信仰的〈落〉人生觀，方才認得清志摩的為人。

（未完）

12月21日（第773期）

第三版刊胡適之《追悼志摩（續）》。文末署「二十年、十二月、三夜」。

志摩最近幾年的生活，他承認是失敗。他有一首《生活》的詩，說的暗慘的可怕：

陰沉，黑暗，毒蛇似的蜿蜒，
生活逼成了一條甬道：
一度陷入，你只可向前，
手捫索著冷壁的黏潮，
在妖魔的臟腑內掙扎，
頭頂不見一線的天光，
這魂魄，在恐怖的壓迫下，
除了消滅更有什麼希望？

（十九年五月二十九日）

他的失敗是一個單純的理想主義者的失敗。他的追求，使我們慚愧，因為我們的信心太小了，從不敢夢想他的夢想。他的失敗，也應該使我們對他表示更深厚的恭敬與同情，因為偌大的世界之中，只有他（有）這信心，冒了絕大的危險，費了無數的麻煩，犧牲了一切平凡的安逸，犧牲了一切家庭的親誼和人間的名譽，去追求，去試驗一個「夢想之神聖境界」，而終於免不了慘酷的失敗，他的失敗不完全是他自己的失敗，也不完全是他的人生觀的失敗。他的失敗是因為他的信仰太單純了，而這個現實世界太複雜了，他的單純的信仰禁不起這個現實世界的摧毀；正如易卜生的詩劇 Brand 裏的那個理想主義者，抱著他的理想，在人間處處碰釘子，碰的焦頭爛額，失敗而死。

然而我們的志摩「在這恐怖的壓迫下」，從不曾叫一聲「我投降了」！他從不曾完全絕望，他從不曾絕對怨恨誰。他對我們說：

你們不能更多的責備我，覺得我已是滿頭的血水，能不低頭已算是好的。（《猛虎集自序》）

是的，他不曾低頭。他仍舊昂起頭來做人；他仍舊是他那一團的同情心，一團的愛。我們看他替朋友做事，替團體做事，他總是仍舊那樣熱心，仍舊那樣高興。幾年的挫折，失敗，苦痛，似乎使他更成熟了，更可愛了。

他在苦痛之中，仍舊繼續他的歌唱。他的詩的作風也更成熟了。他所謂「初期的洶湧性」固然是沒有了，作品也減少了；但是他的意境變深厚了，筆致變淡遠了，技術和風格都更進步了。這是讀《猛虎集》的人都能感覺到的。

志摩自己希望今年是他的「一個真的復活的機會」。他說：

抬起頭居然又見到天了。眼睛睜開了，心也跟著開始了跳動。

我們一班朋友都替他高興。他這幾年來想用心血澆灌的花樹也許是枯萎的了；但他的同情，他的鼓舞，早又在別的園地裏種出了無數的可愛的小樹，開出了無數可愛的鮮花。他自己的歌唱有一個時代是幾乎銷沉了；但他的歌聲引起了他的園地外無數的歌喉，嘹亮的唱，哀怨的唱，美麗的唱。這都是他的安慰，都使他高興。

誰也想不到在這個最有希望的復活時代，他竟丟了我們走了！他的《猛虎集》裏有一首詠一隻黃鵬的詩，現在重讀了，好像他在那裏描寫他自己的死，和我們對他的死的悲哀：

等候他唱，我們靜著望，
怕驚了他。
但他一展翅
衝破濃密，化一朵彩霧：
飛來了，不見了，沒了——
像是春光，火焰，像是熱情。

志摩這樣一個可愛的人，真是一片春光，一團火焰，一腔熱情。現在難道都完了？

決不！決不！志摩最愛他自己的一首小詩，題目叫做《偶然》，在他的《卞昆岡》劇本裏，在那個可愛的孩子阿明臨死時，那個瞎子彈著三弦，唱著這首詩：

我是天空裏的一片雲，
偶而投影在你的波心——
你不必訝異，
更無需歡喜——
在轉瞬間消滅了蹤影。

你我相逢在黑夜的海上，
你有你的，我有我的，方向。
　　你記得也好，
　　最好你忘掉，
在這交會時互放的光茫！

朋友們，志摩是走了，但他投的影子會永遠留在我們心裏，他放的光亮也會永遠留在人間，他不曾白來了一世。我們有了他做朋友，也可以安慰自己說不曾白來了一世。我們忘不了他和我們

在那交會時互放的光亮！

二十年，十二月，三夜

12月24日（第774期）

第二版刊弔徐志摩紀念品照片並配文：「已故新詩人徐志摩先生，於十二月二十日在靜安寺設奠，弔客各贈以紀念品，佩之胸前。上為小影，下為詩讖。」

1932年

1月15日（第780期）

第二版刊看雲樓主人（即曹靖陶）《章孤桐先生挽徐志摩聯有新詩於我竟無緣之句感賦即寄》：

新詩較易得時名，珠玉思將礫石成。
結習竟侔長慶陋，詞華終讓子山清。
縱眸白葦黃茅地，側耳瑤琴玉軫聲。
一樣高吟寫懷抱，此中門戶最分明。

2 月 15 日（第 785 期）

第三版刊《梁任公致徐志摩書遺跡》。

2 月 20 日（第 786 期）

第二版刊《梁任公致徐志摩書遺跡（二）》。

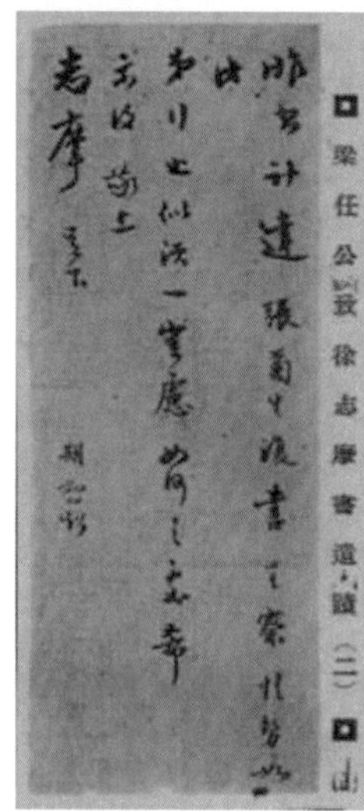

梁任公致徐志摩書遺跡（二）

附錄二　商務印書館 2009 年版《徐志摩全集》題注補正

商務印書館 2009 年 10 月版《徐志摩全集》中，編者所作題注，多有不夠準確、不夠完備之處。茲應出版社之約請，不避煩瑣，略為補正，以供其修訂再版時參考。

補正方式：①依全集卷次和篇目編排順序，對欠準確、完備的題注（包括寫作時間、發表時間、卷數、期號、署名、再刊等信息）加以修正和補充。②先列篇目，後全錄或節錄原題注及所在頁碼，再以按語形式進行說明。③全集正文中，若有與原刊本不一致者，亦擇要予以訂正。

第一卷・散文（一）

論小說與社會之關係

載 1913 年 7 月杭州一中校刊《友聲》第 1 期，署名徐章垿；1988 年 1 月陝西人民出版社《徐志摩研究資料》存目。（第 7 頁）

按：「1913 年 7 月」應為「1913 年 8 月」（7 月是「付印」時間）；「杭州一中校刊」應為「浙江第一中學校友會會刊」（「會刊」二字，可刪掉）；原刊文為句讀形式。

鐳錠與地球之歷史

載 1914 年 5 月杭州一中校刊《友聲》第 2 期，署名徐章垿；1988 年 1 月陝西人民出版社《徐志摩研究資料》存目。（第 13 頁）

按:「1914 年」應為「1915 年」;「杭州一中校刊」應為「浙江第一中學校友會會刊」(「會刊」二字,可刪掉)。原刊文為句讀形式。

志摩隨筆

約 1917 年,陳從周輯;原稿(五)至(十)無標題,為陳從周所擬;載 1947 年 11 月 15 日《申報》,題為《志摩隨筆》;又載 1948 年 6 月 1 日《永安》月刊第 109 期;1988 年 1 月陝西人民出版社《徐志摩研究資料》存目。採自《申報》。陳從周按語附後。(第 43 頁)

按:《志摩隨筆》中,《吳語》《攝影奇事》《京語》和《命相》,又載 1947 年 11 月 27 日《一四七畫報》半月刊第 17 卷第 3 期。

致南洋中學同學書

1918 年 8 月 31 日作;初載 1930 年 6 月上海南洋中學同學會會刊《南洋》雜誌第 1 卷增刊號;收入陳從周編《徐志摩年譜》,題名《民國七年八月十四日徐志摩啟行赴美文》,現題名為全集編者改。採自《徐志摩年譜》。(第 51 頁)

按:「南洋中學同學會」應為「南洋中學校友會」;「《南洋》」後「雜誌」二字可刪掉。此文在《南洋》上發表時,題為《舊史之一頁》;為句讀形式;文前有「編者附志」:

> 此係民國七年徐志摩先生赴美遊學時,在太平洋舟中寄本會同人書,珍藏已十有餘年。茲為策勵現代青年計,特為披露,或亦志摩先生所不見責歟。
>
> 編者附誌

志摩雜記(一)

約 1918 年 10 月作,陳從周輯;載 1948 年 1 月 21 日、4 月 28 日《申報》,題目分別為《志摩雜記(一)》、《志摩雜記》,文首有陳從周按語;1988 年 1 月陝西人民出版社《徐志摩研究資料》存目。採自《申報》,用此題。陳從周按語附後。(第 54 頁)

按:「申報」可改為「《申報・文學》第 8 期、第 20 期」。《志摩雜記(一)》又載 1948 年 1 月 29 日、31 日重慶《時事新報・青光》渝新第 25 號、第 26 號。

志摩雜記（二）

約1918年10月作，陳從周輯；載1948年6月1日《永安》月刊第109期，題為《志摩早期雜記二》，文首有陳從周按語；1988年1月陝西人民出版社《徐志摩研究資料》存目。陳從周按語附後。（第58頁）

按：「《志摩早期雜記二》」應為「《志摩雜記》」；「文首」應為「文末」。

安斯坦相對主義

約1920年作；載1921年4月15日《改造》雜誌第3卷第8期；初收1980年臺灣時報文化出版事業有限公司《徐志摩詩文補遺》。採自《改造》雜誌。安斯坦，今譯愛因斯坦。（第67頁）

按：「第8期」應為「第8號」。

羅素遊俄記書後

約1920年作；載1921年6月15日《改造》雜誌第3卷第10期，署名志摩；初收1980年臺灣時報文化出版事業有限公司《徐志摩詩文補遺》。採自《改造》雜誌。（第87頁）

按：「第10期」應為「第10號」。

評韋爾思之遊俄記

約1920年作；載1921年6月15日《改造》雜誌第3卷第10期，署名志摩；初收1980年臺灣時報文化出版事業有限公司《徐志摩詩文補遺》。採自《改造》雜誌。（第93頁）

按：「第10期」應為「第10號」。全集第95頁倒數第5行「韋氏不喜歡馬克思」後，原刊本標有「（注一）」字樣，注文附於正文後：

> （注一）韋爾思憎馬克思之書，尤憎馬氏之鬍。其論馬克思「無所不在之大鬍」（Marx's Omnipresent Beard）令人噴飯。吾筆拙不能傳其趣獨譯其意耳。「吾故不愛馬克思，今來俄直仇之矣。馬克思之石像，馬克思之肖影，馬克思之模型——蓋無往而非馬克思也。其面部十六七皆鬍——龐然，莊然，絨然，索然，——其用器官不已難乎。（俗傳蘇小妹嘲乃兄大鬍云，『送食幾番無覓處忽聞毛裏一聲傳』，可與韋爾思之評馬鬍子對照，英文學家G.K. Chesterton亦嘗著文嘲達爾文之大鬍）……是鬍也猶之其書（資本論）蔓而無節富而無當。……此『無所不在之大鬍』之印象逆我甚矣。吾恨不能執馬

氏而薙之。日者有暇，吾且執剪與刀，以從事馬氏之《資本論》而題吾書曰『馬克思之剃鬍』。」

韋氏觀察一小學校，問其學生曰汝習英文乎？曰然。英之文學家汝最喜誰，同聲而應曰韋爾思。曰愛其何書，學生立背韋氏之著作至十餘種之多。韋氏知受治，大怒引去。其後韋氏更不知會，選擇一校而察焉，精神設備反視前者為佳。韋氏更問其學生曰汝亦嘗聞英人名韋爾思者乎？童子皆謝否。更檢其藏書室，韋氏之著作蓋一無所有。蘇俄之招待外國名人，往往事前預備，暴長掩短，類如此也。

韋氏文既登倫敦《星期快郵報》，陸軍大臣邱吉爾（Winston Churchill）著文答之。（邱氏現為仇俄派之領袖）韋氏亦馳書醜詆之，至有味也。

合作底意義

1920年作；載1920年11月6日《合作》第25號，「合作研究」專欄，同時刊發徐志摩起草的《中華合作協進社簡章》，署名「留美合作協進社徐志摩來稿」，並附有「編者附識」。《簡章》和附識附後。（第130頁）

按：「《合作》」應為「《民國日報・平民》週刊」。原刊本題下標「（留美合作協進社徐志摩來搞）」，文前有「編者附識」。

雨後虹

1922年8月6日作；載1923年7月21日、23日、24日上海《時事新報》副刊《學燈》；1988年1月陝西人民出版社《徐志摩研究資料》存目。採自《學燈》。（第232頁）

按：「《時事新報》副刊《學燈》」可改為「《時事新報・學燈》第5卷第7冊第21號、第23號、第24號」。原刊本題為《「雨後虹」》。

印度洋上的秋思

1922年10月6日作；1922年11月6日起，在《新浙江報》連載三期（未完），同年12月29日在《晨報副刊》全文刊出，均署名志摩；初收1980年臺灣時報文化出版事業有限公司《徐志摩詩文補遺》。採自《晨報副刊》。（第240頁）

按：兩處「晨報副刊」均應為「晨報副鐫」（此時的《晨報副鐫》係《晨報》附刊之一種）。此篇初載1922年11月6日至21日《新浙江・新朋友》，已載完。署名均為徐志摩，非「志摩」。

徐志摩張幼儀離婚通告

載1922年11月6日、8日《新浙江報．新朋友》；1988年1月陝西人民出版社《徐志摩研究資料》存目。採自1995年8月上海書店《徐志摩全集》第8冊，僅1922年11月8日刊載的後半篇，據該全集編者說，6日的報紙未找到。（第247頁）

按：「《新浙江報．新朋友》」可改為「《新浙江．新朋友》『離婚號（2）』」。原刊本題下有「續六日」字樣。

羅素與中國——讀羅素著《中國問題》

1922年11月17日作；載1922年12月3日《晨報副刊》；初收1980年臺灣時報文化出版事業有限公司《徐志摩詩文補遺》。採自《晨報副刊》。（第249頁）

按：兩處「晨報副刊」均應為「晨報副鐫」。原刊本文末署：「十一月十七日南京成賢學舍，徐志摩。」又載1922年12月6日上海《時事新報》第2版。

ART AND LIFE

這是作者1922年秋末在清華大學講演的英文稿；載1923年5月1日《創造季刊》第2卷第1期，署名徐志摩（英文），文末有成仿吾寫的附記；英文稿初收1980年臺灣時報文化出版事業有限公司《徐志摩詩文補遺》，中文譯稿初收1988年1月陝西人民出版社《徐志摩研究資料》，虞建華、邵華強譯。英文稿採自《創造季刊》，成仿吾的附記附後。（第256頁）

按：「5月1日」應為「7月1日」；兩處「《創造季刊》」應為「《創造》季刊」；「第1期」應為「第1號」。原刊本署名Tsemou Hsu。

第二卷．散文（二）

就使打破了頭，也還要保持我靈魂的自由

載1923年1月28日《努力週報》第39期；初收1969年臺灣傳記文學出版社《徐志摩全集》第6卷。（第6頁）

按：原刊本題為《「就使打破了頭，也還要保持我靈魂的自由」》。

關於《一個不很重要的回想》的討論

1923年3月15日作；載1923年3月25日《努力週報》第45期；1988

年 1 月陝西人民出版社《徐志摩研究資料》存目。（第 9 頁）

按：原刊本題為《關於〈一個不狠重要的回想〉的討論》。

看了《黑將軍》以後

1923 年 4 月 3 日作；載 1923 年 4 月 11 日、12 日、13 日、14 日《晨報副刊》；1988 年 1 月陝西人民出版社《徐志摩研究資料》存目。採自《晨報副刊》。（第 31 頁）

按：兩處「晨報副刊」均應為「晨報副鐫」；第一處「《晨報副刊》」可改為「《晨報副鐫》第 91 號、第 92 號、第 93 號、第 94 號」。

狗食盆

載 1923 年 4 月 22 日《努力週報》第 49 期，原題《雜記》；初收 1969 年臺灣傳記文學出版社《徐志摩全集》第 6 卷。（第 45 頁）

按：原刊本文末有「（未完）」字樣。

得林克華德的《林肯》

1923 年 4 月 29 日作；載 1923 年 5 月 3 日、5 日、6 日、7 日《晨報副刊》。採自《晨報副刊》。（第 48 頁）

按：兩處「晨報副刊」均應為「晨報副鐫」；第一處「《晨報副刊》」可改為「《晨報副鐫》第 113 號、第 115 號、第 116 號、第 117 號」。

壞詩，假詩，形似詩

載 1923 年 5 月 6 日《努力週報》第 51 期，原題《雜記（二）壞詩，假詩，形似詩》；文末標「未完」，似未續作；初收 1969 年臺灣傳記文學出版社《徐志摩全集》第 6 卷。（第 59 頁）

按：「《雜記（二）壞詩，假詩，形似詩》」應為「《雜記 壞詩，假詩，形似詩》」。原刊本未署名，1923 年 5 月 13 日《努力週報》第 52 期所刊《前期正誤》中有說明。

我們看戲看的是什麼

1923 年 5 月 20 日作；載 1923 年 5 月 24 日《晨報副刊》。採自《晨報副刊》。（第 68 頁）

按：兩處「晨報副刊」均應為「晨報副鐫」；第一處「《晨報副刊》」可改為「《晨報副鐫》第 135 號」。原刊本題為《「我們看戲看的是什麼」》。

天下本無事

1923 年 6 月 7 日作；載 1923 年 6 月 10 日《晨報副刊》；又載 1923 年 6 月 14 日上海《時事新報》副刊《學燈》；初收 1980 年臺灣時報文化出版事業有限公司《徐志摩詩文補遺》。採自《晨報副刊》。（第 75 頁）

按：兩處「晨報副刊」均應為「晨報副鐫」；第一處「《晨報副刊》」可改為「《晨報副鐫》第 153 號」；「6 月 14 日」應為「6 月 15 日」；「《時事新報》副刊《學燈》」可改為「《時事新報・學燈》第 5 卷第 6 冊第 15 號」。原刊本題為《「天下本無事！」》。

國際著作者協社

1923 年 6 月初作；載 1923 年 6 月 11 日《晨報・文學旬刊》；初收 1980 年臺灣時報文化出版事業有限公司《徐志摩詩文補遺》。採自《晨報・文學旬刊》。（第 84 頁）

按：「晨報・文學旬刊》」後可加「第 2 號」。原刊本題為《「國際著作者協社」》。

我過的端陽節

1923 年 6 月 20 日作；載 1923 年 6 月 24 日《晨報副刊》；又載 7 月 9 日上海《時事新報》副刊《學燈》；初收 1980 年臺灣時報文化出版事業有限公司《徐志摩詩文補遺》。採自《晨報副刊》。（第 87 頁）

按：兩處「晨報副刊」均應為「晨報副鐫」；第一處「《晨報副刊》」可改為「《晨報副鐫》第 164 號」；「《時事新報》副刊《學燈》」可改為「《時事新報・學燈》第 5 卷第 7 冊第 9 號」。《晨報副鐫》本署名志摩。

太戈爾來華

1923 年 7 月 6 日作；載 1923 年 9 月 10 日《小說月報》第 14 卷第 9 號；初收 1969 年臺灣傳記文學出版社《徐志摩全集》。採自《小說月報》。（第 90 頁）

按：此篇又載 1923 年 11 月 4 日、6 日、7 日、8 日《順天時報》第 7063 號、第 7065 號、第 7066 號、第 7067 號。

開痕司

載 1923 年 7 月 8 日《晨報副刊》；初收 1980 年臺灣時報文化出版事業有限公司《徐志摩詩文補遺》。採自《晨報副刊》。（第 97 頁）

按：兩處「晨報副刊」均應為「晨報副鐫」；第一處「《晨報副刊》」可改為「《晨報副鐫》第 176 號」。

泰山日出

1923 年 7 月作；載 1923 年 9 月 10 日《小說月報》第 14 卷第 9 號，署名志摩；初收 1969 年臺灣傳記文學出版社《徐志摩全集》第 6 卷。採自《小說月報》。（第 104 頁）

按：原刊本署名「徐志摩」，非「志摩」。

鬼話

約 1923 年的初秋作；載 1924 年 4 月 1 日《晨報・文學旬刊》，署名志摩，文末有王統照（劍三）的附記；初收 1980 年臺灣時報文化出版事業有限公司《徐志摩詩文補遺》。採自《晨報・文學旬刊》，「劍三附記」附後。（第 140 頁）

按：第一處「《晨報・文學旬刊》」後可加「第 30 號」。

太戈爾來華的確期——改期明年三月來華——

1923 年 10 月 21 日作；載 1923 年 10 月 10 日《小說月報》第 14 卷第 10 號；又載 1923 年 10 月 28 日《晨報》，改稱謂為「淵泉兄」；初收 1969 年臺灣傳記文學出版社《徐志摩全集》第 6 卷。採自《小說月報》。（第 148 頁）

按：《小說月報》本文末署「志摩十月，二十一日，西湖」；「10 月 28 日」應為「10 月 29 日」；「《晨報》」改為「《時事新報・文學》第 94 期」。此篇又載 1923 年 10 月 29 日《教育與人生》週刊第 3 期，題為《太戈爾改期來華近訊》，文末署：「志摩十月二十一日，於西湖。」

讀雪萊詩後

載 1923 年 11 月 5 日《文學週報》第 95 期，署名 S。（第 152 頁）

按：「《文學週報》」應為「《時事新報・文學》」。

我的祖母之死

1923 年 11 月 24 日作；載 1923 年 12 月 1 日《晨報五周年紀念增刊》；初收 1928 年 1 月上海新月書店《自剖》。採自《自剖》。（第 155 頁）

按：原刊封面題名《晨報五週年增刊》，頁眉題名《晨報五週年紀念增刊》，版權頁題名《晨報五周紀念增刊號》。原刊本題為《「我的祖母之死」》，正文各節序號，均加圓括號。

羅素又來說話了

載1923年12月10日《東方雜誌》第20卷第23期，文末標有「《時事新報》」，似由該報轉載；初收1969年臺灣傳記文學出版社《徐志摩全集》第6卷。採自《東方雜誌》。（第170頁）

按：「第23期」應為「第23號」。此篇初載1923年10月10日上海《時事新報》「時論」欄，題為《「羅素又來說話了」》。原刊本正文各節序號，均加圓括號。

政治生活與王家三阿嫂

約1923年冬作；1924年12月26日加序；載1925年1月4日、5日、6日《京報副刊》；初收1926年6月北京北新書局《落葉》。採自《落葉》。（第180頁）

按：「《京報副刊》」後可加「第26號、第27號、第28號」。原刊本序言文末署：「十二月二十六日。」正文各節序號，均有圓括號。

泰谷爾來信

1924年2月28日作；載1924年3月7日《晨報副刊》和上海《時事新報》副刊《學燈》。採自《晨報副刊》。（第228頁）

按：「《晨報副刊》」改為「《晨報副鐫》第48號」。此篇初載1924年3月4日上海《時事新報・學燈》第6卷第3冊第4號，文末日期上一行為：「所以我們盼望了半年多的大詩人，這一次是來定了。」

徵譯詩啟

載1923年3月10日《小說月報》第15卷第3號，文後有鄭振鐸的附言；又載3月22日《晨報副刊》；初收1969年臺灣傳記文學出版社《徐志摩全集》第6卷。採自《小說月報》。（第230頁）

按：「《晨報副刊》」改為「《晨報副鐫》第61號」。《小說月報》本文末無「徐志摩敬啟」字樣。《晨報副鐫》本題下標注：「（此篇本登昨天《文學旬刊》，因稿件過多，故移登于此。）」

拜倫

1924年4月2日作；部分載1924年4月10日《小說月報》第12卷第4號，全文載4月21日《晨報・文學旬刊》，題名《擺侖》；初收1928年8月上海新月書店《巴黎的鱗爪》，改題名為《拜倫》。採自《巴黎的鱗爪》。（第233頁）

按:「第12卷」應為「第15卷」;「《晨報・文學旬刊》」後可加「第32號」。

泰戈爾

1924年5月12日在北京真光劇場講;載1924年5月19日《晨報副刊》,又載6月2日《文學週報》第124期;初收1980年臺灣時報文化出版事業有限公司《徐志摩詩文補遺》。採自《晨報副刊》。(第246頁)

按:兩處「晨報副刊」均應為「晨報副鐫」;第一處「《晨報副刊》」改為「《晨報副鐫》第112號」;「《文學週報》」應為「《時事新報・文學》」。原刊本文末標「(十二日在真光講)」。

北戴河海濱的幻想

載1924年6月21日《晨報・文學旬刊》;初收1928年1月上海新月書店《自剖》。採自《自剖》。(第255頁)

按:「《晨報・文學旬刊》」後可加「第39號」。

落葉

1924年秋在北京師範大學講;載1924年12月1日《晨報六週年紀念增刊》;初收1926年6月北京北新書局散文集《落葉》。採自《落葉》。(第259頁)

按:「《晨報六週年紀念增刊》」應為「《晨報六周紀念增刊》」。

我默的一首詩

1924年11月2日作;載1924年11月7日《晨報副刊》,落款誤作「十二月二日」;初收1980年臺灣時報文化出版事業有限公司《徐志摩詩文補遺》。採自《晨報副刊》。(第276頁)

按:兩處「晨報副刊」均應為「晨報副鐫」;第一處「《晨報副刊》」改為「《晨報副鐫》第265號」。原刊本譯詩題前序號,均加圓括號,無頓號。

悼沈叔薇

1924年11月1日作;載1924年11月19日《晨報副刊》,署名志摩;初收1928年1月上海新月書店《自剖》。採自《自剖》。(第279頁)

按:「《晨報副刊》」改為「《晨報副鐫》第276號」。

兩個世界的老頭兒的來信

載1924年11月24、26日《晨報副刊》;初收1980年臺灣時報文化出版事業有限公司《徐志摩詩文補遺》。採自《晨報副刊》。(第285頁)

按：兩處「晨報副刊」均應為「晨報副鐫」；第一處「《晨報副刊》」改為「《晨報副鐫》第281號、第282號。第282號所載，題為《兩位世界的老頭的來信（下）》。

這回連面子都不顧了！

載1924年12月20日《現代評論》第1卷第2期；初收1980年臺灣時報文化出版事業有限公司《徐志摩詩文補遺》。採自《現代評論》。（第301頁）

按：原刊目錄頁署名徐志摩，正文署名志摩。

雜碎

約1924年12月作；載1925年1月3日《現代評論》第1卷第3期，署名鶴。（第304頁）

按：「第3期」應為「第4期」。原刊本正文各序號，均加圓括號；文末無「鶴」字。

第三卷・散文（三）

《瑪麗瑪麗》後記及附注

1925年2月6日作；載1925年2月18日《晨報副刊》，「後記」署名志摩，「附注」署名摩；1988年1月陝西人民出版社《徐志摩研究資料》存目。採自《晨報副刊》。（第5頁）

按：兩處「晨報副刊」均應為「晨報副鐫」；第一處「《晨報副刊》」改為「《晨報副鐫》第35號」。原刊本文末為「二月六日摩記」。

青年運動

1925年陰曆正月二十四日（公立2月16日）作；載1925年3月13日《晨報副刊》，署名志摩；初收1926年6月北京北新書局《落葉》。採自《落葉》。（第7頁）

按：「《晨報副刊》」改為「《京報副刊》第87號」。原刊本題下署名徐志摩，文末署：「志摩，正月二十四日。」

丹農雪烏

這是作者1922年在英國時寫的一篇介紹丹農雪烏的文章，共五節；約1925年春末修改，新寫了《緒言》；《緒言》、《意大利與丹農雪烏》、《丹農雪烏的青年時期》分別刊載於1925年5月8日、11日、13日《晨報副刊》，《丹農雪烏的作品》、《丹農雪烏的戲劇》分別刊載於同年5月15日《晨報·文學旬刊》,《丹農雪烏的小說》載於同年5月19日、21日、22日《晨報副刊》;初收1980年臺灣時報文化出版事業有限公司《徐志摩詩文補遺》。採自《晨報副刊》和《晨報·文學旬刊》。……(第16頁)

按:《緒言》載《晨報副刊》第102號,《意大利與丹農雪烏》載《晨報副刊》第104號,《丹農雪烏的青年時期》載《晨報副刊》第106號,《丹農雪烏的作品》《丹農雪烏的戲劇》載《晨報·文學旬刊》第70號,《丹農雪烏的小說》載《晨報副刊》第111號、第112號、第113號。

再說一說曼殊斐兒

載1925年3月10日《小說月報》第16卷第3號;1988年1月陝西人民出版社《徐志摩研究資料》存目。採自《小說月報》。(第48頁)

按:此篇初載1925年1月13日《京報·文學週刊》第6期,題下有「(乘便跑一跑野馬)」字樣。

給新月

1925年3月14日寫;載1925年4月2日《晨報副刊》,原題《歐遊漫錄——第一函給新月》,署名徐志摩;初收1980年臺灣時報文化出版事業有限公司《徐志摩詩文補遺》。採自《晨報副刊》,改今題。(第54頁)

按:第一處「《晨報副刊》」後可加「第73號」。依全集凡例,凡署名「徐志摩」者,可不著錄。

歐遊漫錄——西伯利亞遊記

初收1928年1月上海新月書店《自剖》,題名為《歐遊漫錄——西伯利亞遊記》。採自《自剖》。(第59頁)

按:《歐遊漫錄——西伯利亞遊記》含12節,其中,《開篇》《自願的充軍》《離京》,總題為《歐遊漫錄(二)——西伯利亞遊記》,載1925年6月12日《晨報副刊》第1210號。《旅伴》載1925年6月17日《晨報副刊》第1211號。《兩個生客》載1925年6月19日《晨報副刊》第1213號。《西伯利亞》,從開頭至「誰說這不是拿翁再世的相兒」,載1925年6月18日《晨報副刊》第1212號,題為《歐遊漫錄(四)——西伯利亞遊記》;從「西伯利亞只是人少」到結尾,載1925年7月3日《晨報副刊》第1218號,題為《歐遊漫錄(六)——西伯利亞》,題下有「(續六月十九日)」字樣。《莫斯科》載1925年

7月6日、7日、9日、11日《晨報副刊》第1219號、第1220號、第1221號、第1222號，依次題為《歐遊漫錄（七）》《歐遊漫錄（八）》《歐遊漫錄（九）》《歐遊漫錄（十）》。《托爾斯泰》載1925年8月1日《晨報副刊》第1237號，題為《歐遊漫錄（十一）——莫斯科遊記續》。《猶太人的怖夢》載1925年8月2日《晨報副刊》第1238號，題為《歐遊漫錄（十二）——莫斯科遊記續》。《契訶夫的墓園》載1925年8月10日《晨報副刊》第1246號，題為《一個靜美的向晚——莫斯科遊記之一》。《「一宿有話」》載1925年8月5日《晨報·文學旬刊》第77號，文末署：「志摩，斐倫翠山中，六月七日。」

翡冷翠山居閒話

載1925年7月4日《現代評論》第2卷第30期；初收1927年8月上海新月書店《巴黎的鱗爪》。採自《巴黎的鱗爪》。翡冷翠，今譯佛羅倫薩。（第102頁）

按：原刊本題為《斐倫翠山居閒話》。

意大利的天時小引

約1925年6月上旬作；載1925年8月19日《晨報副刊》，原題《意大利的天時小引——歐遊漫錄之一》；初收1980年臺灣時報文化出版事業有限公司《徐志摩詩文補遺》。採自《晨報副刊》，改今題。（第105頁）

按：第一處「《晨報副刊》」後可加「第1253號」。

我的彼得

約1925年6月上旬作；載1925年8月15日《現代評論》第2卷第36期；初收1928年1月上海新月書店《自剖》。採自《自剖》。（第107頁）

按：原刊本題為《追悼我的彼得》。

白地亞（Badia, Florence）

約1925年6月初作；載1925年7月4日《現代評論》第2卷第30期，署名徐志摩；又載1925年8月25日《晨報·文學旬刊》，署名徐志摩，均另有正題《翡冷翠山居閒話——歐遊漫錄之一》；原擬續寫，《白地亞》為本節標題。採自《晨報·文學旬刊》，用此題。文中斐冷翠，有些文章作翡冷翠。（第112頁）

按：第一處「《晨報·文學旬刊》」後可加「第79號」。「署名徐志摩」刪掉末刊《現代評論》。

一個譯詩問題

1925 年 8 月 23 日作；載 1925 年 8 月 29 日《現代評論》第 2 卷第 38 期；初收 1969 年臺灣傳記文學出版社《徐志摩全集》第 6 卷。採自《現代評論》。徐文發表後，朱家驊、李競何著文商榷，分別載於 1925 年 10 月 3 日、11 月 21 日《現代評論》第 2 卷第 43 期、第 50 期，附後。（第 114 頁）

按：原刊目錄頁署名徐志摩，正文署名志摩。

我為什麼來辦我想怎麼辦

載 1925 年 10 月 1 日《晨報副刊》；初收 1980 年臺灣時報文化出版事業有限公司《徐志摩詩文補遺》。採自《晨報副刊》。（第 127 頁）

按：第一處「《晨報副刊》」後可加「第 1283 號」。

《中秋晚》附言

載 1925 年 10 月 1 日《晨報副刊》；初收 1995 年 8 月上海書店《徐志摩全集》第 8 冊。採自《晨報副刊》。《中晚秋》為凌叔華所作小說。（第 133 頁）

按：第一處「《晨報副刊》」後可加「第 1283 號」，署名志摩。

迎上前去

載 1925 年 10 月 5 日《晨報副刊》，題名《「迎上前去」》；初收 1928 年 1 月上海新月書店《自剖》，目錄題名《迎上前去》，正文題仍為《「迎上前去」》；正文中刪去第三自然段。採自《自剖》，題從《自剖》目錄，刪去的第三自然段補入。（第 134 頁）

按：第一處「《晨報副刊》」後可加「第 1284 號」。

《副刊殃》附注

載 1925 年 10 月 5 日《晨報副刊》，署名志摩；初收 1980 年臺灣時報文化出版事業有限公司《徐志摩詩文補遺》。採自《晨報副刊》。奚若為張奚若，《副刊殃》為其所作文章，附後。（第 140 頁）

按：第一處「《晨報副刊》」後可加「第 1284 號」。原刊本文末署「志摩附注」。

從小說講到大事

這是作者為翻譯小說《生命的報酬》所寫的附記；載 1925 年 10 月 7 日《晨報副刊》，署名志摩；文前有一句按語（加括號）；初收 1927 年 8 月上海

新月書店《巴黎的鱗爪》，按語刪去。採自《巴黎的鱗爪》，初刊時的按語補入。（第 145 頁）

按：第一處「《晨報副刊》」後可加「第 1285 號」。原刊本署名徐志摩，非「志摩」。

葛德的四行詩還是沒有翻好

載 1925 年 10 月 8 日《晨報副刊》，署名徐志摩。1988 年 1 月陝西人民出版社《徐志摩研究資料》存目。採自《晨報副刊》。（第 151 頁）

按：第一處「《晨報副刊》」後可加「第 1286 號」；「署名徐志摩」刪掉。原刊目錄頁署名志摩。

唈死木死

這是作者就同期刊出的劉海粟《特拉克洛窪與浪漫主義》一文寫的評論；載 1925 年 10 月 8 日《晨報副刊》，署名志摩；初收 1980 年臺灣時報文化出版事業有限公司《徐志摩詩文補遺》。採自《晨報副刊》。劉文附後。（第 157 頁）

按：第一處「《晨報副刊》」後可加「第 1286 號」。原刊本題為《「唈死木死」》，目錄頁署名志摩，正文署名徐志摩。

又從蘇俄回講到副刊——勉己先生來稿的書後

載 1925 年 10 月 10 日《晨報副刊》，署名志摩；初收 1980 年臺灣時報文化出版事業有限公司《徐志摩詩文補遺》。勉己為劉勉己。（第 166 頁）

按：第一處「《晨報副刊》」後可加「第 1287 號」。原刊本文末有「志摩」二字。

《天鵝哀歌》附言

1925 年 10 月 10 日作；載 19 日《晨報副刊》，署名志摩；1988 年 1 月陝西人民出版社《徐志摩研究資料》存目。採自《晨報副刊》。《天鵝哀歌》係契訶夫的話劇，焦菊隱由英譯本轉譯，載 1925 年 10 月 17 日、19 日《晨報副刊》；10 月 26 日《晨報副刊》刊出焦菊隱《更正》，附後。（第 169 頁）

按：第一處「《晨報副刊》」後可加「第 1292 號」；第三處「《晨報副刊》」後可加「第 1291 號、第 1292 號」；第三處「《晨報副刊》」後可加「第 1296 號」。《天鵝哀歌》部分內容載 1925 年 10 月 12 日、15 日《晨報副刊》第 1288 號、第 1290 號。

讀桂林梁巨川先生遺書

載 1925 年 10 月 12 日《晨報副刊》，署名志摩；初收 1926 年 6 月北京北新書局《落葉》。採自《落葉》。（第 171 頁）

按：「《晨報副刊》」後可加「第 1288 號」。原刊本署名徐志摩，非「志摩」。

叔本華與叔本華的婦女論

載 1925 年 10 月 14 日《晨報副刊》；初收 1980 年臺灣時報文化出版事業有限公司《徐志摩詩文補遺》。採自《晨報副刊》。（第 177 頁）

按：第一處「《晨報副刊》」後可加「第 1289 號」。此篇作為《序》，收入張慰慈譯、神州國光社 1930 年版《婦女論》。

《把戲》附言

載 1925 年 10 月 14 日《晨報副刊》。《把戲》為徐雉所作詩歌。（第 183 頁）

按：「《晨報副刊》」後可加「第 1289 號」。原刊本文末署「摩」。

《再論梁巨川先生的自殺》附言

載 1925 年 10 月 15 日《晨報副刊》，署名志摩；初收 1926 年 6 月北京北新書局《落葉》。採自《落葉》。《再論梁巨川先生的自殺》為陶孟和所作文章，附後。（第 184 頁）

按：「《晨報副刊》」後可加「第 1290 號」。原刊本文末署「志摩附言」。

關於蘇俄仇友問題討論的前言

載 1925 年 10 月 15 日《晨報副刊》；初收 1980 年臺灣時報文化出版事業有限公司《徐志摩詩文補遺》。採自《晨報副刊》，用此題。（第 188 頁）

按：第一處「《晨報副刊》」後可加「第 1290 號」。原刊本題為《（一）前言》，署名志摩。徐志摩前言與陳均《（二）來稿一》、陳翔《（三）來稿二》，合題為《關於蘇俄仇友問題的討論》。

《志摩的詩》附注

載 1925 年 10 月 17 日《晨報副刊》，署「志摩附注」；初收 1980 年臺灣時報文化出版事業有限公司《徐志摩詩文補遺》。採自《晨報副刊》，用此題。此處「《志摩的詩》」，既是作者詩集名也是周容評論文章的名；周文附後。（第 190 頁）

按：第一處「《晨報副刊》」後可加「第1291號」。

弔劉叔和

1925年10月15日作；載1925年10月19日《晨報副刊》，署名志摩；初收1928年1月上海新月書店《自剖》。採自《自剖》。（第196頁）

按：「晨報副刊》」後可加「第1292號」。原刊本署名徐志摩，非「志摩」。

道謝

載1925年10月17日《晨報副刊》，未署名。（第200頁）

按：「《晨報副刊》」後可加「第1291號」。

記者的聲明

載1925年10月22日《晨報副刊》，署名志摩；初收1980年臺灣時報文化出版事業有限公司《徐志摩詩文補遺》。採自《晨報副刊》，改今題。（第201頁）

按：第一處「《晨報副刊》」後可加「第1294號」。原刊本題為《一，前言記者的聲明》，與奚若《二，聯俄與反對共產》、江紹原《三，來信》、抱樸《四，蘇俄不是帝國主義嗎？》，合題為《「仇友赤白的仇友赤白」》。

再論自殺

載1925年10月24日《晨報副刊》，署名志摩；初收1926年6月北京北新書局《落葉》。採自《落葉》。文中「陳女士」即陳衡哲，陳信附後。（第204頁）

按：「《晨報副刊》」後可加「第1295號」。

零碎

載1925年10月24日《晨報副刊》，署名記者；初收1980年臺灣時報文化出版事業有限公司《徐志摩詩文補遺》。採自《晨報副刊》。（第209頁）

按：第一處「《晨報副刊》」後可加「第1295號」。原刊本正文各節序號加圓括號，文末無「記者」二字。

話匣子（一）——《漢姆雷德》與留學生

載1925年10月26日《晨報副刊》，署名志摩；初收1980年臺灣時報文化出版事業有限公司《徐志摩詩文補遺》。採自《晨報副刊》。（第214頁）

按：第一處「《晨報副刊》」後可加「第1296號」。原刊本正題為《話匣子》，副題為《(一) 漢姆雷德與留學生》。

話匣子（二）一大群騾；一隻貓：趙元任先生

載1925年10月28日《晨報副刊》，署名志摩；初收1980年臺灣時報文化出版事業有限公司《徐志摩詩文補遺》。採自《晨報副刊》。(第218頁)

按：第一處「《晨報副刊》」後可加「第1297號」。

《如何才能完成國慶的意義》訂誤

載1925年10月29日《晨報副刊》，原題《訂誤》，未署名。《如何才能完成國慶的意義》為梁啟超所作連載文章。(第221頁)

按：「《晨報副刊》」後可加「第1298號」。

羅曼羅蘭

載1925年10月31日《晨報副刊》；初收1927年8月上海新月書店《巴黎的鱗爪》。採自《巴黎的鱗爪》。(第222頁)

按：「《晨報副刊》」後可加「第1299號」。

徵文啟事

載1925年10月31日《晨報副刊》，未署名，在作者《羅曼羅蘭》文前。採自《晨報副刊》，題名是編者擬的。(第230頁)

按：第一處「《晨報副刊》」後可加「第1299號」。原刊本無題名。

下期預告

載1925年10月31日《晨報副刊》，原題《預告》，未署名。(第231頁)

按：「《晨報副刊》」後可加「第1299號」。

劉侃元先生來件前言

載1925年11月4日《晨報副刊》，署名徐志摩；初收1980年臺灣時報文化出版事業有限公司《徐志摩詩文補遺》。採自《晨報副刊》。(第232頁)

按：第一處「《晨報副刊》」後可加「第1301號」。原刊本署名志摩，非「徐志摩」。

《論蘇俄》按語

這是作者為張慰慈譯開痕司《論蘇俄》寫的按語；載1925年11月4日《晨報副刊》，署名記者；1988年1月陝西人民出版社《徐志摩研究資料》存

目。採自《晨報副刊》。《論蘇俄》為張慰慈所譯凱恩斯作品。（第234頁）

按：第一處「《晨報副刊》」後可加「第1301號」；為避免重複，「《論蘇俄》為張慰慈所譯凱恩斯作品」可改為「開痕司，今譯凱恩斯」。

《水夫阿三》按語

1925年11月4日作；載1925年11月5日《晨報副刊》，署名志摩；《水夫阿三》文後有王統照的附言。1988年1月陝西人民出版社《徐志摩研究資料》存目。採自《晨報副刊》。《水夫阿三》為王統照所作小說；王統照附言附後。（第236頁）

按：第一處「《晨報副刊》」後可加「第1302號」。

守舊與「玩」舊

載1925年11月11日《晨報副刊》，原題《守舊與「玩」舊——孤桐先生的思想書店》；初收1926年6月北京北新書局《落葉》，改題為《守舊與「玩」舊》。採自《落葉》。（第239頁）

按：「《晨報副刊》」後可加「第1305號」。原刊本題為《守舊與「玩」舊——（一）（孤桐先生的思想書店）》。

志摩的欣賞

這是作者為沈從文散文《市集》寫的附記；載1925年11月11日《晨報副刊》，署「志摩的欣賞」；初收1980年臺灣時報文化出版事業有限公司《徐志摩詩文補遺》。採自《晨報副刊》。（第247頁）

按：第一處「《晨報副刊》」後可加「第1305號」。

介紹《燕大週刊》

載1925年11月11日《晨報副刊》，未署名。（第248頁）

按：「《晨報副刊》」後可加「第1305號」。原刊本署名「記者」。

《關於〈市集〉的聲明》附記

載1925年11月16日《晨報副刊》，署「志摩介紹《燕大週刊》」。1988年1月陝西人民出版社《徐志摩研究資料》存目。採自《晨報副刊》。沈從文《關於〈市集〉的聲明》附後。（第249頁）

按：第一處「《晨報副刊》」後可加「第1308號」。原刊本文末署「志摩」，非「志摩介紹《燕大週刊》」。

《陶孟和函》附言

載 1925 年 11 月 21 日《晨報副刊》，原無題，未署名。題名是編者擬的。1925 年 11 月 21 日陶孟和在《晨報副刊》上刊出《職業與生殖》，文末附致徐志摩函，這是徐在陶函後的附言；陶函附後。（第 251 頁）

按：第一處「《晨報副刊》」後可加「第 1401 號」。原刊本文末有「志摩」二字。

小啟一則

載 1925 年 11 月 21 日《晨報副刊》，原無題，未署名。題名是編者擬的。（第 252 頁）

按：「11 月 21 日」應為「11 月 23 日」；「《晨報副刊》」後可加「第 1402 號」。

《梁啟超來函》附志

載 1925 年 11 月 28 日《晨報副刊》，署「志摩附誌」；1988 年 1 月陝西人民出版社《徐志摩研究資料》存目。採自《晨報副刊》。梁啟超將《佛教教理概要》寄徐志摩時附函說明原委，徐刊出梁文時，將梁函刊於文前並寫附記；梁啟超來函附後。（第 253 頁）

按：第一處「《晨報副刊》」後可加「第 1405 號」。

災後小言

載 1925 年 12 月 7 日《晨報副刊》，署名志摩；初收 1980 年臺灣時報文化出版事業有限公司《徐志摩詩文補遺》。採自《晨報副刊》。（第 258 頁）

按：第一處「《晨報副刊》」後可加「第 1406 號」。原刊本文末有「志摩」二字。

記者謹啟

載 1925 年 12 月 7 日《晨報副刊》，署名記者。（第 261 頁）

按：《「《晨報副刊》」後可加「第 1406 號」。原刊本文末署「記者謹啟」，非「記者【謹啟】」。

火燒紀念

載 1925 年 12 月 9 日《晨報副刊》，未署名。江先生指江紹原。（第 262 頁）

按：「《晨報副刊》」後可加「第 1407 號」。

巴黎的鱗爪

1925 年全文分三部分，序言、《九小時的萍水緣》和《先生，你見過豔麗的肉沒有？》，12 月 21 日作完；分載 1925 年 12 月 16 日、17 日、24 日《晨報副刊》，均署名志摩；初收 1927 年 8 月上海新月書店《巴黎的鱗爪》；《先生，你見過豔麗的肉沒有？》後改題為《肉豔的巴黎》，收入 1930 年 4 月上海中華書局《輪盤》。採自《巴黎的鱗爪》。（第 263 頁）

按：第一處「《晨報副刊》」後可加「第 1411 號、第 1412 號、第 1415 號」。原刊本文末署「志摩十二月二十一日」。

《接吻發凡》附言

載 1925 年 12 月 16 日《晨報副刊》，署名記者。夏君為夏斧心，《接吻發凡》為其譯作。題名是編者擬的。（第 280 頁）

按：「《晨報副刊》」後可加「第 1411 號」。

法郎士先生的牙慧

載 1925 年 12 月 30 日《晨報副刊》；初收 1980 年臺灣時報文化出版事業有限公司《徐志摩詩文補遺》。採自《晨報副刊》。……（第 282 頁）

按：第一處「《晨報副刊》」後可加「第 1417 號」。原刊本署名志摩；正文序號加圓括號，無頓號。

《現代評論》與校對

1924 年 1 月 4 日作；載 1926 年 1 月 6 日《晨報副刊》，署名志摩；這是作者為重登《翡冷翠的一夜》所寫的說明；初收 1980 年臺灣時報文化出版事業有限公司《徐志摩詩文補遺》。採自《晨報副刊》。（第 291 頁）

按：第一處「《晨報副刊》」後可加「第 1419 號」。

《〈餘痕〉之餘》附案

載 1926 年 1 月 11 日《晨報副刊》，題名志摩；初收 1980 年臺灣時報文化出版事業有限公司《徐志摩詩文補遺》。採自《晨報副刊》，改今題。《〈餘痕〉之餘》為劉大杰所作文章，附後。（第 293 頁）

按：第一處「《晨報副刊》」後可加「第 1422 號」；「題名志摩」應為「署名志摩」；「《〈餘痕〉之餘》」應為「《〈餘痕〉之餘（有序）》」。原刊本文末有「志摩」二字。

《閒話》引出來的閒話

1926 年 1 月 11 日作；載 1926 年 1 月 13 日《晨報副刊》，署名志摩；初收 1980 年臺灣時報文化出版事業有限公司《徐志摩詩文補遺》。採自《晨報副刊》。（第 299 頁）

按：第一處「《晨報副刊》」後可加「第 1423 號」。

吸煙與文化

載 1926 年 1 月 14 日《晨報副刊》，署名志摩；初收 1927 年 8 月上海新月書店《巴黎的鱗爪》。採自《巴黎的鱗爪》。（第 304 頁）

按：「《晨報副刊》」後可加「第 1424 號」。原刊本正文各序號加圓括號，文末無「民十五年一月十四日」。

再來聲明一次

載 1926 年 1 月 14 日《晨報副刊》。（第 308 頁）

按：「《晨報副刊》」後可加「第 1424 號」。原刊本無題名，文末署「徐志摩啟」。

我所知道的康橋

1926 年 1 月 14 日、15 日作；14 日所寫部分（從開頭到「誰不愛聽那水底翻的音樂在靜定的河上描寫夢意與春光！」），載 1926 年 1 月 16 日《晨報副刊》，末尾附記：「應該還得往下寫，但今晚只得告罪打住了。」15 日所寫部分，25 日《晨報副刊》，均署名志摩；初收 1927 年 8 月上海新月書店《巴黎的鱗爪》。採自《巴黎的鱗爪》。（第 309 頁）

按：第一處「《晨報副刊》」後可加「第 1425 號」；第二處「《晨報副刊》」後可加「第 1430 號」。原刊本各節序號外有圓括號，文末無「十五年一月十五日」。

再添幾句閒話的閒話乘便妄想解圍

這是作者為發表周作人《閒話的閒話之閒話》寫的評論；載 1926 年 1 月 20 日《晨報副刊》，署名志摩；初收 1980 年臺灣時報文化出版事業有限公司《徐志摩詩文補遺》。採自《晨報副刊》。周文附後。（第 320 頁）

按：「周作人」可改為「豈明（周作人）」；第一處「《晨報副刊》」後可加

「第1427號」。

話匣子（三）——新貴殃

1926年1月作；載1926年1月23日《晨報副刊》，署名大兵；1988年1月陝西人民出版社《徐志摩研究資料》存目。採自《晨報副刊》。（第327頁）

按：第一處「《晨報副刊》」後可加「第1429號」。原刊本題為《話匣子》，正文序號為「（1）」「（2）」「（3）」，文末無「大兵」二字。

《新式婚姻制度下的危險性》按語

載1926年1月25日《晨報副刊》，題為《志摩按》；1988年1月陝西人民出版社《徐志摩研究資料》存目。採自《晨報副刊》，改今題。《新式婚姻制度下的危險性》為余協中所作文章。（第330頁）

按：第一處「《晨報副刊》」後可加「第1430號」。原刊本文末無「一九二五，十二，三十一，燕大」。

《人權保障宣言》附言

初載1926年1月25日《晨報副刊》，署名記者。（第331頁）

按：為統一，「初」可刪掉；「《晨報副刊》」後可加「第1430號」。

達文謇的剪影

載1926年1月27日、28日《晨報副刊》，署名志摩；初收1927年8月上海新月書店《巴黎的鱗爪》。採自《巴黎的鱗爪》。……（第332頁）

按：「《晨報副刊》」後可加「第1431號、第1432號」。原刊本文末無「十五年一月」。

志歉

載1926年1月27日《晨報副刊》，未署名。（第340頁）

按：「《晨報副刊》」後可加「第1431號」。

關於下面一束通信告讀者們

這是作者就陳西瀅《閒話的閒話之閒話引出來的幾封信》寫的評論，1926年1月29日作；載1926年1月30日《晨報副刊》，署名志摩；徐文初收1980年臺灣時報文化出版事業有限公司《徐志摩詩文補遺》。採自《晨報副刊》。……（第341頁）

按：「陳西瀅」可改為「西瀅（陳西瀅即陳源）」；第一處「《晨報副刊》」

後可加「第 1433 號」。

結束閒話，結束廢話！

這是作者對李四光來信的回信；載 1926 年 2 月 3 日《晨報副刊》，署名志摩；初收 1980 年臺灣時報文化出版事業有限公司《徐志摩詩文補遺》。採自《晨報副刊》。李信附後。（第 352 頁）

按：第一處「《晨報副刊》」後可加「第 1435 號」。原刊本，此篇與李四光致徐志摩信合題為《結束閒話，結束廢話！》，文末有「志摩」二字。

傷雙栝老人

1926 年 2 月 2 日作；載 1926 年 2 月 3 日《晨報副刊》，署名志摩；初收 1928 年 1 月上海新月書店《落葉》。採自《落葉》。「雙栝老人」即林徽因之父林長民。（第 356 頁）

按：「《晨報副刊》」後可加「第 1435 號」。原刊目錄頁題為《傷「雙栝老人」（林宗孟先生）》。

誌謝

載 1926 年 2 月 4 日《晨報副刊》，署名記者；初收 1980 年臺灣時報文化出版事業有限公司《徐志摩詩文補遺》。採自《晨報副刊》。（第 360 頁）

按：第一處「《晨報副刊》」後可加「第 1436 號」。原刊本無題名，文末無「記者」二字。

志歉

載 1926 年 2 月 4 日《晨報副刊》，署名記者；初收 1980 年臺灣時報文化出版事業有限公司《徐志摩詩文補遺》。採自《晨報副刊》。（第 361 頁）

按：第一處「《晨報副刊》」後可加「第 1436 號」。原刊目錄頁題為《志歉一則》。

《一封情書》按語

這是作者為林宗孟（長民）《一封情書》寫的按語，1926 年 2 月 4 日作；載 1926 年 2 月 6 日《晨報副刊》，署名志摩；初收 1980 年臺灣時報文化出版事業有限公司《徐志摩詩文補遺》。採自《晨報副刊》。《一封情書》為林宗孟（長民）所寫的信，附後。（第 362 頁）

按：第一處「《晨報副刊》」後可加「第 1437 號」。原刊本文末為「志摩記二月四日」。

《今日的國學研究者的自白》按語

載1926年2月22日《晨報副刊》，署名記者。採自《晨報副刊》。《今日的國學研究者的自白》時作者輯錄顧頡剛為《北大研究所國學門週刊》所寫的「一九二六年始刊詞」而成的一篇文章，全文署記者輯；這是該篇的按語。（第367頁）

按：第一處「《晨報副刊》」後可加「第1442號」。

編者代注

這是作者為叔翰小說《楊五奶奶》加的注；載1926年2月27日《晨報副刊》，未署名。（第368頁）

按：「《晨報副刊》」後可加「第1445號」。全集正文中「楊奶奶」應為「楊五奶奶」；「很常見」應為「狠常見」；「從作者來函中」應為「——從作者來函」。

《長城之神》按語

載1926年3月22日《晨報副刊》，署名記者。採自《晨報副刊》。題名是編者擬的。（第369頁）

按：「《晨報副刊》」後可加「第1367號」。原刊本文末署：「記者。」

《三月十二日深夜大沽口外》訂誤

載1926年3月24日《晨報副刊》，未署名。《三月十二日深夜大沽口外》是作者自己的詩，載1926年3月22日《晨報副刊》。題名詩編者擬的。（第370頁）

按：第一處「《晨報副刊》」後可加「第1368號」；「《三月十二日深夜大沽口外》」應為「《三月十二深夜大沽口外》」；第二處「《晨報副刊》」後可加「第1367號」

饒孟侃詩改句

載1926年3月27日《晨報副刊》，未署名。饒孟侃詩載1926年3月25日《晨報副刊》，題為《「三月十八」——紀念鐵獅子胡同大流血》。（第371頁）

按：第一處「《晨報副刊》」後可加「第1370號」；第二處「《晨報副刊》」後可加「第1369號」。全集正文中，「嚇！你那大襟上是血……可不？」應為：「『嚇！你那大襟上是血……』可不？」饒孟侃詩原句為：「嚇！你大襟上怎血跡模糊？」

自剖

1926年3月25日至4月1日作；載1926年4月3日《晨報副刊》，署名志摩；初收1928年1月上海新月書店《自剖》。採自《自剖》。（第372頁）

按：「《晨報副刊》」後可加「第1373號」。原刊本署名徐志摩，非「志摩」。

詩刊弁言

1926年3月30日作；載1926年4月1日《晨報副刊·詩鐫》第1期；又載 1935 年上海良友圖書印刷公司《中國新文學大系·史料索引集》；初收1969年臺灣傳記文學出版社《徐志摩全集》第6卷。採自《晨報副刊·詩鐫》。（第379頁）

按：「第1期」應為「第1號」；「《中國新文學大系·史料索引集》」應為「《中國新文學大系·史料索引》集」。原刊本署名志摩。

第四卷·散文（四）

再剖

1926年4月5日作；載1926年4月7日《晨報副刊》，文末標「（待續？）」，署名志摩；初收1928年1月上海新月書店《自剖》。採自《自剖》。（第6頁）

按：「《晨報副刊》」後可加「第1375號」。

請注意

載1926年4月8日《晨報副刊·詩鐫》，又署志摩；朱湘《新詩評（二）郭君沫若的詩》，載4月10日《晨報副刊》。（第11頁）

按：「《晨報副刊·詩鐫》」後可加「第2號」；「又署志摩」改為「署名志摩」；「《晨報副刊》」後可加「第1376號」。

「這是風刮的」

本文係徐志摩譯曼殊斐兒小說《颳風》的前言。1926年4月8日作；載1926年4月10日《晨報副刊》，署名志摩；收1980年臺灣時報文化出版事業有限公司《徐志摩詩文補遺》。文中「阿瓊達」指林徽因，「愛之神」指徐志摩自己。採自《晨報副刊》。（第12頁）

按：第一處「《晨報副刊》」後可加「第1376號」；「收」統一為「初收」。

《昭君出塞》訂誤

載1926年4月10日《晨報副刊》，未署名。《昭君出塞》是朱湘的詩，載1926年4月8日《晨報副刊．詩鐫》。（第14頁）

按：「《晨報副刊》」後可加「第1376號」。原刊本開頭為「訂正：」。「《晨報副刊．詩鐫》」後可加「第2號」。

《關於「林宗孟先生的情書」》附識

1926年4月10日作；載1926年4月19日《晨報副刊》，署志摩附識；初收1980年臺灣時報文化出版事業有限公司《徐志摩詩文補遺》。採自《晨報副刊》。《關於「林宗孟先生的情書」》為顧頡剛所寫的書信，附後。（第15頁）

按：「4月19日」應為「4月12日」；第一處「《晨報副刊》」後可加「第1377號」；「署志摩附識」可改為「署名志摩」或「署『志摩附識』」。

想飛

1926年4月14日至16日作；載1926年4月19日《晨報副刊》，署名志摩；初收1928年1月上海新月書店《自剖》。採自《自剖》。（第18頁）

按：「《晨報副刊》」後可加「第1380號」。原刊本文末署「十四～十六日」。

一點點子契訶甫

載1926年4月21日《晨報副刊》，署名志摩；初收1980年臺灣時報文化出版事業有限公司《徐志摩詩文補遺》。採自《晨報副刊》。文中高該即高爾基。（第23頁）

按：第一處「《晨報副刊》」後可加「第1381號」。原刊本正文各節序號，加圓括號。

《我的讀詩會》附識

載1926年4月24日《晨報副刊》，署「志摩附識」；初收1980年臺灣時報文化出版事業有限公司《徐志摩詩文補遺》。採自《晨報副刊》。《我的讀詩會》為朱湘所寫的文章，附後。（第29頁）

按：第一處「《晨報副刊》」後可加「第1382號」。原刊本文末署：「志摩附識。」

《朱湘啟事》訂誤

載1926年4月29日《晨報副刊．詩鐫》，署名記者。《朱湘啟事》係針對

《我的讀詩會》之訛誤而作。（第 32 頁）

按：「《晨報副刊．詩鐫》」後可加「第 5 號」。原刊本無題名，文末署：「記者。」

關於朱湘讀詩會的聲明

1926 年 5 月 1 日作；載 1926 年 5 月 3 日《晨報副刊》，署名記者；1988 年 1 月陝西人民出版社《徐志摩研究資料》存目。採自《晨報副刊》。題名是編者擬的。（第 33 頁）

按：第一處「《晨報副刊》」後可加「第 1386 號」。

《關於〈說有這麼一回事〉的信並一點小事》附識

載 1926 年 5 月 5 日《晨報副刊》，題為「志摩附識」；1998 年 1 月陝西人民出版社《徐志摩研究資料》存目。採自《晨報副刊》。《說有這麼一回事》是素心（凌叔華）所著一篇小說，是根據楊振聲的小說《她為什麼發瘋了？》改寫的，附後。（第 34 頁）

按：第一處「《晨報副刊》」後可加「第 1387 號」；「1998 年」應為「1988 年」。原刊本題非「志摩附識」。

羅素與幼稚教育

載 1926 年 5 月 10 日、12 日《晨報副刊》，署名志摩；初收 1980 年臺灣時報文化出版事業有限公司《徐志摩詩文補遺》。採自《晨報副刊》。（第 37 頁）

按：第一處「《晨報副刊》」後可加「第 1389 號、第 1390 號」。

再談管孩子

1926 年 5 月 13 日作；載 1926 年 5 月 15 日《晨報副刊》，署名志摩；初收 1980 年臺灣時報文化出版事業有限公司《徐志摩詩文補遺》。採自《晨報副刊》。（第 47 頁）

按：第一處「晨報副刊》」後可加「第 1391 號」。

《關於翻譯來函》附記

載 1926 年 5 月 15 日《晨報副刊》，署名志摩；初收 1980 年臺灣時報文化出版事業有限公司《徐志摩詩文補遺》。採自《晨報副刊》。《關於翻譯來函》為霽秋所寫的書信，附後。（第 53 頁）

按：第一處「《晨報副刊》」後可加「第 1391 號」。原刊本無題名。

關於《羅素與幼稚教育》質疑的答問

這是《關於〈羅素與幼稚教育〉質疑與答問》中的答問部分，載1926年5月19日《晨報副刊》，署名志摩；徐文初收1980年臺灣時報文化出版事業有限公司《徐志摩詩文補遺》。採自《晨報副刊》。（第55頁）

按：第一處「《晨報副刊》」後可加「第1393號」。原刊此篇與歐陽蘭來信合題為《關於〈羅素與幼稚教育〉質疑與答問》。

《狂喜之後》作者訂誤

載1926年5月19日《晨報副刊》，未署名。（第60頁）

按：「《晨報副刊》」後可加「第1393號」。原刊本文前為「更正：」。

厭世的哈提

1926年5月作；載1926年5月20日《晨報副刊・詩鐫》第8期，署名志摩；初收1980年臺灣時報文化出版事業有限公司《徐志摩詩文補遺》。採自《晨報副刊・詩鐫》。（第61頁）

按：「第8期」應為「第8號」。

《隨便談談譯詩與做詩》附記

載1926年5月20日《晨報副刊・詩鐫》第8期，署名志摩；初收1980年臺灣時報文化出版事業有限公司《徐志摩詩文補遺》。採自《晨報副刊・詩鐫》。《隨便談談譯詩與做詩》為鍾天心所寫的書信，附後。（第70頁）

按：「第8期」應為「第8號」。原刊本未署名。

我們病了怎麼辦

這是作者就梁仲策《病院筆記》寫的評論文章；載1926年5月29日《晨報副刊》，署名志摩；初收1980年臺灣時報文化出版事業有限公司《徐志摩詩文補遺》。採自《晨報副刊》，梁文附後。（第74頁）

按：第一處「《晨報副刊》」後可加「第1397號」。

《我的病與協和醫院》附記

這是作者為梁啟超《我的病與協和醫院》寫的附記；載1926年6月2日《晨報副刊》。採自《晨報副刊》。《我的病與協和醫院》為梁啟超所作文章，附後。（第82頁）

按：第一處「《晨報副刊》」後可加「第1399號」；「為梁啟超所作文章」

可刪。原刊本文末署:「記者。」

《江紹原先生來函》附言

載1926年6月2日《晨報副刊》，署名志摩；1988年1月陝西人民出版社《徐志摩研究資料》存目。《古代的冠禮》是江紹原的文章。《江紹原先生來函》（部分）附後。（第86頁）

按:「《晨報副刊》」後可加「第1399號」。

小啟一則

載1926年6月2日《晨報副刊》，未署名。題名是編者擬的。（第87頁）

按:「《晨報副刊》」後可加「第1399號」。

《詩刊》放假

1926年6月8日作；載1926年6月10日《晨報副刊・詩鐫》第11期，署名志摩；又載1935年上海良友圖書印刷公司版《中國新文學大系・史料索引》集；初收1969年臺灣傳記文學出版社《徐志摩全集》第6卷。採自《晨報副刊》。（第88頁）

按:「第11期」應為「第11號」。原刊本文末署「星二侵晨雞啼雀噪時 志摩」。

《落葉》序

1926年6月28日作；載1926年7月3日《晨報副刊》；署名志摩；初收1926年6月北京北新書局《落葉》。採自《落葉》。（第104頁）

按:「《晨報副刊》」後可加「第1412號」。原刊本題下署名徐志摩，文末署:「志摩六月二十八日，北京。」

《今日俞平伯》按語

載1926年7月10日《晨報副刊》，署名記者。採自《晨報副刊》。題名是編者擬的。（第126頁）

按：第一處「《晨報副刊》」後可加「第1415號」。原刊本正文中，「我們自己的」後有冒號；從「我們自己的」起，另作一自然段。

啟事兩則

載1926年8月4日《晨報副刊》，署名摩。題名是編者擬的。（第127頁）

按:「《晨報副刊》」後可加「第1426號」。

南行雜記

此文由兩個單篇組成。《醜西湖》1926年8月7日作，載1926年8月9日《晨報副刊》;《勞資問題》，寫作時間不詳，載1926年8月23日《晨報副刊》，均署名志摩；初收1980年臺灣時報文化出版事業有限公司《徐志摩詩文補遺》。採自《晨報副刊》。(第128頁)

按：第一處「《晨報副刊》」後可加「第1428號」；第二處「《晨報副刊》」後可加「第1434號」。《醜西湖》又載1926年8月16日、17日《大浙江報·西湖》，署名志摩。

《落葉》廣告語

這是作者為自己的散文集《落葉》擬的廣告語；載1926年8月18日《晨報副刊》，未署名。題名是編者擬的。(第138頁)

按：「《晨報副刊》」後可加「第1432號」。原刊本正文前有兩行文字：「徐志摩著實價六角」「晨報社發行部代售」。

《自由意志與因果關係的關係》按語

這是作者為金岳霖《自由意志與因果關係的關係》寫的按語；載1926年8月25日《晨報副刊》，署「志摩饒舌」；初收1995年8月上海書店《徐志摩全集》第8冊。採自《晨報副刊》。《自由意志與因果關係的關係》為金岳霖所作文章。(第139頁)

按：第一處「《晨報副刊》」後可加「第1435號」；「《自由意志與因果關係的關係》為金岳霖所作文章」，可刪。

更正

載1926年8月30日《晨報副刊》，未署名。(第142頁)

按：「《晨報副刊》」後可加「第1437號」。

天目山中筆記

載1926年9月4日《晨報副刊》，署名志摩；初收1927年8月上海新月書店《巴黎的鱗爪》。採自《巴黎的鱗爪》。(第143頁)

按：「《晨報副刊》」後可加「第1439號」。原刊本文末無「十五年九月」。

訂誤與說明

載1926年9月4日《晨報副刊》，未署名。題名是編者擬的。(第148頁)

按:「《晨報副刊》」後可加「第1439號」。

求醫

載1926年9月6日《晨報副刊》,原題《求醫(續自剖)》,署名志摩;初收1928年1月上海新月書店《自剖》,改此題。採自《自剖》。(第149頁)

按:「《晨報副刊》」後可加「第1440號」。原刊本文末有「(待續?)」字樣。

《一個態度》的按語

這是《一個態度,及案語》中按語部分。全文包括三部分,一為慰慈的按語,一為胡適旅蘇信件的摘錄,一為徐志摩的按語,署名為胡適、徐志摩;均載1926年9月11日《晨報副刊》。徐文1926年9月9日作,末尾署名志摩;初收1980年臺灣時報文化出版事業有限公司《徐志摩詩文補遺》。採自《晨報副刊》。慰慈按語和胡適旅蘇信件摘錄附後。(第154頁)

按:第一處「《晨報副刊》」後可加「第1442號」。原刊本文前有「志摩按:」。

一個啟事

1926年9月13日作;載1926年9月15日《晨報副刊》;初收1980年臺灣時報文化出版事業有限公司《徐志摩詩文補遺》。採自《晨報副刊》。(第161頁)

按:第一處「《晨報副刊》」後可加「第1444號」。

托爾斯泰論劇一節(附論「文藝復興」)

載1926年9月16日《晨報副刊・劇刊》第14期;初收1969年臺灣傳記文學出版社《徐志摩全集》第6卷。採自《晨報副刊・劇刊》。(第163頁)

按:「第14期」應為「第14號」。原刊本署名志摩。

《劇刊》終期

載1926年9月23日《晨報副刊・劇刊》第15期,署名志摩;徐文未完,後半部分係余上沅所作,署名余上沅;徐文初收1969年臺灣傳記文學出版社《徐志摩全集》第6卷。採自《晨報副刊・劇刊》,餘作部分附後。(第168頁)

按:「第15期」應為「第15號」。原刊本各節序號,加圓括號;文末無「志摩」二字。

《幾則啟事》之一

載1926年10月4日《晨報副刊》,題名《幾則啟事》。其餘兩則附後,因

民或係浩徐的表字。（第173頁）

按：「《晨報副刊》」後可加「第1452號」。

志摩啟事

載1926年10月13日《晨報副刊》。（第174頁）

按：「《晨報副刊》」後可加「第1456號」。

海栗的畫

載1927年12月《上海畫報》第303期。（第184頁）

按：「12月」改為「12月15日」。

秋

本文為徐志摩在暨南大學的講稿；載1928年1月1日《光華》雜誌第2期，後由上海良友圖書印刷公司列為「一角叢書」第13種出版；1931年11月上海良友圖書印刷公司出版單行本時改題為《秋》，文前有編輯者趙家璧寫的《篇前》。採自《秋》單行本，趙文附後。（第195頁）

按：「《光華》雜誌」改為「《光華期刊》」。原刊本題為《秋聲》。

關於女子

1928年12月15日作；載1929年10月《新月》月刊第2卷第8期；初收1969年臺灣傳記文學出版社《徐志摩全集》第5卷。採自《新月》。（第290頁）

按：「第8期」應為「第8號」。此篇12月17日講；初載1929年12月15日《蘇州女子中學月刊》第1卷第9號（實際出刊時間當在1929年12月23日後），題為《匆忙生活中的閒想——多半關於女子》，題下署「徐志摩先生演講稿」。

阿嚶

載1929年8月22日《美周》第4期人體專號；又載1993年《香港文學》6月號。採自《香港文學》。（第375頁）

按：此篇又載1932年5月31日《拂曉月刊》第1期「嘗試號」，題下署「徐志摩遺著」。

《中國韻文名著選本》編纂辦法

1929年冬作，未正式發表；署名胡適、徐志摩；初載張壽林《追懷志摩》

文中，文刊 1931 年 12 月 14 日《晨報》學園副刊；又收入 1992 年 7 月百花文藝出版社《朋友心中的徐志摩》。（第 380 頁）

按：「《晨報》學園副刊」應為「《北平晨報・北晨學園》」；此篇初收北平晨報社 1931 年 12 月 20 日版《北晨學園哀悼志摩專號》。

第五卷・詩歌

夏日田間即景（近沙士頓）

1922 年 4 月 30 日作；載 1923 年 3 月 14 日上海《時事新報》副刊《學燈》；手跡並釋文初收 1969 年臺灣傳記文學出版社《徐志摩全集》第 1 卷。（第 13 頁）

按：「《時事新報》副刊《學燈》」可改為「《時事新報・學燈》第 5 卷第 3 冊第 11 號」。原刊本未署寫作時間。

聽槐格訥（Wagner）樂劇

1922 年 5 月 25 日作；載 1923 年 3 月 10 日上海《時事新報》副刊《學燈》；初收 1983 年 7 月浙江文藝出版社《徐志摩詩集》。採自《學燈》……（第 15 頁）

按：「《時事新報》副刊《學燈》」可改為「《時事新報・學燈》第 5 卷第 3 冊第 8 號」。

春

約 1922 年春作；載 1923 年 5 月 30 日上海《時事新報》副刊《學燈》，題名《「春」》；初收 1983 年 7 月浙江文藝出版社《徐志摩詩集》。採自《學燈》，改今題。（第 18 頁）

按：「《時事新報》副刊《學燈》」可改為「《時事新報・學燈》第 5 卷第 5 冊第 30 號」。

沙士頓重遊隨筆

約 1922 年春作；載 1923 年 3 月 13 日上海《時事新報》副刊《學燈》；初收 1983 年 7 月浙江文藝出版社《徐志摩詩集》。採自《學燈》。（第 20 頁）

按：「《時事新報》副刊《學燈》」可改為「《時事新報・學燈》第 5 卷第 3 冊第 10 號」。原刊本各節序號外有圓括號。全集本漏第五節末一句和六、七兩節：

我心裏想阿彌陀佛，這才是老病貧的三角同盟。

（六）

兩條牛並肩在街心裏走來，
賣弄他們最莊嚴的步法。
沉著遲重的蹄聲，輕撼了晚村的靜默。
一個赤腿的小孩，一手扳著門樞，
一手的指甲醃在口裏，
瞪著眼看牛尾的撩拂。

（七）

一個穿制服的人，向我行禮，
原來是從前替我們送信的郵差。
他依舊穿黑呢紅邊的製衣，背著皮袋，手裏握著一疊信，
只見他這家進，那家出，有幾家人在門外等他。
我捱戶過去，繼續說他的晚安，只管對門牌投信。
他上午中午下午一共巡行三次，每次都是刻板的面目；
雨天風天，晴天雪天，春天冬天，
他總是循行他制定的責務；
他似乎不知道他是這全村多少喜怒悲歡的中介者；
他像是不可防禦的運命自身。
有人張著笑口迎他，
有人聽得他的足音，便惶恐震栗；
但他自來自去，總是不變的態度。
他好比雙手滿抓著各式情緒的種子，向心田裏四撒；
這家的笑聲，那邊的幽泣；
全村頓時增加的脈搏心跳，歔欷歎息，
都是他盲目工程的結果。
他那裏知道人間最重大的消息，
都曾在他襤舊的皮袋裏住過，
在他乾黃的手指裏經過——
可愛可怖的郵差呀！

笑解煩惱結（送幼儀）

1922 年 6 月 26 日作；載 1922 年 11 月 8 日《新浙江報．新朋友》；1988 年 1 月陝西人民出版社《徐志摩研究資料》存目。（第 24 頁）

按：「《新浙江報．新朋友》」應為「《新浙江．新朋友》。原刊本各節序號外有圓括號；全集本與原刊本在文字上多有出入。

情死（Liebstch）

1923 年 6 月作；載 1923 年 2 月 4 日《努力週報》第 40 期；初收 1969 年臺灣傳記文學出版社《徐志摩全集》第 6 卷。……（第 26 頁）

按：原刊本末署「一九二二，六月。志摩」。

私語

1922 年 7 月 21 日作；載 1923 年 4 月 30 日上海《時事新報》副刊《學燈》；初收 1983 年 7 月浙江文藝出版社《徐志摩詩集》。採自《學燈》。（第 28 頁）

按：「《時事新報》副刊《學燈》」可改為「《時事新報．學燈》第 5 卷第 4 冊第 30 號」。此詩又載 1923 年 5 月 4 日《盛京時報》第 7 版「新詩」欄。

小詩

約 1922 年 7 月作；載 1923 年 4 月 30 日上海《時事新報》副刊《學燈》；初收 1983 年 7 月浙江文藝出版社《徐志摩詩集》。採自《學燈》。（第 29 頁）

按：「《時事新報》副刊《學燈》」可改為「《時事新報．學燈》第 5 卷第 4 冊第 30 號」。原刊，此詩排《私語》前。

夜

1922 年 7 月作；載 1923 年 12 月 1 日《晨報．文學旬刊》，題名《「夜」》，署名志摩；詩後有王統照《署名記者）附言；徐詩初收 1980 年臺灣時報文化出版事業有限公司《徐志摩詩文補遺》。採自《晨報．文學旬刊》，改今題。王統照附言附後。（第 30 頁）

按：第一處「《晨報．文學旬刊》」後可加「第 19 號」。

清風吹斷春朝夢

1922 年 8 月 3 日作；載 1923 年 6 月 5 日上海《時事新報》副刊《學燈》，題名《「清風吹斷春朝夢」》；初收 1983 年 7 月浙江文藝出版社《徐志摩詩集》。

採自《學燈》，改今題。（第38頁）

按：「《時事新報》副刊《學燈》」可改為「《時事新報·學燈》第5卷第6冊第5號。此詩又載1923年6月9日《盛京時報》第7版「新詩」欄。

你是誰呀？

約1922年8月前作；載1923年5月4日上海《時事新報》副刊《學燈》，題名《「你是誰呀」？》；初收1983年7月浙江文藝出版社《徐志摩詩集》。採自《學燈》，改今題。（第40頁）

按：「《時事新報》副刊《學燈》」可改為「《時事新報·學燈》第5卷第5冊第4號」。此詩又載1923年11月6日上海《民國日報·文藝旬刊》第12期，題名《「你是誰呀」？》，末署「八月九日，康橋」。

青年雜詠

約1922年8月前作；載1923年3月18日上海《時事新報》副刊《學燈》；初收1983年7月浙江文藝出版社《徐志摩詩集》。採自《學燈》。（第42頁）

按：「《時事新報》副刊《學燈》」可改為「《時事新報·學燈》第5卷第3冊第15號」。原刊本各節序號外有圓括號。

月夜聽琴

約1922年8月前作；載1923年4月1日上海《時事新報》副刊《學燈》；初收1983年7月浙江文藝出版社《徐志摩詩集》。採自《學燈》。（第45頁）

按：「《時事新報》副刊《學燈》」可改為「《時事新報·學燈》第5卷第4冊第1號」。此詩又載1923年4月5日《盛京時報》第7版「新詩」欄。

人種由來

約1922年8月前作；載1923年6月21日上海《時事新報》副刊《學燈》；初收1983年7月浙江文藝出版社《徐志摩詩集》。採自《學燈》。（第48頁）

按：「《時事新報》副刊《學燈》」可改為「《時事新報·學燈》第5卷第6冊第21號」。原刊本署名志摩，各節序號外有圓括號。

無兒

約1922年8月前作；載1923年5月4日上海《時事新報》副刊《學燈》；初收1969年臺灣傳記文學出版社《徐志摩全集》第1卷（缺後六句）；全詩初

收 1983 年 7 月浙江文藝出版社《徐志摩詩集》。採自《學燈》。（第 53 頁）

按：「《時事新報》副刊《學燈》」可改為「《時事新報·學燈》第 5 卷第 5 冊第 4 號」。原刊本題名《「無兒」》。

康橋西野暮色

約 1922 年 8 月前作；載 1923 年 7 月 7 日上海《時事新報》副刊《學燈》；初收 1983 年 7 月浙江文藝出版社《徐志摩詩集》。採自《學燈》。（第 55 頁）

按：「《時事新報》副刊《學燈》」可改為「《時事新報·學燈》第 5 卷第 7 冊第 7 號」。

康橋再會罷

1922 年 8 月 10 日作；載 1923 年 3 月 21 日上海《時事新報》副刊《學燈》，因格式排錯，於 8 月 25 日重排發表；初收 1925 年 8 月中華書局《志摩的詩》。（第 63 頁）

按：「3 月 21 日」應為「3 月 12 日」；「《時事新報》副刊《學燈》」可改為「《時事新報·學燈》第 5 卷第 3 冊第 9 號」；「8 月 25 日」應為「3 月 25 日」。原刊本末署「八月十日」。

馬賽

約 1922 年 9 月作；載 1922 年 12 月 17 日《努力週報》第 33 期，題名《歸國雜題一——馬賽》；初收 1969 年臺灣傳記文學出版社《徐志摩全集》第 6 卷，改今題。（第 68 頁）

按：原刊本題名《歸國雜題（一）——馬賽》，末未署寫作時間。

威尼市

約 1922 年 9 月作；載 1923 年 4 月 28 日上海《時事新報》副刊《學燈》，題名《「威尼市」》；初收 1983 年 7 月浙江文藝出版社《徐志摩詩集》。採自《學燈》，改今題。（第 71 頁）

按：「《時事新報》副刊《學燈》」可改為「《時事新報·學燈》第 5 卷第 4 冊第 28 號」。

地中海

約 1922 年 9 月作；載 1922 年 12 月 24 日《努力週報》第 34 期，題名《歸

國雜題二——地中海；初收 1925 年 8 月中華書局《志摩的詩》，題為《地中海》。（第 73 頁）

按：原刊本題名《歸國雜題（二）——地中海》。

夢遊埃及

約 1922 年 9 月作；載 1923 年 5 月 14 日上海《時事新報》副刊《學燈》；初收 1983 年 7 月浙江文藝出版社《徐志摩詩集》。採自《學燈》。（第 75 頁）

按：「《時事新報》副刊《學燈》」可改為「《時事新報・學燈》第 5 卷第 5 冊第 14 號」。原刊本題名《「夢遊埃及」》。

地中海中夢埃及魂入夢

約 1922 年 9 月作；載 1923 年 9 月 4 日上海《時事新報》副刊《學燈》；初收 1983 年 7 月浙江文藝出版社《徐志摩詩集》。採自《學燈》。（第 78 頁）

按：「《時事新報》副刊《學燈》」可改為「《時事新報・學燈》第 6 卷第 8 冊第 4 號」。

《兩尼姑》或《強修行》

約 1922 年 11 月初作；載 1923 年 5 月 5 日上海《時事新報》副刊《學燈》；初收 1983 年 7 月浙江文藝出版社《徐志摩詩集》。採自《學燈》。（第 81 頁）

按：「《時事新報》副刊《學燈》」可改為「《時事新報・學燈》第 5 卷第 5 冊第 5 號」。原刊本題名《「兩尼姑」或「強修行」》，各節序號外有圓括號。此詩又載 1923 年 5 月 10 日《盛京時報》第 7 版「新詩」欄。

默境

約 1922 年 12 月作；載 1923 年 4 月 20 日上海《時事新報》副刊《學燈》；詩初收 1925 年 8 月中華書局《志摩的詩》；「附識」初收 1983 年 7 月浙江文藝出版社《徐志摩詩集》。（第 85 頁）

按：《「《時事新報》副刊《學燈》」可改為「《時事新報・學燈》第 5 卷第 4 冊第 20 號」。全集本詩前小序中，「靈寺僧家」應為「靈光寺僧冢」。

北方的冬天是冬天

1923 年 1 月 22 日作；載 1923 年 1 月 28 日《努力週報》第 39 期，署名志摩；初收 1969 年臺灣傳記文學出版社《徐志摩全集》第 6 卷。（第 91 頁）

按：原刊本題名《「北方的冬天是冬天」》，末署「一月二十二志摩」。

希望的埋葬

1923年1月24日作，載1923年1月28日《努力週報》第39期；又載1923年6月1日上海《時事新報》副刊《學燈》；初收1925年8月中華書局《志摩的詩》。採自中華書局《志摩的詩》。（第92頁）

按：「《時事新報》副刊《學燈》」可改為「《時事新報·學燈》第5卷第6冊第1號」。原刊本題名《「希望的埋葬」》，第一節前有序號「（一）」，第二節前有序號「（二）」。

一小幅的窮樂圖

1923年2月6日作；載1923年2月24日《晨報副刊》，署名志摩；初收1925年8月中華書局《志摩的詩》。採自《晨報副刊》。（第95頁）

按：「2月24日」應為「2月14日」；兩處「晨報副刊」均應為「晨報副鐫」；第一處「《晨報副刊》」改為「《晨報副鐫》第41號」。原刊本末署：「二月六日，徐志摩。」

小花籃——送衛禮賢先生

1923年3月16日作；載1923年3月23日《晨報副刊》；初收1980年臺灣時報文化出版事業有限公司《徐志摩詩文補遺》。採自《晨報副刊》。（第100頁）

按：兩處「晨報副刊」均應為「晨報副鐫」；第一處「《晨報副刊》」改為「《晨報副鐫》第72號」。原刊本題名《「小花籃」——送衛禮賢先生》，末署「徐志摩三月十六日」。全集本前記中，「今草已全悴」應為「今草已全頓」。

月下待杜鵑不來

載1923年3月29日上海《時事新報》副刊《學燈》；初收1925年8月中華書局《志摩的詩》。採自中華書局《志摩的詩》。（第103頁）

按：「《時事新報》副刊《學燈》」可改為「《時事新報·學燈》第5卷第3冊第23號」。原刊本題名《（月下待杜鵑不來）》。

我是個無依無伴的小孩

1923年5月6日作；載1923年5月13日《努力週報》第52期，題為《詩 Will-O-the-wisp〔Lonely Is the Soul that Sees the Vision……〕》；初收1969年臺灣傳記文學出版社《徐志摩全集》第6卷。1998年3月商務印書館香港

分館《徐志摩全集》中，題名《我是個無依無伴的小孩》，用此題。（第 105 頁）

按：原刊本題名《詩 Wiee O the Wisk. [Lonely is the Sovl that Sees the Vision……]》。

破廟

載 1923 年 6 月 11 日《晨報．文學旬刊》；初收 1925 年 8 月中華書局《志摩的詩》。採自中華書局《志摩的詩》。（第 112 頁）

按：「《晨報．文學旬刊》」後可加「第 2 號」。原刊本題名《「破廟」》。

一個祈禱

1923 年 6 月作；載 1923 年 7 月 1 日《晨報．文學旬刊》，題名《A Prayer》；初收 1925 年 8 月中華書局《志摩的詩》，改今題。採自《晨報．文學旬刊》，用此題。（第 116 頁）

按：第一處「《晨報．文學旬刊》」後可加「第 4 號」。

一個古怪的店鋪

1923 年 7 月 7 日作；載 1923 年 7 月 11 日《晨報．文學旬刊》，署名志摩；初收 1925 年 8 月中華書局《志摩的詩》。採自《晨報．文學旬刊》。（第 117 頁）

按：第一處「《晨報．文學旬刊》」後可加「第 5 號」。原刊本題名《「一個古怪的店鋪」》。

石虎胡同七號

1923 年 7 月作；載 1923 年 8 月 6 日《文學週報》第 82 期；初收 1925 年 8 月中華書局《志摩的詩》。採自 1928 年 8 月上海新月書店《志摩的詩》。（第 119 頁）

按：「《文學週報》」應為「上海《時事新報．文學》」。原刊本題名《石虎胡同七號——贈蹇季常先生》；正文各節前分別標有序號「（一）」「（二）」「（三）」「（四）」；文末署「巧日」。

雷峰塔（杭白）

約 1923 年 9 月作；載 1923 年 10 月 12 日《晨報．文學旬刊》，署名志摩；初收 1925 年 8 月中華書局《志摩的詩》。採自中華書局《志摩的詩》。（第 124 頁）

按：「12 日」應為「11 日」；「《晨報．文學旬刊》」後可加「第 14 號」。

常州天寧寺聞禮懺聲

1923 年 10 月 26 日再稿；載 1923 年 11 月 11 日《晨報・文學旬刊》，署名志摩；初收 1925 年 8 月中華書局《志摩的詩》。採自 1928 年 8 月上海新月書店《志摩的詩》。（第 127 頁）

按：「《晨報・文學旬刊》」後可加「第 17 號」。原刊本文末署「志摩十月二十六夜再稿西湖」。

滬杭車中

1923 年 10 月 30 日作；載 1923 年 11 月 10 日《小說月報》第 14 卷第 11 號，題名《滬杭道中》；初收 1925 年 8 月中華書局《志摩的詩》，改題《滬杭車中》。採自 1928 年 8 月上海新月書店《志摩的詩》。（第 130 頁）

按：原刊本文末署：「十月，三十日。」

先生！先生！

1923 年 11 月 18 日作；載 1923 年 12 月 11 日《晨報・文學旬刊》，署名志摩；初收 1925 年 8 月中華書局《志摩的詩》。採自 1928 年 8 月上海新月書店《志摩的詩》。（第 132 頁）

按：「《晨報・文學旬刊》」後可加「第 20 號」。原刊本題名《「先生！先生！」》，文末署：「志摩 十一月十八日。」

蓋上幾張油紙

詩作於 1923 年冬，序作於 1924 年 11 月；載 1924 年 11 月 25 日《晨報・文學旬刊》，署名志摩；詩初收 1925 年 8 月中華書局《志摩的詩》。詩採自 1928 年 8 月上海新月書店《志摩的詩》，序採自《晨報・文學旬刊》。（第 134 頁）

按：第一處「《晨報・文學旬刊》」後可加「第 54 號」。原刊本題名《「蓋上幾張油紙」》。

叫化活該

1923 年冬作；載 1924 年 12 月 1 日《晨報六週年紀念增刊》；初收 1925 年中華書局《志摩的詩》。採自 1928 年 8 月上海新月書店《志摩的詩》。（第 137 頁）

按：「《晨報六週年紀念增刊》」應為「《晨報六周紀念增刊》」；為統一，「1925 年」後可加「8 月」。原刊本題名《「叫化活該」》，文末署「十二年冬硤石」。

花牛歌

約作於 1923 年；載 1937 年 1 月 1 日《文學》第 8 卷第 1 號，係手跡影印；初收 1980 年臺灣時報文化出版事業有限公司《徐志摩詩文補遺》。採自《文學》。（第 139 頁）

按：原刊手跡題為《徐志摩先生未發表的詩稿（一）》。

八月天的太陽

約 1923 年作；載 1937 年 1 月 1 日《文學》第 8 卷第 1 號，係手跡影印；初收 1980 年臺灣時報文化出版事業有限公司《徐志摩詩文補遺》。採自《文學》。（第 140 頁）

按：原刊手跡題為《徐志摩先生未發表的詩稿（二）》。

東山小曲（硤石白）

1924 年 1 月 20 日作；載 1924 年 2 月 10 日《小說月報》第 15 卷第 2 號；又載 3 月 21 日《晨報·文學旬刊》；初收 1925 年 8 月中華書局《志摩的詩》。採自中華書局《志摩的詩》。（第 143 頁）

按：「《晨報·文學旬刊》」後可加「第 29 號」。原刊本各節序號外有圓括號，文末署：「一月，二十日。」

一條金色的光痕（硤石土白）

1924 年 1 月 29 日作；載 1924 年 2 月 26 日《晨報副刊》，署名志摩；又載 1925 年 7 月 15 日《晨報·文學旬刊》；詩略作刪節後收入 1925 年 8 月中華書局《志摩的詩》，序及詩的刪節部分收 1980 年臺灣時報文化出版事業有限公司《徐志摩詩文補遺》。採自《晨報·文學旬刊》。（第 145 頁）

按：「《晨報副刊》」改為「《晨報副鐫》第 39 號」；《晨報副鐫》本題名《「一條金色的光痕」（硤石土白）》，題下有「有序」字樣，正文英文首行前有上引號，末行後有下引號；第一處「《晨報·文學旬刊》」後可加「第 75 號」；《晨報·文學旬刊》本署「徐志摩譯」。

自然與人生

載 1924 年 2 月 5 日《晨報·文學旬刊》；又載 1924 年 2 月 10 日《小說月報》第 15 卷第 2 號；初收 1925 年 8 月中華書局《志摩的詩》。採自《晨報·文學旬刊》。（第 149 頁）

按：「1924年2月5日」應為「1925年2月5日」；第一處「《晨報·文學旬刊》」後可加「第60號」。《晨報·文學旬刊》本末署「正月五日再稿」。

夜半松風

1924年2月22日作；載1924年7月11日《晨報·文學旬刊》；初收1925年8月中華書局《志摩的詩》。採自1928年8月上海新月書店《志摩的詩》。（第152頁）

按：「《晨報·文學旬刊》」後可加「第41號」。

去罷

載1924年4月10日《小說月報》第15卷第4號，題為《詩（一首）》；又載1924年6月17日《晨報副刊》，改今題；初收1925年8月中華書局《志摩的詩》。採自1928年8月上海新月書店《志摩的詩》。（第153頁）

按：《小說月報》本末署：「七月，十三日。」「《晨報副刊》」改為「《晨報副鐫》第138號」；《晨報副鐫》本末署「五月二十日」。

廬山小詩兩首

約1924年8月作；載1924年12月5日《晨報·文學旬刊》，署名志摩；《朝霧裏的小草花》初收1925年8月中華書局《志摩的詩》，修改後收入1928年8月上海新月書店《志摩的詩》；《山中大霧看景》初收1983年7月浙江文藝出版社《徐志摩詩集》。第一首採自上海新月書店《志摩的詩》，第二首採自《晨報·文學旬刊》。（第163頁）

按：第一處「《晨報·文學旬刊》」後可加「第55號」。原刊本兩首詩題前序號分別為「（一）」「（二）」。

太平景象

載1924年8月10日《小說月報》第15卷第8號，題名《太平景象——江南即景》；又載1924年9月28日《晨報副刊》，題名《太平景象（江南景象）》；初收1925年8月中華書局，改今題。採自1928年8月上海新月書店《志摩的詩》。（第165頁）

按：「晨報副刊」改為「《晨報副鐫》第230號」。《晨報副鐫》本署名志摩。

廬山石工歌

約1924年8月作；載1925年4月13日《晨報副刊》；初收1927年9月

上海新月書店《翡冷翠的一夜》。採自上海新月書店《翡冷翠的一夜》。（第167頁）

按：「《晨報副刊》」後可加「第82號」。原刊本三節前分別標有序號「（一）」「（二）」「（三）」。

毒藥

載1924年10月5日《晨報・文學旬刊》，與《白旗》、《嬰兒》共有一總題《一首不成形的詩，咒詛的，懺悔的，想望的》（題名原無標點）；初收1925年8月中華書局《志摩的詩》，用此題。（第170頁）

按：「《晨報・文學旬刊》」後可加「第49號」。

白旗

載1924年10月5日《晨報・文學旬刊》，與《毒藥》、《嬰兒》共有一總題《一首不成形的詩，咒詛的，懺悔的，想望的》（題名原無標點）；初收1925年8月中華書局《志摩的詩》，用此題。（第172頁）

按：「《晨報・文學旬刊》」後可加「第49號」。

嬰兒

載1924年10月5日《晨報・文學旬刊》，與《毒藥》、《白旗》共有一總題《一首不成形的詩，咒詛的，懺悔的，想望的》（題名原無標點）；初收1925年8月中華書局《志摩的詩》，用此題。（第174頁）

按：「《晨報・文學旬刊》」後可加「第49號」。原刊本末署：「九月底北京。」

冢中的歲月

載1924年10月15日《晨報・文學旬刊》，題名《白楊樹上》；初收1925年8月中華書局《志摩的詩》，改今題。採自中華書局《志摩的詩》。（第179頁）

按：「《晨報・文學旬刊》」後可加「第50號」。

一個噩夢

載1924年11月2日《晨報副刊》，署名雲中鶴；初收1983年7月浙江文藝出版社《徐志摩詩集》。採自《晨報副刊》。（第181頁）

按：兩處「晨報副刊」均改為「晨報副鐫」；第一處「《晨報副刊》」改為「《晨報副鐫》第261號」。

誰知道

載 1924 年 11 月 9 日《晨報副刊》；初收 1925 年 8 月中華書局《志摩的詩》。採自 1928 年 8 月上海新月書店《志摩的詩》。（第 182 頁）

按：「《晨報副刊》」改為「《晨報副鐫》第 267 號」。原刊本題名《「誰知道」》，末署：「志摩 星一夜自北新橋蔣寓歸時。」（分兩行排列）。

卡爾佛里

1924 年 11 月 8 日作；載 1924 年 11 月 17 日《晨報副刊》；初收 1925 年 8 月中華書局《志摩的詩》。採自 1928 年 8 月上海新月書店《志摩的詩》。（第 185 頁）

按：載「《晨報副刊》」改為「《晨報副鐫》第 274 號」。原刊本題名《卡爾佛里「CALVARY」》。

為要尋一個明星

1924 年 11 月 23 日作；載 1924 年 12 月 1 日《晨報六週年紀念增刊》；初收 1925 年 8 月中華書局《志摩的詩》。採自 1928 年 8 月上海新月書店《志摩的詩》。（第 189 頁）

按：「《晨報六週年紀念增刊》」應為「《晨報六周紀念增刊》」。原刊本題名《「為要尋一顆明星」》，末署「十三年十一月」。

古怪的世界

1923 年冬作，1924 年改；載 1924 年 12 月 1 日《晨報六週年紀念增刊》；初收 1925 年 8 月中華書局《志摩的詩》。採自 1928 年 8 月上海新月書店《志摩的詩》。（第 191 頁）

按：「《晨報六週年紀念增刊》」應為「《晨報六周紀念增刊》」。原刊本題名《「古怪的世界」》，末署「十二年冬滬杭道中」；正文與全集本有較大出入。

在那山道旁

載 1924 年 12 月 25 日《晨報·文學句刊》，題名《在那山道旁（送歆海）》，署名志摩；初收 1925 年 8 月中華書局《志摩的詩》，改今題。採自 1928 年 8 月上海新月書店《志摩的詩》。（第 193 頁）

按：「《晨報·文學旬刊》」後可加「第 56 號」。原刊本題名《「在那山道旁」（送歆海）》，署名徐志摩，非「志摩」。

雪花的快樂

1924年12月30日作；載1925年1月17日《現代評論》第1卷第6期；初收1925年8月中華書局《志摩的詩》。採自1928年8月上海新月書店《志摩的詩》。（第196頁）

按：原刊本署名志摩，末署「十二月三十日雪夜」；各節前分別標有序號「（一）」「（二）」「（三）」「（四）」。

不再是我的乖乖

載1925年1月11日《京報副刊》；初收1925年8月中華書局《志摩的詩》。採自1928年8月上海新月書店《志摩的詩》。（第209頁）

按：「《京報副刊》」後可加「第33號」。原刊本各節序號外有圓括號。

殘詩

1925年1月作；載1925年1月15日《晨報．文學旬刊》，題名《殘詩一首》；初收1925年8月中華書局《志摩的詩》，改今題。（第221頁）

按：「《晨報·文學旬刊》」後可加「第59號」。原刊本題名《「殘詩一首」》。此詩又載1925年1月20日《盛京時報》第7版「新詩」欄。

一塊晦色的路碑

1925年3月1日作；載1925年3月7日《晨報副刊》；初收1931年8月上海新月書店《猛虎集》。採自上海新月書店《猛虎集》。（第214頁）

按：「《晨報副刊》」改為「《晨報副鐫》第50號」。原刊本末署「三月一日」。此詩又載1925年3月11日《盛京時報》第7版「新詩」欄。

西伯利亞道中憶西湖秋雪庵蘆色作歌

1925年3月中旬過西伯利亞時作；載1925年9月7日《晨報副刊》，署名志摩；初收1927年9月上海新月書店《翡冷翠的一夜》。採自上海新月書店《翡冷翠的一夜》。（第216頁）

按：「《晨報副刊》」後可加「第1267號」。原刊本署名徐志摩，非「志摩」。

西伯利亞

1925年3月中旬過西伯利亞時作；載1926年4月15日《晨報副刊．詩鐫》第3期，署名志摩；初收1927年9月上海新月書店《翡冷翠的一夜》。採自上海新月書店《翡冷翠的一夜》。（第218頁）

按：「第 3 期」應為「第 3 號」。原刊本題名《西伯利亞（殘稿）》。

那一點神明的火焰

載 1925 年 3 月 25 日《晨報．文學旬刊》；初收 1980 年臺灣時報文化出版事業有限公司《徐志摩詩文補遺》。採自《晨報．文學旬刊》。（第 220 頁）

按：第一處「《晨報．文學旬刊》」後可加「第 65 號」。

她怕他說出口

載 1925 年 4 月 25 日《晨報．文學旬刊》；初收 1927 年 9 月上海新月書店《翡冷翠的一夜》。採自上海新月書店《翡冷翠的一夜》。（第 222 頁）

按：「《晨報．文學旬刊》」後可加「第 68 號」。

蘇蘇

1925 年 5 月 5 日作；載 1925 年 12 月 1 日《晨報七週年紀念增刊》；初收 1927 年 9 月上海新月書店《翡冷翠的一夜》。採自上海新月書店《翡冷翠的一夜》。（第 224 頁）

按：「《晨報七週年紀念增刊》」應為「《晨報七周紀念增刊》」。原刊本末署：「一九二六，五月。」

翡冷翠的一夜

1925 年 6 月 11 日作；載 1926 年 1 月 2 日《現代評論》第 3 卷第 56 期；又載 1 月 6 日《晨報副刊》，署名志摩；初收 1927 年 9 月上海新月書店《翡冷翠的一夜》。採自上海新月書店《翡冷翠的一夜》。（第 226 頁）

按：《現代評論》本署名志摩；「《晨報副刊》」後可加「第 1419 號」。

詩句

1925 年夏作；載 1925 年 12 月 1 日《晨報七週年紀念增刊》；初收 1980 年臺灣時報文化出版事業有限公司《徐志摩詩文補遺》。（第 230 頁）

按：「《晨報七週年紀念增刊》」應為「《晨報七周紀念增刊》」。原刊本末署：「一九二五年夏，翡冷翠山中。」全集正文中「啊」應為「阿」。

給母親

1925 年 8 月 1 日作；載 1925 年 8 月 31 日《晨報副刊》；初收 1980 年臺灣時報文化出版事業有限公司《徐志摩詩文補遺》。採自《晨報副刊》。（第 233 頁）

按：第一處「《晨報副刊》」後可加「第 1261 號」。

海韻

載1925年8月17日《晨報副刊》；初收1927年9月上海新月書店《翡冷翠的一夜》。採自上海新月書店《翡冷翠的一夜》。（第236頁）

按：「《晨報副刊》」後可加「第1252號」。此詩又載1929年6月《中國學生》第1卷第6期，署名志摩。

四行詩一首

1925年8月21日作；載1925年8月24日《晨報副刊》；初收1969年臺灣傳記文學出版社《徐志摩全集》第6卷。採自《晨報副刊》。（第239頁）

按：第一處「《晨報副刊》」後可加「第1257號」。此詩又載1925年8月27日《盛京時報》第5版「新詩」欄。

青年曲

寫作時間和發表報刊不詳；初收1925年8月中華書局《志摩的詩》。採自1925年8月中華書局《志摩的詩》。（第253頁）

按：此詩載1927年12月24日《紫羅蘭》第2卷第24號。

為誰

寫作時間和發表報刊不詳；初收1925年8月中華書局《志摩的詩》。採自1928年8月上海新月書店《志摩的詩》。（第261頁）

按：此詩載1924年12月13日《京報・文學週刊》第1期。

呻吟語

載1925年9月3日《晨報副刊》；初收1927年9月上海新月書店《翡冷翠的一夜》。採自上海新月書店《翡冷翠的一夜》。（第265頁）

按：「《晨報副刊》」後可加「第1264號」。原刊本題名《「呻吟語」》。

起造一座牆

載1925年9月5日《現代評論》第2卷第39期；初收1927年9月上海新月書店《翡冷翠的一夜》。採自上海新月書店《翡冷翠的一夜》。（第266頁）

按：原刊本題名《「起造一座牆」》。

客中

1925年9月10日作；載1925年12月10日《晨報副刊》，署名海谷；初收1927年9月上海新月書店《翡冷翠的一夜》。採自上海新月書店《翡冷翠的

一夜》。(第 267 頁)

按:「《晨報副刊》」後可加「第 1408 號」。

再不見雷峰

1925 年 9 月作;載 1925 年 10 月 5 日《晨報副刊》,署名志摩;初收 1927 年 9 月上海新月書店《翡冷翠的一夜》。採自上海新月書店《翡冷翠的一夜》。(第 269 頁)

按:「《晨報副刊》」後可加「第 1284 號」。原刊目錄頁題為《再不見雷峰塔》。此詩又載 1925 年 10 月 8 日《盛京時報》第 1 版「新詩」欄,署名志摩。

這年頭活著不易

1925 年 9 月作:載 1925 年 10 月 12 日《晨報副刊》,署名鶴;初收 1927 年 9 月上海新月書店《翡冷翠的一夜》。採自上海新月書店《翡冷翠的一夜》。(第 271 頁)

按:「《晨報副刊》」後可加「第 1288 號」。原刊本題名《「這年頭活著不易」》。

運命的邏輯

載 1925 年 10 月 8 日《晨報副刊》,署名鶴;初收 1927 年 9 月上海新月書店《翡冷翠的一夜》。採自上海新月書店《翡冷翠的一夜》。(第 273 頁)

按:「《晨報副刊》」後可加「第 1286 號」。原刊本各節前分別標有序號「(一)」「(二)」「(三)」。

我來揚子江邊買一把蓮蓬

載 1925 年 10 月 29 日《晨報副刊》,署名海谷;初收 1927 年 9 月上海新月書店《翡冷翠的一夜》。採自上海新月書店《翡冷翠的一夜》。(第 275 頁)

按:「《晨報副刊》」後可加「第 1298 號」。

決斷

載 1925 年 11 月 25 日《晨報副刊》,署名海谷;初收 1927 年 9 月上海新月書店《翡冷翠的一夜》。採自上海新月書店《翡冷翠的一夜》。(第 277 頁)

按:「《晨報副刊》」後可加「第 1403 號」。原刊本題名《「決斷」》。

海邊的夢

這首詩是作者改寫周靈均的一首同題詩而成;載 1925 年 11 月 28 日《現

代評論》第2卷第51期，同時載有周靈均的原題和西瀅的附記；初收1969年臺灣傳記文學出版社《徐志摩全集》第6卷。周靈均詩和西瀅附記附後。（第280頁）

按：原刊本署名志摩，題名《「海邊的夢」（二）》。

丁當——清新

1925年秋作；載1925年12月1日《晨報七週年紀念增刊》；初收1927年9月上海新月書店《翡冷翠的一夜》。採自上海新月書店《翡冷翠的一夜》。（第284頁）

按：「《晨報七週年紀念增刊》」應為「《晨報七周紀念增刊》」。原刊本末署「一九二五年秋」。

三月十二深夜大沽口外

1926年3月12日作；載1926年3月22日《晨報副刊》，署名志摩；初收1927年9月上海新月書店《翡冷翠的一夜》。採自上海新月書店《翡冷翠的一夜》。（第287頁）

按：「《晨報副刊》」後可加「第1367號」。

白鬚的海老兒

載1926年3月27日《晨報副刊》，署名海谷；初收1927年9月上海新月書店《翡冷翠的一夜》。採自上海新月書店《翡冷翠的一夜》。（第289頁）

按：「《晨報副刊》」後可加「第1370號」。

梅雪爭春（紀念三一八）

載1926年4月1日《晨報副刊・詩鐫》第1期，題名《梅雪爭春》，署名志摩；初收1927年9月上海新月書店《翡冷翠的一夜》，改今題。採自上海新月書店《翡冷翠的一夜》。（第291頁）

按：「第1期」應為「第1號」。

罪與罰（一）

載1926年4月22日《晨報副刊・詩鐫》第4期，題名《「罪與罰」》，署名谷；初收1927年9月上海新月書店《翡冷翠的一夜》，改題《「罪與罰」（一）》。採自上海新月書店《翡冷翠的一夜》，改今題。（第292頁）

按：「第4期」應為「第4號」。

罪與罰（二）

寫作時間和發表報刊不詳；初收 1927 年 9 月上海新月書店《翡冷翠的一夜》。採自上海新月書店《翡冷翠的一夜》。（第 293 頁）

按：此詩載 1927 年 5 月 1 日《獅吼月刊》第 1 卷第 1 期，題名《罪與罰》。

再休怪我的臉沈

1926 年 4 月 22 日作；載 1926 年 4 月 29 日《晨報副刊・詩鐫》第 5 期，署名志摩；初收 1927 年 9 月上海新月書店《翡冷翠的一夜》。採自上海新月書店《翡冷翠的一夜》。（第 297 頁）

按：「第 5 期」應為「第 5 號」。

望月

載 1926 年 5 月 6 日《晨報副刊・詩鐫》第 6 期，署名志摩；初收 1927 年 9 月上海新月書店《翡冷翠的一夜》。採自上海新月書店《翡冷翠的一夜》。（第 301 頁）

按：「第 6 期」應為「第 6 號」。此詩又載 1926 年 5 月 9 日《盛京時報》第 1 版「新詩」欄，署名志摩。

又一次試驗

載 1926 年 5 月 6 日《晨報副刊・詩鐫》第 6 期，署名志摩；初收 1927 年 9 月上海新月書店《翡冷翠的一夜》。採自上海新月書店《翡冷翠的一夜》。（第 302 頁）

按：「第 6 期」應為「第 6 號」。此詩又載 1926 年 5 月 14 日《盛京時報》第 1 版「新詩」欄，署名志摩。

新催妝曲

載 1926 年 5 月 13 日《晨報副刊・詩鐫》第 7 期，署名南湖；初收 1927 年 9 月上海新月書店《翡冷翠的一夜》。採自上海新月書店《翡冷翠的一夜》。（第 304 頁）

按：「第 7 期」應為「第 7 號」。

半夜深巷琵琶

載 1926 年 5 月 20 日《晨報副刊・詩鐫》第 8 期，署名志摩；初收 1927

年9月上海新月書店《翡冷翠的一夜》。採自上海新月書店《翡冷翠的一夜》。（第307頁）

按：「第8期」應為「第8號」。此詩又載1926年5月26日《盛京時報》第1版「新詩」欄，署名志摩。

偶然

載1926年5月27日《晨報副刊·詩鐫》第9期，署名志摩；初收1927年9月上海新月書店《翡冷翠的一夜》。採自上海新月書店《翡冷翠的一夜》。（第308頁）

按：「第9期」應為「第9號」。

大帥（戰歌之一）

載1926年6月3日《晨報副刊·詩鐫》第10期，題名《「大帥」（戰歌之一）》，署名南湖；初收1927年9月上海新月書店《翡冷翠的一夜》，改題《大帥（戰歌之一）》。採自上海新月書店《翡冷翠的一夜》。（第309頁）

按：「第10期」應為「第10號」。

人變獸（戰歌之二）

1926年5月作；載1926年6月3日《晨報副刊·詩鐫》第10期，題名《「人變獸」（戰歌之二）》，署名南湖；初收1927年9月上海新月書店《翡冷翠的一夜》，改今題。採自上海新月書店《翡冷翠的一夜》。（第312頁）

按：「第10期」應為「第10號」。

「拿回吧，勞駕，先生」

載1926年6月3日《晨報副刊·詩鐫》第10期，署名南湖；初收1980年臺灣時報文化出版事業有限公司《徐志摩詩文補遺》。採自《晨報副刊·詩鐫》。（第313頁）

按：「第10期」應為「第10號」。

兩地相思

載1926年6月10日《晨報副刊·詩鐫》第11期，署名南湖；初收1927年9月上海新月書店《翡冷翠的一夜》。採自《晨報副刊·詩鐫》。（第315頁）

按：「第11期」應為「第11號」。此詩又載1926年6月17日《盛京時報》第1版「新詩」欄，署名南湖。

珊瑚

載 1926 年 9 月 29 日《晨報副刊》，署名刪我；初收 1927 年 9 月上海新月書店《翡冷翠的一夜》。採自上海新月書店《翡冷翠的一夜》。（第 318 頁）

按：「《晨報副刊》」後可加「第 1449 號」。此詩又載 1926 年 10 月 3 日《盛京時報》第 1 版「新詩」欄，署名刪我。

秋陽

載 1928 年 1 月《秋野》文學季刊第 2 期（暨南大學秋野文學社辦），署名志摩；初收 1988 年上海書店《古舊書訊》第 6 期，朱勇強輯。（第 333 頁）

按：原刊本題名下標「—散文詩—」。

我不知道風是在那一個方向吹

載 1928 年 3 月 10 日《新月》月刊第 1 卷第 1 號，署名志摩；初收 1931 年 8 月上海新月書店《猛虎集》。採自上海新月書店《猛虎集》。（第 338 頁）

按：原刊本題名《「我不知道風是在那一個方向吹」》。此詩又載 1931 年 5 月 16 日《文藝半月刊》（詩歌專號）第 6、7 期合刊。

中秋月

寫作時間不詳；載劉冠梧編 1928 年 4 月上海革新書店《回憶中底她》。採自 1995 年上海書店《徐志摩全集》。（第 240 頁）

按：此詩載 1927 年 11 月 12 日《時事新報．文藝週刊》第 10 期，署名志摩。

西窗

載 1928 年 6 月 10 日《新月》月刊第 1 卷第 4 號，署名仙鶴；初收 1931 年 8 月上海新月書店《猛虎集》。採自上海新月書店《猛虎集》。（第 343 頁）

按：原刊本題名《西窗（In im itation of T.S.Eliot》，各節序號外有圓括號。

戀愛到底是什麼一回事

寫作時間和發表報刊不詳；初收 1928 年 8 月上海新月書店《志摩的詩》。採自上海新月書店《志摩的詩》。（第 347 頁）

按：此詩載 1925 年 8 月 22 日《京報．文學週刊》第 32 期，題名《戀愛到底是什麼一回事？》。

拜獻

載1929年2月10日《新月》月刊第1卷第12號；初收1931年8月上海新月書店《猛虎集》。採自上海新月書店《猛虎集》。（第359頁）

按：原刊本署名志摩。

車眺

載1930年3月10日《新月》月刊第3卷第1號，題名《車眺隨筆》；初收1931年8月上海新月書店《猛虎集》。改今題。採自上海新月書店《猛虎集》。（第375頁）

按：原刊本署名志摩，各節序號有圓括號。

秋月

1930年10月中旬作；載1930年11月《現代學生》第1卷第2期；初收1931年8月上海新月書店《猛虎集》。採自上海新月書店《猛虎集》。（第380頁）

按：原刊版權頁未標「第1卷」。

愛的靈感——奉適之

1930年12月25日作完；載1931年1月20日《詩刊》第1期；初收1932年7月上海新月書店《雲遊》。採自《詩刊》。（第382頁）

按：「第1期」改為「創刊號」。

殘破

載1931年4月《現代學生》第1卷第6期；初收1931年8月上海新月書店《猛虎集》。採自上海新月書店《猛虎集》。（第403頁）

按：原刊本末署「三月」，各節序號外有圓括號。

山中

1931年4月1日作；載1931年4月20日《詩刊》第2期，署名志摩；初收1931年8月上海新月書店《猛虎集》。採自上海新月書店《猛虎集》。（第405頁）

按：原刊本署名徐志摩，非「志摩」；末署「四月一日」。

兩個月亮

1931年4月2日作；載1931年4月20日《詩刊》第2期；初收1931年

8 月上海新月書店《猛虎集》。採自上海新月書店《猛虎集》。(第 407 頁)

按：原刊本署名志摩。

車上

1931 年 4 月 7 日作；載 1931 年 4 月 20 日《詩刊》第 2 期；初收 1931 年 8 月上海新月書店《猛虎集》。採自上海新月書店《猛虎集》。(第 409 頁)

按：原刊本末署「四月七日滬硤道上」。

火車禽住軌

1931 年 7 月 19 日作；載 1931 年 10 月 5 日《詩刊》第 3 期，署名志摩；此詩原題《一片糊塗賬》，是徐志摩最後一篇詩作；初收 1932 年 7 月上海新月書店《雲遊》。採自《詩刊》，用此題。(第 419 頁)

按：原刊本署名徐志摩，非「志摩」；末署「七月十九日」。

渺小

載 1931 年 8 月《新月》月刊第 3 卷第 10 號；初收 1931 年 8 月上海新月書店《猛虎集》。採自上海新月書店《猛虎集》。(第 424 頁)

按：原刊本署名志摩。

別擰我，疼

載 1931 年 10 月 5 日《詩刊》第 3 期，署名志摩；初收 1932 年 7 月上海新月書店《雲遊》。採自《詩刊》。(第 431 頁)

按：原刊本署名徐志摩，非「志摩」。

領罪

約 1931 年秋作；載 1932 年 7 月 30 日《詩刊》第 4 期；初收 1932 年 7 月上海新月書店《雲遊》。採自上海新月書店《雲遊》。(第 432 頁)

按：原刊本署名志摩，題名《領罪（斷篇一)》。全集本第二行「不是靜。□」應為「不是聽，」。

難忘

約 1931 年秋作；載 1932 年 7 月 30 日《詩刊》第 4 期；初收 1932 年 7 月上海新月書店《雲遊》。採自上海新月書店《雲遊》。(第 433 頁)

按：原刊本署名志摩，題名《難忘（斷篇二)》。

第七卷·書信（一）

致王統照

1923年10月22日

此信初載1923年11月1日《晨報副刊》……（第11頁）

按：「《晨報副刊》」應為「《晨報·文學旬刊》第16號」。署名志摩。

1924年4月12日

以《泰谷爾最近消息》為題載1924年4月19日《晨報副刊》「通信」專欄。（第14頁）

按：「《晨報副刊》」改為「《晨報副鐫》第86號」。署名志摩。

1925年11月約3日

以王統照小說《水夫阿三》為題的卷首語，載1925年11月5日《晨報副刊》。……（第15頁）

按：「《晨報副刊》」後可加「第1302號」。署名志摩。

致卞之琳

1931年5月25日

收入1995年8月上海書店《徐志摩全集》第9冊。（第17頁）

按：此信載人民日報出版社1986年9月版《霞》（萬葉散文叢刊第3輯），與另兩封信總題為《徐志摩致卞之琳（三件）》。署名志摩。

1931年6月17日

收入1995年8月上海書店《徐志摩全集》第9冊。（第17頁）

按：此信載人民日報出版社1986年9月版《霞》（萬葉散文叢刊第3輯），與另兩封信總題為《徐志摩致卞之琳（三件）》。署名志摩。

1931年「九一八」事變後

收入1995年8月上海書店《徐志摩全集》第9冊。……（第18頁）

按：此信載人民日報出版社1986年9月版《霞》（萬葉散文叢刊第3輯），與另兩封信總題名《徐志摩致卞之琳（三件）》。「W.H.Hudson Green Mansions」為「W.H.Hudson: Green Mansions (moden Lib)」。署名志摩。

致雙親

1920年11月26日

載1948年10月25日《子曰叢刊》第5期，署名又申；初收1980年臺

灣時報文化出版事業有限公司《徐志摩詩文補遺》。(第 19 頁)

按:「10 月 25 日」應為「12 月 31 日」(10 月 25 日為發排時間);「第 5 期」應為「第 5 輯」。此信見陳從周輯《徐志摩家書之發見》。

1927 年 5 月 14 日

初收 1948 年 10 月 25 日《子曰叢刊》第 5 期;又載 1949 年 3 月《永安月刊》第 118 期,均陳從周輯。原信未署年,陳從周認為寫於 1927 年。(第 22 頁)

按:「初收」可統一為「載」(下同);「10 月 25 日」應為「12 月 31 日」;「第 5 期」應為「第 5 輯」。《子曰叢刊》本與其他四封總題為《徐志摩家書之發見》,《永安月刊》本總題為《徐志摩家書》。署名摩。

1927 年 8 月 1 日

初收 1948 年 10 月 25 日《子曰叢刊》第 5 期;又載 1949 年 3 月《永安月刊》第 118 期,均陳從周輯。……(第 23 頁)

按:按:「10 月 25 日」應為「12 月 31 日」;「第 5 期」應為「第 5 輯」。《子曰叢刊》本與其他四封總題為《徐志摩家書之發見》,《永安月刊》本總題為《徐志摩家書》。署名摩。

1928 年 12 月 16 日

載 1948 年 10 月 25 日《子曰叢刊》第 5 期,署名志摩;初收 1980 年臺灣時報文化出版事業有限公司《徐志摩詩文補遺》。(第 25 頁)

按:按:「10 月 25 日」應為「12 月 31 日」;「第 5 期」應為「第 5 輯」。此信見陳從周輯《徐志摩家書之發見》。署名摩。

1929 年 9 月 26 日

初收 1948 年 10 月 25 日《子曰叢刊》第 5 期;又載 1949 年 3 月《永安月刊》第 118 期,均陳從周輯。(第 25 頁)

按:「10 月 25 日」應為「12 月 31 日」;「第 5 期」應為「第 5 輯」。《子曰叢刊》本與其他四封總題為《徐志摩家書之發見》,《永安月刊》本總題為《徐志摩家書》。署名摩。

致孫伏園

1923 年 7 月 18 日(附伏廬附記)

此信以《一封公開信》為題,載 1923 年 7 月 22 日《晨報副刊》,文末有孫伏廬(伏園)的附記。……(第 28 頁)

按：「《晨報副刊》」改為「《晨報副鐫》第188號」。

1925年2月16日前

載1925年2月16日《京報副刊》第62號，題為《再來跑一趟野馬》。（第32頁）

按：原刊本末署：「徐志摩。」

1925年10月8日

載1925年10月9日《京報副刊》。（第38頁）

按：「《京報副刊》」後可加「第293號」。原刊本題名《來信》。全集本與原刊本在文字上多有出入。

致劉勉己

1925年3月16日

載1925年4月13日《晨報副刊》，作為《廬山石工歌》的附錄，題為《徐志摩歐遊途中來函》；初收1927年9月上海新月書店《翡冷翠的一夜》，仍作為《廬山石工歌》的附錄，改題為《致劉勉己函》。採自《翡冷翠的一夜》。（第43頁）

按：「《晨報副刊》」後可加「第82號」。署名志摩。

致劉海粟

1925年7月31日

載1943年7月15日上海《文友》半月刊第1卷第5期第5號。（第45頁）

按：此信載1937年1月22日《時事新報·青光》，題名《志摩手札》。署名志摩。

1925年10月29日

初收1983年10月商務印書館香港分館《徐志摩全集》第5冊。（第47頁）

按：此信載1937年1月8日《時事新報·青光》，題名《志摩手札》。署名志摩。

1926年9月3日

載1926年9月16日《新藝術》半月刊第1卷第10期，與蔡元培1926年8月27日所作短文，合題為《對於劉海粟近作的兩個批評》。（第48頁）

按：此信又載1937年1月19日《時事新報·青光》，題名《志摩手札》。署名志摩。

1926年10月15日

收1983年10月商務印書館香港分館《徐志摩全集》第5冊。(第50頁)

按:此信載1937年1月24日《時事新報·青光》,題名《志摩手札》。署名志摩。

1926年11月30日

全集無題注。(第51頁)

按:此信載1937年1月10日《時事新報·青光》,題名《志摩手札》。署名志摩。

1926年12月11日

此信摘自載1943年7月15日上海《文友》半月刊《志摩手札》,所考時間似誤,依學林本為定。(第51頁)

按:此信載1937年1月11日《時事新報·青光》,題名《志摩手札》。署名志摩。

1927年2月15日

收1983年10月商務印書館香港分館《徐志摩全集》第5冊。(第52頁)

按:此信載1937年1月10日《時事新報·青光》,題名《志摩手札》。署名志摩。

1928年6月14日

載1943年7月15日上海《文友》半月刊《志摩手札》(六),云「民國十六年」,時間考證有誤。……(第53頁)

按:此信載1937年1月12日《時事新報·青光》,題名《志摩手札》。署名志摩。

1929年1月29日

初收1983年10月商務印書館香港分館《徐志摩全集》第5冊。(第53頁)

按:此信從開頭至「能不吝玉最荷。」,載1937年1月10日《時事新報·青光》;其餘,載1937年1月12日《時事新報·青光》,均題名《志摩手札》。署名志摩。

1929年4月25日

……初收1983年10月商務印書館香港分館《徐志摩全集》第5冊。(第55頁)

按：此信從開頭至「也一定不淺。」，載 1937 年 1 月 12 日《時事新報・青光》；其餘，載 1937 年 1 月 15 日《時事新報・青光》，均題名《志摩手札》。署名志摩。

1929 年 7 月 8 日

……初收 1983 年 10 月商務印書館香港分館《徐志摩全集》第 5 冊。（第 57 頁）

按：此信載 1937 年 1 月 20 日《時事新報・青光》，題名《志摩手札》。署名志摩。

1929 年 8 月 22 日

……初收 1983 年 10 月商務印書館香港分館《徐志摩全集》第 5 冊。（第 58 頁）

按：此信載 1937 年 1 月 17 日《時事新報・青光》，題名《志摩手札》。署名志摩。

1929 年 8 月×日

……初收 1983 年 10 月商務印書館香港分館《徐志摩全集》第 5 冊。（第 59 頁）

按：此信載 1937 年 1 月 25 日《時事新報・青光》，題名《志摩手札》。署名志摩。

1930 年 10 月 26 日

初收 1983 年 10 月商務印書館香港分館《徐志摩全集》第 5 冊。（第 60 頁）

按：此信載 1936 年 12 月 28 日《時事新報・青光》，題名《志摩手札》。署名志摩。

1931 年 2 月 9 日

初收 1983 年 10 月商務印書館香港分館《徐志摩全集》第 5 冊。（第 63 頁）

按：此信載 1936 年 12 月 29 日《時事新報・青光》，題名《志摩手札》。署名志摩。

1931 年 10 月 4 日

初收 1983 年 10 月商務印書館香港分館《徐志摩全集》第 5 冊。（第 64 頁）

按：此信載 1937 年 1 月 16 日《時事新報・青光》，題名《志摩手札》。署名志摩。

致成仿吾

1923 年 3 月 21 日

載 1923 年 3 月 23 日《創造週報》第 4 號，署名志摩；初收 1980 年臺灣時報文化出版事業有限公司《徐志摩詩文補遺》。（第 71 頁）

按：「3 月 23 日」應為「6 月 3 日」。署名、寫作時間分作兩行。

1923 年 6 月 7 日

此信在 1923 年 6 月 10 日發表於《晨報副刊》。……（第 73 頁）

按：「《晨報副刊》」改為「《晨報副鐫》第 153 號」。《晨報副鐫》本題名《「天下本無事」》。此信又載 1923 年 6 月 15 日《時事新報·學燈》第 5 卷第 6 冊第 15 號，題名《「天下本無事！」》。

致邢雲飛

1930 年 7 月 10 日

初收 1933 年 3 月 10 日《光華附中》半月刊第 6 期。採自陳子善《文人事》，浙江文藝出版社 1998 年 8 月出版。（第 90 頁）

按：此信見 1933 年 3 月 10 日《光華附中》半月刊第 6 期邢鵬舉（雲飛）《「愛儷兒釋放了」（二）——哭徐師志摩》所附《志摩先生遺墨之一》。署名志摩。

1930 年 11 月 14 日

收入邢雲飛《愛儷兒釋放了——哭徐志摩師（二）》，邢文載 1932 年 12 月 10 日《光華附中》第 5 期。（第 91 頁）

按：「《愛儷兒釋放了——哭徐志摩師（二）》」應為「《『愛儷兒釋放了』（一）——哭徐師志摩》。署名志摩。

致張君勱

1924 年 4 月 15 日

這是作者致張君勱的電報，載 1924 年 4 月 16 日《申報》；又載上海書店《古舊書訊》1989 年第 1 期，朱勇強輯。（第 100 頁）

按：《申報》本題名《太戈爾到杭之電訊》。又載同日上海《民國日報》第 2938 號，題名《泰戈爾到杭之電訊》；又載同日上海《時報》第 7095 號，題名《太戈爾到杭之電訊》。署名摩。

致張壽林

1925年×月×日

初載張壽林《追懷志摩》文中，文刊1931年12月14日《晨報·學園副刊》；又收入1992年7月百花文藝出版社《朋友心中的徐志摩》。（第101頁）

按：「《晨報·學園副刊》」應為「《北平晨報·北晨學園》」。張壽林文收入北平晨報社1931年12月10日版《北晨學園哀悼志摩專號》。

1929年冬（片段）

同上。（第101頁）

按：同上一封信。

致李四光

1926年2月約1日

摘自1926年2月3日《晨報副刊》李四光致徐志摩信後。（第119頁）

按：「《晨報副刊》」後可加「第1435號」。原刊本中，此信與李四光致徐志摩信合題《結束閒話，結束廢話！》。署名志摩。

致邵洵美

1928年9月（片段）

原載1928年11月1日《獅吼》半月刊第9期。（第124頁）

按：「半月刊」後加「復活號」。此信見該刊第9期《金屋談話》之《（七）徐志摩來信》。

致陳溥生

1923年10月21日

以《太戈爾來華的確期》為題分別發表於1923年10月29日《文學週報》第94期和《小說月報》第14卷第10號。（第243頁）

按：「《文學週報》」應為「《時事新報·文學》」。此信初載1923年10月10日《小說月報》第14卷第10號，題名《太戈爾來華的確期》，無抬頭「淵泉吾兄」，文末署「志摩十月，二十一日，西湖」。

致陳西瀅

1923年8月28日（片段）

收入徐志摩《我的祖母之死》文中，文載1923年12月1日《晨報五週年

紀念增刊號》。（第 248 頁）

按：「《我的祖母之死》」應為「《『我的祖母之死』》」；「《晨報五週年紀念增刊號》」應為「《晨報五周紀念增刊》」。

致沈從文

1925 年 11 月中旬

載 1925 年 11 月 16 日《晨報副刊》。（第 249 頁）

按：「《晨報副刊》」後可加「第 1308 號」。署名志摩。

致周作人

1925 年 12 月約 19 日（附周作人來函）

初刊 1925 年 12 月 21 日《晨報副刊》，係《周作人先生來函附復》的「附復」部分。（第 250 頁）

按：「《晨報副刊》」後可加「第 1414 號」。署名志摩。

致歐陽蘭

1924 年 11 月 15 日（片段）

載 1924 年 11 月 15 日《晨報・文學旬刊》，為歐陽蘭《文字的勻整》文所引。（第 261 頁）

按：「《晨報・文學旬刊》」後可加「第 53 號」。

第八卷・書信（二）

致胡適

1923 年 9 月初

載 1924 年 10 月 15 日《晨報副刊》，題名《白楊樹上》。（第 3 頁）

按：此信未刊《晨報副刊》。署名志摩。

1931 年 2 月 9 日

原載 1934 年 11 月 21 日天津《大公報》文藝副刊；手跡載 1969 年臺灣傳記文學出版社《徐志摩全集》第 1 卷。（第 46 頁）

按：「《大公報》文藝副刊」改為「《大公報・文藝副刊》第 121 期」。署名摩。此信係手跡影印。

1931 年 4 月 8 日

原載 1934 年 11 月 21 日天津《大公報》文藝副刊，題為《志摩手札》，另

有分題《一封頑皮的信》；初收 1969 年臺灣傳記文學出版社《徐志摩全集》第 6 卷。（第 47 頁）

按：「《大公報》文藝副刊」改為「《大公報・文藝副刊》第 121 期」；「《一封頑皮的信》」應為「《一封最頑皮的信》」。署名志摩。

1931 年 4 月 23 日

載 1934 年 11 月 21 日天津《大公報》文藝副刊，標題為「志摩手札」，另有分題「一封悲哀的信」；初收 1969 年臺灣傳記文學出版社《徐志摩全集》第 6 卷。（第 49 頁）

按：「《大公報》文藝副刊」改為「《大公報・文藝副刊》第 121 期」。署名志摩。

致趙景深

1926 年 2 月 26 日

初收趙景深《志摩師哀辭》文中，文載 1931 年上海新月書店《新月》月刊第 4 卷第 1 期。（第 71 頁）

按：「1931 年」應為「1932 年」。原刊本無署名；寫作時間為：「一九二六，一，一四。」非「正月十四」。

致凌叔華

1924 年秋

此信係凌叔華輯；載 1935 年 10 月 4 日《武漢日報》副刊《現代文藝》第 34 期。（第 74 頁）

按：「10 月 4 日」應為「5 月 31 日」；「第 34 期」應為「第 16 期」。原刊本題為《志摩遺札之一》，署名志摩。

1924 年×月×日（片段）

載 1935 年 5 月 24 日《武漢日報》副刊《現代文藝》第 15 期，標題為「志摩遺札之一」。（第 77 頁）

按：「5 月 24 日」應為「8 月 9 日」；「第 15 期」應為「第 26 期」；「志摩遺札之一」應為「《志摩遺札》」。

1924 年×月×日（片段）

載 1935 年 5 月 31 日《武漢日報》副刊《現代文藝》第 16 期，標題為「志摩遺札之一」。（第 79 頁）

按：「5 月 31 日」應為「10 月 4 日」；「第 16 期」應為「第 34 期」；「志摩遺札之一」應為「《志摩遺札》之『（一）』」。

1924 年×月×日

載 1935 年 8 月 9 日《武漢日報》副刊《現代文藝》第 26 期，標題「志摩遺札」。（第 81 頁）

按：「8 月 9 日」應為「5 月 24 日」；「第 26 期」應為「第 15 期」；「志摩遺札」應為「志摩遺札之一」。

1924 年×月×日

載 1935 年 10 月 4 日《武漢日報》副刊《現代文藝》第 34 期，標題「志摩遺札（三）」。（第 85 頁）

按：「志摩遺札（三）」應為「《志摩遺札》之『（三）』」。

×年×月×日

年月日不詳，暫寄此處。初收凌叔華《志摩真的不回來了嗎》文中，文載 1931 年 12 月 6 日《晨報》學園副刊……（第 87 頁）

按：「《晨報》學園副刊」應為「《北平晨報．北晨學園哀悼志摩專號》」；凌叔華文收入北平晨報社 1931 年 12 月 10 日版《北晨學園哀悼志摩專號》。

致徐崇慶

1924 年 7 月 16 日

載 1948 年 10 月 25 日《子曰叢刊》第 5 期；又載 1949 年 3 月《永安月刊》第 118 期。這是一張明信片。……（第 88 頁）

按：「10 月 25 日」應為「12 月 31 日」；「第 5 期」應為「第 5 輯」。《子曰叢刊》本總題《徐志摩家書之發見》，《永安月刊》本總題《徐志摩家書》。署名摩。

致徐蓉初

1914 年 8 月 23 日

摘自 1948 年 10 月 25 日《子曰叢刊》陳從周先生所輯《徐志摩家書之發見》一文。（第 89 頁）

按：「10 月 25 日」應為「12 月 31 日」；「《子曰叢刊》」後可加「第 5 輯」。署名又申。

1914年10月7日

摘自1948年10月25日《子曰叢刊》陳從周先生所輯《徐志摩家書之發見》一文。（第90頁）

按：「10月25日」應為「12月31日」；「《子曰叢刊》」後可加「第5輯」。署名章垿。

致郭子雄

1924年8月×日

無題注。（第170頁）

按：此信似應為「贈郭子雄《牛津英文詩選》上的題字」，見郭子雄《憶志摩》，載1936年3月1日《文藝月刊》第8卷第3期，署名志摩、歆海。

1927年冬

初收1983年10月商務印書館分館《徐志摩全集》第5冊。（第171頁）

按：此信見郭子雄《憶志摩》，載1936年3月1日《文藝月刊》第8卷第3期，署名志摩。

1929年1月21日

同上。（第171頁）

按：此信見郭子雄《憶志摩》，載1936年3月1日《文藝月刊》第8卷第3期，署名志摩。

1929年7月3日

同上。（第171頁）

按：此信見郭子雄《憶志摩》，載1936年3月1日《文藝月刊》第8卷第3期，署名志摩。

1929年7月8日

初收1983年10月商務印書館分館《徐志摩全集》第5冊。（第172頁）

按：此信見郭子雄《憶志摩》，載1936年3月1日《文藝月刊》第8卷第3期，署名志摩。

1929年7月11日

同上。（第172頁）

按：此信見郭子雄《憶志摩》，載1936年3月1日《文藝月刊》第8卷第3期，署名志摩。

1929 年 11 月 17 日

初收 1983 年 10 月商務印書館分館《徐志摩全集》第 5 冊。(第 173 頁)

按:此信見郭子雄《憶志摩》,載 1936 年 3 月 1 日《文藝月刊》第 8 卷第 3 期,署名志摩。

1931 年 5 月 17 日

初收 1983 年 10 月商務印書館分館《徐志摩全集》第 5 冊。(第 174 頁)

按:此信見郭子雄《憶志摩》,載 1936 年 3 月 1 日《文藝月刊》第 8 卷第 3 期,署名志摩。

1931 年 11 月 1 日

初收 1983 年 10 月商務印書館分館《徐志摩全集》第 5 冊。(第 175 頁)

按:此信見郭子雄《憶志摩》所附手跡,載 1936 年 3 月 1 日《文藝月刊》第 8 卷第 3 期),署名志摩。

致陶孟和

1931 年 8 月×日(片段)

摘自陶孟和《我們所愛的朋友》文中,文載 1931 年 12 月 8 日北平《晨報》學園副刊。(第 186 頁)

按:「《晨報》學園副刊」應為「《北平晨報・北晨學園志摩哀悼專號》」。陶文收入北平晨報社 1931 年 12 月 10 日版《北晨學園哀悼志摩專號》。

致梁啟超

1923 年 1 月×日(片段)

初收胡適《追悼志摩》文中,文載 1932 年《新月》月刊第 4 卷第 1 期。(第 190 頁)

按:此信見胡適《追悼志摩》,載 1931 年 12 月 15 日、18 日、21 日《上海畫報》第 771 期、第 772 期、第 773 期,收入北平晨報社 1931 年 12 月 10 日版《北晨學園哀悼志摩專號》。

致梁實秋

1927 年 7 月下旬

此摘自陳子善《徐志摩佚詩與佚簡重光》一文。(第 191 頁)

按:此信載 1927 年 7 月 27 日《時事新報・青光》,題名《徐志摩尋Y——尋金岳霖與麗琳小姐》。

致瞿菊農

1926年11月底

原載1931年12月12日《晨報》學園副刊，作為遺墨刊出；梁錫華整理後收入《友情盈溢》文中，文載臺灣《聯合副刊》1983年9月11日。（第263頁）

按：「《晨報》學園副刊」應為「《北平晨報・北晨學園哀悼志摩專號》。署名志摩。

第九卷・翻譯作品（一）

第一次的談話——四月十三日上海慕爾鳴路三十七號園會

泰戈爾（R.Tagore）訪華講演稿；1924年5月譯；載1924年7月1日上海《時事新報》副刊《學燈》；後又以《第一次的談話》為題載8月10日《小說月報》第15卷第8號；初收1980年臺灣時報文化出版事業有限公司《徐志摩詩文補遺》。採自《小說月報》，用此題。（第3頁）

按：「《學燈》」後可加「第6卷第7冊第1號」。《學燈》本題為《太戈爾講演錄》。

告別辭——五月二十八，上海慕爾鳴路三十七號的園會

泰戈爾訪華講稿；1924年7月譯，文末附徐志摩《附識》；載1924年8月10日《小說月報》第15卷第8號；初收1980年臺灣時報文化出版事業有限公司《徐志摩詩文補遺》。採自《小說月報》。（第49頁）

按：《小說月報》本題名《告別辭——五月二十二，上海慕爾鳴路三十七號的園會。》，文後有「志摩附識」。

大阪婦女歡迎會講詞

泰戈爾訪日講演稿；1924年8月16日譯；載1925年3月5日《晨報・文學旬刊》，文後有劍三（王統照）按語。採自《晨報・文學旬刊》，劍三按語附後。（第70頁）

按：「《晨報・文學旬刊》」後可加「第63號」。

對日本婦女講的一段神話

泰戈爾訪日講演稿；1924年8月譯；載1925年3月15日《晨報・文學旬刊》，題為《大阪女子歡迎會》；初收1980年臺灣時報文化出版事業有限公司《徐志摩詩文補遺》；又收入1983年10月商務印書館香港分館《徐志摩全

集》第 4 冊，改題為《對日本婦女講的一段神話》。採自《晨報・文學旬刊》，用此題。（第 77 頁）

按：第一處「《晨報・文學旬刊》」後可加「第 64 號」。

蕭伯納的格言

〔愛爾蘭〕蕭伯納（G.B.Shaw）作，原文出處不詳；載 1925 年 4 月 1 日、6 日《晨報副刊》；初收 1980 年臺灣時報文化出版事業有限公司《徐志摩詩文補遺》。採自《晨報副刊》。（第 91 頁）

按：第一處「《晨報副刊》」後可加「第 72 號、第 76 號」。原刊本題名《蕭伯訥的格言》。

說「是一個男子」

〔英〕勞倫斯（D.H. Lawrence）作；載 1925 年 6 月 5 日《晨報・文學旬刊》，題名下有英文「On Being a Man」；初收 1980 年臺灣時報文化出版事業有限公司《徐志摩詩文補遺》。採自《晨報・文學旬刊》。……（第 94 頁）

按：第一處「《晨報・文學旬刊》」後可加「第 72 號」。

《超善與惡》節譯

〔德〕尼采（F. Nietzsche）作；1925 年 10 月初譯；載 1925 年 10 月 7 日《晨報副刊》浙江版、中國書店版 1925 年 10 月 8 日，未署名。（第 99 頁）

按：此篇載 1925 年 10 月 8 日《晨報副刊》第 1286 號。

鵚鷹與芙蓉雀

〔英〕赫得遜（W.H.Huson）作；載 1925 年 11 月 5 日《晨報副刊》，署名志摩譯；正文前有徐志摩寫的小序；初收 1927 年 8 月上海新月書店《巴黎的鱗爪》。採自《巴黎的鱗爪》。……（第 101 頁）

按：「《晨報副刊》」後可加「第 1302 號」。原刊本前記「赫孫」後有「（W.H. Hudson）」，正文末無寫作時間。

契訶夫論新聞記者的兩封信

〔俄〕契訶夫（A. Chekhov）作；載 1925 年 12 月 10 日《晨報副刊》，署名海谷譯；初收 1980 年臺灣時報文化出版事業有限公司《徐志摩詩文補遺》。採自《晨報副刊》。（第 105 頁）

按：第一處「《晨報副刊》」後可加「第 1408 號」。全集本第二封「莫斯科。

五月十九，一八八三年。」應為「莫斯科。五月十九，一八八三。」，上有「同前」字樣。

法郎士：他的「職業秘密」

原作者不詳（刊稿未署作者名）；載1925年12月31日《晨報副刊》，署名志摩譯；初收1980年臺灣時報文化出版事業有限公司《徐志摩詩文補遺》。採自《晨報副刊》。（第107頁）

按：第一處「《晨報副刊》」後可加「第1418號」。原刊本第一節《「苦來的寫意」》前有序號「（一）」。

法郎士先生與維納絲

原作者不詳（刊稿未署作者名）；載1926年1月9日《晨報副刊》，署名志摩譯；初收1980年臺灣時報文化出版事業有限公司《徐志摩詩文補遺》。採自《晨報副刊》。（第11207頁）

按：第一處「《晨報副刊》」後可加「第1421號」。

高爾基記契訶甫

〔蘇〕高爾基（M. Gorky）作；載1926年4月24日、26日《晨報副刊》，署名志摩譯；初收1980年臺灣時報文化出版事業有限公司《徐志摩詩文補遺》。採自《晨報副刊》。契訶甫及契訶夫。（第116頁）

按：「1926年4月24日、26日《晨報副刊》」改為「1926年4月24日、4月26日、5月8日《晨報副刊》第1382號、第1383號、第1388號」。

契訶甫的零星

〔俄〕契訶夫作；載1926年5月1日《晨報副刊》，署名志摩；初收1980年臺灣時報文化出版事業有限公司《徐志摩詩文補遺》。採自《晨報副刊》。（第129頁）

按：第一處「《晨報副刊》」後可加「第1385號」。

答聞一多先生

〔日〕小畑薰良作；載1926年8月7日《晨報副刊》，署名志摩譯，文末附有《志摩附記》；初收1980年臺灣時報文化出版事業有限公司《徐志摩詩文補遺》。採自《晨報副刊》。（第131頁）

按：第一處「《晨報副刊》」後可加「第1427號」。

海詠

〔英〕卡彭特（E. Carpenter）作；載 1923 年 11 月 21 日《晨報·文學旬刊》，署名志摩；初收 1983 年 7 月浙江文藝出版社《徐志摩詩集》。採自《晨報·文學旬刊》。……（第 202 頁）

按：「21 日」應為「11 日」；第一處「《晨報·文學旬刊》」後可加「第 17 號」。原刊本題下標有「（譯卡本德）」。

明星與夜蛾

載 1923 年 12 月 1 日《晨報五週年紀念增刊》，署 Rose Mary 著、徐志摩譯；……初收 1980 年臺灣時報文化出版事業有限公司《徐志摩詩文補遺》。採自《晨報五週年紀念增刊》。（第 206 頁）

按：「《晨報五週年紀念增刊》」應為「《晨報五周紀念增刊》」。

Deep in My Soul that Tender Secret Dwells

〔英〕拜倫（G. Byron）作；1924 年 3 月譯；先以《Song from Corsair》（意為「海盜之歌」，《海盜》為拜倫的一首著名的長詩，發表於 1814 年。《海盜之歌》為《海盜》一詩的節譯。）為題，載 1924 年 4 月 10 日《小說月報》第 15 卷第 4 號；後以《Deep in My Soul that Tender Secret Dwells》（意為「我靈魂的深處埋著一個秘密」）為題，載同年 4 月 21 日《晨報·文學旬刊》，題下有劍三（王統照）按語，詩後附英文原詩。採自《晨報·文學旬刊》，劍三按語附後。……（第 213 頁）

按：第一處「《晨報·文學旬刊》」後可加「第 32 號」。《晨報·文學旬刊》本文末無寫作時間。

新婚與舊鬼

〔英〕羅塞蒂（C.G. Rossetti）作；載 1924 年 4 月 11 日《晨報·文學旬刊》，題名下有英文名「The Hour and Ghost」，署名志摩；初收 1927 年 9 月上海新月書店《翡冷翠的一夜》。採自《翡冷翠的一夜》。……（第 215 頁）

按：「《晨報·文學旬刊》」後可加「第 31 號」。原刊本題名《「新婚與舊鬼」》。

在火車中一次心軟

〔英〕哈代作；1924 年 5 月譯；載 1924 年 6 月 1 日《晨報·文學旬刊》，原題為《在火車中一次心軟》（「Fan Heard in Railway Train」），英文原詩在前，譯詩在後；初收1927年9月上海新月書店《翡冷翠的一夜》改題為《在火車中一次心軟》。採自新月版《翡冷翠的一夜》，用此題。（第219頁）

按：「《晨報·文學旬刊》」後可加「第37號」。原刊本題名《「在火車中一次心軟」》，署名志摩。

我打死的那個人

〔英〕哈代作；載1924年9月22日《文學週報》第140期，原題《我打死的他》；後改題為《我打死的那個人》（*From Time's Laughingstocks*），括號內英文意為「選自《時光的笑柄》」，載1924年9月28日《晨報副刊》，署名志摩；初收 1980 年臺灣時報文化出版事業有限公司《徐志摩詩文補遺》。採自《晨報副刊》。（第220頁）

按：「《文學週報》」改為「《時事新報·文學》第140期」；「《我打死的他》」應為「《『我打死的他』》」；兩處「晨報副刊」均應為「晨報副鐫」；第一處「《晨報副刊》」改為「《晨報副鐫》第230號」。《晨報副鐫》本題名為《「我打死的那個人」》，署名志摩。此詩又載1925年11月1日《青年友》第5卷第11期，題名《我打死的他（The Man I killed）》，署「志摩譯」。

公園裏的座椅

〔英〕哈代作；載1924年10月29日《晨報副刊》，署名志摩，原題《公園裏的座椅》，……初收1980年臺灣時報文化出版事業有限公司《徐志摩詩文補遺》。採自《晨報副刊》，用此題。（第222頁）

按：兩處「晨報副刊」均應為「晨報副鐫」；第一處「《晨報副刊》」改為「《晨報副鐫》第257號」。原刊本題名《「公園裏的座椅」》，署名志摩。

兩位太太

〔英〕哈代作；1924年1月4日譯；載1924年11月13日《晨報副刊》，原題為《兩位太太》，……初收1980年臺灣時報文化出版事業有限公司《徐志摩詩文補遺》。採自《晨報副刊》，用此題。……（第223頁）

按：兩處「晨報副刊」均應為「晨報副鐫」；第一處「《晨報副刊》」改為「《晨報副鐫》第271號」。原刊本題名《「兩位太太」》，前記末署名志摩。

死屍

〔法〕波德萊爾（C. Baudelaire）作；譯詩並序均在1924年11月13日作完；載1924年12月1日《語絲》第3期；譯詩初收1931年8月上海新月書

店《猛虎集》，序初收於 1980 年臺灣時報文化出版事業有限公司《徐志摩詩文補遺》。譯詩採自《猛虎集》，序採自《語絲》。……（第 225 頁）

按：原刊本題名下標注「『Une Charogne』by Charles Baudelaire:『Les Fleurs du Mal』」，詩末署「十一月十三日」。

謝恩

〔印度〕泰戈爾（R. Tagore）作；載 1924 年 11 月 24 日《晨報副刊》，題名下有英文題名「Thanksgiving」；初收 1980 年臺灣時報文化出版事業有限公司《徐志摩詩文補遺》。採自《晨報副刊》。（第 230 頁）

按：兩處「晨報副刊」均應為「晨報副鐫」；第一處「《晨報副刊》」改為「《晨報副鐫》第 281 號」。

性的海

〔英〕卡彭特作；載 1924 年 12 月 27 日《晨報副刊》，原題為《性的海》（The Ocean of Sex），題名下有英文注：p.383 ·「Towards Democracy」，即為《走向民主》第 383 頁；初收 1983 年 7 月浙江文藝出版社《徐志摩詩集》。採自《晨報副刊》，用此題。（第 231 頁）

按：兩處「晨報副刊」均應為「晨報副鐫」；第一處「《晨報副刊》」改為「《晨報副鐫》第 283 號」。原刊本題名《「性的海」》，文末無寫作時間。

有那一天

〔英〕弗萊克作；載 1925 年 1 月 24 日《現代評論》第 1 卷第 7 期；初收 1980 年臺灣時報文化出版事業有限公司《徐志摩詩文補遺》。採自《現代評論》，用此題。（第 240 頁）

按：原刊本題名《「有那一天」》。

誄詞

〔英〕阿諾德（M. Arnold）作；載 1925 年 3 月 22 日《晨報副刊》；初收 1931 年 8 月上海新月書店《猛虎集》。採自《猛虎集》。……（第 242 頁）

按：「《晨報副刊》」改為「《晨報副鐫》第 64 號」。原刊本題名《誄詞（安諾得詩）》。

唐瓊與海

〔英〕拜倫作；係拜倫長詩《唐璜》第二章中的一段；載 1925 年 4 月 15

日《晨報．文學句刊》；初收1983年7月浙江文藝出版社《徐志摩詩集》，據該書編者說，題名似應為「唐瓊與海弟」。《晨報副刊》影印本缺此期，採自1990年1月版浙江文藝出版社《徐志摩詩全編》。……（第244頁）

按：「《晨報．文學旬刊》」後可加「第67號」；「《晨報副刊》影印本缺此期」可刪。原刊本署名志摩，文末無寫作時間。

譯Schiller詩一首

〔德〕席勒（F. Schiller）作；載1925年8月11日《晨報副刊》；初收1980年臺灣時報文化出版事業有限公司《徐志摩詩文補遺》。採自《晨報副刊》。……（第251頁）

按：第一處「《晨報副刊》」後可加「第1247號」。

譯Sappho《一個女子》

〔希臘〕薩福（Sappho）作；載1925年8月12日《晨報副刊》；原詩題下有注：Rossetti集句，意為「羅塞蒂集句」；初收1980年臺灣時報文化出版事業有限公司《徐志摩詩文補遺》。採自《晨報副刊》。……（第252頁）

按：第一處「《晨報副刊》」後可加「第1248號」。原刊本題名《譯Sappho一個女子》，兩節序號分別為「Ⅰ」和「Ⅱ」。

歌德四行詩

〔德〕Goethe作：初譯載1925年8月15日《晨報．文學句刊》第78期，再譯載1925年8月29日《現代評論》第2卷第38期。……（第254頁）

按：「第78期」應為「第78號」。《晨報．文學旬刊》本題名《譯葛德四行詩》。

我要你

〔英〕西蒙思（A. Symons）作；載1925年11月25日《晨報副刊》，原題為《譯詩》，另注：「Amoris Victima」第六首，意為「《愛的犧牲者》第六首」，署名鶴；初收1927年9月上海新月書店《翡冷翠的一夜》，改題為《我要你》。採自《翡冷翠的一夜》，用此題。……（第255頁）

按：「《晨報副刊》」後可加「第1403號」。

圖下的老江

〔英〕羅塞蒂（D.G. Rossetti）作；1925年冬譯；載1926年1月1日《現

代評論第一週年紀念增刊》，題下有注：John of Tours（old French）；初收 1927 年 9 月上海新月書店《翡冷翠的一夜》。採自《翡冷翠的一夜》。（第 257 頁）

按：「《現代評論第一週年紀念增刊》」應為「《現代評論第一年週年紀念增刊》」。原刊本署名志摩，末有兩行：「黑衣在歐是喪服素服」（按：似為注文）、「志摩　五月底。」

哈代八十六歲誕日自述

〔英〕哈代作；1927 年 4 月 20 日譯；載 1928 年 5 月 10 日《新月》月刊第 1 卷第 3 號，署名志摩；初收 1931 年 8 月上海新月書店《猛虎集》。採自《晨報副刊》。（第 260 頁）

按：原刊本題名下標注「He Never Expected Much（A Reflection on my Eighty-sixth Birthday）」。未載《晨報副刊》，「採自《晨報副刊》」應改為「採自《新月》」。

一個星期

〔英〕哈代作；1928 年 2 月譯；載 1928 年 3 月 10 日《新月》月刊第 1 卷第 1 號，署名志摩；初收 1931 年 8 月上海新月書店《猛虎集》。採自《新月》。（第 270 頁）

按：此譯詩初載 1927 年 11 月 14 日《光華》週刊第 2 卷第 4、5 期合刊，題名下注「譯哈代 A. Week」。

猛虎

〔英〕布萊克（W. Blake）作；載 1931 年 4 月 20 日《詩刊》第 2 期，題名下有注：The Tiger William Blake，意為「《猛虎》布萊克作」；初收 1931 年 8 月上海新月書店《猛虎集》。採自《詩刊》。……（第 280 頁）

按：原刊本署名志摩。

死城

〔意〕鄧南遮（G. D'Annunzio，1863～1938 年）作；1922 年譯；1925 年 2 月校改；連載於 1925 年 7 月 17 日、19 日、21 日、27 日、29 日《晨報副刊》，9 月 5 日《晨報・文學旬刊》，9 月 6 日、12 日、13 日《晨報副刊》，9 月 15 日《晨報・文學旬刊》，9 月 16 日、19 日、21 日、22 日、23 日、24 日、26 日《晨報副刊》，均署名徐志摩；初收 1980 年臺灣時報文化出版事業有限公司《徐志摩詩文補遺》。採自《晨報副刊》和《晨報・文學旬刊》。（第 291 頁）

按：第一處「《晨報副刊》」後可加「第 1227 號、第 1228 號、第 1229 號、第 1234 號、第 1235 號」；第一處「《晨報．文學旬刊》」後可加「第 80 號」；第二處「《晨報副刊》」後可加「第 1266 號、第 1270 號、第 1271 號」；第二處「《晨報．文學旬刊》」後可加「第 81 號」；第三處「《晨報副刊》」後可加「第 1273 號、第 1275 號、第 1276 號、第 1277 號、第 1278 號、第 1279 號、第 1280 號」。

渦堤孩

〔英〕考特尼（W.L. Courtney，1850～1928 年）作；載 1925 年 3 月 11 日、12 日、13 日、14 日、16 日、17 日、18 日《晨報副刊》；1988 年 1 月陝西人民出版社《徐志摩研究資料》存目；初收 1991 年廣西民族出版社《徐志摩全集》第 2 卷。採自《晨報副刊》。（第 389 頁）

按：兩處「晨報副刊」均應為「晨報副鐫」；第一處「《晨報副刊》」改為「《晨報副鐫》第 54 號、第 55 號、第 56 號、第 57 號、第 58 號、第 59 號、第 60 號」。

墨梭林尼的中飯

〔英〕米德爾頓作；載 1930 年 12 月《現代學生》第 1 卷第 3 號，又載 1936 年 3 月 16 日《天地人》第 2 期；初收 1969 年臺灣傳記文學出版社《徐志摩全集》第 6 卷（不全），殘缺部分收 1980 年臺灣時報文化出版事業有限公司《徐志摩詩文補遺》。（第 416 頁）

按：「第 3 號」應為「第 3 期」。

第十卷．翻譯作品（二）

金絲雀

〔英〕曼斯菲爾德作；載 1923 年 6 月 21 日《晨報．文學旬刊》；初收 1980 年臺灣時報文化出版事業有限公司《徐志摩詩文補遺》。採自《晨報副刊》。（第 11 頁）

按：「《晨報．文學旬刊》」後可加「第 3 號」。

巴克媽媽的行狀

〔英〕曼斯菲爾德作；1923 年 10 月 26 日譯完；載 1923 年 12 月 1 日《晨報五週年紀念增刊》；初收 1927 年 4 月上海北新書局《曼殊斐爾小說集》。採

自《曼殊斐爾小說集》。（第 16 頁）

按：「《晨報五週年紀念增刊》」應為「《晨報五周紀念增刊》」。原刊本題名下標注「（Life of Ma Parker）」，文末署「十月二十六日下午四時半完」。

園會

〔英〕曼斯菲爾德作；1923 年 10 月 29 日譯完；載 1923 年 12 月 1 日《晨報五週年紀念增刊》；初收 1927 年 4 月上海北新書局《曼殊斐爾小說集》。採自《曼殊斐爾小說集》。（第 25 頁）

按：「《晨報五週年紀念增刊》」應為「《晨報五周紀念增刊》」。原刊本題名《「園會」》，題名下標注「（The Garden Party）」。

夜深時

〔英〕曼斯菲爾德作；載 1925 年 3 月 10 日《小說月報》第 16 卷第 3 號；初收 1927 年 4 月上海北新書局《曼殊斐爾小說集》。採自《曼殊斐爾小說集》，改今題。（第 45 頁）

按：此篇初載 1925 年 1 月 31 日《京報・文學週刊》第 6 期。

生命的報酬

〔意〕馬拉伊尼（Yoi Maraini）作；1925 年 10 月譯；載 1925 年 10 月 7 日《晨報副刊》；初收 1927 年 8 月上海新月書店《巴黎的鱗爪》。採自《巴黎的鱗爪》。（第 48 頁）

按：「《晨報副刊》」後可加「第 1285 號」。原刊本題名《「生命的報酬」》，文末無寫作時間。

維龍哪的那個女人

〔法〕法朗士（Ana tole France）作；載 1925 年 10 月 12 日《晨報副刊》，署名鶴譯；初收 1980 年臺灣時報文化出版事業有限公司《徐志摩詩文補遺》。採自《晨報副刊》。（第 57 頁）

按：第一處「《晨報副刊》」後可加「第 1288 號」。原刊本署「法蘭士著」。

幸福

〔英〕曼斯菲爾德作；載 1925 年 12 月 1 日《晨報七週年紀念增刊》；序未收集，小說初收 1927 年 4 月上海北新書局《曼殊斐爾小說集》。採自《曼殊斐爾小說集》。（第 61 頁）

按：「《晨報七週年紀念增刊》」應為「《晨報七周紀念增刊》」。原刊本文前小序末署「志摩　五月一日」。

颶風

〔英〕曼斯菲爾德作；載 1926 年 4 月 10 日《晨報副刊》，署名志摩；初收 1927 年 4 月上海北新書局《曼殊斐爾小說集》。採自《曼殊斐爾小說集》。（第 77 頁）

按：「《晨報副刊》」後可加「第 1376 號」。

一杯茶

〔英〕曼斯菲爾德作；載 1926 年 9 月 15 日《晨報副刊》，署名志摩；初收 1927 年 4 月上海北新書局《曼殊斐爾小說集》。採自《曼殊斐爾小說集》。（第 83 頁）

按：「《晨報副刊》」後可加「第 1444 號」。

毒藥

〔英〕曼斯菲爾德作；未單篇發表，收入 1927 年 4 月上海北新書局《曼殊斐爾小說集》。（第 93 頁）

按：此篇載 1926 年 1 月 1 日《現代評論第一年週年紀念增刊》，題名下標注「(『Something Childish』最末一篇)」，署名志摩。

萬牲園裏的一個人

〔英〕伽尼特（David Garnett）作；載 1928 年 6 月 10 日《新月》月刊第 1 卷第 4 號，未譯完；初收 1969 年臺灣傳記文學出版社《徐志摩全集》第 6 卷。採自《新月》。文末注「未完」。（第 100 頁）

按：原刊本題名下標注「(A Man in the zoo: by Daird Garnett)」。

DARLING

〔英〕斯蒂芬斯（James Stephens）作；載 1930 年 10 月《現代學生》第 1 卷第 1 期，署名志摩；1988 年 1 月陝西人民出版社《徐志摩研究資料》存目。採自 1995 年上海書店《徐志摩全集》第 7 冊。DARLING：親愛的。（第 129 頁）

按：「第 1 卷第 1 期」改為「創刊號」。署名徐志摩，非「志摩」。

瑪麗瑪麗

〔英〕斯蒂芬斯作；徐志摩、沈性仁合譯。徐譯第1～9章完成於1923年冬，載1925年2月12日、13日、14日、16日、17日、18日《晨報副刊》，署名徐志摩；其餘部分為沈性仁譯。1927年8月由上海新月書店出版單行本，正文前有徐志摩的序。（第233頁）

按：徐譯第1～6章，載1925年2月12日、13日、14日、16日、17日、18日《晨報副鐫》第30號、第31號、第32號、第33號、第34號、第35號，題名《「瑪麗，瑪麗」（Mary，Mary）》。最末一號後有附記、附注。

後　記

從 2008 年開始，我陸陸續續寫了一些徐志摩、陸小曼的研究文章。在友朋的建議下，茲將這些文章都為一集，題名《徐志摩陸小曼合說》，交由花木蘭文化事業有限公司印行。

本集所收文章計 18 篇，其中關於徐志摩者 11 篇，關於陸小曼者 5 篇。這些文章主要涉及徐志摩、陸小曼佚文、佚簡的發掘、整理與考釋，可為已版《徐志摩全集》《陸小曼文存》補遺，在一定程度上或可刷新學界對其夫婦的認識，修正某些流行的說法。附錄所收兩文，一為《〈上海畫報〉中的徐志摩、陸小曼史料》，是據 1926 年至 1932 年的《上海畫報》輯錄而成。這些第一手史料（包括照片、畫作、攝影作品、書法作品等）對於瞭解徐陸二人的生平行事，對於撰寫他們的年表、年譜、傳記等均具有重要的參考價值。另一篇《商務印書館 2009 年版〈徐志摩全集〉題注補正》，是應出版社編輯約請而作，希望對修訂再版更加完善的《徐志摩全集》有一定的幫助。

徐志摩研究專家韓石山先生寫過一篇《揭秘徐志摩的另一面》，發表在《傳記文學》2016 年第 10 期，《新華文摘》2017 年第 2 期全文轉載。文中提到我發現的徐志摩在美國留學期間所作關於社會主義的兩篇書評和一篇題為《社會主義之沿革及其影響》的論文，認為「這是近年來徐志摩研究的重要貢獻」。徵得石山先生同意，特將《揭秘徐志摩的另一面》作為「代序」。

陳建軍

壬寅年冬月於野芷湖畔